KB162663

김성조
평론집

詩의 시간 시작의 논리

역락비평신서 32

詩의 시간 시작의 논리

김성조 평론집

역락

머리말

평론집을 내려고 원고를 확인을 해보니 그동안 적지 않은 분량이 쌓였다. 대부분 청탁을 받아서 쓰고 또 저장해두었던 원고들이다. 20년 이상 묵혀두었던 원고에서부터 최근의 것까지 그 시간적 거리가 만만치 않다. 잠이 길었다. 잊고 있었던 혹은 저만큼 밀쳐두었던 시의 시간이 깨어나는 듯하다. 각각의 색채로 직조된 시의 언어들이 걸어 나온다. 그 언어들의 보폭을 따라 그늘과 햇살, 비와 바람의 시간을 채록해본다. 낯설고도 익숙한 풍경들이 하나 둘 이야기의 울림이 되어 다가온다.

詩의 시간은 시인의 시간이다. 시를 쓰는 일련의 과정과 작품적 완성도를 생성하고 응집하는 다양한 시작의 논리가 개입한다. 따라서 가볍게 스쳐 지나칠 수 없는 지난한 고뇌의 시간이 수반된다. 시상(詩想)이 내 안에 차오르고 숙성되기까지의 시간과, 그러한 시상이 언어를 통해 하나하나 제 자리를 찾기까지의 과정 등이 여기에 포함된다. 이미지의 선택과 변용, 절제하고, 함축하고, 상징화하는 표현기법이 중요하게 적용된다. 시의 특성상 직접표현보다 간접표현으로 내면화하면서 시적의미를 확보해야하기 때문이다. 한 편의 시가 완성될 때까지 시의 시간은 실로 치열하다. 그럼에도 불구하고 시인들에게 시적 완성이란 처음부터 없는 듯하다. 공들여 쓴 작품을 고쳐 쓰고 다시 쓰는 작업을 끊임없이 감내한다.

흔히, 요즘 누가 시를 읽는가라고 말한다. 맞는 말일지도 모른다. 각박한 자본주의적 현실을 살아가기에도 바쁜 시대가 아닌가. 날마다 쫓기듯 일상을 경영하고, 소외와 이기, 상실과 결핍의 관계성을 걸어간다. 가끔, 절실하게 일탈을 꿈꾸게 되는 것도 이러한 삶의 파장이 던져준 결과물이 될 것이다. 이에 비춰보면, 역설적이게도 이 시대는 시가 더욱 필요한 시대가 아닐까 생각해보게 된다. 조금만 천천히, 조금만 더 깊이 나와 내 주변을 돌아볼 필요가 있다. 내적 자아에 귀 기울이면서 잊고 있었던, 외면하고 있었던 어제와 오늘을 일깨워 진정한 의미에서의 자기실현을 생성할 필요가 있다. 시는 어쩌면 현실 속에서는 충족되지 않는 갈증을 채워줄 수 있을지 모른다. 내적 황폐를 치유할 수 있는 긴밀한 통로가 되어줄지도 모른다.

저장해두었던 평론원고가 대략 책 3권 분량은 될 듯하다. 선별해서 제1집으로 묶기로 한다. 선별한 작품들을 정리하다보니, 시인들의 등단 시기가 1950년대에서 2000년대까지 두루 분포되어 있다. 그래서 등단 시기별로 분류를 해보았다. 등단 시기별로 목차를 잡으면, 시인의 활동 시기와 작품적 배경을 보다 일목요연하게 짚어볼 수 있는 편리함도 있을 것이다. 제1부는 1950년대~1960년대 시인, 제2부는 1970년대~1980년대 시인, 제3부는 1990년대 시인, 그리고 제4부는 2000년에서 2010년 사이에 등단한 시인들의 작품을 묶었다. 전체 원고를 수렴해보니, 2000년대에 등단한 시인들이 상대적으로 많았다. 그래서 이번 평론집에는 2000~2010년대까지의 시인들로 한정을 하고, 2010년 이후에 등단한 시인들의 작품은 다음을 기약하기로 한다.

일반적으로 좋은 시로 평가를 받든, 이에 미치지 못하든, 시작(詩作)은 그 나름의 고통이 따르기 마련이다. 이를 염두에 두고, 언제나 진심을 다해 시를 읽으려고 노력한다. 시인의 시선을 따라 함께 걸으며 그가 펼쳐 보이는 세상, 그 상상력의 파장 속으로 스며들고자 한다. 경험적 발자취를 물들이는 시간과 공간, 그 내적 호흡에 귀 기울이고자 한다. 자기만족적인 지식의 남용이나, 지나치게 과장되고 화려한 기술(記述)은 자제한다. 능력의 범주 내에서, 되도록 담백하고 진솔하게 시를 읽고 시작의 논리를 발견하고자 한다. 비평을 하는 것은 결코 쉽지 않다. 또한 적지 않은 노역임을 자각한다. 첫 평론집의 출간이 설렘보다 더 큰 책임감의 무게로 다가오는 이유가 여기에 있다. 새해가 밝았다. 새해, 새날의 생동(生動)을 기대해본다. 이태곤 편집이사님, 함께 고생해주신 임애정 대리, 안혜진 팀장께 감사드린다.

2023년 2월에
김성조

목차

제1부   1950~1960년대 시인

제2부 1970~1980년대 시인

제3부   1990년대 시인

제4부 2000~2010년대의 시인

제1부

1950~1960년대 시인

우주적 생명력과 자기승화의 화두

— 랑승만 시집 『울음 산과(山果)』

1. 시작하며

랑승만은 1933년에 출생하여 2016년 4월 작고하기까지 치열하게 시의 외길을 걸어온 시인이다. 1970년 첫 시집 『사계의 노래』(삼애사)를 시작으로 2015년 『우주의 뜨락』(JMG)에 이르기까지 총 19권의 시집을 출간하게 되는 배경도 여기에 있다. 잘 알려져 있는 바와 같이 랑승만은 왕성하게 작품 활동을 하고 있던 1980년 1월 한국잡지협회 이사회 참석 중 뇌졸중으로 쓰러진다. 이후 30여년이 넘는 긴 시간 동안 고통스러운 병고에 시달리게 된다. 갑작스러운 병고는 그의 삶의 전반을 경직시켰고 시의 길에도 적지 않은 영향을 미쳤으리라 생각된다. 그럼에도 그는 끝까지 시의 끈을 놓지 않고 보다 절실하게 시작(詩作)의 열정을 불태워왔다.

만약 시인이 자신에게 닥친 불행을 비관하고 침잠하면서 시를 떠나버렸거나 혹은, 그 언저리를 맴돌고만 있었다면 그의 시적 발자취는 대단히 협소해지고 말았을 것이다. 단지 비극적인 삶을 살다간 한 시인으로만 기억되었을 수도 있다. 하지만 그는 남다른 의지, 남다른 고집, 남다른 열정으로 현실적/신체적 한계를 극복하면서 이를 오히려 시적연마의 시간으로 수용하고 있다. 긴 시간 고통의 여정을 견뎌온 그의 시작은 깊고 진실하고 견고하다. 시력 60여 년 동안 구축해온 상당한 수준의 업적들이 이를 뒷받침한다. 이러한 시적 업적은 결핍된 현실적 삶을 시적 시간으로 전환하고 탐구해온 고독한 자기소진의 시간이 있었기에 가능하다.

랑승만은 1956년 『문학예술』에 시 「숲」이 추천되면서 문단에 등단하게 된다. 그가 등단한 1956년 즉, 1950년대는 단순하게 스쳐갈 수 없는 역사적 배경이 함축되어 있다. 이른바 민족상잔의 6·25전쟁과 이후 분단으로 이어지는 역사적 사건이 그것이다. 랑승만은 이 시기를 살아간 여느 시인들과 마찬가지로 일제강점기와 해방, 6·25전쟁과 분단비극 등 역사적 수난을 고스란히 체험해온 세대가 된다. 따라서 그의 시세계 속에는 어쩔 수 없이 현대사의 격동과 이에 따른 폐허와 상실의식이 정서적 배경으로 깔릴 수밖에 없다. 역사적 체험공간과 이에 따른 상처의 흔적이 상상력의 저변을 이끄는 중요한 원천이 되고 있다.

랑승만의 경우, 역사적 비극성을 전면에 드러내기보다 대체로 개인적 비극 속에 그러한 발자취들을 접목시키는 표현방식을 취하고 있다. '기억' 매개를 통해 당대 역사를 살아왔고 또 살아가고 있는 사람들의 이야기를 풀어내고 있다. 과거의 체험과 그 체험 속에 각인된 인물들을 작품 속으로 불러내어 '오늘'을 일깨우는 한 척도를 마련하고 있다. 약자와 강자에 대한 인식, 주변성에 대한 연민의 정서, 폭력적 힘에 대한 비판적 시각도 이러한 배경 속에서 발현된다. 역사적 배경이 가미된 체험요소들은 그의 전시세계를 논의하는 자리에서는 보다 면밀하게 조명되어져야 할 것이다. 이러한 배경들이 곧 그의 시력 60여년의 출발지점이면서 또한 확장지점이 될 것이기 때문이다.

이 글에서는 그의 열네 번째 시집인 『울음 산과(山果)』(2003, 들꽃)를 중심에 두고 그의 시적사유 속으로 접근해보고자 한다. 우선, 이 시집에는 '해설'이 따로 붙어있지 않아서 그 빈곳을 채워보는 것도 의미 있는 일이라 생각된다. 시집 『울음 산과』는 제1부 「울음」, 제2부 「東林山房 뜨락의 달마」, 제3부 「山果」 등의 소제목으로 구성되어 있다. 각 단계의 특정 이미지들은 생명성의 발현, 유년의 기억과 경험구도, 자아에 대한 통찰과 자기승화의 세계 등을 응집하고 있다. 시인의 현실적 삶은 고단하고 고통스러웠을지 모르지만 그의 시적 목소리는 슬프거나 비극적이지 않다. 오히려 맑고 깊은 '환희(歡喜)'의 색채를 띠고 있다. '울음'의 생명력, 외진 산기슭 '산과(山果)'를 영글게 하는 천둥번개, "정(淨)한 하늘"의 숨소리가 그 진폭을 강화하고 있다.

2. '울음', 생명존재의 탄주(彈奏)

랑승만 시인의 '울음'은 오감(五感)을 통해 체득해낸 세계이다. 이는 단지 소리를 내고 소리를 듣는 것에 한정되지 않고, 우주적 생명력과 영혼의 울림으로 연결되어 있다. 어디에도 갇히지 않는 자유로운 정신과 생동이 그 안에 있다. 자연과 인간을 두루 아우르는 사랑과 소통의 질서를 생성한다. '울음'은 그 통로이다. '산과(山果)'로 나아가는 크고, 넓고, 작고, 섬세한 생명성의 숨결이 여기에 있다. 시집의 '책머리'에 언급되어 있는 시인의 '울음'에 대한 생각을 옮겨본다.

그 「울음소리」는 바로 샘물 흐르는 소리, 꽃잎 벙글고 지는 소리,

나뭇잎 지는 소리, 바람 부는 소리, 물결치는 소리, 구름 흐르는 소리, 천둥치는 소리, 새가 날으는 소리, 새가 날개치고 노래하는 소리, 땅 속에서 노래하는 벌레소리, 비 오는 소리, 범종소리, 바람소리 등이 모두 衆生(人間)이 토해내는 이른바 「울음소리」와 그 맥락을 같이하는, 宇宙法界 生命體의 지극한 生命의 소리인 것이다.

숨을 쉬는 모든 生命體의 생명의 노래가락이라고 나는 「울음」을 定義해본다.

랑승만 시인이 생각하는 '울음소리'는 "우주법계 생명체의 지극한 생명의 소리"이면서 "숨을 쉬는 모든 생명체의 생명의 노래가락"으로 정의된다. 잡초나 미물, 나뭇잎 흔들리는 작은 소리에까지 '울음'의 신비한 파장을 불어넣는다. 이는 "아프고 슬프고 비극적인 개념의 「울음」"이 아니라 살아있음의 증거, "생명존재의 탄주"로서의 의미가 된다. 만물이 소리를 내는 것은 단순한 '울음'의 차원을 넘어 그 본래적 생명을 표상하는 몸짓이 된다. 그만의 소리로 '울음'을 만들고 그만의 '울음'으로 자기존재의 위치를 증명한다. 결국 랑승만의 '울음'은 "숨을 쉬는 모든 생명체" 즉, 생명 순환의 본체이면서 그 노래이고 질서이다. 따라서 "중생(인간)이 토해내는" 슬프고 아픈 이야기 속에 그 '생명'의 '환희'를 생성하고 조율한다.

구슬픈 이무기 한 마리
인고(忍苦)의 천년을 물고 있더니
이 새벽 龍이 되려나보다
무겁게 얼어붙은 땅갗 들썩거린다.
어젯밤 꿈속에
목련꽃 한 송이 우주의 새벽을 열고

내 가슴을 두드렸는데
저 아랫마을 배고픈 이들
이른 봄나물 몇 뿌리 캐 움켜쥐고 눈물 떨군다.

땅갗을 뚫고 나와 환희를 노래하는
말간 들꽃줄기 하나
하늘보다 높아라.
아니 저 쳐죽일놈들 더러운 넋보다 맑아라.
이른 봄비 몇 줄기 운수납자(雲水衲子) 인양 휘적휘적
山門을 나서는데
길 잃은 山지렁이 한 마리
부처의 뜨락에 엎드려
참회의 눈물 흘리는 피울음의 천둥소리여!
새벽 도량석에 젖어나는
자운영 붉은 꽃잎 하나.

-「울음·1-참회」 전문

위 시편은 「울음」 연작 28편 중 제1에 해당하는 작품이다. 「울음」 연작시에는 각 시편마다 부제가 붙어있다. 부제의 표기는 '울음'의 범주 속에 보다 내밀하고 구체적인 내용을 심어두고자 하는 의미가 될 것이다. 위 시편에 부제로 제시되어 있는 '참회' 또한 이러한 배경 속에서 의미화된다. '참회'는 우선 '죄'가 전제되어야 하고 뒤이어 죄의식이 따르게 된다. '참회'의 주체인 '나'는 "구슬픈 이무기 한 마리", "길 잃은 山지렁이 한 마리"로 상징화되고 있다. '이무기'는 용이 되지 못한 혹은 용이 되기 위해 차가운 물속에서 천년을 기다려야 하는 운명을 타고났다. '천년'이라는 시간은 '이무기'가 숙명처럼 지고 있는 멀고 먼 '인고'의 시간이다. 일생을 기어 다녀야 하는 '산지렁이'의 형벌도 이에 못지않다.

이러한 형벌은 지극한 '참회'의 시간을 지나야 비로소 자기극복의 단계로 접어들 수 있다. "인고(忍苦)의 천년을 물고 있더니/이 새벽 용이 되려나보다", "부처의 뜨락에 엎드려/참회의 눈물 흘리는 피울음의 천둥소리여!" 등이 이러한 배경을 뒷받침한다. "목련꽃 한 송이 우주의 새벽을 열고", "새벽 도량석에 젖어나는/자운영 붉은 꽃잎 하나"는 '참회' 이후에 찾아오는 자기승화의 세계이다. '얼어붙은' 혹은 '엎드려' 있던 '인고의 천년'은 서서히 풀려나 생동하는 봄 이미지로 전환되고 있음이 암시되고 있다.

"목련꽃 한 송이", "이른 봄나물 몇 뿌리", "말간 들꽃줄기 하나", "자운영 붉은 꽃잎 하나" 등의 이미지들은 이러한 변화의 구체적 표상들이다. '죄'→'참회'→'극복'→'생명'으로 이어지는 이러한 과정은 '울음'을 통해 가능해진다. "자운영 붉은 꽃잎 하나"는 그 상징적 이미지이다. 랑승만의 경우, 작고 여린 생명들을 통해 죄의 무게를 덜어내고, 새로운 생명성을 찾아간다는 특징이 있다. 이에 비춰보면, 느닷없이 등장하는 "아니 저 처죽일놈들 더러운 넋"은 그 반대편에서 갈등을 야기하는 대립세계가 될 것이다. 이른바 "저 아랫마을 배고픈 이들"과 상반되는 위치에 있는 '폭력적 힘'의 세계를 의미한다. "더러운 넋"으로 표상되는 이러한 폭력적 힘은 "지극한 生命의 소리"를 짓밟고 위협하는 갈등의 요소가 된다.

> 인간들의 그 더러운 발자욱 찾아들면
> 그 순일한 숨결들의 들꽃 초당애기씨
> 얼굴빛 같은 냉이꽃, 청정한 나무등걸
> 힘찬 뿌리들 진달래, 개나리, 철쭉꽃

맑은 넋빛깔의 눈푸른 소나무, 물푸레나무, 상수리나무, 밤나무,
쑥뿌리
그 맑디맑은 숨결들 숨 쉴 나위를 잃어 엉 엉 죽어 갑니다

새벽하늘 날으는 새 한 마리
인간들 더럽힌 땅으로 원망어린 눈길 던지며 엉엉 날아갑니다

이슬먹은 봉숭아 꽃잎들
누나의 손톱 달무리에 피멍 남기고
엉 엉 죽어갑니다.
너와 나 모두가
우주법계 생명체의 한 뿌리거니.
- 「울음·18-목이 졸리는 뿌리들」 부분

　자연적 질서는 인간과 자연이 공존하면서 그 고유한 터전을 생성한
다. 각자의 영역에서 생명을 내어 제 뿌리의 색채를 구성해가는 것이 그
것이다. 하지만 '인간들'은 상호 친화적이거나 조화로운 관계성이 아니
라 이기적이고 폭력적 힘을 구사하는 존재로 나타난다. "인간들의 그 더
러운 발자욱 찾아들면"에서 짐작할 수 있듯이, 랑승만의 시선에 비친 '인
간'은 생명을 훼손하고, 질서를 무너뜨리고, 균열을 불러오는 대립의 원
천이 된다. 따라서 "순일한 숨결들"은 제 터전을 잃고 떠나고, 죽어가고,
날아가고, 쫓겨 가고, 사라져간다. 들꽃, 냉이꽃, 나무등걸, 진달래, 개나
리, 철쭉꽃, 그리고 나무들의 "그 맑디맑은 숨결들"은 숨 쉴 자리를 잃고
죽어간다.
　위 시편에는 두 개의 구도가 등장한다. 생명을 훼손하고 탈취하는 자

와, 그 반대적 입장에서 상처를 입고 죽어가는 작은 생명들의 '울음'이 그것이다. '목이 졸리는 뿌리들'의 '울음' 속에는 인간과 자연, 강자와 약자의 구도가 선명하게 각인되어 있다. "이슬먹은 봉숭아 꽃잎들/누나의 손톱 달무리에 피멍 남기고"의 배경도 여기에서 비롯된다. 랑승만은 그 비판적 척도로서, "너와 나 모두가/우주법계 생명체의 한 뿌리"라는 것을 환기시키고자 한다. 이는 "우주법계 생명체"의 걸음 속에서는 어느 누구도 분리되거나 우월한 위치에 있지 않고 하나의 통합된 질서 속에 있음을 상기시키는 것이다.

① 절뚝바리 병신놈과 다리 성한 놈 둘이서
　1백미터 달리기를 했다네.
　성한 놈이 일등을 하고
　절뚝바리 병신놈은 골찌를 했다네.
　그러면 그 일등상은 꼭 성한 놈에게 주어져야 쓰겠는가.
　절뚝거리는 다리로 完走를 했다면
　그 투혼을 사주어서, 용기와 힘을 내라고 절뚝바리놈에게 일
등상을 주어야하지 않겠는가.
　우리나라 문단의 문학상이란 게 꼭 그렇다.
　　　　　　　　　　　　　　　　　　　　　-「울음·14-왕따시인」부분

② 탑골공원 탑뿌리에서 맴돌던 함성소리
　저 썩어빠진 정상배들의 나라 망치는 짓거리에 퇴색되어
　오열로 바뀝니다.
　나라 살리고 겨레 살리자던
　탑골공원 탑뿌리에 돌던 그 날의 깃발소리
　태화관 지붕 위로 솟구치던 그 날의 만세소리

저 백성들의 삶을 짓밟고
저 백성들의 목을 조이는
조직사기꾼들의 집단
사이비 정치꾼들 저들만 나라 걱정하는 양
착각하고 떠들어대는 나라 망치고 백성들의 삶 짓밟는 저희들
만 배불리 살겠다고 악을 써대는 거짓된 목소리에
그만 땅과 하늘이 얼싸안고 뒹구나니…….

-「울음·17-죽어가는 백성」부분

위 인용시편 「울음·14」와 「울음·17」이 내장하고 있는 의미배경은 보다 구체적인 현실성을 부여한다. "왕따시인"과 "죽어가는 백성"은 사회적 약자와 부조리의 현실에 봉착하고 있는 '백성'의 목소리를 담고 있다. 이는 앞서 살펴본 「울음·18」에서의 "목이 졸리는 뿌리들"의 상황과도 엄밀히 맥락지어진다. 내용을 살펴보면, 인용①은 시인의 개인적 경험에 토대를 두고 있고, 인용②는 역사와 정치적 상황에 빗대어 그 모순성을 부각시키고 있다. 두 시편 모두 인간 삶 속에서 벌어지는 모순성을 비판하고 있다는 점에서 동일한 구도를 지닌다고 할 수 있다. ①의 "절뚝바리 병신놈", "성한 놈"과의 대비, ②의 "사이비 정치꾼들", "백성들"과의 대비는 둘 다 불평등의 조건과 그 불합리한 위선을 비판하는 목소리에 터를 두고 있다.

이러한 두 구도의 문제적 정황은 "우리나라 문단의 문학상이란 게 꼭 그렇다", "저 백성들의 삶을 짓밟고/저 백성들의 목을 조이는/조직사기꾼들의 집단" 등으로 구체화된다. 랑승만은 "절뚝거리는 다리로 완주"의 '투혼'을 바치는 시인에게 상을 줘야 마땅하다고 생각한다. 하지만 현실은 상을 주기는커녕 오히려 소외시키고 외면한다. 여기에는 처음부터 뛰

어넘을 수 없는 현실적 벽이 암시되어 있다. 불평등한 조건을 완화시킬 어떤 것도 제시되어 있지 않다. "탑골공원 탑뿌리에서 맴돌던 함성소리", '깃발소리', '만세소리'의 정신을 잠식시키고 그 자리에 "거짓된 목소리"를 높이고 있는 "사이비 정치꾼들"에 대한 비판도 여기에 닿아있다. "거짓된 목소리"가 진짜 목소리로 둔갑하는 현실은 어디서나 존재한다. 위 두 편의 시는 사회전반에 걸쳐 만연되어 있는 위선과 부조리를 비판하고 각인시키는 시인의 목소리가 잘 담겨있다.

> 詩 몇 편을 다 정리하고 나니
> 밖에는 기다려지는 님의 숨결 같은
> 봄 이슬비가 내린다.
> 봄비가 안개처럼 자욱하게 내린다.
>
> 아, 이처럼 시가 광에 가득해도
> 내가 가난한 것이 아니라
> 세상이 온통 남루하다는 이야기
> 창가에 후두득 빗방울 떨어져 내리면,
> 라디오에선 아제아제 바라아제 바라승아제 모지 사바하. 독경소리
>
> 이 피안(彼岸)에서 넘어오는 빗소리
> 뒤뜰의 소나무 한 키쯤 자랐을까.
> 마음에 홍건히 고이는 봄빗소리
>
> 아제아제 바라아제 바라승아제 모지 사바하.
> 아, 이 원고를 끝내는데 봄천둥이 친다.
> 詩가 광에 가득해도 쌀독은 비어서

아제 아제 바라아제 바라승아제 모지 사바하.

아, 마음이야 이미 청정하여
피안에 이르러 행복하나니…
육신쯤 허기져도 봄비 속 꽃 소식 아니리….
－「울음·24-詩가 광에 가득해도 쌀독은 비어서」전문

랑승만의 시에 표상되고 있는 '가난'은 그에게 닥친 병고와 함께 삶을 경직시키는 가장 큰 현실적 장애요소로 작용한다. "詩가 광에 가득해도 쌀독은 비어서"에서의 '가난'의 정서는 그의 현실적 삶을 반영하는 가장 실제적인 장면이 될 것이다. "詩 몇 편을 다 정리하고 나니", "아, 이 원고를 끝내는데" 등은 그의 시인으로서의 시간을 담고 있다. 반면, "쌀독은 비어서"는 '생활'의 빈곤을 짚어볼 수 있는 중요한 단서가 된다. '시'와 '쌀독'은 여러 면에서 양립할 수 없는 요소를 지니고 있는 것이 사실이다. 따라서 "詩가 광에 가득해도"의 시적시간과 "쌀독은 비어서"의 현실적 시간은 합치할 수 없는 갈등요소를 안고 있음이 분명하다.

여기서 눈여겨봐야 할 대목은, 그럼에도 불구하고 오히려 "마음이야 이미 청정하여/피안에 이르러 행복하나니/육신쯤 허기져도 봄비 속 꽃 소식 아니리"로 나아간다는 것이다. 이는 현실적 '가난'을 정신적 충만의 세계로 승화시키고 있음을 의미한다. '봄 이슬비', '봄비', '봄빗소리', '봄 천둥' 등은 '쌀독'이 빈 '가난'한 시인의 뜰에 내리는 생명이다. 따라서 나와 세계의 크나큰 한계를 벗어나 '피안'의 '독경소리'로 날아오를 수 있게 된다. 위 시편은 랑승만의 현실적 삶과 정신적 승화의 세계가 응집되어 있는 작품이다. 정리해보면, 랑승만의 「울음」 연작시는 작은 생명들에 대한 연민, 소외와 가난, 부조리의 현실을 '울음'이라는 큰 범주 속에 용

해시키고 있다. 강자와 약자에 대한 분명한 경계, 불평등한 조건, 폭력적
힘에 대한 비판적 시선이 상징적으로 표상되어 있다.

3. 과거회상과 '달마'의 화두

제2부 「東林山房 뜨락의 달마」에는 「꽃에 관한 기억」 연작시를 비롯
해서 어머니를 시적소재로 하고 있는 「사모곡」, 「東林山房 뜨락에 오신 달
마」 연작시 등 다수의 작품들이 실려 있다. 이 작품들은 대체로 과거회상
의 형식으로 펼쳐진다는 특징을 지닌다. 지난 시간의 발자취와 과거 속
의 인물들, 이와 연계한 추억들이 긴밀한 연결고리로 등장하게 된다. 시
대적/개인적 체험영역을 두루 아우르면서 이야기적 골격을 이끌고 있
다. 이러한 시적배경은 현재시점에서 과거로의 이동이라는 점에서 긴 시
간적 거리를 담보한다.

> 내 일곱살적
> 어린 꿈이 고드름으로 달리고
> 이웃집 초가지붕들 나란히
> 가난의 숨을 몰아쉬고 살던
> 아프디 아픈 일제식민의 세상
> 창문 밖에서 들려오는 맑은 시냇물 소리를
> 자장가로 들으며 가슴을 닫았는데
> 엄마 시냇물소리로 들렸을까요.
> 엄마 아니에요, 아니에요.

어둠으로 꽉찬 부엌에서 흘러나온

삶의 찌꺼기 콩나물대궁 밥알 동동 뜬

그때 그 시절 쪼들리고 숨 막힌 조선의 피맺힌 살림살이

부엌 밖으로 흐르는 시궁창물 흐르는 소리였지요

그게 시냇물소리로 들렸다구요.

어쨌든 겨울이 오면 그 시냇물로 흐른, 하수가 얼어붙으면 그 더
러운 얼음판에서 썰매를 탔지요.

　………중략………

그리고 봄이 와서 일본놈들은 모두 쫓겨 가고 下水에 얼어붙었던
얼음이 녹아 흘렀으니

　둥둥 떠 있던 조선의 목숨 같던 콩나물대궁과 조선의 눈망울에서
빠진 퉁퉁 불은 눈망울 같던 그 밥알들도 얼음에서 풀려나 어디로 흘
러갔을까요 엄마

　달빛 젖은 천강으로 흘러가 다시 꽃을 피웠을테죠 엄마

　　　　　-「천강으로 흘러간 꽃에 관한 기억-영숙이 생각,

　　　　　　　　　　　앵두빛 사랑」 부분

　위의 인용시편은 전체 68행이나 되는 긴 길이의 작품이다. 또한 긴
시행만큼이나 내포되어 있는 시간적/공간적 범주도 큰 편이다. 유년의
기억을 매개로 한 '일제식민', '조선'에서부터 '엄마', '영숙이 생각' 등의 이
야기적 배경까지 두루 아우르고 있기 때문이다. "내 일곱 살적"으로 표상
되는 유년의 기억은 "가난의 숨을 몰아쉬고 살던/아프디 아픈 일제식민
의 세상", "그때 그 시절 쪼들리고 숨 막힌 조선의 피맺힌 살림살이" 등으
로 나타난다. 여기에 "부엌 밖으로 흐르는 시궁창물 흐르는 소리", 겨울

이면 하수가 얼어붙은 "더러운 얼음판에서 썰매를 탔"던 기억, "때꾹쟁이 검정치마 홀렁 얼굴을 뒤집어쓰던" '영숙이'의 모습 등이 겹쳐진다.

　'가난'은 "내 일곱 살적"을 물들이는 가장 강렬한 기억이다. 그리고 이러한 기억을 이끌어가는 중심에 '엄마'가 있다. '일제식민', '조선'의 역사적 배경은 '엄마', '영숙'과 연계되면서 개인적 경험의 영역까지 포섭하게 된다. "둥둥 떠 있던 조선의 목숨 같던 콩나물대궁과 조선의 눈망울에서 빠진 퉁퉁 불은 눈망울 같던 그 밥알들도 얼음에서 풀려나 어디로 흘러 갔을까요"는 이러한 배경을 함축한다. 랑승만의 과거회상은 역사적 공간과 개인적 시간이 맞물리면서 시의식을 자극하는 가장 깊은 통로가 되고 있다. 지난 기억은 '일제식민', '가난', '엄마'를 중심에 두고 결핍과 서러움의 빛깔을 펼쳐낸다. "달빛 젖은 천강으로 흘러가 다시 꽃을 피웠을 테죠"에는 결핍과 서러움의 시간을 희망으로 불러들이려는 간절한 열망이 내장되어 있다. '꽃' 이미지는 부정적인 시간을 긍정적인 시간으로 대체할 수 있는 생명력을 담고 있기 때문이다.

　　　내게 왔다간 가을 햇살이
　　　일흔 번이 넘어서
　　　일곱살적 어린 소년의 꽃빛이 되었더니
　　　엄마의 가슴께로 물이 들어서는
　　　엄마의 가난한 울음이 되고,
　　　이웃집 콩나물무당의 이쁜 딸 향이와
　　　피를 토하고 죽은 玉이의 눈빛으로 열려 가슴 설레게 하는 꽃빛
　이더니……
　　　내 일곱살적 내게 왔다 간 가을 햇살이
　　　일흔이 넘은 지금에야 엄마의 그리움으로

향이의 눈빛으로 玉이의 입술빛으로
다가오는 꽃빛은 무슨 까닭인가.

내 일곱살적 내게 다녀간 가을 햇살이
일흔이 된 늙은 소년의 가슴에
다시 찾아와
부처의 황금빛으로 광명을 놓는
이 아침의 기쁨은 무슨 까닭인가.

-「꽃에 관한 기억」 부분

'일곱 살적'과 '일흔'의 대비는 특별하다. "일곱 살적"은 "어린 소년의
꽃빛"의 한때를, '일흔'은 병고와 가난으로 점철된 시인의 현실적 시간을
담고 있기 때문이다. 시인의 기억 속에 각인된 '일곱 살적'은 '꽃에 관한
기억'으로 그려질 만큼 그리운 추억의 시간이다. 하지만 그 내면에는 "엄
마의 가난한 울음"이 지배적으로 깔려있기도 하다. 위 시의 "내 일곱 살
적"은 앞서 살펴본 「천강으로 흘러간 꽃에 관한 기억-영숙이 생각, 앵두
빛 사랑」에서의 "내 일곱 살적"의 시간배경과 맞물려 있다. 시인은 '일흔'
이 넘어서 "일곱살적 어린 소년의 꽃빛"으로 되돌아가 다시 그 시절을 상
기한다.

그 중심에 '엄마'가 매개되어 있다. '엄마'는 "엄마의 가난한 울음"에
서 알 수 있듯이, '가난'과 함께 떠오르는 상징적 인물이다. "이웃집 콩나
물무당의 이쁜 딸 향이", "피를 토하고 죽은 玉이"에 대한 추억도 이와 연
계되어 나타난다. 랑승만의 시편에는 '어머니'를 소재로 한 작품들이 많
은 편이다. '사모곡'이라는 제목으로 쓰여 진 상당수의 작품들이 여기에
해당한다. 랑승만은 과거와 현재를 분리시키지 않은 채 하나의 체험 공

간속으로 포섭하고 있다. 어느 날 시인은 "내게 왔다간 가을 햇살이/일흔 번이 넘"었다는 것을 깨닫는다. 그리고 "일흔 번이 넘은 소년의 가슴"에 다시 찾아온 '가을 햇살'은 어둠이 아니라 "부처의 황금빛으로 광명을 놓는/이 아침의 기쁨"으로 다가온다. '가난'의 기억에서 "이 아침의 기쁨"까지의 거리는 시인이 종국에 지향해가고자 하는 정신적 지향점이 된다.

밤을 밝히며
부처님 말씀에 마음 기울이는데
새벽이슬 가슴에 떨어지는 소리
눈맑은 샘물로 고이더니

일흔이 넘게 묵은
나의 언어에서
아, 이제사
話頭같은 새벽달이 솟아오른다.

일흔이 넘게 묵은
늙은 몸에서
초록빛 새벽이 빛살처럼 날아오른다.

어둠을 썻어내는
어둠을 밝히우는
새벽이슬 가슴에 떨어지는 소리
　　　　　　　-「東林山房 뜨락에 오신 달마·4-새벽」 전문

앞서 「꽃에 관한 기억」에서 살펴본 "부처의 황금빛으로 광명을 놓는/

이 아침의 기쁨은 무슨 까닭인가"(「꽃에 관한 기억」)의 세계는 위 시편을 통해 단계적 변화를 보여준다. 1연의 '부처님 말씀', '새벽이슬', '눈맑은 샘물' 등은 그 배경이 되는 이미지들이다. 그리고 "아, 이제사/話頭같은 새벽달이 솟아오른다", "초록빛 새벽이 빛살처럼 날아오른다"로 그 구체적 정점을 찍게 된다. 이는 그의 내면의식에 '달마'의 걸음이 찾아왔다는 것을 의미한다. 이는 큰 틀에서 '참회', '목이 졸리는 뿌리들', '왕따 시인', '죽어가는 백성', "詩가 광에 가득해도 쌀독은 비어서", 그리고 "내 일곱 살 적"의 '가난'과 소외의 시간을 지나서 당도하게 된 세계이다. 갈등과 고뇌, 고통과 외로움의 긴 여정을 걸어 비로소 확보하게 된 정신적/현실적 승화의 세계가 된다.

"일흔이 넘게 묵은"에서 '일흔'은 그러한 긴 거리를 담고 있다. 랑승만은 '일흔'이 넘어서야 "어둠을 씻어내는/어둠을 밝히우는" '화두' 하나를 얻고 있음을 고백한다. "話頭같은 새벽달", "초록빛 새벽"은 그 상징적 의미요소가 된다. 불교적 사유는 그의 현실적 고통과 정신적 결핍을 치유하고 채워주는 일종의 화두가 된다. 그의 시편에 등장하는 관음, 자비, 우주, 화엄세계, 연꽃, 업보, 해탈 등의 불교적 용어들은 그의 삶의 발자취이면서 자기수련의 지난한 현장이 된다. "새벽이슬 가슴에 떨어지는 소리"는 자기실현의 한 척도가 된다. 연작시 「동림산방 뜨락에 오신 달마」의 세계는 현실적 고통을 '달마'의 화두로 극복해가려는 시인의 탐구 정신이 암시되어 있다. 시인은 '일흔'이 되어서야 세상의 온갖 무게를 내려놓고 정직하게 자신을 들여다볼 수 있는 '달마'의 '화두' 하나를 품을 수 있게 된다. 실로 "내 일곱 살 적"에서부터 "일흔이 넘게 묵은" 시간까지의 긴 수행의 여정이 아닐 수 없다.

4. 끝내며-'山果'에 응집된 자아

제3부 「山果」에는 「산과」, 「마지막 열매」, 「산열매」, 「裸果」, 「山果落」 등 산과일의 이미지가 특징적으로 나타나고 있다. '산과'는 이름에서 이미 체감되듯이 산에서 자라나 열매를 맺는 산열매라는 특성을 지닌다. 따라서 때맞춰 거름을 주고, 가지를 쳐주는 등 보호와 관심을 받은 나무의 열매와는 엄밀히 차별성이 주어진다고 할 수 있다. 산열매는 외떨어진 공간에서 저 홀로 외로움을 견디고 살을 태우며 영글어간다. 이러한 '산과'의 이미지는 랑승만의 자아인식의 세계를 응집하고 있다.

이냥 발가벗겨진 알몸으로 빛을 연다.
비바람, 눈보라에 몸을 맡기고는
추운 하늘 끝에 매달려
새벽별 하나 숲 속으로 숨어들면
빙긋이 웃다가 눈물짓는다.

어쩌다가, 굶주린 까막새 한 마리 찾아와
아프디아픈 살갗을 쪼아 대면
내 달디단 빛깔 한 방울
布施한 기쁨에 몸을 떤다.

사랑일랑 꿈일랑 세상 밖으로 내던지고는
눈을 감아버린다.

아, 어느 때나 한 번
당신의 따뜻한 가슴 속에서

함빡 이슬 받으며 영글어 볼 수 있을까.

이 작은 몸뚱어리에 잠긴
알뜰하고 소중한 빛깔을
당신의 눈망울에
공양해버릴거나.

- 「山果」 전문

"이냥 발가벗겨진 알몸으로 빛을 연다"에는 '산과'의 특징이 고스란
히 응축되어 있다. "비바람, 눈보라에 몸을 맡기고는/추운 하늘 끝에 매
달려"라는 표현 속에도 그 생태가 그려진다. '산과'는 외떨어진 공간에서
누가 보든 말든 잎을 열고 꽃을 피우고 열매를 맺는다. "어쩌다가, 굶주
린 까막새 한 마리 찾아와/아프디아픈 살갗을 쪼아"댈 뿐, 찾아오는 발
길도 없다. "내 달디단 빛깔 한 방울"은 비바람과 눈보라, 추위를 견디면
서 영글어간 절정의 살점이다. "이 작은 몸뚱어리에 잠긴/알뜰하고 소중
한 빛깔"은 오랜 고통 끝에 생성해낸 자기만의 색채가 된다. 그래서 때
로, "아, 어느 때나 한 번/당신의 따뜻한 가슴 속에서/함빡 이슬 받으며
영글어 볼 수 있을까"라는 꿈을 가져보기도 한다.

'산과' 이미지는 이와 연계해서 또 하나의 의미구도를 생성한다. "내
달디단 빛깔 한 방울/布施한 기쁨에 몸을 떤다"의 세계가 바로 그것이다.
랑승만은 '산과'의 소외된 삶의 형식 속에 '보시(布施)'라는 지향적 세계를
열어두고 있다. "당신의 눈망울에/공양해버릴거나"에서의 '공양'의 의
미도 여기에 닿아있다. 이러한 의미구도는 내 안의 세계에서 내 밖의 세
계로의 이동을 보여준다. "달디단 빛깔", "알뜰하고 소중한 빛깔"로 영근
'산과'의 세계는 고독의 숨결 속에서도 넓고 따뜻한 시선을 품고자 하는

정서적 기류가 담겨있다. '산과'의 지난한 생장과정은 처절한 자의식의 시간을 함축한다. '보시'와 '공양'은 그러한 시간의 시적승화이면서 또한 극대화된 자기실현의 세계가 된다.

랑승만의 시집 『울음 산과』는 과거회상의 시간, 현실인식과 자아인식, 정신적/현실적 승화의 세계 등이 의미구도를 이끌고 있다. '울음'을 통한 생명성의 발견, 역사적/개인적 경험의 현재화, 달마의 화두와 깨달음, '山果' 이미지를 통한 자아실현의 과정 등이 여기에 있다. '산과'의 세계는 단절되어 있는 것 같지만 실제로는 무한히 열려있다. 투명한 고독과 뜨거운 시적 열정이 '산과' 이미지 속에 고스란히 스며들고 있다. 랑승만은 과거와 현재, 현실과 상상공간을 넘나들면서 새로운 소통의 공간을 마련하고자 한다. 시작(詩作)은 가난과 소외의 현실을 뛰어넘는 크나큰 '울음'이면서 또한 자아를 응집하는 생명성의 한 축이 된다.

수난의 역사와 미래지향적 상상력

— 이근배의 장시집(長詩集)『한강』

1.

이근배의 장시(長詩)『한강』(고려원, 1985)은 제1장「序詩」를 시작으로 해서 마지막「산하여 우리 무등타고 노는 날에」까지 총 제40장으로 구성되어 있다. 그 길이만 해도 300여 페이지가 넘는 상당한 분량의 장시이다. 이 작품은 한권의 단행본으로 출간되기 전에 신문연재(「한국일보」 1984. 1월~12월)의 형식으로 발표되었다. 여기에 대해서는 1983년 12월 30일자「한국일보」의 지면에 "光復 이후 5·16까지 시로 쓰는 한국現代史"[01]라는 제목으로 상세하게 소개되어 있다. "일간신문이 장편서사시를 연재하는 것은 한국문학사상 전례를 찾기 어려운 일"이라는 신문 기사의 내용처럼 이러한 출발은 특별한 경우에 해당할 것이다.

---

01 소개된 기사내용을 앞부분만 발췌해보면 다음과 같다. "한국일보는 1984년 1월1일字로부터 李根培시인의 장편 敍事詩「漢江」을 週1회식 연재합니다. 일간신문이 장편서사시를 연재하는 것은 한국문학사상 전례를 찾기 어려운 일입니다. 80년대에 들어서면서부터 詩의 시대가 서서히 동트고 있습니다. 한국일보의 장편서사시 연재는 이 움트는 시의 시대를 국민 속에 더욱 확실하게 정착시키려는 文學史的 사명을 바탕에 깔고 있습니다."(「한국일보」, 1983. 12. 30)

이근배의 『한강』은 책 표지에 '장편서사시'라는 명칭을 표기해두고 있다. 즉, '장편'이라는 길이의 측면과 '서사시'라는 장르 개념이 동시에 주어지고 있는 것이다. 따라서 긴 길이의 시이면서 그 긴 길이를 충족할 수 있는 서사적 요소가 함유되어 있음을 짐작할 수 있게 한다. 서사시의 경우, 우리 문단에서는 1920년대 근대서사시의 출발시점부터 그 탐색과 태동, 성립의 시기를 거쳐 왔다. 그리고 이에 따른 많은 관심과 논의의 자리가 주어졌다. 그 중에서 가장 큰 쟁점이 되고 있는 것은 발표되고 있는 작품들이 서사시의 요건에 닿아 있느냐 아니냐의 문제이다. 따라서 작품에 따라서는 그러한 요건을 전적으로 충족하기에는 미흡한 부분을 안고 있음을 여러 각도에서 짚어보기도 한다. 이런 점에 비춰보면, 이근배의 『한강』 또한 서사시의 요건에 있어서 일정 부분 한계를 지니고 있다고 해야 할 것이다. 여기에 대해서는 시인이 「자서」를 통해서 밝혀두고 있다. 「자서」의 한 부분을 발췌해보면 다음과 같다.

> 한 인물이나 한 사건이 주제(主題)가 되지 못하고 한 시대를 시로 쓰려고 할 때 더욱 그것이 신화나 전설이 아니고 아주 가까운 현실을 그리고자 했을 때 히어로(hero)를 내세울 수 없음을 안타까웠다. 이 시에서 가공의 인물로 등장시킨 김정운(金正雲)이 사건을 맡는 주체가 되지 못하고 방관자의 자리에서 내레이터로 끝난 것도 그런 어려움 때문이었다.
>
> - 自序 「시여, 흘러라」에서

서사시에는 대부분 "신화나 전설" 혹은 역사 속의 영웅적 인물이 시적 주체로 등장하게 된다. 따라서 방대한 스케일과 함께 역사적 시련과 굴곡을 이끌어갈 수 있는 주체의 장대하고 주체적인 활약상이 펼쳐진다.

이근배는 우선, 『한강』이 "신화나 전설"의 측면이 아니라 "아주 가까운 현실을 그리고자" 했음을 지목해두고 있다. 주인공 '김정운' 역시 '히어로'가 아니라 시인이 만들어낸 가공의 인물이다. 따라서 가공의 주인공이 실제 역사적 사건에 주체적으로 개입하기에는 한계가 있음은 자명한 일이다. 일찍이 서구 이론가 허버트 리드(H. Read)는 서사시(epic), 이야기시(narrative poem), 철학시(philosophic poem) 등을 장시(long poem)의 영역으로 포섭하고 있다. 이에 기대보면 장시의 양식 속에 보다 포괄적인 장르적 특성을 수용할 수 있게 된다. 굳이 '서사시'의 개념에 얽매이지 않더라도 자유로운 상상력으로 서사적 사건과 긴 호흡의 시적구조를 전개해갈 수 있다. 이를 염두에 두고 이 글에서는 이근배의 『한강』을 큰 틀에서 장시의 영역으로 포섭해서 분석적 틀을 잡고자한다.

이근배의 장시 『한강』은 해방 이후부터 한국전쟁, 5·16까지의 우리의 현대사를 중심에 두고 주제의식을 결집하고 있다. 따라서 지난 역사의 수난을 돌아보고 오늘을 일깨우면서 내일을 창조해가고자 하는 시적열망이 표상되어 있다. 1980년대는 시대적 상황과 현실적 문제의식에 터를 둔 민중의 목소리가 집약적으로 드러나던 시기이다. 따라서 문학적 터전에도 다양한 측면의 변화의 움직임이 드러나고 있었다. 창작에 대한열망은 물론 새로운 구도의 작품들이 활달하게 발표되었다. 특히 장시에 대한 관심과 창작의 폭은 80년대적 특징을 반영하는 중요한 척도가 될것이다. 이근배의 장시도 80년대적 배경과 그 비판적 시각 위에서 창작/발표되고 한 권의 단행본으로 출간된다. 『한강』의 시적구성은 역사적 사건과 그 시간적 흐름에 초점을 두고 전체내용을 전개하고 있다. 따라서 전체구조를 단계적으로 나누어 분석해가는 것이 보다 효과적으로 접근할 수 있는 방법이 될 것 같다.

2.

『한강』의 서사 전개는 크게 네 단계로 나눠볼 수 있다. 첫 번째는 제1
장 「서시」에 해당되는 단계로, 수난의 역사를 일깨우고 상기시키면서 새
로운 희망과 도약을 전망하고 촉구하는 내용이 담겨 있다. 두 번째 단계
는 제2장부터 제11장까지의 내용으로 해방의 기쁨과 이후 혼란의 시기
가 형상화되어 있다. 세 번째 단계는 제12장부터 26장까지의 내용이다.
한국전쟁의 발발과 휴전협정, 분단으로 이어지는 비극적 상황 등이 조
명되어 있다. 네 번째 단계는 27장부터 40장까지의 과정으로 4·19에서
5·16까지의 발자취와 결론 부분이 전개된다.

> 한강
> 어둠을 먹고 살아온 강
> 그리고 한강
> 마르지 않고 지치지 않으며
> 흐르고 흐르는 강
> 젖줄처럼 뜨거운 사랑과
> 목마름으로 타는 어머니의 강
>
> ....
>
> 거슬러 오르면 아득한 먼 날
> 이 땅에 터전을 잡은
> 착한 백성들의 풀밭이 있었고
> 씨뿌리고 꽃피우는 안존(安存)의 뜰에
> 강은 낮게 낮게 흐르고 있었다

나라가 서고
싸움이 시작되고
사나운 말발굽이 산야를 누빌 때도
강은 혼자서 흘러갈 뿐이었다
이 나라의 한복판을 흐르듯이
백성들의 마음속에도 젖어서
낱낱의 말들을 듣고
올올의 슬픔을 헤아려
강은 흐르고 있었다

― 제1장 「서시」 부분(11~13면)

'한강'은 제목 『한강』에서도 이미 암시되고 있듯이 이근배의 장시에서 중요한 상징공간으로 나타난다. '한강'은 단순한 강의 의미를 넘어서서 우리의 역사적 현실과 그 역사를 품고 있는 긴밀한 발자취를 내장하고 있는 공간이다. "한강/어둠을 먹고 살아온 강", "마르지 않고 지치지 않으며/흐르고 흐르는 강"이 그 배경을 뒷받침한다. '한강'은 "낱낱의 말들을 듣고/올올의 슬픔을 헤아"리는 주체로서의 위치와 대상으로서의 의미를 동시에 담고 있다. 따라서 지난 역사를 일깨우고, 증명하고, 확인할 수 있는 공간 이미지로서의 역할을 하게 된다. 이러한 '한강'은 "젖줄처럼 뜨거운 사랑과/목마름으로 타는 어머니의 강"으로 연결된다. '젖줄'과 '어머니'는 '한강'이 우리 민족의 연속성을 이끌어가는 모태임을 암시한다.

이러한 역사적 뿌리와 그 연속성은 "거슬러 오르면 아득한 먼 날/이 땅에 터전을 잡은" 그날로부터 오늘에 이른다. 그리고 그 중심에 "착한 백성들"이 있다. '백성들'은 '한강'이라는 공간에 포섭되면서 비로소 그 존재성을 드러낸다. '백성들'은 "씨뿌리고 꽃피우는" '안존'의 삶을 살고 있었지만, '나라'가 서면서 시작된 '싸움'에 끊임없이 내몰리고 희생당한다. 그리고 이러한 역사적 수난의 소용돌이 속에 '어머니'가 있다. '어머니'는 '한강'의 상징 이미지이면서 한편으로 '백성들' 중의 한 사람으로 포섭되는 존재이기도 하다. 따라서 장시 『한강』의 스토리 속에 지속적으로 등장하면서 역사적/정신적 뿌리를 환기시키고 있다. 이근배는 이러한 배경을 "이 시에 등장하는 어머니는 민족의 뿌리이고, 역사의 뿌리이고, 시의 뿌리이다"(「自序」)라고 정리해두고 있다.

> 그렇다,
> 보라, 새날의 저 크고 빛나는 태양
> 지나온 시간들의 굴절과 수난과 오욕을 넘어서
> 분단과 상실과 파괴를 넘어서
> 약동과 비상과 승리를 찾아서
> 강은 달리고 또 달린다
> 자유가 있고 평화가 있고
> 참다운 인간의 꿈이 피어나는
> 그곳 우리들의 평원을 만날 때까지.
>
>   - 제1장 「서시」 부분(16면)

장시는 짧은 시로는 다 담을 수 없는 내용들을 장시의 양식을 통해 형상화한다는 의도를 담고 있다. 따라서 여기에는 긴 길이를 충족할 수 있는 포괄적인 이야기와 그 방법론이 수반된다. 이러한 이야기들은 대체로 개인적인 경험구도보다 집단적인 공감대를 유도할 수 있는 사회적이면서 역사적인 사건에 터를 두고 있다. 그리고 보편적인 삶의 양식을 저해

하는 갈등양상과 부정적인 측면에서의 수난의 형식이 그 중심에 놓이기 마련이다. 따라서 장시창작의 배경에는 사건에 대한 내밀한 관찰은 물론 이를 극복하기 위한 적극적인 방안도 제시되어 있다. 이는 단지 그러한 사건을 열거하고 상기시키는 것에 국한되는 것이 아니라, 이를 비판하고 반성하면서 긍정적인 세계를 창출하고자 하는 열망을 심어두고 있기 때문이다.

이근배 시인의 경우 "보라, 새날의 저 크고 빛나는 태양"이라는 전제를 두고 그 첫 출발의 메시지를 던지고 있다. "지나온 시간들의 굴절과 수난과 오욕을 넘어서/분단과 상실과 파괴를 넘어서" 이제 "약동과 비상과 승리를 찾아"가고자 한다. 침탈과 파괴의 세계가 아니라 '자유'와 '평화', "참다운 인간의 꿈이 피어나는" '평원'을 구축해가고자 한다. 이를 위해 "강은 달리고 또 달"려 갈 것임을 확신한다. 『한강』의 제1장 「서시」는 우리의 '젖줄'인 '한강'에 대한 인식과 함께 '새날'의 희망을 역동적으로 표출하고 있다. 따라서 「서시」의 내용은 시인이 어떤 방향으로 역사를 조명하고 또 지향적 상상력을 펼쳐가고자 하는지 짐작할 수 있게 한다. 제1장 「서시」에 이어 제2장부터는 『한강』의 본격적인 서사구조 속으로 접어들게 된다.

3.

제1장 「서시」에 이어 제2장부터는 장시 『한강』의 본격적인 서사구조 속으로 접어든다. 「서시」가 현재시점에서 앞으로의 희망을 암시하는 미래지향적 목소리를 담고 있다면, 제2장부터는 과거의 역사적 사건들이

중심내용으로 등장한다. 제2장부터 제11장까지의 과정은 해방의 기쁨
과 그 이후에 직면하게 되는 이념적 대립, 그에 따른 혼란의 시기가 형상
화되고 있다.

> 광화문에서 종로에서 서울역에서
> 청진에서 함흥에서 원산에서 해주에서
> 전주에서 광주에서 대구에서 부산에서
> 아니 낮닭 우는 산골 마을
> 그 실낱같은 신작로에서
> 흰옷 입은 백성들의
> 피와 살과 넋을 죄다 바쳐서
> 살아있음의 뜻을 하늘에 고하며
> 나라가 선 다음으로
> 가장 큰 기쁨을 흩뿌리고 뿌렸으니
> 오직 한 핏줄의 뜨거움만
> 가슴에서 가슴으로 이어지고
> 사랑의 그 맨 꼭대기의 갈채가 들끓고 있었다
> 사랑의 춤판이었다.
>
> — 제2장 「빛 터지다」 부분(20면)

해방은 36년간이나 지속된 일제의 폭압에서 벗어나는 감격적인 순
간이다. "1945년 9월 9일/조선총독부 회의실에서 가진/일본의 항복문
서 조인식"(제3장 26면)을 끝으로 '일제기'는 내리게 된다. '광화문', '종로',
'서울역', '청진', '함흥', '원산', '해주', '전주', '광주', '대구', '부산' 등 전국 방
방곡곡의 '백성들'은 한 몸이 되어 감격의 순간을 맞이한다. 비로소 "흰옷
입은 백성들"이제 뿌리를 되찾고 "살아있음의 뜻을 하늘에 고"할 수 있

게 된다. 시인은 "나라가 선 다음으로/가장 큰 기쁨을 흩뿌리고 뿌렸으니"로 이러한 감격의 순간을 표현한다. 이는 "오직 한 핏줄의 뜨거움만"으로 생성되는 '한 핏줄'의 기쁨이고 그 정서가 된다. 따라서 새날의 희망과 기대가 강렬하게 표출될 수밖에 없다. "나라는 막 닻을 걷고/길을 뜨려는 한 채의 배였다(제3장 27면)", "어화 새 세상이 왔다"(제4장 34면)라는 희망찬 목소리도 여기에서 비롯된다. 설렘과 흥분을 동반한 "사랑의 춤판"이 열리고 있는 것이다.

> 나라는 정작 잔치판이면서
> 주인 없는 잔치가 되고 있었다
> 나라의 주인은 백성
> 너도 주인 나도 주인
> 사공이 많으면 배는 산으로 간다
> 데모크라시와 마르크시즘이 얽히고
> 민족주의자와 공산주의자가 갈리고
> 좌익과 우익이 다투고
> 얽히고 설키고 물어뜯고
> 잔칫상이 엎어지고 그릇이 깨지고
> 그래도 자주다? 독립이다?
>
> - 제4장 「땅에 그리고 성좌」 부분(35면)

이러한 "사랑의 춤판"이 그 하나로 민족적 단결과 미래지향으로 나아갔다면 우리의 역사는 보다 발전적으로 확장되어 갔을 것이다. 하지만 이러한 "사랑의 춤판"은 곧 "주인 없는 잔치가 되고" 만다. 하나로 뭉쳤던 독립의 열망은 각각의 이념과 이해관계 속으로 침몰하면서 극심한 갈등양상이 분출된다. "데모크라시와 마르크시즘", "민족주의자와 공산주의자", "좌익과 우익" 등 대립의 상황 속에 "얽키고 설키"게 된다. "나라의 주인은 백성"이지만 그 '백성'의 목소리가 하나로 결집되지 못함으로 해서 '배'가 '산'으로 가는 형국이 되고 말았다. 시인은 해방 이후의 대립과 혼란은 우리 모두에게 비판과 반성을 불러일으키는 부끄러운 역사의 한 페이지가 되고 있음을 언급한다. 이러한 대립적 상황은 이후 또 다른 역사적 소용돌이를 몰고 오는 신호탄이 되고 있기 때문이다. 시인의 시선은 민족상잔의 피 흘림과 한 민족이 갈라지는 분단비극의 현장으로 이동한다.

4.

『한강』의 제12장부터 제26장까지는 6·25전쟁과 휴전협정, 그리고 남북분단이라는 역사적 오욕이 그려지고 있는 과정이다. 『한강』의 전체 내용을 살펴보면 이 과정이 다른 단계에 비해 더 많은 지면이 할애되고 있음을 알 수 있다. 이는 전쟁과 분단이라는 격동의 시기와 이에 따른 비극성의 강도가 그만큼 더 큰 진폭으로 시인의 시의식을 강타하고 있기 때문일 것이다.

『한강』의 세 번째 단계를 분석하기 전에 잠시 주인공 '김정운(金正雲)'에 대해 언급하고 넘어가야 할 필요가 있을 것 같다. 『한강』은 서사적 장시의 형식을 취하고 있는 만큼 특정 사건과 배경, 이야기를 이끌어가는 주인공이 등장하게 된다. '정운'은 그 주인공에 해당되는 인물이다. 이 인물은 '신화'나 '전설' 속의 영웅적 혹은 역사적 인물이 아니라 시인이 작품

속에 등장시키고 있는 가공의 인물이다. 이에 대해서는 이 글의 제1장에서 시인의 '자서'의 내용을 인용하면서 짧게나마 짚어본 바 있다. 시인이 언급하고 있듯이 '정운'은 주체적으로 사건을 이끌고 있는 것이 아니라, "방관자의 입장에서 내레이터"의 역할에 머물고 있다.

따라서 수난의 역사를 체험하고 있는 대다수 '백성들'과 동일한 위치에 서 있다고 할 수 있다. "정운(金正雲)은 광화문 앞에 와 있었다/그의 몸은 연거푸 채로 때리는/징이 되고 있었다"(제2장 22면), "정운은 피의 능선에서/다리에 총탄을 맞고 쓰러졌다/눈을 떴을 때 산의 끝도/골짜기의 끝도 보이지 않았다"(제22장 168면) 등에서 그 위치를 짚어볼 수 있다. '정운'은 해방의 기쁨과 전쟁의 참사를 경험한 역사적 수난자이면서, 한편으로 용덕, 강선과 함께 〈흙손〉이라는 비밀결사를 만들어 그 존재를 드러내기도 한다. 그럼에도 그는 개별적 특성을 부각시키거나 사건의 중심에서 역사를 고발하고 극복의 토대를 이끌지 못하고 있다. 모든 사건은 시인이 직접 개입해서 시간의 순차성대로 서술하는 형식을 취하고 있다. 이는 시 속에 지속적으로 등장하고 있지만 사건과 구체적으로 맥락지어지지 않는 '어머니'의 위치와 비슷한 조건이 된다. 따라서 '정운'에 대해서는 이렇게 짧게나마 요약/정리해두는 것으로 마무리해두고자 한다.

①
1950년 6월 25일
일요일 새벽 4시 30분
이슬 맺힌 고요를 찢어
철모르고 잠든 이 산 이 물을 깨워
한 핏줄의 목숨을 서로 앗는
하늘도 눈을 감고 돌아서는

피비린 전쟁의 포성이
38도선에서 일제히 울린다
                    - 제12장 「한강이여! 통곡이여!」부분(92면)

②
서울은 이제 사람들의 거리가 아니었다
숨소리도 얼굴도 눈빛도
지금까지의 서울이 아니었다
포성과 총탄과 울부짖음과
갑자기 입을 벌리고 덤벼드는
전쟁이라는 붉은 괴물의 이빨에 발톱에
서울은 무너지고 있었다
지옥보다 더 캄캄한 혼돈이 끓고 있었다
                    - 제13장 「건너지 못하는 서울」부분(101~102면)

　　"1950년 6월25일"(①)은 우리에게는 잊을 수 없는 뼈아픈 날이다. 우리의 강토를 폐허로 만든 "피비린 전쟁의 포성이/38도선에서 일제히 울"린 바로 그 날이기 때문이다. "한 핏줄의 목숨을 서로 잇는" 민족상잔의 피 흘림은 "하늘도 눈을 감고 돌아서는" 참혹성을 안고 있다. "서울은 이제 사람들의 거리가 아니"라 "지옥보다 더 캄캄한 혼돈이 끓고 있"는 공간이 되고 있다. "전쟁이라는 붉은 괴물의 이빨에 발톱에/서울은 무너지고", "포성과 총탄과 울부짖음"(②)이 난무한다. "피비린 전쟁의 포성", "지옥보다 더 캄캄한 혼돈" 등에서 얼마나 처절하게 전쟁의 파괴가 자행되었는지 짐작할 수 있게 된다. 이러한 파괴와 절망적 상황은 비단 공간적 황폐화에 그치는 것이 아니라, 인간훼손과 생명성의 파괴라는 극단적 상황을 불러들인다.

> ①
> 이 땅의 가슴팍을 가로질러
> 젖줄처럼 흐르는 한강
> 이 나라의 역사의 가장 굵은 핏줄로
> 숨차며 뛰며 내닫던 한강
> 한강에서 무슨 일이 일어났는가
> 끊어진 한강의 이쪽과 저쪽에서
> 무슨 일이 일어나고 있는가
> — 제14장 「포연 속에서 탄우 속에서」 부분(105면)

> ②
> 불과 불의 어지러운 춤판이었던 서울
> 세종로에서 바라보면
> 이 나라의 빛으로 떠오르던
> 광화문, 그 한 채의 큰 새도
> 어느 하늘나라론가 화조(火鳥) 되어 떠나고
> 주춧돌만 뼈를 드러낸다
> — 제17장 「압록강까지 백두산까지」 부분(126면)

"이 땅의 가슴팍을 가로질러/젖줄처럼 흐르는 한강"(①)은 민족적 수난을 고스란히 감당해온 그 실체적 진실이 된다. "이 나라의 역사의 가장 굵은 핏줄로/숨차며 뛰며 내닫던 한강"은 '포연'과 '탄우' 속에 그 몸체가 두 동강이 나는 아픔을 겪는다. 해방의 감격으로 '사랑의 춤판'이 충만했던 서울은 다시 "불과 불의 어지러운 춤판이었던 서울"(②)로 바뀌어 버린다. "이 나라의 빛으로 떠오르던/광화문" 또한 그 불길에 휩싸여 "주춧돌만 뼈를 드러"내는 참담한 상황이 된다. 우리의 '젖줄'인 '한강'과 삶의 중심 터전인 '서울'은 파괴와 폐허, 상실과 허무의 공간이 되고 만다. 그리고 "1953년 7월 27일 오후 3시 35분/판문점엔 하나의 막이 내리고 있었다"(제26장, 192면)로 종결되면서 분단비극의 역사가 시작된다.

지난 역사를 돌아보는 것은 그러한 시간과 공간을 통해 우리의 정체성을 바로잡고 정신을 이어가는 데 있을 것이다. 따라서 역사 속에 각인되어 있는 수난의 발자취 또한 정직하게 직시하고 받아들여야할 필요가 있다. 이것이 곧 지난 역사가 우리에게 던져주는 뼈저린 교훈이면서 오늘을 새롭게 일깨워가야 할 명징한 거울이 될 것이다. 여기에 비판과 반성, 극복과 비전의 명제가 주어지는 것은 당연한 일이다.

5.

이근배의 『한강』은 해방의 감격과 이후 대립과 혼란, 육이오 전쟁과 분단, 5·16까지의 한국 현대사의 격동이 그려져 있다. 앞서 살펴본 이 글의 2장에서 4장까지의 내용은 해방부터 육이오 전쟁까지의 과정이다. 시인은 이러한 과정을 "어둠의 골짜기를 지나서 왔다/비탈길 낭떠러지 길을 딛고서 왔다/해가 떠올라도 빛이 없었던/저 서른여섯 해가 그러했고/나라를 되찾고서도 갈리고 다툼이 그러했고/온 겨레 온 땅이 피투성이 된/육이오 전쟁이 더욱 그러했다"(28장 205면)로 정리한다.

그리고 여기 제5장에서 다루게 될 『한강』의 마지막 단계인 제27장부터 제40장까지는 4·19와 5·16까지의 숨 가쁜 역사가 형상화되어 있다.

좀 더 구체적으로 접근해보면, 제27장부터 39장까지는 과거시점인 지난 역사를, 제40장은 장시를 창작하고 있는 1984년이라는 시간적 배경에 닿아있다. 과거의 역사적 사실의 기술에서 현재시점으로 돌아와 대장정의 결론을 맺는 과정이 된다.

> 아침 까치가 울고 있었다
> 남산의 소나무에서도
> 인왕의 오리나무에서도
> 북악의 상수리나무에서도
> 반가와라 깍 깍
> 길떠난 님네들 보따리 지고 오시네
> 고향 찾아오시네
> 서울 찾아오시네
> 집을 찾아 오시네
> ………중략………
> 전쟁터에서 오고
> 두메산골에서도 오고
> 바닷가에서도 오고
> 할퀴고 부서지고 피투성이 된 서울
> 서울의 얼굴을 닦아주고
> 새옷도 지어주고
> 쌀밥도 지어주러 오는 사람들
> 까치는 반가와서 운다
> 반가운 일만 있으라고 운다
> - 제27장 「서울의 일식」 부분(197~198면)

전쟁이 지나간 자리에는 파괴와 허무를 동반한 고요가 침잠해 있다. 그 자리에 다시 삶을 일으키고 활기를 불어넣기 위해서는 각고의 노력이 필요하다. 이는 상실한 꿈과 붕괴된 생활을 복원하고 치유하는 과정이 될 것이기 때문이다. 이근배 시인은 "아침 까치가 울고 있었다"를 시작으로 그러한 희망과 가능성을 제시하고 있다. 전쟁으로 인해 마비되었던 '서울'은 '전쟁터에서', '두메산골에서', '바닷가에서' '사람들'이 돌아오면서 활기를 되찾고 있다. "할퀴고 부서지고 피투성이 된 서울"의 "얼굴을 닦아주고", "새옷도 지어주고", "쌀밥도 지어주"는 따뜻한 정경이 펼쳐진다. '까치'는 그 매개가 된다. 황폐화된 '서울'을 복원하는 것은 다시금 우리의 심장을 뛰게 하는 것이고, '한강'의 흐름을 재개할 수 있는 동력이 된다.

> 한강은 오늘이다
> 어제가 아니다
> 역사를 씻고 어둠을 씻고
> 새벽마다 제 몸을 씻는 한강
> 알몸의 한강을 보아라
> 거기 비추이는 얼굴들을 보아라
> 때로 웃고 우는
> 우리들의 마음을 보아라
> 떠오르고 떠오르는 새날을 보아라
> 흐르는 소리
> 말발굽처럼 달리는 소리
> 역사는 머물지 않는다
> 끝없는 내일로 떠난다
> — 제39장「새벽을 흐르는 강」부분(290면)

"한강은 오늘이다/어제가 아니다"라는 표현 속에는 시인이 지향하고자 하는 세계가 함축되어 있다. '어제'가 아니라 '오늘'이라는 시간에 초점을 두고 있는 것이 바로 그것이다. 이근배 시인은 "역사를 썻고 어둠을 썻고" 앞으로 나아가야한다는 의지를 각인시킨다. 이는 "잠든 화산이 터져 오른 것일까/1960년 4월 19일/일제히 서울의 거리를 메운 행렬은/교문을 열고 뛰쳐나온 학생들이었다"(제38장 283면), "1960년 5월 16일 새벽 2시/잠든 한강을 깨우는 종소리가 인도교에서 일어난다"(제39장 294면) 등의 사건을 또 한 번 겪고 난 뒤의 일이다.

따라서 『한강』의 전체 내용에 기대보면 역사적 사건의 현재화는 여기서 일단락되는 셈이다. 그리고 남은 것은 과거의 상처에 함몰되지 않고 '오늘'을 직시하고 '내일'을 준비하는 일이다. 그러기 위해서는 '한강'에 "비추이는 얼굴들"과 "때로 웃고 우는/우리들의 마음"을 하나하나 일께 워야한다. "떠오르고 떠오르는 새날"을 벅차게 맞이하면서 "말발굽처럼 달리는" 역동적인 힘을 발휘해야한다. "역사는 머물지 않"고 "끝없는 내일로 떠난다"는 것이 그 의미배경으로 깔려있다. 따라서 우리에게는 또 다른 '내일'의 역사를 창조해야할 크나큰 과제가 놓여있다. 이를 염두에 두고 보면, 이근배 시인이 종국에 이르고자 하는 세계는 '어제'의 상처를 극복하고 '오늘'의 출발시점에서 '내일'을 창조하는 데 있다. 이것이 곧 비극적인 역사적 사건을 환기시키면서 그 상처를 되새기고자 하는 시적 배경이 될 것이고, 또한 장시의 형식으로 풀어내고자 하는 방법론적 인식의 저변이 될 것이다.

보라
저무는 1984년

저 白頭의 머리 위에 눈이 내린다
金剛의 이마에 雪嶽의 어깨에
智異의 가슴에 漢拏의 허리에 눈은 내리고
눈은 내려서 이 나라의 어디에나 쌓이고
지나온 발자국들을 지우고
쓰라림과 상채기를 지우고
눈물과 헤어짐을 지우고
북한 38도선을 지우고
휴전선 155마일을 지우고
지우고 지워서 지도는 하나
6천만이 들고 서 있는 지도 하나
    - 제40장「산하여 우리 기뻐서 무등 타고 노는 날에」 부분(300면)

　　장시 『한강』의 출발지점인 제1장「서시」와 종결지점인 제40장「산하
여 우리 기뻐서 무등타고 노는 날에」의 시간적 배경은 현재시점이라는
공통점을 지닌다. 그 내용에 있어서도 '오늘'에 대한 인식과 미래를 전망
하는 쪽으로 확장되고 있다. 「서시」에서의 "보라, 새날의 저 크고 빛나는
태양"의 지점과, "6천만이 들고 서 있는 지도 하나"의 염원은 동일한 의
미배경을 함유한다. 이러한 연결구도는 시인이 의도적으로 수용하고 있
는 전개방식이라고 할 수 있다. 이른바 극복에 대한 의지와 함께 미래지
향적 상상력을 열어두고자 하는 방법론이다. '백두', '금강', '설악', '지리',
'한라'의 숨결도 이러한 상상력의 진폭 속에서 그 상징적 의미를 생성한
다. "지나온 발자국들", "쓰라림과 상채기", "눈물과 헤어짐", "북한 38도
선", "휴전선 155마일"의 비극성을 지우고 또 지우고자 하는 시적의지도
여기에서 발현된다.

장시 『한강』에 조명되고 있는 비극적인 현대사는 우리가 깊이 각인해야할 역사적 발자취이면서 그 기반 위에서 새로운 시대정신을 구축해가야 할 크나큰 과제임이 분명하다. "보라/저무는 1984년"에서의 "저무는 1984년"은 시인 개인적으로는 『한강』의 창작과 연재가 끝나는 시점이 된다. 따라서 그것이 시적인 것이든 현실인식의 한 측면이든 80년대적 담론이 개입할 수밖에 없다. 우리에게는 아직도 "북한 38도선"과 "휴전선 155마일"이 엄연한 현실로 남아있다. 현실극복과 미래지향의 가치 속에 비판과 반성의 목소리가 동반되는 것도 여기에 있다. 이런 점에서 "6천만이 들고 서 있는 지도 하나"는 큰 의미적 진폭을 던져준다. '지도 하나'는 진정한 의미에서의 민족 정체성의 확립이면서 '내일'을 이끄는 공동체적 염원이 될 것이기 때문이다. 한 사람의 시인이 긴 수난의 역사를 읽어낸다는 것은 적지 않은 고통을 수반한다. 그리고 그러한 고통은 시인의 시선을 통해 우리 모두에게 전이되고 있음도 부인할 수 없다.

존재, 그 지극한 이름들의 반향

— 문효치 시집 『별박이자나방』

1. 이름의 발견과 존재 찾기

시인은 늘 새로운 것을 발견하는 혹은 발견하고자 하는 사람들이다. 하지만 이 새로움이라고 규정지어지는 것들은 언제나 우리의 시선 밖에 놓여있다. 따라서 그 깊고 서늘한 그림자를 좇아가는 데는 적지 않은 고통이 따른다. 그것이 생동하는 자연현상이든 죽음과 슬픔, 소외, 외로움 등 인간현실의 여러 측면이든 그 깊이를 읽어내는 것은 쉽지 않다. 발견의 범주에 터를 두고 비밀한 존재들의 '이름'을 찾아가는 과정은 남다른 시선과 상상력이 동반되어야한다. 누가 어떤 시선으로, 어떤 높낮이의 촉수로 세상을 읽어내느냐에 따라 사물의 형상과 색채가 달리 표상되는 것도 여기에 있다.

그러면 우리의 시선 밖에 놓여 있는 존재들의 내밀한 숨결은 어디에 놓여있는가. 흔히 새로운 발견의 공간은 먼 곳 혹은 특별한 장치를 통해 접근할 수 있는 것으로 생각하기 쉽다. 하지만 이 또한 언제나 우리의 가까운 곳에서 은밀한 뿌리를 내리고 있다. 자연만물의 생명성은 각각의 시선의 범주 속에서 그 고유한 가치와 질서를 생성하고 의미적 골격을 엮어내고 있기 때문이다. 낯섦을 동반한 시적 발견의 지점 또한 삶과의 연장선상에서 확인되고 자연현상과의 연결고리 속에서 이야기적 배경을 형성하게 된다. 이를 통해 보면, 우리의 시선 밖에 놓여 있는 비밀한 존재들의 '이름'은 우리가 간과하고 지나치는 그 '무엇'이라고 해야 할 것 같다.

문효치의 시집 『별박이자나방』(서정시학. 2013)은 우리가 간과하고 지나치는 그 '무엇'에 대한 해답으로서의 발견을 실천하고 있다. 그의 시선을 따라가다 보면 자칫 스쳐지나가는 미물과 잡초의 숨결이 그만의 작은 우주를 펼쳐 '이름'을 짓고 있다. 자신만의 목소리로 노래하고 이야기하고 아파하면서 우리에게 말을 걸어온다. 시인은 먼 곳을 향해 있던 시선을 거두어 모르고, 잊고, 대수롭지 않게 여기던 '이름'들을 각인시킨다. 이는 멀고, 거칠고, 광대한 세계가 아니라 가깝고, 부드럽고, 소박한 작은 생명들에 대한 의미영역이 된다. 인간 삶의 여러 모순성을 일깨우고 성찰하는 일련의 과정을 함축하고 있다. 따라서 작은 생명들과 이를 표방하는 주변적 '이름'들에 대한 관심과 연민의 정서는 적지 않은 시적 진폭을 내장하게 된다.

　　　　푸른 하늘 깊게 들여 마시고
　　　　문득 내려다보니
　　　　저 물 위에 노란별이 내려와 계신다

　　　　몇억 광년은 족히 되었을 여정
　　　　우주의 어느 동네에서 내려오시느라
　　　　피곤도 했겠지만

간밤에 잠도 잘 주무셨는지
오늘 한낮 얼굴도 밝다

　　　　　　　　　- 「노랑어리연꽃」 전문

　문효치의 '이름'에 대한 자각은 먼저 사물의 움직임을 섬세하게 들여
다보는 것으로부터 시작된다. 그 움직임에서 그만의 특성을 포착하고 의
미적 배경을 읽어낸다. 시적 시선은 밝고 아름답고 긍정적인 사유에 닿
아있다. 이는 '노랑어리연꽃'이 생성하는 우주의 영롱한 생명력에서 비
롯된다. 작은 생명들의 소리를 듣기 위해서는 그 키에 눈을 맞춰야한다.
시인은 한껏 몸을 낮추어 '노랑어리연꽃'의 은밀한 걸음을 주시한다. "저
물 위에 노란별이 내려와 계신다"에서처럼 '노랑어리연꽃'은 그만의 몸
짓으로 제 위치를 드러낸다. 시인의 시선은 "푸른 하늘 깊게 들여 마시
고/문득 내려다보니"에서 짐작할 수 있듯이, '하늘'에서 지상(물)으로 공
간이동을 한다. '노란별'은 '노랑어리연꽃'의 상징이미지이다. '별'의 세계
와 '꽃'의 세계는 하늘과 지상이라는 상반된 공간 이미지를 안고 있지만,
'물' 위에 '노란별'을 피워 올림으로써 그 경계가 해체된다. 따라서 하나의
상승지향의 구도 속에 포섭된다.
　'노랑어리연꽃'이 품고 있는 '밝음'의 세계는 "몇억 광년은 족히 되었
을" 시간적 거리로 다가온다. "몇 억 광년"의 거리는 생명성의 순환과 그
질서를 내장한다. 여기서 특징적인 것은, 이러한 시간적 거리가 인간 삶
의 현장과 긴밀히 연계되고 있다는 것이다. "우주의 어느 동네에서 내려
오시느라/피곤도 했겠지만"에서의 '동네', '피곤'이 내포하는 언어적 배
경은 "몇억 광년"이 불러들이는 신비의 세계에 한정되는 것이 아니라, 지
금, 여기 우리의 눈앞에 펼쳐지는 보편적 삶의 영역 속에 포섭된다. 따라
서 '노랑어리연꽃'이 발화하는 밝음의 색채는 주변적 삶을 밝혀주고 공감

을 유도하는 따뜻한 생명의 불꽃이 된다.

　　이름이 좋아야 팔자가 좋다
　　'똥'자가 들어가니 행운이 나를 피하고
　　거기에 '개'자가 앞에 놓이니 운명이 더욱 기구崎嶇하구나

　　파리 그놈은 늘 똥 위에 앉아 있어도
　　파리파리파리파리…… 그 이름이 얼마나 아름다운가
　　모기 그놈도 남의 피를 빨아먹고 살지만
　　모기모기모기모기…… 그 소리 듣기 괜찮다
　　그놈들은 이름 덕분에 자손만대 번창하는데
　　'개똥'이라니, 이름 한번 더럽다

　　이제 자손 귀해
　　대가 끊기고 집안이 망할 지경이다

　　세상에 허울만 좋아서
　　팔자 피는 놈들이 참 많다
　　　　　　　　　　　　　　　-「개똥벌레」 전문

　　위 인용시편은 앞서 살펴본 시「노랑어리연꽃」과는 사뭇 다른 모습을 보여준다. '이름'은 사물의 정체성과 개별성을 짚어주는 표본이다. 우리는 '이름'을 통해 사물의 특성을 가늠하고 상상하고 평가한다. 그래서 자식이 태어나면 부모는 이름을 지어주는 것에 많은 공을 들인다. 이름에 걸맞은 삶을 살아가기를 바라는 염원이 그 이면에 깔려 있다. 이른바 "이름이 좋아야 팔자가 좋다"라는 것이 그것이다. 이름이 그 사람을 짓눌러

도 안 되고 이름이 약해 그 사람의 기상을 다 담아내지 못해도 안 된다. 이렇게 지어진 이름들은 너나없이 세상에 나와 '이름' 하나씩을 차지하고 살아간다. 흔히, 사람의 '이름'이 곧 그 사람의 인격이고, 지위이고, 성공과 출세의 현장이라고 생각하는 배경도 여기에 있다.

'개똥벌레'는 '이름' 때문에 세상의 편견에 시달리고 부당한 대우를 받게 된다. 누구에게 해를 끼치거나 잘못을 하지 않았음에도 이름에 '똥'자와 '개'자가 들어 있다는 이유만으로 괄시를 받고 세상 속에 포섭되지 못한다. 더 나아가 "행운이 나를 피하고", "운명이 더욱 기구崎嶇"해서 급기야 "대가 끊기고 집안이 망할 지경"에까지 이른다. 반면, "늘 똥 위에 앉아 있"는 '파리'나, "남의 피를 빨아먹고" 사는 '모기'는 이름 덕택으로 "자손만대 번창"하는 영화를 누린다. 이러한 '이름'에 대한 전혀 다른 반응과 결과는 세상의 모순성을 상징화하는 한 척도가 되고 있다. '이름' 때문에 불필요한 편견에 시달리기도 하고, '이름'에 빌붙어 도에 넘치는 대우를 받고 사는 경우도 있다. '파리'나 '모기'처럼 "세상에 허울만 좋아서/팔자 피는 놈들이 참 많다"의 배경이 바로 그것이다. 위 시편은 '개똥벌레'와 '파리', '모기'의 대비를 통해, 사람살이 속에 내장되어 있는 '이름'에 대한 오해와 편견을 짚어내고 있다.

> 시기와 아집으로 눈이 삔 자들이
> 나에게 퍼부은 저주
> 나의 본색은 처참하게 짓밟힌다
>
> 나는 이름에 갇힌 죄인일 뿐
> 세상은 유배지다
>
> -「개불알꽃」부분

이젠/용도를 바꾼다//대명천지에/남의 간을 내어먹는 놈/그대로
봐주고 잘살게 하는//하늘의 밑이나 씻어야지//이젠/이름을 바꾼
다/하늘 밑씻개'

-「며느리밑씻개」 전문

앞서 살펴보았듯이, "세상에 허울만 좋아서/팔자 피는 놈들이" 있는
가 하면, '이름' 때문에 손해를 보거나 억울한 일을 당하는 경우도 허다하
다. 위 인용시편 「개불알꽃」과 「며느리밑씻개」가 그 후자의 경우에 해당
한다. '개불알꽃'은 그 '본색'의 아름다움을 펼치기도 전에 "시기와 아집
으로 눈이 삔 자들"에게 "처참하게 짓밟힌다." 자존을 세우고 고유한 목
소리로 뿌리내려야할 '이름'은 세상의 '저주'에 갇히게 된다. 따라서 스스
로 "나는 이름에 갇힌 죄인일일 뿐"이라고 생각한다. 이를 기반에 두고
보면, "세상은 유배지"가 될 수밖에 없다. '며느리밑씻개' 또한 세상의 통
념에 의해 부당한 대우를 받으며 그 '이름'을 살아간다. "이젠/용도를 바
꾼다"는 그러한 부당함에 대한 결연한 대응의 몸짓이라고 할 수 있다.
　이 세상에는 남의 '이름'을 짓밟고 자신의 '이름'을 세우는 파렴치한
자들이 얼마든지 있다. 이들은 다른 사람의 '이름'이 갖는 정당한 권리를
탈취함으로써 자신의 이름을 행사하고 덕을 보는 사람들이다. 세상은 때
로 이러한 사람들의 편에 서서 "그대로 봐주고 잘 살게 하는" 모순을 범
하기도 한다. "대명천지에/남의 간을 내어먹는 놈/그대로 봐주고 잘살
게 하는" 상황이 그것이다. 위 시에서의 '하늘'은 부정적인 현실을 묵인하
는 사회 모순적 집단 혹은 개인을 의미한다. "하늘의 밑이나 씻어야지"에
는 이러한 부조리에 대한 강한 비판이 내장되어 있다. "창씨개명 하고 싶
다", "이젠/용도를 바꾼다" 등은 '죄인'처럼 짓밟히는 세상에서 적극적인

자기표현의 단계로 나아가고자 하는 의지를 반영한다. 이는 좁게는 개인적 관계성에서 오는 반발이면서, 넓게는 세상의 불합리에 대한 비판과 개선의지의 한 표현이라고 할 수 있다.

털두꺼비가 어떻게 생겼는지 모른다
하늘에서 살지도 않는다
소는 더욱 아니다

나와는 전혀 관계없는 것들로
내 이름은 만들어졌다

20㎜ 정도의 작은 몸
짧은 촉각을 흔들며
이 어두운 세상을 기어다닌다

누가 알아주지도 않지만
알아주길 원하지도 않는다
어느 날 누군가 나에게 건네준 목숨
행운인지 불운인지 모른 채
그저 성실하게 주어진 만큼만 살아갈 뿐

이런 나에게 무슨 이름이 필요한가
나에게 맞지도 않는 이름
이름은 잘나고 거룩한 사람이나 가져가거라

이름 없이도

내 삶은 이 참나무 숲에서

충분히 윤이 날 수 있으니

-「털두꺼비하늘소」전문

"나와는 전혀 관계없는 것들로" 만들어진 "내 이름은" 사회적 이름이다. 세상이 나에게 덧씌우고 강요하고 만들어가는 '이름'이다. "털두꺼비가 어떻게 생겼는지 모른다/하늘에서 살지도 않는다/소는 더욱 아니다"에 이러한 배경이 함축되어 있다. 나도 모르는 내 이름을 세상이 마음대로 규정짓고 그 높낮이를 판단한다. '털두꺼비하늘소'는 세상이 뭐라고 하든 "20㎜ 정도의 작은 몸"으로 "이 어두운 세상을 기어 다닌다." 분에 넘치는 욕심도 불만도 없다. "누가 알아주지도 않지만/알아주길 원하지도 않는다." "어느 날 누군가 나에게 건네준 목숨", "그저 성실하게 주어진 만큼만" 살아가고자 한다. 그럼에도 세상에는 이런저런 말들도 많다.

사람들은 '이름'을 얻기 위해 과도한 경쟁을 하고, 남을 비방하고, 시기와 질투를 서슴지 않는다. 때로 이름값을 하면서 살라고 강요당하기도 한다. 명예와 권력, 출세, 지위 등은 모두 '이름'에서 흘러나온다. 허명에 시달리는 현대사회에서 '이름'은 얼마나 큰 힘을 지니는가. "어두운 세상을 기어다"니는 '털두꺼비하늘소'의 "작은 몸"의 한계는 또 얼마나 지독한가. 진실을 왜곡하는 부정적인 현실과 단절을 불러들이는 소외의 형식이 여기에 있다.

이러한 모순적 상황 속에서 주체의 결단과 의지는 대단히 중요하게 작용한다. '나'는 "이름 없이도/내 삶은 이 참나무 숲에서/충분히 윤이 날 수 있"다고 생각한다. 아니, 깨닫는다. '이름'에서 해방되는 극적인 순간이다. '이름'을 벗어버린다는 것은 진정한 '이름'을 찾아가는 과정이 될 것이다. 그리하여 "나에게 맞지도 않는 이름/이름은 잘나고 거룩한 사람이나 가져가거라"의 세계로 나아갈 수 있게 된다. 결국, 내 몸에 맞는 내 '이름'을 찾는 것이 자아를 구현하는 가장 빛나는 조건이 될 것이다. 이것이 곧 나와 세계, '이름'의 관계성에 대한 화두를 열어가는 명징한 척도가 된다.

2. 생명의 떨림 그 원초적 신비

이름에 대한 자각은 곧 생명성에 대한 자각이다. 이름은 고유의 가치를 일깨우고 확보해갈 수 있는 마지막 보루이고 질서이다. 우리가 하찮게 여기는 미물과 잡초는 척박한 터전에서도 제 생의 가치를 충실히 지켜나간다. 어떤 환경 속에서도 목숨을 포기하지 않고 끈질긴 생명력을 이어간다. 이것이 곧 생명성의 순환을 열어가는 원초적 배경이 된다. 시인이 작은 이름들을 불러내어 존재의 근원을 찾아가고자 하는 것도 이들이 순수생명의 모태이기 때문이다. 하지만 작은 생명들을 삶의 영역 속에 포섭하고 조화를 이끌어가는 것은 대단히 어렵다. 자연적 순수생명과 문명은 처음부터 그 흐름을 달리하는 대립적 위치에 놓여있다. 순수자연이 지향적 세계라면, 문명은 극복하고 뛰어 넘어야 할 폭력적 '이름'의 세계이다.

> 시멘트 계단 틈새에
> 풀 한 포기 자라고 있다
> 영양실조의 작은 풀대엔
> 그러나 고운 목숨 하나 맺혀 살랑거린다

비좁은 어둠 속으로 간신히 뿌리를 뻗어
연약한 몸 지탱하고 세우는데
가끔 무심한 구두 끝이 밟고 지날 때마다
풀대는 한 번씩 소스라쳐 몸져눕는다
발소리는 왔다가 황급히 사라지는데
시멘트 바닥을 짚고서 일어서면서 그 뒷보습을 본다
그리 짧지 않은 하루해가 저물면
저 멀리에서 날아오는 별빛을 받아 숨결을 고르고
때로는 촉촉이 묻어오는 이슬에 몸을 씻는다
그 생애가 길지는 않을 테지만
그러나 고운 목숨 하나 말없이 살랑거린다

-「풀에게」 전문

　"시멘트 계단"은 생명이 숨쉬기에는 지나치게 완고한 문명의 속성을 품고 있다. 그 완고한 틈새를 비집고 피어나는 "풀 한 포기"의 생명은 경이롭기 그지없다. 비록 기름진 땅에 뿌리내리진 못했지만 "풀 한 포기"는 "영양실조의 작은 풀대"를 지고 끝까지 목숨의 무게를 지고 간다. "무심한 구두 끝"은 "풀 한 포기"의 "연약한 몸"을 억압하는 폭력적 힘이다. 이러한 폭력적 힘은 "풀 한 포기"가 대응하기에는 너무나 거대하고 차갑다. 따라서 "비좁은 어둠 속으로 간신히 뿌리를 뻗어" 생명을 보존해갈 수밖에 없다. "한 번씩 소스라쳐 몸져눕는" 병증은 "구두 끝"이 던져준 시련이며 억압적 위기의식이다. '별빛'과 '이슬'은 "고운 목숨"의 생애를 연명시켜주는 유일한 자양분이다.

　시인이 주목하는 "고운 목숨"은 끊임없이 외부적 힘에 시달리고 위협당하는 존재이다. "시멘트 계단 틈새"의 "풀 한 포기"는 바로 이러한 목숨을 대표하는 자연 상징물이다. "시멘트 계단"과 "무심한 구두 끝"은 문명의 이기와 폭력적 힘을 나타낸다. 문명은 순수 자연공간을 침범하고 유린했을 뿐 아니라 고유한 생명의 흐름까지 위협한다. 약자와 강자, 자연과 문명의 대립적 위치가 "시멘트 계단"과 "풀 한 포기"를 통해 명징하게 조명된다. 더 크게 척박한 환경 속에서도 제 생을 충실히 영위하는 '풀'의 끈질긴 생명력에 초점이 놓인다. "고운 목숨 하나 말없이 살랑거린다"에서 "고운 목숨 하나"가 그 충만한 생명의 세계이다. 문명의 차디찬 속성으로 상징화 되는 "시멘트 계단"과 "무심한 구두 끝"은 오늘날의 나일 수 있고, 너일 수 있다. 또한 그 틈새의 "풀 한 포기"가 나일 수도 있고, 많은 타자들일 수도 있다. "고운 목숨 하나"의 '살랑거림'이 보다 큰 생명력의 반향을 불러일으키는 이유가 여기에 있다.

> 무심히 밟았다가
> 화들짝 놀랐다
>
> 거기 어기차게 흐르고 있는
> 정淨한 생명에
> 분노의 불길이 일고
> 이 불길에 온몸을 데었기 때문이다
>
> 누구에게 빚진 일 없이
> 맑게 씻긴 무심無心으로
> 저 하늘 향해 마주 서 있다가
>
> 까닭 없이 내 발굽에 밟혀

한 무더기 분노가 피어났기 때문이다

- 「땅빈대」 전문

시인의 눈으로 보면 우주는 온통 생명의 흐름으로 가득 차 있다. 눈으로 능히 그 존재를 식별할 수 있는 것에서부터 '땅빈대'같이 땅에 몸을 붙이고 살아가는 생명까지 그 영역은 무한하다. '땅빈대'는 자신의 몸을 한껏 낮추고 있지만 "무심히 밟았다가/화들짝 놀"랄 만큼 강렬한 생명력을 가지고 있다. 이러한 생명들의 특징은 그 자체의 생명에 열중할 뿐 남을 해치거나 탓할 줄을 모른다는 것이다. 따라서 "누구에게 빚진 일 없이/맑게 씻긴 무심無心으로/저 하늘 향해 마주 서 있"게 되는 것이다. '땅빈대'가 피워 올리는 "분노의 불길"은 부당한 힘으로부터 자신을 지켜갈 최소한의 저항이다. 이는 본능적 자기보호이며 생명을 이어가려는 내적 에너지다. '땅빈대'가 품고 있는 "정淨한 생명"은 이러한 본능적 에너지에 의해 유지되고 확장되어 간다.

문효치의 생명인식은 그의 많은 시편에서 보여 지듯이 작지만 끈질긴 생명들의 움직임을 통해 감지된다. 이러한 움직임은 자연의 순환성, 오랜 시간성의 질서와 맞물린다. 이러한 시간성의 질서는 우주 그 너머에서부터 시작되고 있는 만큼 원초적 신비의 색채를 띠고 있다. "목숨이 머물다가 지나가는 소리/수만년 수천년 흘러오다가/저놈 몸통 속을 지나가는 소리"(「줄베짱이」), "수십억 광년, 그 너머/때로는 넘어지고 때로는 일어서면서/기어이 여기에 와 있는/그 말"(「호박꽃」) 등에서 그 신비의 색채를 체득할 수 있다. "우주의 근원이 있다면/거기 까마득히 먼 곳에 솟아 있던 피 한 방울"(「여치」), "저 우주의 깊은 곳 거기서 발원한/생명의 끈이 닿는 곳"(「기막힌 일이다-칠성무당벌레」)에서도 시간과 생명성의 관계성이 드러난다. 작은 생명 하나하나의 숨결이 소중하게 부각되고 있는 이유가 여기에 있다.

이러한 생명들은 문명이 덧칠된 인위적인 구도가 아니라, 순수생명의 형식을 취하고 있다는 데 의미가 있다. 여기서 시인이 구현해가고자 하는 생명성의 본질을 읽을 수 있다. 이는 대단히 무겁거나, 거대한 의미를 요하는 것이 아니다. 우리가 몸담고 있는 세상, 이 세상에 뿌리내리고 있는 생명들 즉, 작은 '이름'을 달고 살아가는 우리 자신의 이야기를 담고 있다. 위 시편 「풀에게」, 「땅빈대」는 오랜 시간의 저편을 거쳐 오늘, 이곳에 뿌리 내리고 있는 원초적 생명들의 표상이다. 따라서 이를 무너뜨리는 또 다른 세계에 대한 비판적 논리가 개입할 수밖에 없다.

3. 순화된 언어와 여백의 시선

문효치의 시집 『별박이자나방』은 크게 세 개의 의미구도를 구성한다. 곤충의 이름에 빗대어 나타나는 비판적 인식, '풀' 이미지를 통한 생명성에 대한 신비, 언어적 미학을 구축하는 여백의 세계가 그것이다. 두 개의 의미영역은 앞서 이미 살펴보았고, 남은 하나의 세계를 들여다본다. 시의 여백은 단순히 비어있는 것이 아니라 그 행간에 우리의 상상력을 자극하는 또 다른 의미를 함축하고 있다. 따라서 여백 그 자체로 이미 시적 효과를 충분히 충당해낸다고 할 수 있다. 문효치의 경우, 여백의 형식이 직접 드러나고 있지는 않지만 정서적 구도를 통해 그러한 미학이 체감된다. 이는 촘촘하고 빽빽한 언어의 숲을 지나 보다 순화된 언어를 구사하려는 노력으로부터 출발한다. 과장된 언어의 나열에는 설명이 끼어들게 되고 시적 긴장을 떨어뜨리는 불균형이 드러나게 된다. 문효치는 눈을 현혹시키는 언어의 군더더기를 제거함으로써 호흡이 드나들 수 있는 여백을 만들고 언어 본래의 미감을 살려낸다.

> 엊저녁 초승달 아래서
> 깨금발로 발로 뛰어다니던 유령
> 풀먹인 그 흰 옷의 사각거림에
> 배춧잎은 일제히 소름 돋는다
>
> -「배추흰나비」 전문

위 시에서 특징적으로 짚이는 것은 이미지의 색채이다. '초승달', '유령', '흰 옷', '배춧잎' 등의 이미지가 발현하는 정서가 그것이다. 이러한 이미지들은 우리의 정서와 친근하게 맞물리면서 삶의 풍경을 들여다볼 수 있는 이야기의 한 축을 생성한다. '초승달'은 "깨금발로 뛰어다니는 유령", "흰 옷의 사각거림"을 풀어내는 빛의 이미지이다. 시각적/청각적 이미지는 정적인 이미지에서 동적인 생동감을 생성하는 세계가 된다. 하나의 풍경 속에 용해되면서 '배추흰나비'의 선명한 색채 속으로 용해된다. 이러한 이미지들은 강렬하기보다 맑고 순하고 부드러운 색채감에 닿아 있다.

초승달→유령→흰 옷→배춧잎의 순으로 이어지는 이동하는 경로는 시인의 지향구도를 보여준다. 시인의 시선은 '배추흰나비'에 중심을 두고 천상에서 지상으로 이동해 온다. '배추흰나비'는 '날개' 즉 상승 이미지를 담고 있지만, '배춧잎'이라는 지상의 사물에 머묾으로써 지상의 풍경 속으로 스며든다. "배춧잎은 일제히 소름 돋는다"는 '초승달'이 풀어내는 극적인 이야기적 파장이 된다. 이러한 배경 속에서 '배추흰나비'는 그만의 날갯짓으로 날아오른다. 날아올라 자꾸 먼 곳으로만 달아나려는 우리의 시선을 낮게, 더 가깝게 불러들인다. '배춧잎'과 '배추흰나비'의 상호관계성은 우리가 탐구해야할 세계가 우리 주변의 작은 움직임 속에 있다는 것을 각인시키듯 조화로운 공감대를 형성한다. 이러한 시적배경이 곧 1연 4행의 짧은 시가 던져주는 시적 효과이면서 그 울림이 될 것이다.

등에
외계로 가는 길이 보인다
피타고라스가 걷던 길에
에너지가 모여들어
거대한 별들의 숲이 자라고
우리의 삶이 하늘로 이어진다
이 길에서 권력이 나온다
하늘의 입구에 백로자리가 날개를 펄럭인다
우주의 축이 수직으로 일어선다

-「별박이자나방」 전문

아래로 아래로 떨어지는 것이 어지럽고 역겨워
위로 위로 치솟았더니

높은 곳과 깊은 곳은 모두 푸르러
하나로 잇대어 있다는 걸
왜 몰랐을까요

-「산푸른부전나비」 부분

어둠 너머엔 반드시 밝은 세상이 있음을 안다

거기 신의 집, 안방이 있음을 안다

－「열점박이별잎벌레」부분

"외계로 가는 길"에는 "거대한 별들의 숲이 자라고"(「별박이자나방」) 있다. 이 '길'은 지상의 골목이 아니라, "우리의 삶이 하늘로 이어진다"에서 보여 지듯이, 상승지향의 형태로 나타난다. 여기에 '권력'이 있고, '날개'의 펄럭임이 있다. "우주의 축이 수직으로 일어선다"에 이러한 인간 삶의 풍경들이 압축되어 있다. 기쁨과 슬픔, 모순과 위기의 순간들이 아슬아슬하게 줄다리기를 하고 있다. "아래로 아래로 떨어지는 것이 어지럽고 역겨워/위로 위로 치솟았더니"(「산푸른부전나비」)의 배경도 여기에서 비롯된다. "떨어진 자리는/늘 아프다"(「멧팔랑나비」)라는 상처의 기억이 남아 있기 때문이다. 하지만 곧 "높은 곳과 깊은 곳은 모두 푸르러/하나로 잇대어 있다는" 것을 깨닫게 된다. 이러한 깨달음은 그저 얻어진 것이 아니라, 수많은 수직상승의 시행착오 끝에 얻어진 결과물이다.

이는 '하늘', '수직' 등의 날아오름의 세계를 지나 당도한 세계이다. "높은 곳과 깊은 곳"이 하나로 연결되어 있는 곳 즉, 지상의 따뜻하고 소박한 터전이 그것이다. "어둠 너머엔 반드시 밝은 세상이 있음을 안다"(「열점박이별잎벌레」)에서의 '어둠'의 시간과 "밝은 세상"의 조우도 여기에 있다. "밝은 세상"은 '어둠'의 시간을 지나 만나게 되는 희망의 세계이다. "거기 신의 집, 안방이 있음을 안다"에 그 인식의 전환이 담겨있다. "신의 집"은 '안방'과 하나의 공간 이미지로 표상되면서 그 경계의 높낮이가 해소된다. '안방'은 지상의 가장 깊고 낮은 곳이면서 또한 가장 안락한 공간 이미지로 나타난다. 시인은 이제 인간의 욕망이 빚어낸 '수직'의 '우주'와, 떨어짐의 상처를 지나 수평의 평화와 그 심리적 여백을 마련하고 있다.

파란 사탕이
보석이라고 생각한 때가 있었다
눈이 맑아
세상이 온통 아름답게만 보이던
내 다섯 살

입속에 넣고 굴리던 사탕을 꺼내어
초겨울 푸른 하늘을 향해 들어 보면서
그 파란 광채로 눈을 닦다가

그만 놓쳐 풀덤불 속에 빠뜨리고는
영영 찾지를 못하고
한동안 허하게 꺼져버린 가슴을 안고 지내다가

얼마나 세월이 지났을까
이제 눈도 어두워 가물거리는데
풀숲에서 파란 광채를 보았다

살아서 꿈틀거리는 저 보석
흐린 내 눈으로 들어오고 있었다

눈이 근질거린다.
들어오면서 새 길을 내고 있기 때문이다

- 「금테비단벌레」 전문

문효치의 '이름'에 대한 사유가 마지막으로 머무는 시간은 유년이다.

유년의 기억은 '이름'의 부정적인 측면과 상승지향의 끝없는 욕망을 지나 도착하게 되는 지점이다. 위 「금테비단벌레」에 형상화되고 있는 과거회상의 시간이 이를 뒷받침한다. 위 시편의 중심 이미지는 '보석'이다. '보석'은 '다섯 살' 때 "입속에 넣고 굴리던 사탕"에서 '세월'이 지난 후 비로소 찾게 되는 '보석'에까지 연결되고 있다. '보석'은 달콤한 사탕 이미지에서 '꿈'의 상징어로 발전해간다. '꿈'은 "눈이 맑아/세상이 온통 아름답게만 보이던" "내 다섯 살"에 잃어버린 이후 좀체 그 실체를 드러내지 않는다. '보석(꿈)'의 상실은 "한동안 허하게 꺼져버린 가슴을 안고 지내다가"의 상황에 놓이게 한다. 여기에는 꿈의 세계를 상실한 채 현실적 삶에만 매달려 살아가는 시적화자의 고뇌와 자각이 반영되어 있다.

따라서 유년기에 잃어버린 "파란 사탕"에 대한 기억은 꿈을 상실하고 살아가는 자아를 돌아보게 하는 자아인식의 세계를 담고 있다. 이를 통해보면, "풀숲에서 파란 광채를 보았다"는 상실한 꿈, 자아를 찾았다는 의미가 될 것이다. 이는 많은 '세월'이 흘러 "눈도 어두워 가물거리는" 시점에야 비로소 확보할 수 있게 된 꿈의 세계이다. '보석'의 상실과 생성의 과정은 "내 다섯 살"과 "이제 눈도 어두워 가물거리는데"까지의 긴 시간을 담보한다. 이러한 시간적 거리는 시인의 오랜 시적 탐구여정을 함축한다고 할 수 있다. "살아서 꿈틀거리는 저 보석"은 "푸른 물감으로 그린 소년의 꿈"(「쌀잠자리」)을 다시금 되찾는 과정이 된다. "새 길을 내고 있기 때문이다"에서의 '새길'이 곧 꿈의 실현, 상실한 자아회복을 상징화하는 척도가 될 것이다.

문효치의 '이름'에 대한 탐구는 시 「노랑어리연꽃」의 '밝음'에서 출발하여, 「개똥벌레」, 「개불알꽃」, 「며느리밑씻개」 등의 단계를 지나, 「배추흰나비」, 「별박이자나방」, 「열점박이별잎벌레」 등의 세계로 변화/전개되어

간다. 위 시편 「금테비단벌레」는 그 마지막 단계에서 짚어볼 수 있는 의미영역이다. 존재에 대한 자각, 생명성의 신비, 편견과 부조리의 현실, 여기에 편승해 가는 '이름'들에 대한 비판 등이 이러한 과정 속에 포섭되어 있다. 여기에는 '이름'에 갇히고 '이름'에 종속되어 가는 현대인들의 삶과, 이를 일깨우고 본래적 자아를 찾아가고자 하는 강렬한 열망이 내장되어 있다. 이는 내 몸에 맞는 내 '이름'을 찾아가는 지난한 여정에 다름 아니다. 순화된 언어와 다양한 이미지의 의미적 발현은 '이름'들을 발견하고 부각시키고 상징화하는 방법론이면서 또한 그 정서적 배경이 된다.

미적 가치를 찾아가는 고독한 자기탐구의 여정
— 오세영의 신작시론

1.

　오세영의 신작시 특집원고 '안데스 시편'을 읽는다. 시인은 "40일에 가까운 여행이었습니다. 앞뒤에 배낭을 메고 꼭 가야할 길이 아닌 길을, 굳이 가야 할 목적도 없는 곳을 그저 타성처럼 헤매고 다녔습니다."(시작 노트)라고 적고 있다. 시인의 여행길을 따라나서 본다. 시인은 "꼭 가야 할 길이 아닌 길"과 "굳이 가야 할 목적도 없는 곳"이라고 언급하고 있지만, 이미 가야할 이유와 목적이 강렬하게 작동하고 있었는지 모른다. 시인의 발자취를 따라 해발 4천 미터가 넘는 고원을 오르고, 유적지를 만나고, '우유니 소금사막'의 별빛에 젖어들고, 작은 꽃들의 숨소리에 귀 기울여본다. 광대하고 아스라한 소리들이 오랜 잠에서 깨어나 생명의 한 축을 각성시키고 있다. 이들은 각각의 파장으로 달려왔다가는 제풀에 사라지기도 하고, 섬세하게 똬리를 틀어 또 다른 의미의 고리를 만들어내기도 한다.

　여행은 휴식인 동시에 또 다른 생산을 촉진하는 에너지이다. 그래서 누구나 여행에 대한 막연한 그리움과 열망을 가지고 있다. 잠시 일상을 떠나는 소박한 여정에서부터 특별한 목적을 지닌 여행에 이르기까지 즐거움과 설렘, 기대감은 충만하다. 여행은 완고한 현실적 '생활'을 벗어난다는 점에서 자유로운 활동영역이 된다. 신체적 활동의 자유는 물론 정신적 휴식이라는 선물까지 부여받게 되는 것이다. 따라서 여행길에서는 보다 창조적이고 활달한 에너지의 흐름을 경험할 수 있다. 낯선 풍물을 통해 습득하게 되는 '발견'의 순간과 정신적 교감의 신선한 충격도 주어진다. 이때 세계에 대한 새로운 이해와 자기존재에 대한 성찰적 사유가 응집하게 된다. 시적으로 보면, 이는 곧 시인의 시선이 어디에 머물고 있는가, 이를 어떤 모양과 색채로 그려내고 있는가의 의미로 이어진다. 기행시의 경우, 보다 큰 개별성이 주어지는 경험요소이면서 그 의미영역이 될 것이다.

시인은 멀고도 긴 여행길에서 무엇을 보고, 무엇을 느끼고, 무엇을 안고 돌아왔을까. 시인의 말대로 "이제 졸업이 가까이 다가왔으니 기념 삼아 수학여행이라도 한 번 해보는 것"이라면, 이 '수학여행'은 특별할 수밖에 없다. 우선, 정년을 앞둔 시인 스스로가 이 '수학여행'에서 느끼는 감회가 남다를 것이다. 그러면 시인은 무엇으로 여행길의 내적 공백을 충족해갈 것인가. 자기탐구의 정직한 화두를 열어갈 것인가. 시인은 낯선 풍물을 떠돌면서 풍경 그 이면에 감춰진 이야기들을 들여다보고자 한다. 인간의 욕망과 폭력적 지배, 그 훼손의 현장을 상기하는 것도 여기에 닿아있다. 이런 점에서, '안데스 시편'은 단순한 여행길의 감흥이 아니라 보다 내밀하고 복잡한 메시지를 던져준다고 할 수 있다. 얼핏, 고독한 여행자의 흔적이 묻어나는 것도 이와 무관하지 않을 것이다. 미적 가치를 찾아가는 일 즉, 파괴된 원형(原形)의 아름다움을 자각하고, 반성하고, 회복하고자 하는 열망이 그 걸음 속에 물들어있다.

2.

　여행은 공간체험이 그 중심에 있는 만큼 공간에 대한 기억과 인식이 중요하게 작용한다. 우리가 여행지의 특정 공간에 대해 이런저런 의미를 부여하고 새로운 사유를 이끌어내는 것도 이러한 배경에 닿아있다. 이는 공간에 대한 애정 어린 관심과 관찰, 이를 내면화하여 그만의 의미를 탄생시키는 일련의 과정이라고 할 수 있다. 따라서 특정 공간이 누군가에게는 강렬한 하나의 의미공간으로 각인되는가 하면, 누군가에게는 별 감흥 없이 그저 스쳐 지나는 풍경이 되기도 한다. 동일한 공간을 체험하면서도 이처럼 각기 다른 인상과 의미를 체득하게 되는 것은 개인적 성향과 관심, 가치관의 진폭이 다르기 때문일 것이다. 이로 인해 죽어있는 혹은 잊혀 진 공간이 새로운 생명을 얻기도 하고, 또 다른 담론을 이끌어내는 풍경으로 부각되기도 한다. 시인의 걸음을 따라 그 여행길의 이야기 속으로 걸어본다.

　　　해발 4000미터가 넘는
　　　고원 알띠쁠라노, 아이마라인들은
　　　그 위에 다시 높은 피라미드를 쌓았다.
　　　〈태양의 문(門)〉과 〈달의 문〉을 세웠다.
　　　직접 하늘을 오르려했던 것일까?
　　　하늘이 가까워 보인다.
　　　유리창보다 더 엷어 보인다.
　　　고대 이집트인들은
　　　낮은 평지에 피라미드를 짓고
　　　지하의 바다를 항해해 천국을 가려 했는데

그들은 직접 하늘을 날고자 했던 것일까?

바람이 센날,

콘돌처럼 아니 흩날리는 민들레 씨앗처럼

〈달의 문〉을 지나 〈태양의 문〉을 지나

허공을 훨훨 날으려 했을까?

(아마 그랬을지 몰라,

어느 날 문득 그들이 홀연 종적 없이 사라진 것을 보면)

지상은 어디나 삶과 죽음이 지배하는 땅,

오늘은 유달리 바람이 세다.

하늘이 온통 우유빛이다.

콘돌 한 마리가 유유히 날고 있다.

지금은 폐허가 된 띠와나꾸

신상(神像) 빠챠 마마가 서 있던 유적엔

유달리 민들레꽃들이 많다.

별칭으로는 또

앉은뱅이 꽃이라 불리는.

- 「와일드 마가릿따」 전문

위 시편 「와일드 마가릿따」에는 '하늘'과 '지상' 등 두 공간이 등장한다. '하늘'은 안데스 고원에서 체득하고 의미화 되고 있는 공간 이미지이고, '지상'은 인간 삶의 영역에 대한 공간인식이다. 여기서 '하늘'은 구체적으로 어떤 의미의 공간인지 언급되고 있지 않지만, "지상은 어디나 삶과 죽음이 지배하는 땅"으로 설정되어 있다. 이에 비춰보면, '하늘'은 '지상'과 상반되는 상승 이미지를 표상하고 있음이 분명하다. 인디오 부족 '아이마라인들'은 해발 4천 미터가 넘는 고원에 "〈태양의 문(門)〉"과 "〈달의 문〉"이라는 피라미드를 쌓아올린다. 시인은 높은 고원에 피라미드를 쌓아올린 이들의 발자취에 주목한다. "직접 하늘을 오르려했던 것일까?", "그들은 직접 하늘을 날고자 했던 것일까?", "허공을 훨훨 날으려 했을까?"라는 물음은 이러한 배경 속에서 생성된다.

여기서 '하늘'은 종교적 의미를 내포하는 신성의 표상이기도 하고, '지상'과 반대개념의 '인간'이 살아갈 수 있는 최적의 공간 이미지에 닿아있기도 하다. 시인은 후자에 보다 중심을 두고 인간적 기원과 희망적 공간 구도를 제시하고 있는 것 같다. '하늘'은 "삶과 죽음이 지배하는 땅"에서의 '삶'과 '죽음'을 벗어날 수 있는 공간 이미지이면서, 가치추구의 욕망을 실현해줄 수 있는 공간으로 각인된다. "삶과 죽음"은 자연적 질서의 생사(生死)가 아니라, 인간세계의 황폐하고 어두운 삶의 풍경을 담고 있다. '하늘'은 '천국'으로 향하는 길목이면서, 꿈의 성취 혹은 더 큰 지배 권력을 확보하기 위한 욕망의 표상이라고 할 수 있다. 시인은 '하늘'과 '지상'이라는 두 공간을 제시하면서 우리로 하여금 직접 이 공간 속으로 스며들어 체감하게 한다. '하늘'은 부조리한 '지상'의 속성들을 한층 부각시키는 이미지로써, '지상'은 '하늘'에 대한 환상을 보다 극대화시키는 효과를 주고 있다. 시 제목 "와일드 마가릿따"(중남미의 민들레) 즉, "별칭으로는 또/앉은뱅이 꽃이라 불리는" 꽃의 생태가 큰 진폭의 울림을 던져주는 이유가 여기에 있다. 두 공간에 대한 인식은 시인의 기행시편이 어떤 구도로 펼쳐질 것인가에 대한 일종의 단서가 되고 있다.

> 잠깐 버스가 멈추자
> 한 떼의 사람들이 몰려든다.
> 꾀죄죄한 손으로 바구니를 펼쳐 든다.
> 샌드위치, 핫더그, 햄버거……

이 땅의 전래음식은 찾아 볼 수 없다.
모두들 멍하고 지친 모습이다.
누가 무엇을 어떻게 했길래
이처럼 바보 멍청이의 행색일까.
똑 바로 쳐다보지를 못한다.
당당히 서지를 못한다.

…… 중략………

얼마나 오랫동안 누가 어떤 짓을 했길래.
이처럼 말을 잃어버렸을까?
시선을 잃어버렸을까?
문득 일제(日帝) 36년을 묵묵히 견디어 낸 아버지, 형님들이 생각
나
핫더그 하나를 집어든다.

-「찰라빠또 지나며」부분

사바나도 아니다.
사막도 초원도 아니다.
우리말로 말하자면 고비〔戈壁〕,
돌멩이와 키 작은 덤불과 드센 잡초만이 뒹구는
거친 땅,
안데스 고원에도 아시아의 고비가 있었구나.
백인 침략자들에게 맞서 싸우다
맞아 죽고, 찢겨 죽고, 태워 죽임을 당하다가
쫓기고 쫓겨 내 몰린 여기는
지상의 끝.

하늘 문이 있는 곳.
하늘로 올라가려고
여차하면 하늘로 날아가려고
이곳에도 사람이 산다.

- 「풍경」 부분

　위 시편들을 숙지하면서 우리는 오세영의 시적 사유와 그 정서적 기류를 보다 확연하게 감지할 수 있게 된다. 이러한 정서적 기류는 앞의 시 「와일드 마가릿따」에서 이미 그 초석을 마련해 둔 바이다. 시인은 잉카 문명의 오랜 유적과 그 유적지의 신비한 숨결 속에서 또 다른 형태의 숨결을 포착해내고자 한다. 바로 신성한 땅의 기운을 짓밟고 그 정신을 말살시킨 침략자들에 대한 비판적 인식이 그것이다. '안데스 고원'은 광대한 아름다움만이 아니라, 그 이면에 비인간적 폭력이 남기고간 상처도 안고 있다. 오랜 침략과 지배, 찬탈의 흔적은 원주민들의 정신적 피폐와 비루해진 삶의 모습을 통해 증명된다. 시인의 눈에 비친 이들은 "모두들 멍하고 지친 모습"이고, 정신적 자존마저 상실한 "바보 멍청이의 행색"을 하고 있다. 어디에도 빛나는 문명을 일궈낸 창조적 에너지와 용맹의 흔적은 보이지 않는다. 이는 다만 유적으로 살아남아 화려했던 시대를 상기하게 하고, 상상하게 하는 장치가 되고 있을 뿐이다.

　"누가 무엇을 어떻게 했길래", "얼마나 오랫동안 누가 어떤 짓을 했길래"라고 시인은 분노한다. 그리고 이들의 오랜 핍박과 상실의 시간을 우리 민족의 비극인 "일제(日帝) 36년"의 침략과 지배에 비유한다. "묵묵히 견디어 낸 아버지, 형님들"에 대한 기억은 우리의 아픈 역사이다. 시인의 분노와 외침이 보다 큰 울림과 설득력으로 다가오는 것은 바로 이 때문이다. "백인 침략자들에게 맞서 싸우다/맞아 죽고, 찢겨 죽고, 태워 죽임을 당하다가/쫓기고 쫓겨 내 몰린 여기는/지상의 끝"(「풍경」)도 이러한 배경을 강도 높게 비판한다. 그래서 시인은 "인류를 위해서/신성한 대지를 위해서/지금이라도 단죄해야한다"고 목소리를 높인다. 이러한 적극적 대응만이 침략적 행위를 보다 투명하게 직시하고 비판할 수 있는 배경이 될 것이라고 생각하기 때문이다.

시인의 시선에서 보면, '침략'은 가장 극단적이고 야만적인 파괴 행위이면서 치유되지 않는 상처의 형식으로 남게 된다. 따라서 이를 다시금 환기시키고 일깨우는 일은 고통스럽다. 그래서 사람들은 은연중 이를 외면하고, 방치하고, 비켜가고자 한다. 이런 점에서, 시인의 여행길의 내적 심리가 단순/평탄한 여정이 아니었음을 충분히 짐작하게 된다. "지상의 끝"에는 "하늘 문"이 있다. 이는 "쫓기고 쫓겨 내몰린" 사람들에게 최소한의 출구를 열어두고 있는 것이다. "여차하면 하늘로 날아가려고"에서 알 수 있듯이 여기서의 '하늘'도 구원의 색채를 띠고 있다. '지상'에서 내몰린 사람들에게는 '하늘'이 유일한 도피처이고, '사람'의 이름으로 살아갈 수 있는 가장 안정된 치유공간이기 때문이다.

밤에 그 수없이 반짝거리던 별들은
낮에는 어디서 자고 있을까.
우유니를 와 본 자는 안다.
그들의 아침인 황혼녘,
잠을 깨자마자
발 아래서 폭발하는 저 찬란한 불빛들,
거짓처럼 땅에서 허공으로 솟아올라
어두운 밤하늘에 한마당 광란의
꽃불놀이를 펼친다.

좀생이, 수수할미, 북두칠성은 보이지 않지만

먼 우리 고국의 별들은 보이지 않지만

지상에 숨겨진 하늘, 우유니는 실은

별들의 침실.

그래서 우유니의 지평은 푸르다.

맨발로 그 푸른 지평을 걷는다.

날지 않고, 뜨지 않고

걸어서 걸어서 별 하나를 주우려

하늘을 걷는다.

지상의 그 어떤 오염도 타락도 허락되지 않은

하얀 소금 사막 우유니,

파아란 하늘이

발 아래 아스라히 깔려 있는 우유니.

- 「우유니 소금 사막」 전문

오세영은 폭력적 침략과 파괴에 대해 지극한 혐오를 가지고 있다. 이는 외형적 파괴뿐 아니라 정신적 파괴의 영역까지 두루 아우른다. '파괴'는 본래적 존재가치와 아름다움을 훼손하는 일이다. 따라서 존재의 질서를 위반하는 반자연적/반인간적 색채를 드러낸다. 시인은 '하늘'과 '지상'의 대립적 위치, 침략자들의 행위, 인디언 원주민들의 삶의 모습, '거친 땅'으로 표상되는 안데스 고원의 풍경 등을 통해 이를 증명해주고 있다. 이러한 침략적 파괴는 치유하기도, 또 극복의 기틀을 마련하기도 쉽지 않다. 그럼에도 시인은 이를 긍정의 세계로 전환시키고자한다. 또한 힘의 대응이 아니라 미적 가치를 통해 그 회복의 기반을 마련해가고자한다. 훼손된 아름다움은 아름다움을 통해서만 복원할 수 있다는 논리를 두고 있는 것이다. 미적 가치야말로 정신적 황폐와 현실적 결핍을 충족할 수 있는 에너지의 원천이 될 것이 때문이다.

위 시편 「우유니 소금 사막」은 이러한 시인의 사유를 잘 함축해내고 있다. 이는 "밤에 그 수없이 반짝거리던 별들은/낮에는 어디서 자고 있을까"라는 물음에서부터 출발한다. 하늘의 별들은 낮에는 소금사막을 불태우는 "찬란한 불빛들"이 된다. 그리고 밤이 되면 "거짓처럼 땅에서 허공으로 솟아올라" 다시 "어두운 밤하늘에 한마당 광란의/꽃불놀이를 펼친다." '우유니 소금 사막'은 "지상에 숨겨진 하늘"이면서 "별들의 침실"로 상징화된다. 이때 하늘과 지상은 분리되지 않고 하나의 공간구도 속에 포섭되어 있다. 시인은 하늘과 지상의 경계를 허물고 넘나들면서 무한한 상상력의 통로를 열어둔다. "맨발로 그 푸른 지평을 걷"고, "날지 않고, 뜨지 않고"도 하늘을 만나고 별을 줍는다. 여기에는 어떤 단절과 부조화의 흔적도 개입해있지 않다. 그 앞에는 "지상의 그 어떤 오염도 타락도 허락되지 않은/하얀 소금 사막 우유니"가 정갈한 영혼을 펼쳐들고 있기 때문이다.

결국, 시인은 '오염'과 '타락'이 없는 곳에서만 진정한 아름다움과 생명력이 주어진다는 생각을 하게 된다. 그리고 '우유니 소금 사막'에서 이러한 가능성을 발견하게 된다. '우유니'는 " 지상에 숨겨진 하늘"이고, 그 "지평은 푸르다." 시인의 지속적인 시적탐구는 '지상'에 터를 두고 있고, 지상의 인간적 가치와 위치를 회복하는 것에 놓여있다. 그래서 "맨발로 그 푸른 지평을 걷는다." 오세영의 미학은 현실과 괴리된 곳이 아닌, "걷는다", "걸어서 걸어서"를 함축하는 지평의 푸름 속에서 '별'을 발견하고자 한다. '소금 사막'에서 '별빛'을 읽는 시인의 상상력이야말로 가장 절실한 시적탐구의 결실이라고 할 수 있다. 이는 파괴의 상처를 치유하는 극복지점이면서 또한 미학을 생성하는 시적사유의 한 척도가 되고 있기 때문이다.

하늘 가는 길에
섬이 하나 있다.
그 섬엔 어부가 산다.
가냘픈 혹은 애처로운 삼뽀냐의 선율로 유인해서
사람을 낚는 어부,
하늘을 걷기 위해선 꼭
이 섬에 붙려가
그에게
마음의 때를 씻겨야 한다.
소금과 햇빛과 맑은 이슬로
세탁시켜야 한다.
하늘에 뜬 섬.
사구아로, 칵투스, 아가베 예쁜 꽃들이 만발한,
그래서 그 위에 사뿐히 내려 앉은 새들이
바람이 불 때마다
흐느끼듯 삼뽀냐를 부는 섬.
사막에 오아시스가 있듯
하늘가는 길에도
섬이 있다.

- 「어부의 섬」 전문

오세영의 시적 미학과 그 가치를 성취해가는 길은 상당한 고통을 수반한다. 앞서 인용 시편들에서 살펴보았듯이, 이에 상응하는 노력과 열망의 시간이 전제된다. 다시 말해 쉽게 그 길에 도달하기 어려운 일종의 관문이 놓여있는 것이다. "삶과 죽음이 지배하는 땅"(「와일드 마가릿따」)을 뛰어넘고, 말을 잃고 시선을 잃어버리게 한 "백인 침략자들"에 대한 '단죄'(「찰라빠또 지나며」)가 주어져야한다. 그리고 '고비(戈壁)'(「풍경」)를 회복하고, '오염과 타락'(「우유니 소금 사막」)의 지상으로부터 빠져나와야한다. 이 모든 과정은 결국 "하늘가는 길"과 연결되어 있다. 이러한 "하늘가는 길"은 "마음의 때를 씻겨야"하고, "소금과 햇빛과 맑은 이슬로/세탁시켜야" 하는 엄정한 통과의례가 주어진다. 하늘과 지상의 중간에는 '섬'이 있어서 두 공간의 경계가 되기도 하고, 때로 그 품을 열어 소통을 허용하기도 한다. 따라서 "하늘을 걷기 위해선" 반드시 이 '섬'을 통과해야하는 절차가 남아있다. '그'는 "마음의 때를 씻겨"주고, "소금과 햇빛과 맑은 이슬로/세탁시켜" 주는 '어부'이다. '어부'는 실제적인 통과행위를 주도하고 결정하는 문지기이다.

   그러면 여기서 시인이 끊임없이 천착하고 있는 '하늘'에 대해 잠깐 숙고해볼 필요가 있다. 시인의 이번 기행 시편에는 '하늘'이라는 공간 이미지가 지속적으로 등장한다. "직접 하늘을 오르려했던 것일까?"(「와일드 마가릿따」), "하늘 문이 있는 곳"(「풍경」) "하늘을 걷는다"(「우유니 소금 사막」) 그리고 위 시의 "하늘가는 길" 등이 그것이다. '하늘'에 대해서는 앞서 이미 "종교적 의미를 내포하는 신성의 표상이기도 하고, '지상'과 반대개념의 '인간'이 살아갈 수 있는 최적의 공간 이미지에 닿아있기도 하다."라고 분석한 바 있다. 그리고 이어 "시인이 지향하는 혹은 가치추구의 공간"으로 결론지었다. 이를 정리해보면, 결국 '하늘'은 이르고자 하는 이상적 세계 혹은 꿈의 표상이 된다. 따라서 미적 가치를 구축하는 지극한 세계, 예술적 지향의 목표지점과 접목시켜볼 수 있는 여지가 생긴다.

"마음의 때를 씻"는다는 것은 정화의 과정을 거치는 것이다. 이는 '지상'의 정화와 자기정화를 두루 아우른다. 시인이 찾고자하는 세계는 새로운 형식의 공간이라기보다, 본래 그 자리에 있었지만 파괴되었거나 상실한 미적체계라고 할 수 있다. 아름다운 것은 원형을 유지했을 때 그 본연의 가치를 극대화할 수 있다. 아무리 아름다운 풍경이라고 해도 본래적 질서를 침해받게 되면 생명력의 흐름에 균열이 가게 된다. 시인의 시선은 침략과 파괴의 현장으로부터 '와일드 마가릿따', '헤라니오' 등 작은 꽃들을 발견하는 데까지 이어진다. '지상'의 본래적 질서와 가치를 회복하는 것은 미적체계를 바로 잡고 생명력의 원천을 확보하는 것이다. 오세영의 '안데스 시편'은 여행길의 다양한 풍물과 그 안에 내장되어 있는 삶의 발자취들, 그 발자취들이 남겨놓은 파괴의 잔재들, 아직도 별빛처럼 타오르고 있는 아름다움, 그 아름다움 속에 피어나는 "소금과 햇빛과 맑은 이슬"의 세계가 응집되어 있다. 이는 오랜 시작(詩作)의 발자취를 되돌아보고 성찰하는 정직하고 절실한 자기탐구의 여정을 반영한다.

시간이라는 화두에 담긴 자기성찰

— 최은하 시집 『드디어 때가 이르니』

1. '시간'에 대한 시적 화두

우리의 삶은 시간의 톱니바퀴 위에 한 치의 오차 없이 조율되어 가고 있다. 따라서 시간의 흐름을 역행하거나 그러한 속성에 자유로울 수 있는 존재는 아무도 없다. 이는 우주의 흐름이나 달력 혹은 시계의 초침에서 인식되는 자연/과학적 시간 뿐 아니라, 인간 경험세계에서 추출되는 주관적 시간을 두루 아우른다. 자연/과학적 시간은 물론 우리의 의식과는 무관하게 흘러가는 시간이다. 한편, 주관적 시간은 우리가 매 순간 부딪치고 경험하며 개인과 사회·역사적 의미를 생성해 가는 시간이라 할 수 있다. 이 두 시간은 개념의 범주에서는 차이성을 드러내지만, '흘러간다'는 속성에서 보면 동일한 맥락을 지닌다. 이러한 시간적 속성에 비추어 보면, 특히 생명 가진 모든 존재자들에 있어서는 '흘러감'은 피할 수 없는 관계성이 된다. 이러한 속성이 바로 생과 사를 결정짓는 원천이 되기 때문이다.

최은하 시인이 최근 펴낸 『드디어 때가 이르니』(밝은 내일, 2010)라는 시집에는 시간에 대한 인식이 진솔하게 형상화되어 있다. 이는 물론 시인의 연륜과 경험에서 체득된 하나의 성찰적 기록이라 할 수 있다. 시인은 머리말에서 "언제부턴가 나는 그 시간이라는 화두를 놓고 나대로 헤아려 문제와 해답을 탐구해 오고 있다"라고 언급한다. 시인이 머리말에서 언급하고 있는 시간에 대한 탐구란 대체로 생명 가진 모든 존재들이 숙명처럼 감당하고 지고 가야할 그러한 시간에 대한 문제인식이다. 이는 곧 삶과 죽음에 대한 문제 즉, 시인의 말에 따르면 "약정의 시한(죽음)"에 터를 둔 화두인 셈이다. 따라서 이 시집에는 그의 연륜에 따른 개인적 심회와 그로 인한 깨달음의 정서가 집중적으로 표출되고 있다고 해야겠다.

최은하 시인은 시집에 나와 있는 약력을 참고해 보면 1959년 『自由文學』으로 등단해 시력 50여 년이 되는 원로 시인이다. 시인은 그동안 『최은하 시전집』을 비롯해서 『너와 나의 최후를 위하여』, 『왕십리 안개』 등 16권의 시집을 출간한 바 있다. 이러한 결과물은 그의 시력과 현실적 연륜을 반영하는 하나의 척도가 될 것이다. 시인이 만년에 '시간'이라는 화두로 자신의 시적 여정과 삶의 여정을 뒤돌아보고 정리하고자 하는 것은 어쩌면 당연한 일인지 모른다. "약정의 시한"이 다가올수록 시간은 더욱 소중하고 간절하면서 새로운 의미로 다가오기 때문이다. 따라서 거기에 대한 남다른 시선과 목소리가 개입하지 않을 수 없다. 이는 존재에 대한, 시에 대한 진정한 의미에서의 자기성찰의 계기가 된다. 시인의 시간에 대한 시적탐구를 눈여겨보는 이유가 여기에 있다. 시인이 스스로 설정한 '시간'이라는 화두를 어떤 방식으로 풀어나가고 또 어떻게 해답을 찾아가는지 따라가 본다.

2. 삶과 존재에 대한 자각

　최은하 시인의 이번 시집에서 보이는 시간에 대한 화두와 자기 성찰적 세계는 대략 세 개의 구도 즉, 자기 존재에 대한 자각, 자연에 대한 관심과 삶에 대한 연연한 정서, 이 둘을 종합해서 얻어내는 '시간'에 대한 미적 깨달음의 세계로 정리해 볼 수 있다. 이러한 과정은 한 시집 속에서도 은밀히 진행되는 시인의 의식적 변화 단계라 할 수 있다. 따라서 이러한 변화 단계를 짚어주지 않고는 그의 시간에 대한 탐색이 내포하는 의미와 색채를 정확하게 판별하기는 어려울 것이다. 이러한 변화단계가 곧 시인이 말하는 시간에 대한 '문제와 해답'을 찾아가는 일련의 과정이 될 것이기 때문이다. 여기에는 시인의 지나간 시간에 대한 발자취와 현재적 시간, 그리고 다가올 "약정의 시한"에 대한 사유가 복합적으로 함축되어 있다. 우리는 이러한 탐구과정을 통해 그의 삶과 존재에 대한 자각과 미래 예시적 시간에 대한 인식을 감지해 볼 수 있다.

　　눈 감았다 뜨니

　　천둥이 치고

　　오늘도 노을 속으로

　　강물은 멀리 흘러가고

　　회오리바람 끝자락에

한 송이 꽃이 피어나네.

-「드디어 때가 이르니」 전문

위 시는 시간의 흐름에 대한 인식이 응집되어 있다. 이는 "드디어 때가 이르니"라는 시 제목에서도 이미 그 의미적 배경이 암시되어 있다. 시간에 대한 인식은 "강물은 멀리 흘러가고"에서 함축적으로 드러난다. '흘러감', '떠나감' 등의 정서적 배경은 이번 시집의 중심 구도라 할 만큼 많은 시편에서 발견된다. 거기에 '오늘도'라는 시간 부사가 가미됨으로써 이러한 흐름이 일시적이 아니라, 지속성을 함유하고 있음을 시사한다. 시간은 우리가 인식하든 안하든 상관없이 늘 제 모양대로 어제도 오늘도 내일도 그 흐름을 지속할 것이다. 따라서 인간의 생명은 곧 "약정의 시한"까지 이를 수밖에 없는 한계를 가진다. 이러한 흐름을 시인은 "눈 감았다 뜨는" 짧은 한 순간의 일로 묘사한다. 그리고 이 짧은 한 순간은 '천둥'과 '회오리바람'으로 상징화되어 나타난다. 이러한 '천둥'과 '회오리바람'은 시인의 지난 삶의 흔적을 암시하는 배경이 되기도 한다. 이러한 삶의 구도는 정도의 차이는 있겠지만 대부분의 사람들이 걸어온 삶의 길이고 그 무게가 될 것이다.

정리하면, 시인은 자신의 생이 잠깐 "눈 감았다" 뜬 듯 어느새 노을 속으로 멀리 흘러가고 있음을 자각한다. 그리고 무엇보다 그가 걸어온 시간은 평범하고 무난한 길이 아니라 '천둥'과 '회오리바람'을 동반한 시간이었다고 생각한다. 그러나 이러한 사유에는 어떤 한탄이나 비감이 어려 있지는 않다. 오히려 현실을 직시하고 받아들이려는 담담함이 숨어있다. 이는 자신의 삶을 객관적으로 사유하고 나아가 초월하려는 노력의 일환이라 할 수 있다. 그 결과, "회오리바람 끝자락"에 "한 송이 꽃"을 피워내는 성과를 생성하게 된다. '꽃'은 여기에서 두 가지 의미, 즉 삶에 대한 마지막 열정, 혹은 그 반대적 측면에서 '시간'에 대한 미적 사유로 볼 수 있다. 이번 시집에 유난히 '꽃'이 많이 등장하는 것도 이러한 사유와 무관하지 않을 것이다. '꽃'의 생성이 바로 그의 시간에 대한 화두이면서 해답에 해당하기 때문이다.

> 손아귀에 온 힘을 주어
> 외로 감고 풀기를 그 얼마나 거푸했던고
>
> 맨 손등엔 힘줄도 잦아들고
> 눈발이 소리 내어 흩날리는 한겨울에도
> 가까스로 벽을 기어오르는 현기증
> 하늘은 기울어 휘돌아들었다
>
> ―「겨울 담쟁이덩쿨」 부분

"겨울 담쟁이덩쿨"은 마른줄기와 잎으로 아직도 차가운 벽을 단단히 움켜쥐고 있다. 받침대 하나 없는 아스라한 벽을 "손아귀에 온 힘을 주"며 부단히 타고 오르며 봄, 여름, 가을을 걸어왔다. 이제 그 끈질긴 생명에도 '겨울'이 다가와 검게 시든 모습으로 세상 앞에 서 있다. 하지만 "겨울 담쟁이덩쿨"은 '눈발'이 흩날리는 한겨울인 지금에도 지난 삶의 흔적을 상기하듯 '벽을 기어오르는' 노역을 멈추지 않는다. 이는 그의 내부에 아직도 꺼지지 않는 삶의 '현기증'이 아스라이 남아있기 때문이다.

시인은 길을 가다 문득 겨울 담쟁이덩쿨을 보면서 지나온 삶을 반추한다. "손아귀에 온 힘을 주"고 "외로 감고 풀기를 거푸했던" 치열한 삶의 현장이 담쟁이덩쿨을 통해 하나하나 되살아난다. 그동안 담쟁이덩쿨의 존재방식을 통해 자신의 삶을 상징적으로 드러내고자 하는 시들은 많았다. 그러나 이처럼 "겨울 담쟁이덩쿨"을 유심히 들여다보는 시선은 그리 많지 않을 것이다. 이는 대개의 사람들이 끈질기게 담을 기어오르며 푸르게 생명력을 태우고 있는 여름 담쟁이덩쿨에 주목하고 있기 때문이다. 한여름의 담쟁이덩쿨은 젊음의 뜨거운 열기를 생성하는 치열한 한 순간을 함축하고 있다. 하지만 시인은 치열한 한 생을 보내고 난 겨울 담쟁이덩쿨에 깊은 애착을 보이고 있다. 이는 겨울 담쟁이덩쿨의 시간과 시인의 시간이 동일한 정서적 구도 속에 닿아 있음을 보여준다. 자연사물의 생태를 통한 존재에 대한 자각은 '시간'에 대한 보다 명징한 깨달음을 던져준다.

> 지금 이 시간은
> 누구의 이름도 함부로 부를 수 없고
> 발목에 힘주어 서서
> 구름장 아래 펼쳐가는 산맥의 숨결을
> 짚어보는 일뿐이네.
>
> 제 터 잡기 한계선에서
> 우리네 눈길로야 간신히 헤아리기나 하는
> 일월성신을 두고
> 하늘 지키는 목마름으로 마주선
> 그대
>
> -「덕유산 구상나무」 부분

최은하 시인이 살아가고 있는 현재 이 시간은 "누구의 이름도 함부로

부를 수 없"는 한없이 겸손하고 겸허해질 수밖에 없는 시간이다. 이를 시인은 "구름장 아래 펼쳐가는 산맥의 숨결"을 짚어보며 가슴 깊이 깨닫는다. 인간의 삶이란 아무리 크나큰 욕망과 성취의 문턱에 다다랐다 하더라도 자연의 숭고하고 웅대함 앞에서는 초라해지기 마련이다. 시인은 제각각의 터전에서 "제 터 잡기"에 바쁜 인간의 삶을 돌아보고, 이러한 삶을 살아가는 우리가 "일월성신" 앞에서는 늘 목마른 존재일 수밖에 없음을 새삼 깨닫는다. 이러한 깨달음이야말로 시인이 시간에 대한 화두를 찾아가는 중요한 단계가 된다고 할 수 있다.

이러한 깨달음의 순간은 "이름을 지어보고 싶은 사람은/이곳에 잠깐 들어와 보게"(「석순(石筍)이 자라는 시간을」「환선동굴」에서」)라는 구절에서도 확인된다. 시인은 '환선동굴'에 가서 석순이 자라는 모습을 보면서 한 생각에 몰두한다. '석순'은 인간의 시간으로는 헤아릴 수 없는 오랜 시간을 걸어 그 많은 경이로운 모습들을 탄생시킨다. 그에 비하면 사람들은 짧은 한 생에 너무나 많은 이름을 얻으려고 욕심을 낸다. 시인은 문득 석순이 자라는 시간을 가늠해 보고 인간들의 세상살이를 뒤돌아본다. 인간의 이름이란 얼마나 터무니없고 허술한 것인가. 시인이 '석순'을 보고 이러한 상념에 젖어드는 것은 인간적 반성과 허무에 중심을 두고 있다. 이를 통해, '석순'의 긴 생성시간과 인간에게 부여된 짧은 한 생을 비교해보게 되는 것이다. "하늘 지키는 목마름으로 마주선/그대"는 그만큼 많은 회한을 지닌 존재이면서, 시간의 유한성에 직면해 있는 "지금 이 시간"의 불완전성에 노출되어 있다.

3. 자연과 삶에 대한 연연한 정서

　최은하 시인의 이번 시집에 특징적으로 생성되고 있는 상상력의 저변은 자연사물에 대한 각별한 인식이다. 시인은 자연사물을 통해 그동안 미처 깨닫지 못했던 삶과 죽음에 대한 문제와 그것이 내포하고 있는 진리를 체득해내고자 한다. 이는 모르고 있던, 또 모른척하며 지나온 많은 물상들을 새삼 세세하게 들여다보면서 그것의 본래적 숨결에 귀 기울이고 있는 것이다. 자연사물의 여러 형상들은 삶의 시간과 인생의 질곡을 나타내는 상징물이다. 시인은 인생의 거친 바람을 걷어내고 난 후 겸허한 시선으로 자연이 던져주는 깊은 의미를 사유하고자한다.

　　　끝없이 펼쳐진 길 위에서

　　　길을 묻고 또 물어 보지만

　　　사람의 어떤 말도 하찮고

　　　내 숨소리 바람결소리만 깊디깊고

　　　이름 모를 풀꽃 한 송이

　　　바람결에 흔들릴 뿐이네
　　　　　　　　　　　　-「길가 풀꽃 한 송이」 전문

　이즈음 시인의 내적 정서는 "끝없이 펼쳐진 길 위에서//길을 묻고 또

물어 보지만//사람의 어떤 말도 하찮고//내 숨소리 바람결소리만 깊디
깊"다는 단계에 닿아있다. 사람들 속에서 사람의 '이름'을 지으려고 '길'
을 묻고 '길'을 찾았지만, '사람'의 세상이 던져주는 "어떤 말"도 "이름 모
를 풀꽃 한 송이" 보다 못하다는 결론에 이르게 된 것이다. 이는 인간의
삶을 '풀꽃' 한 송이의 무게로 인식하려는 의도가 담겨 있다. 풀꽃 한 송
이에 인간의 삶이 담겨있다는 깨달음이 암시되기도 한다. 자연사물에 비
추어 인간 삶의 부질없고 부조리한 욕망의 현실을 일깨우고자 한다. 따
라서 "풀꽃 한 송이"의 발견은 생명에 대한, 삶에 대한 새로운 성찰적 세
계를 열어준다고 할 수 있다.

허구헌 호시절 다 넘기고

입동 지나서야

몇 송이 장미가 피었다.

발길 멈추고 건너다보는 하늘엔

검은 구름장이 서둘러간다.

장미꽃밭에 훨훨 나빌 잡으려다

놓쳐버린 아이와 서로 눈이 마주쳐

내 켠에서 먼저 웃음 흘리고

돌아섰다. 시든 꽃가지에

장미는 그적 지 그 모습이다.

- 「입동 지나 핀 꽃」 전문

"입동 지나 핀 꽃"은 일반적인 생장과정을 벗어나 있다고 볼 수 있다. 이른바 생동감 있게 꽃을 피워야 할 시기를 이미 놓치고 있는 것이다. 시인의 연연한 정서가 머무는 지점도 여기에 있다. "허구헌 호시절 다 넘기고/입동 지나서야" 겨우 피어난 "몇 송이 장미"는 안타까움을 자아내기도 하지만, 한편으로 놓쳐버린 시간에 대한 질책의 시선을 불러들이기도 한다. 시인은 길을 가다 문득 입동을 지나 난데없이 몇 송이 꽃을 피우고 있는 장미를 발견한다. 늦게나마 꽃을 피워낸 것이 대견할 수도 있지만, 시인의 심사는 왠지 공허하다. 좋은 시절을 다 넘기고 핀 장미꽃은 생명력도 짧거니와 보아주는 이도 그리 많지 않다. 호시절을 다 놓쳐버린 회한은 "나빌 잡으려다/놓쳐버린 아이"와 연결된다.

위 시편 「입동 지나 핀 꽃」에도 시인의 시간에 대한 인식과 회한의 정서가 깃들어 있다. "검은 구름장이 서둘러 감"과 "시든 꽃가지"는 시간의 흐름과 그로 인한 존재의 쇠함을 보여준다. "장미는 그적 지 그 모습이다"는 '장미'의 시간을 넘어 시인의 자아인식의 한 측면으로 나아가고 있다. 늦게 핀 장미꽃에 대한 단상은 시인의 삶에 대한 혹은 생명에 대한 열정과 아쉬움, 연연함을 동시에 응집하는 상징적 배경이 될 것이다.

짙푸른 하늘 아래 피어나

마지막까지 불꽃으로 활활 타올라야만

비로소 제 이름을 얻는다

-「단풍」 전문

　"마지막까지 활활 타올라야만/비로소 이름을 얻는다"라는 시적배경
은 스스로에게 던지는 일종의 메시지가 될 것이다. 이는 마지막까지 스
스로를 놓지 않으려는 의지에 다름 아니다. 시인은 앞서 길가 풀꽃 한 송
이에서 사람살이의 여러 모습과 자연의 깊디깊은 숨소리를 찾아내었다.
풀꽃 한 송이에서 촉발된 시인의 존재에 대한 인식은 "입동 지나 핀 꽃"
에서 반성과 회한의 연연한 정서를 유도했었다. 위 시의 '단풍'은 마지막
까지 활활 타오르겠다는 의지를 보여준다. '단풍'은 가을이 깊어 갈수록
더욱 붉게 타오른다. 이는 마지막 순간에 더욱 빛을 발하는 '단풍'만의 고
유한 특성을 반영한다. "마지막까지 불꽃으로 활활 타오름"은 크게 삶의
범주에서 해석되기도 하지만, 내적으로는 그의 문학적 열망에 더 큰 의
미를 부여할 수 있다. 이는 "비로소 제 이름을 얻는다"에서 그 의미를 유
추해 볼 수 있다.

　"제 이름"이란 "마지막까지 불꽃으로 활활 타올라야만" 비로소 얻게
되는 긴 시간성을 내포한다. '단풍'과 "제 이름"의 상관성은 예술의 성취
곧 그 지난한 걸음과 연계시켜볼 수 있다. 최은하 시인의 문학에 대한 열
정은 시집 머리말에서 "3년마다 소출(시집 출간)을 거둬내 보자"라는 스
스로의 '약정'에서도 여실히 드러난다. 그리고 그 '약정'을 성실히 이행해
오고 있음을 또한 알 수 있다. '약정'은 그의 문학에 대한 끊임없는 화두
에 다름 아니다. "길은 끝없이 마냥 뻗혀있고/하늘에 구름도 제 길을 내
어 가고/나도 내 길 내어 가고"(「길을 내어 가야지」)에 그의 시간에 대한 탐
구와 문학적 해답의 실마리가 표상되어 있다.

4. '시간'에 대한 미적 성찰

최은하 시인의 존재에 대한 인식과 깨달음의 정서는 대체로 자신의 삶과 연계해서 구성되고 있음을 앞에서 살펴보았다. 그리고 이러한 과정은 대체로 자연사물을 통해 그 의미적 구체성을 확보하고 있음도 알 수 있다. 자연과 시인은 때로 행위와 인식의 주체가 되기도 하고 대상의 자리에 머물기도 한다. 사람은 일생동안 제 나름의 사유와 존재방식을 터득해 간다. 그리고 그러한 사유와 존재방식에 맞는 삶의 지혜와 극복방식을 구성한다. 최은하 시인의 시간에 대한 물음과 해답 또한 이러한 토대 위에서 생성되고 극복된다. 시인의 '시간'에 대한 탐구는 엄밀히 '시간'에 대한 극복의 한 과정이라 할 수 있다.

봄비 내리는 도심의 공원
빈 그네에 앉아 흔들리다가
빗물에 젖어 떨어지는 나비
나비 떼의 날개를 배경으로
봄날은 가는가 싶다.

가까이 젖어오는 저녁 종소리도 사라지고
흐린 땅거미 속으로 나도 돌아가야 한다.
여태 버티며 흔들리던 흔들림을 안고

- 「봄비 그치고」 부분

최은하 시인의 시집 「드디어 때가 이르니」에 매개되어 있는 시간은 대체로 '가는' 시간에 중심을 두고 있다. "빈 그네에 앉아 흔들리다가/빗

물에 젖어 떨어지는 나비"는 이러한 정서를 뒷받침하는 풍경이다. "나비
떼의 날개를 배경으로/봄날은 가는가 싶다"에서 "봄날은 가는가 싶다"의
의미배경이 여기에 있다. 인간의 한 생을 한 철 봄날의 '나비'에 비유함으
로써 시간의 유한성에 대한 허무의식을 결집한다. "빗물에 젖어 떨어지
는 나비"의 모습은 분명 비애의 정서를 내포하고 있다. 여기서 '나비'는
인간존재의 상징이고, '봄날'은 유예된 시간을 의미한다. '나비'는 짧은
'봄날'을 향유하다 비에 젖어 날개를 접고 삶을 마감한다.

　　'시간'의 흐름은 "봄날은 가는가 싶다", "흐린 땅거미 속으로 나도 돌
아가야 한다"의 배경 속에 포섭되어 있다. 여기서 주목해야 할 부분은
"나도 돌아가야 한다"라는 대목이다. "빗물에 젖어 떨어지는 나비"는 시
인과 동일시되면서 '돌아가야' 할 때를 깨닫게 하는 중심 이미지가 된다.
"흐린 땅거미 속"은 '집'의 상징 혹은, 자연적 죽음의 의미영역이 된다.
'봄비', '빈 그네', '빗물에 젖은 나비' 등의 이미지는 '봄날'과 어우러져 '가
는' 시간을 보다 선명하게 의미화 하는 역할을 한다. '나비'를 매개로 펼
쳐지는 '봄날'은 그 자체로 아름다움을 내포하고 있다. 이는 '가는 봄날'을
미적으로 승화하고자하는 시인의 시적 의지가 내장되어 있기 때문이다.

　　　　시간 맞춰 외출했다 돌아오는 길목
　　　　참 오랜 만일세.
　　　　발길은 휘적휘적 가볍기만 하네.
　　　　잡초 사이 들꽃은 바람결에 나부끼고
　　　　하루는 땅거미로 갈앉고
　　　　꽃은 한낮의 은유법으로
　　　　그 자리에 들었다가
　　　　그 시간에 나와

온갖 물상을 고이 짓는 사이

새삼 사람 사이를 돌아보게 하네.

꽃말을 지어낸 사람들의 손 안엔

별꽃숭어리가 수북할 거네.

주고받는 말은 말마다

향기로 가득하고

이제 꿈속의 화원으로

조용히 입장할 차례네.

황혼이 강물에 내려 빛날수록

숨을 고르다 하늘을 쳐다보네.

나의 유예는 언제까지일까를 가늠하다가

손발을 씻네.

- 「꽃은 은유법으로」 전문

　　일상의 평화가 고요하게 펼쳐지고 있다. 시인은 여느 날과 마찬가지로 시간 맞춰 집으로 돌아오고 있다. 그때 돌아오는 길목에서 문득 바람결에 나부끼고 있는 '들꽃'을 발견한다. '꽃'은 어제도 오늘도 변함없이 시간이 되면 어김없이 꽃잎을 열어 온갖 '물상'을 짓고 있다. 그 모습이 마치 외출했다가 제 시간에 돌아오는 자신의 모습을 닮아있다. 시인은 꽃의 피고 짐이 곧 사람살이의 한 모습을 보여주는 것이라 생각한다. 사람살이의 들(入)고 남(出)이 곧 한낮엔 꽃잎을 열고 해가 질 무렵이면 꽃잎을 닫는 꽃의 속내와 무엇이 다르겠는가. 이러한 반복적 일상이 곧 시간의 흐름이고 시간의 흐름이 '황혼'을 불러들인다.

　　시인은 평소 사소하게 보아 넘기던 자연물 하나에서도 삶과 죽음, 생성과 소멸의 의미를 부여하고자 한다. 따라서 시간에 대한 단상도 비애의 정서보다 대체로 자연스러운 삶의 질서로 받아들여진다. "이제 꿈속의 화원으로/조용히 입장할 차례네"라는 인식도 이러한 배경 속에서 비롯된다. 뒤이어 나타나는 '황혼'은 현재적 시간을 환기시키는 시간인식의 저변이 된다. "나의 유예는 언제까지일까를 가늠하다가/손발을 씻네"는 그 결과론적인 사유를 응집하고 있다. 자연의 섭리 속에서 찾아낸 "나의 유예"는 '가는' 시간을 암시하는 한 척도가 된다. '꽃'의 '한낮'과 '황혼'의 시간적 흐름이 꽃의 은유법 속에 고스란히 담겨있다. 시인의 시간에 대한 물음과 해답은 이러한 시간의 흐름과 그 변화 속에 일상적 화두처럼 암시되어 있다.

> 하늘 아래 어디서나
> 그 누구도 되돌이킬 수 있는 건 없대지
>
> 혼자서 강물에 발목 담그고 서서
> 머언 하늘 바라보노라면
> 강물이 자꾸만 일러주는 말
> 인제사 가까스로 알아듣것다
>
> > - 「강물이 이르는 말」 부분

위 시는 최은하 시인의 '시간'에 대한 화두의 마지막 장면을 보여주는 것 같다. 이는 지난 시간은 "하늘 아래 어디서나/그 누구도 되돌이킬 수" 없다는 인식에서 비롯된다. 강물은 흘러가면서 우리에게 끊임없이 시간의 흐름을 알려주지만, 우리는 그것을 귀담아듣지도 또 알아듣지도 못한다. 시인은 "강물이 자꾸만 일러주는 말/인제야 가까스로 알아듣것다"라고 고백한다. 시간이 흐른 후에야 가까스로 그 '말'의 진의를 깨닫고 '시간'의 속성을 일깨우게 된다. 이는 "강 건너 불이었고//남의 얘기처럼 그냥 그랬고//나하고는 무관한 것 같았던 풍광"(「지는 꽃 옆에서」)에 대한 회한이고 의미부여의 형상화과정이다.

생명 있는 모든 것은 태어남이 있으면 반드시 그 결말이 있게 마련이다. 이것은 누구에게나 적용되는 공평한 자연의 법칙에 해당한다. 시인은 누구나 이미 알고 있는 이러한 사실을 새삼 천천히 곱씹어봄으로써 시간에 대한 깊은 성찰을 유도한다. 이는 거부할 수 없는 시간에 대한 정직한 인식이면서 그 확장된 상상력의 저변이 된다. 특징적인 것이 있다면, 시인의 시간에 대한 사유가 대부분 자연적 숨결을 통해 접근하고 있음으로 해서, 대단히 순화된 형태로 나타난다는 것이다. 자연적 이미지는 시간의 한정성이 던져주는 내외적 갈등을 미적으로 극복할 수 있는 매개가 된다. 시인의 시적 시선이 절망이나 한탄, 고통이 아니라 선선한 자연적 순리에 닿아있는 것도 여기에 있다. 이러한 시적배경은, 시인이 '머리말'에 언급해둔 "언제부턴가 나는 그 시간이라는 화두를 놓고 나대로 헤아려 문제와 해답을 탐구해 오고 있다"에 대한 스스로의 화두와 해답을 찾아가고 있음을 말해준다.

관계와 관계 사이를 건너는 미적사유의 세계

— 이광소 시집 『모래시계』

1.

시인은 할 이야기가 많은 사람이다. 다만 시의 특성상 이를 절제하고 상징하고 함축할 뿐이다. 따라서 시인이 만들어가고 있는 이야기의 진폭 속으로 들어가려면 조금씩, 천천히, 그리고 내밀한 호흡으로 다가가야 한다. 이러한 이야기적 요소는 대부분 다양한 이미지들을 통해 변용되어 나타나거나 그 행간에 숨어있기 때문이다. 시인의 상상력 속으로 포섭된 이야기적 요소들은 대체로 그의 경험적 시간과 맞물려 나타난다. 과거와 현재와 미래 즉, 걸어온 시간과 걸어가고 있는 시간, 걸어가야 할 시간들이 현재성을 띠고 구조화되어 있다. 여기에는 그만의 정서와 인식체계, 나아가 무의식의 세계까지 물들어 있다. 따라서 시를 읽는다는 것은 결국 시인의 시간을 읽는 것이고, 시간을 사유하는 시인의 정신을 읽는 것이다.

시인이 체득하고 있는 시간과 그 시간 속에 응집되어 있는 이야기는 대부분 '관계'를 통해 생성된다. '관계'는 나와 너, 세계와 나를 연결해주는 그물망이다. 그리고 이러한 관계구도는 비단 사람에 한정되는 것이 아니라, 나와 사물, 사물과 사물 사이에 있어서도 그 연결고리가 주어진다. 따라서 관계의 범주는 대단히 다양하고 포괄적이라고 할 수 있다. 시인의 시선을 통해 각인되는 관계는 더욱 그렇다. 시인은 사람 뿐 아니라 다양한 사물들과 눈을 맞추면서 의미적 단서를 찾아내고자 하기 때문이다. 길가에 피어있는 꽃 한 송이는 저 홀로 하나의 의미가 될 수는 없다. 그 자체로 있을 때는 무심한 채로 그냥 꽃일 뿐이다. 하지만 거기에 정서적 교감이나 경험적 반응이 첨부되었을 때 그만의 색채가 형성되어 우리에게 다가온다. 이른바 시인의 시선을 통해 새롭게 의미화 되고 수용 가능한 구체적 언어가 되어 독자의 품으로 스며들게 되는 것이다.

이광소 시인의 시집 『모래시계』(미네르바, 2018)에는 다양한 경험적 시간과 이러한 시간들을 사유하는 시인의 시적 발자취가 새겨져 있다. 이는 개인적 경험에서 오는 관계나 사회적 상황과 연계한 관계의 측면들을 두루 아우른다. 따라서 순간을 포착하는 짧은 영감의 한 순간에도 많은 이야기들이 생성된다. 시인이 포착하고 있는 관계는 현실과 괴리되어 있거나 꿈 혹은 비현실적인 영역이 아니라 우리의 삶과 밀착되어 있다는 점에서 설득력을 지닌다. 내적 울림을 동반한 회한의 목소리와 비판적 요소가 가미된 현실인식의 명징한 척도가 주어지는 것도 여기에 있다. 이러한 과정들은 나와 세계에 대해 끊임없이 물음을 던지고 또한 스스로 그 해답을 찾아가고자 하는 시적탐구와 맞닿아있다.

2.

이광소 시인의 '관계'는 때로 "이별은 얼마나 매콤한 국물인지"(「대관령

양푼이동태탕집에서」를 체감하기도 하고, "병원에서 MRI로 보았던 아내의 구멍 난 뼈"(「채석강에서」)를 확인하기도 하고, "널브러진 내 삶의 방식을 책망하시던 아버지"(「돌아온 탕자」)를 회상하기도 하고, "집을 떠나고 자식을 떠나온 이곳은/병든 사람들이 마지막 모여 있는 곳"(「요양병원」)을 직면하기도 한다. 또한 "전쟁 중에 일본군은/열세 살 이상의 소녀들을 강제로 징용했다"(「그날은 아직도 끝나지 않았다」)에 분노하기도 하고, "달려가다 쓰러졌던 무수한 발자국들/거대한 물결을 이루어 한 무리 몸짓으로 일어나고 있으니//나는 너인 듯/너는 나인 듯"(「해변으로 초대- 미로·4」)의 사유 속으로 스며들기도 한다.

　시집의 전체 내용을 자연스러운 사고의 흐름대로 재구성해보면, 개인적 체험에서 오는 회상과 회한의 정서, 사회적 체험에서 각인되는 모순적 상황들의 환기, 연민과 자연적 질서에 기반 한 자기승화의 세계 등으로 응집된다. 시인은 흩어져 있던 '관계'들을 하나하나 불러 모아 그 안에 잠들어 있거나 은폐되어 있는 내용들을 의미화해서 세상 밖으로 이끌어내고자 한다. '너', '그녀', '당신'을 포함한 수많은 타자들이 '관계'를 짓고 이야기를 생성하는 대상이 된다. 먼저, 개인적 체험구도에서 생성된 갈등과 정서적 파장들을 짚어본다.

> 그녀를 보내고 돌아오던 길
> 온몸으로 돌담을 타고 오른 능소화를 보았다
> 매혹적이다!
> 차마 뱉지 못하고 입 속을 맴도는 말,
> 담장 밖으로 내밀은 짙은 주황빛 얼굴은
> 즉흥적인 말을 토하는 사내들 속내 들으려는 듯
> 길을 향해 나팔귀를 열어놓았나?

아름다운 꽃은 화분(花粉) 속에 독성이 숨어 있을 법하여

가까이 다가가지 말라는 말씀이 떠올랐다

멈칫, 그냥 멀리서 바라보는 기적을 알아차린 듯

가장 황홀할 때 후두둑 꽃송이 떨어진다

모양 흐트러지지 않고 활짝 핀대로 떨어지는 절정!

외형만으로도 얼마든지 현혹될 수 있다

순간, 숨은 뱀의 농염한 몸짓은 내 마음을 흔드는데

성급하게 다가가지 않는 절도(節度)는

너와 나 사이 사랑의 미적(美的) 거리임을 알았다

- 「능소화」 전문

시집 맨 앞에 실려 있는 위 작품은 '관계'에 대한 시인의 가치관이 응집되어 있다. 시인은 지금 '능소화'가 "온몸으로 돌담을 타고 오른" 절정의 순간을 목도하고 있다. '능소화'는 만개한 '주황빛 얼굴'로 "사내들 속내 들으려는 듯" 매혹적인 자태를 드러내고 있다. 이러한 절정의 매혹에 현혹되어 "숨은 뱀의 농염한 몸짓" 속으로 뛰어들 것 같은 충동에 사로잡히기도 한다. 하지만 곧, "아름다운 꽃은 화분(花粉) 속에 독성이 숨어 있을 법하여/가까이 다가가지 말라는 말씀을 떠올"리게 된다. 여기서 '능소화'는 자연적 관찰대상이면서 '관계'의 비유적 대상이 된다. 따라서 '능소화'는 단지 사물에 그치지 않고 어떤 의미를 생성하는 단서가 되고 있다. 시인은 '관계' 속에 "성급하게 다가가지 않는 절도"야말로 "너와 나 사이 사랑의 미적 거리"를 유지하는 것이라고 생각한다. 나와 대상 사이에는 일정 '거리'가 필요하고, 이러한 '거리'야 말로 가장 아름다운 질서이면서 관계유지의 본질임을 나타내고 있는 것이다.

시인이 표상하고 있는 "사랑의 미적 거리"는 "그녀를 보내고 돌아오

던 길"에서 알 수 있듯이 '그녀'와 직접적인 연관성을 가진다. '그녀'를 보내고 난 뒤의 잔상이 '능소화'에 투영되어 나타나고 있는 것이다. 여기서 "너와 나 사이 사랑의 미적 거리"는 합치할 수 없는 관계의 공백을 암시하기도 한다. 이는 역설적으로 모든 관계에는 '거리'가 내재해 있음을 나타내는 것이다. "아름다운 꽃은 화분(花粉) 속에 독성이 숨어 있을 법하여"에서 감지되는 '독성'의 의미가 여기에 있다. '독성'은 곧 관계에 있어서의 '거리'를 상징하는 것이고 또한 '거리'를 둘 수밖에 없는 정황을 담고 있다. 시인은 관계 속에는 언제나 어느 만큼의 '거리'가 전제되어 있음을 '능소화'라는 객관적 상관물을 통해 환기시키고 있다. "성급하게 다가가지 않는 절도(節度)"야 말로, "너와 나 사이 사랑의 미적(美的) 거리"를 유지할 수 있는 중요한 징검다리가 되고 있음을 말해준다.

> 너를 만나기로 약속한 날들, 거의 비는 내렸다
> 너와 나 사이 습도는 매우 높았다
> 아름다운 석양을 함께 보기는 더욱 힘들었다
> 비행기 출항이 연기됐고 약속한 날 오지 않을 때
> 나의 기타는 비에 젖어 있다
>
> 건기 때가 되어 나는 모래 위를 걷고 있었다
> 건기 때 과일은 익는다는데
> 외부와 뜨겁게 내통한다는데
> 눈꺼풀은 마른 꽃잎처럼 시들었고
> 열매도 맺기도 전에
> 몸은 대궁만 겨우 남아 있다
> 밀물 소리 기다리던 귀는 모래만 쌓여갔고

나 홀로 젖다가 마르기도 하면서 시달리는 동안
너는 캄보디아 늙은 아이들을 위해 달려갔으니
네가 늦게야 스콜을 몰고 온 이유를 알게 되었다
만날 때마다 먼 나라에 대한 소식을 전해 준 너는
경계를 넓혀가는 유목민, 활기찬 발자국 소리 들린다

··········중략··········

좁혀지지 않는 너와 나의 거리
우리의 사랑은 우기와 건기 사이에 있다
　　　　　　　　　　　-「우기와 건기 사이」 부분

　'우기'와 '건기'는 그만의 특성을 가지고 있다. 이 둘은 상호 공존해야
할 필요성이 있지만 또한 서로 합치될 수 없는 속성을 지니고 있기도 하
다. 따라서 '관계'의 측면에서 보면 부조화의 파장이 예견된다. 위 시편
「우기와 건기 사이」는 '관계'에 대한 시인의 사유가 보다 선명하게 나타
난다. 앞서 「능소화」에서 객관적 상관물인 '능소화'를 통해 '관계'에 대한
비유적 묘사를 하고 있었다면, 위 시편은 '나와 너'의 구도 속에서 관계의
불협화음을 포착해낸다. 첫 행인 "너를 만나기로 약속한 날들, 거의 비는
내렸다"에서 단순치 않은 관계구도가 감지된다. "너와 나 사이 습도는 매
우 높았다"에서도 '너와 나'를 둘러싸고 있는 암울하고 모호한 기운을 느
낄 수 있다. 뒤이어 "아름다운 석양을 함께 보기는 더욱 힘들었다", "비행
기 출항이 연기됐고 약속한 날 오지 않을 때" 등에서도 그러한 정황이 드
러난다.
　'우기'와 '건기'라는 상반된 기후를 중심에 두고 '너와 나' 사이의 갈

등이 상징화된다. "너는 캄보디아 늙은 아이들을 위해 달려갔으니"에서 알 수 있듯이 '너'는 공간적으로 '나'와 분리되어 있다. 그리고 정서적 배경도 '너'가 스스로의 삶의 영역을 활기차게 확장해가고 있는 반면, '나'는 "나 홀로 젖다가 마르기도 하면서 시달리는 동안"으로 표상된다. '나'는 고통과 인내, 갈등을 수반하면서 긴 시간동안 '너'를 기다고 있는 것으로 드러난다. 이러한 기다림의 시간은 "눈꺼풀은 마른 꽃잎처럼 시들었고/열매도 맺기도 전에/몸은 대궁만 겨우 남아 있다"로 묘사된다. 따라서 '나'의 입장에서 보면 '너'의 자리는 엄밀히 공백으로 남아있는 셈이다. "좁혀지지 않는 너와 나의 거리/우리의 사랑은 우기와 건기 사이에 있다"에서 이러한 공백의 위치가 선명하게 강조된다. "좁혀지지 않는 너와 나의 거리"는 상호 소통되지 않는 견고한 단절의 상황을 암시한다.

이광소 시인이 인식하는 사람과 사람 사이의 관계는 의도적이든, 의도하지 않았든 간에 단절과 갈등이 내장되어 있다. 관계구도는 조금씩 어긋나 있고 가치관의 차이를 드러내면서 현저한 거리를 만들고 있다. 이러한 정황은 "같은 도시에 살면서 우리 잠시 스쳐간 뒤/구상나무에 모형의 별들이 번쩍번쩍 빛나는 밤/주인도 없는 모자들이 대롱대롱 매달려 있습니다"(「별이 빛나는 밤에」), "같은 공장에서 일하는 김씨의 정체를 모르고/내가 내 진실의 끝을 모르는 장막 속"(「지금은 007작전 중」) 등을 통해서도 드러난다. 이른바 많은 관계 속에 놓여있으면서도 실제로는 진정한 관계에 이르지 못하고 있음을 짚어내고 있다. 따라서 대상과 대상 사이에는 언제나 '우기'와 '건기'라는 합치될 수 없는 조건이 주어지게 된다.

당신의 나라로 가는 통로에 사막이 있다
폭풍 속에서 모래는 일어서다가 쓰러진다

모래 위에 모래가 쌓이는 무수한 기호들,
어느 때는 사라진 새들이 품었던 알처럼
어느 때는 전갈이 남기고 간 집게발처럼
사막이 품고 있는 비의(秘意)는 무엇인가
행적을 바꿔 다른 곳으로 재빨리 움직이는
바늘구멍만큼 작은 모래알,
낙타는 바늘구멍의 표상을 바라본다
어제를 지우고 모래들이 이동하는 기호들을
하나 둘 새기며 사막을 횡단하는 기진맥진의 낙타,
바람이 폭우처럼 뿌려 형체들이 희미해져도
바늘구멍을 놓치지 않으려 눈을 비빈다

- 「낙타가 본 바늘구멍」 부분

'낙타가 본 바늘구멍'은 과연 어떤 세계일까. 여기서 '바늘구멍'은 '모래알'의 상징적 표현이다. 따라서 엄밀히 '낙타'와 '모래알'의 구도가 성립된다. 낙타의 입장에서 보면, '모래알'은 터무니없이 작고 보잘 것 없는 작은 '바늘구멍'에 불과하다. 그럼에도 '모래알'은 낙타가 가로질러 넘어가야 할 극복대상으로 부각된다. '모래알'은 단지 '모래알'이 아니라, "모래 위에 모래가 쌓이는 무수한 기호들"이 되어 거대한 '사막'을 이루고 있기 때문이다. "행적을 바꿔 다른 곳으로 재빨리 움직이는/바늘구멍만큼 작은 모래알"은 갖가지 형상으로 제 얼굴을 바꾸면서 '사막'의 집요한 조건들을 만들어낸다. "어느 때는 사라진 새들이 품었던 알처럼/어느 때는 전갈이 남기고 간 집게발처럼" 새로운 몸체를 생성하면서 낙타로 하여금 보다 극대화된 시험대에 오르게 한다. 따라서 낙타에게 사막을 횡단하는 것은 기진맥진한 삶의 행로이면서 극복해야할 영원의 노역으로 제시된다.

이러한 배경을 염두에 두고 첫 행의 "당신의 나라로 가는 통로에 사막이 있다"에 주목해볼 필요가 있다. '당신의 나라'와 '사막'은 동일한 무게로 제시되어 있다. 낙타가 '사막'을 횡단해야하는 것은 '당신의 나라'로 가기 위해서이다. '당신의 나라로 가는' 것은 일종의 목표의식이고, '사막'은 이를 가로막는 장애요소가 된다. 따라서 '당신'에게 가는 길은 처음부터 불가능하거나 혹은 기진맥진의 행보를 담보해야한다. 여기서 우리는 '낙타'와 '사막'의 관계를 현대를 살아가는 현대인들의 삶과 연계해 볼 수 있다. '사막'은 각각의 삶의 여정에 가로놓인 애환이면서 우리가 건너야 할 문명세계의 여러 질곡에 다름 아니다. 그리고 그 중심에 단절과 부재 의식이 대표적 표상으로 내장되어 있다. 따라서 "당신의 나라로 가는 통로에 사막이 있다"라는 표현 속에는 많은 의미생산을 유도하는 배경이 함축되어 있다.

이광소 시인의 '관계'는 스스로 절도를 지키는 '미적 거리', '우기'와 '건기'로 표상되는 상반된 조건, 소통을 저해하는 '사막'이라는 장애요소 등을 통해 구체화된다. 세 편의 시편을 통해 감지되는 관계구도는 대체로 부정적인 색채를 띠면서 시인의 사유의 저변을 각인시킨다. 이는 개인적 체험의 범주에서 보편적 범주로 이동하면서 관계에 대한 보편적 인식을 일깨운다. 우리는 날마다 관계를 짓고 관계를 파기하고 또 다른 관계를 요구하면서 생명활동을 이어간다. 불협화음과 '사막'이라는 소통부재의 현실을 맞닥뜨린다. 나와 대상을 동시에 탐색하면서 그 한계와 가능성의 경계를 사유해야하는 이유가 여기에 있다.

3.

앞에서 살펴본 시편들이 '나'와 특정대상과의 관계나 그러한 사유를 동반하는 문제에 터를 두고 있다면, 이 장에서 살펴볼 시편들은 외부로의 시선 이동과 그 지향을 보여준다. 이른바 도시공간 속에서의 삶의 현장이나 사회 모순적 정황들에 대한 인식이 적극적으로 드러난다. 우리의 삶과 연계한 주변적 이야기나 모두가 직면하고 있는 사회 문제적 상황 등이 중심에 놓인다. 따라서 보다 큰 틀에서 '나와 세계'의 대립과 갈등이 형성된다. 이러한 이야기들은 그 범주가 넓고 다양한 형태로 나타나기 때문에 얼핏 나와 무관한 것처럼 보이기도 한다. 하지만 조금만 관심을 두고 보면 가장 밀접하게, 직접적으로 우리에게 영향을 미치는 내용들임을 알 수 있다. 따라서 극복의 방안 또한 개인적 차원이 아니라 사회적 차원에서 실천해야할 과제로 비쳐진다. 시집『모래시계』에 상당수 포함되어 있는 이러한 시편들은 시세계의 또 다른 색채를 구성하는 탐구영역이 될 것이다.

> 몽골의 유목민들은 삼백 예순 날 동안
> 사막에서 초원을 찾아 먼 길 달리고
> 한반도 도시의 유목민들은
> 이 공장 저 공장으로 떠돌고 있다
>
> 한곳에 뿌리 내리려고 전력을 다했지만
> 3개월이나 6개월 후엔 공장에서 쫓겨나기 일쑤다
> 정규직도 아닌 비정규직이라서 거리로 내몰릴 땐
> 한꺼번에 살처분 당하지 않으면 다행스런 일,

장애 등급을 받아도 도시를 떠날 생각은 하지 못한다

이들은 초원이 아닌 공장 앞 아스팔트 바닥 위에
게르 대신에 비닐천막을 친다
몽골 유목민들이 강을 따라 달리는 시간
허공 속으로 포크레인이나 고압 송천탑을 타고 오른다
　　　　　　　　　　　　　　　- 「도시의 유목민들」 부분

　위 시편은 "몽골의 유목민들"과 "한반도 도시의 유목민들"이라는 비교지점에서부터 출발한다. '유목민'은 한 곳에 정착하지 않고 떠도는 특징을 지니고 있음은 잘 아는 바이다. 이런 점에서 두 유형의 '유목민'은 공통점을 가진다고 할 수 있다. 하지만 그 내용에 있어서는 본질적인 차이성을 드러내고 있다. "몽골의 유목민들"은 "사막에서 초원을 찾아 먼 길 달리고" 있지만, "한반도 도시의 유목민들"은 "이 공장 저 공장으로 떠돌고 있"다. 전자의 떠돎이 오랜 삶의 방식으로서의 전통적 뿌리를 고수하고 있다면, 후자는 문명의 발전과 더불어 생성된 도시적 삶의 한 방식을 표상한다. "한반도 도시의 유목민들"이란 우리나라의 비정규직 근로자들을 상징화한 명칭이다. 비정규직 근로자들은 "한곳에 뿌리 내리려고 전력을 다했지만/3개월이나 6개월 후엔 공장에서 쫓겨나기 일쑤다."
　따라서 "공장 앞 아스팔트 바닥 위"에 '비닐천막'을 치고 부당함을 주장하거나, "허공 속으로 포크레인이나 고압 송천탑을 타고 오"르는 곡예 같은 노동에 매달린다. 이들은 정규직이라는 사회집단으로 소속되고 싶지만 그 꿈은 요원하다. 따라서 유목민처럼 지속적으로 떠돌면서 외곽으로 밀려날 수밖에 없다. 비정규직 근로자들의 현실적 비애와 상대적 박탈감이 사실적으로 그려지고 있다. 자본주의적 논리가 던지는 화려한 외형의 이면에는 비참하고 절박한 삶의 논리가 또 하나의 터전을 잡고 있다. 노동력의 착취와 불평등의 조건은 불균형을 조장하는 사회악이 되고 있다. 빈부의 격차는 날로 심화되고 상호 소통의 기회도 요원해진다. 시인은 자본주의적 경제원리가 내포하고 있는 비정한 속성과 부조리한 근로관계를 상기시키면서 도시의 소외집단들이 겪는 삶의 풍경들을 조명하고 있다.

> 아기주머니를 품은 노인들이 늘어난 시대
> 칠십이 훨씬 넘은 팽나무집 부부는
> 취업을 못한 스물아홉 살 아들과 함께 살고 있다
> 아버지는 은퇴 후에도 일터로 나간다
> 청소용역으로 5년, 주유소에서 주유를 한 지 3년 째,
> 어머니는 식당에서 일한 지 10년,
> 노후 준비는커녕 생계를 유지하기도 힘이 든다
> 아들의 대기만성을 기대하고 있지만
> 이러한 달팽이현상을 사회적 징후라고는 생각하지 않는다
> 캥거루를 품은 주머니는 하늘이 준 선물이라고,
> 어느 땐가 주머니를 황급히 뛰쳐나갈
> 미래의 희망봉에 다다를 것을 믿는다
> 그래도 자랑할 아들이 있어
> 광야에 뼈를 묻는 한이 있을지라도
> 다리에 힘을 모아 뛰고 또 뛴다
>
> 오늘도
> 새벽에 출근한 노인들은 주머니를 숨기고 있다
>   -「캥거루」전문

'캥거루족'이라는 신조어가 있다. '캥거루족'이란 잘 알고 있듯이 취업을 하지 못해 부모에게 의지해서 살고 있거나, 경제적으로 독립하지 못하고 있는 이들을 비유적으로 일컫는 말이다. 그리고 이는 우리나라의 청년 실업 문제를 그 중심에 두고 있다. 위 시편 「캥거루」는 이러한 사회 문제를 구체적 정황을 제시하면서 형상화하고 있다. 시의 첫 행 "아기주머니를 품은 노인들이 늘어난 시대"라는 화두에서부터 이미 이러한 사회 문제가 안고 있는 심각성이 돌출된다. 따라서 별다른 기교 없이 풀어내고 있는 시의 내용이 적지 않은 파장을 몰고 온다.

시적 배경은 "칠십이 훨씬 넘은 팽나무집 부부는/취업을 못한 스물아홉 살 아들과 함께 살고 있다"로부터 시작된다. '스물아홉 살 아들'은 연령상으로 보면, 부모로부터 경제적 독립을 하여 활발하게 사회활동을 해야 할 시점이다. 그럼에도 취업을 하지 못한 채 노동을 하는 노부모에게 얹혀서 살고 있다. '부부'는 '청소용역', '주유소', '식당' 등에서 일을 하면서 생계를 이어가기 위해 온 힘을 다한다. 이들에게 꿈이 있다면 아들이 "어느 땐가 주머니를 황급히 뛰쳐나갈/미래의 희망봉에 다다를 것을 믿는" 것이다. "오늘도/새벽에 출근한 노인들은 주머니를 숨기고 있다." '노인들'에서 짐작할 수 있듯이 '캥거루'의 현실은 '팽나무집 부부'에 한정되는 것이 아니다. 또한 '캥거루'의 현실을 숨길 수밖에 없는 부모들의 심정도 사회문제의 한 편에 큰 무게로 다가온다.

위 시편 「캥거루」에서 우리는 두 구도의 사회문제에 직면하게 된다. 그 첫 번째는 "취업을 못한 스물아홉 살 아들"의 사회진출의 어려움과 희망의 부재이다. 두 번째는 "노후 준비는커녕 생계를 유지하기도 힘이 든" '부부'의 현실적 빈곤이다. '캥거루'의 상황이 현실화되면서 이와 상응하는 부작용이 또 다른 형식으로 자리 잡게 되는 것이다. '수저계급론'이 사회 이슈화되는 세상이다. 위 시에 등장하고 있는 "취업을 못한 스물아홉 살 아들"은 '금수저'가 아님은 분명하다. '부부' 또한 '금수저'의 환경이 아니었음을 짐작할 수 있다. 새로이 부상한 계급 논리와 실업과 빈부의 격차는 사회적 단절과 소외를 몰고 온다. 시인은 이러한 문제의식을 '캥거루'라는 이미지를 통해 상기시키고 있다.

> 전동가전수리센터 유리벽은 수족관처럼 단단하다. 햇빛이 잘 들지 않는 실내는 대낮에도 희미한 형광등을 켜고 있다. 어두워서 유심히 들여다보아야 수초 같은 그림자가 흔들리는 것이 보인다. 일 년 내내 관 속에 갇혀 물결쳐 오는 강물소리를 들을 수 없다. 이곳엔 지느러미인 양 카세트 노래 소리에 맞춰 상체를 흔드는 열대어가 산다. ……중략…… 거리를 걷는 사람들은 이끼가 낀 수족관에 무엇이 사는지 의아해 안을 기웃거리기도 한다. 수족관 속은 숨이 막힌다. 육면체의 수족관에 갇힌 오각형의 벽시계는 익사해 있다. 전동가전수족관엔 도시 밖에서 들려오는 강물소리를 들으려 몸을 뒤척이는 열대어가 산다.
>
> ―「전동가전수리센터」 부분

위 시편 「전동가전수리센터」는 노동공간의 한 형태와 '열대어'로 상징화되는 노동의 주체가 등장한다. '전동가전수리센터'는 '유리벽'이 "수족관처럼 단단하"고, "햇빛이 잘 들지 않"아 "대낮에도 희미한 형광등을 켜"야 하는 열악한 공간이다. 그 곳에는 "일 년 내내 관 속에 갇혀" 바깥의 소리를 들을 수 없는 '열대어'가 산다. '열대어'는 '수족관처럼 단단'한 '유리벽' 속에 갇혀 세상의 소리와 차단된 채 "수초 같은 그림자"를 흔들고 있을 뿐이다. "육면체의 수족관에 갇힌 오각형의 벽시계는 익사해 있다"에서 생명성의 부재가 암시된다. 무기력과 본능적 움직임만이 '열대어'의 살아있음을 증명할 뿐이다.

'전동가전수리센터'는 도시의 삶의 한 양식을 표상하기 위해 선택된 상징공간이라고 할 수 있다. 이와 연장선상에서 살펴보면, '열대어'는 단절된 삶의 방식에 종속되어 있는 현대인들에 다름 아니다. '유리벽'이라는 인위적인 통제와 그 통제 속에서 생명을 이어가고 있는 '열대어'는 현대적 삶의 모습을 보여주는 한 척도가 된다. 열린 문명의 세계에서 역설적으로 단절과 폐쇄를 경험하게 되는 순간이다. 따라서 현실적 자각과 함께 탈출의지도 강렬하게 제기된다. "전동가전수족관엔 도시 밖에서 들려오는 강물소리를 들으려 몸을 뒤척이는 열대어가 산다"에서 그러한 열망과 의지가 포착된다. "밖에서 들려오는 강물소리"는 새로운 세계에 대한 탐색이고, "몸을 뒤척이는 열대어"는 그 가능성을 실천해갈 몸짓이 된다.

　　　이곳은 세상의 끝인 갯벌,
　　　세상을 빠져나가려다
　　　미처 빠져나가지 못한 소라와 조개들을 보네
　　　발 딛을 때마다 길을 찾지 못해
　　　뻘 속으로 깊숙이 빠져드는 슬픔들이 있네

　　　…………중략………

　　　이곳은 세상의 끝인 갯벌,
　　　발 딛는 곳마다 모두 허망이네
　　　세상을 미처 빠져나가지 못한 것들을

끌어내는 검은 널배들이 언뜻 보이네
> ―「대부도(大阜島)에서」부분

아버지가 보청기를 사셨다
멍하니 허공을 바라보던 시선은
귀에 보청기를 끼면서
밝아진 표정으로 사람에게로 다가왔다

·········중략·········

3평짜리 방에서도 소통이 안 되는 시대에
사람들에게 더 가까이 다가가기 위해 아버지는
뜨거운 심장의 주파수에 닿으려고 두근두근,
오늘도 우주 탐색을 멈추지 않는다
사람들 수심(水深)의 물체를 끄집어내려고
> ―「두근두근 보청기」부분

'도시의 유목민"으로 상징화되고 있는 비정규직 근로자의 문제나, '주머니'를 독립하지 못한 '캥거루'의 현실, '전동가전 수리 센터'의 폐쇄된 노동 공간 등은 시인이 읽어내는 사회의 어두운 단면이다. 여기에 포섭된 사람들은 자본의 중심으로 편승하지 못한 채 외곽으로 떠도는 소외집단들이다. 나와 대상, 나와 세계와의 거리는 좀처럼 좁혀지지 않는다. 따라서 언제부턴가 이쪽과 저쪽 세상의 경계가 극명해지고 있다. "이곳은 세상의 끝인 갯벌,/세상을 빠져나가려다/미처 빠져나가지 못한 소라와 조개들을 보네", "발 딛는 곳마다 모두 허망뿐이네"(「대부도(大阜島)에서」)의 정황도 이와 맞물려 있다. 세상과 사투를 벌이다 결국 '뻘 속'에서 헤어나지 못한 '소라'와 '조개들'의 '슬픔'과 '허망'이 있다. '뻘 속'을 벗어나지 못하는 '소라'와 '조개들'은 '도시의 유목민', '캥거루', '열대어'의 모습과 접목된다. 이들에게는 뛰어넘을 수 없는 현실적 장벽과 경계가 가로놓여 있다.

「두근두근 보청기」에는 닫힌 세계에서 열린 세계로 나아가고자 하는 일종의 대응의식이 함축되어 있다. 나와 세계의 거리를 좁히고 장벽과 중심의 폭력성으로부터 벗어나고자하는 희망적 대안의 발현이 그것이다. '아버지'는 "귀에 보청기를 끼면서/밝아진 표정으로 사람에게로 다가왔다"에서 그러한 정황을 읽을 수 있다. '보청기'는 아버지와 '사람들'을 이어주는 매개통로가 되고 있다. "멍하니 허공을 바라보던 시선"은 활기를 되찾게 되고 또한 세상으로 나아갈 통로를 확보하게 된다. 그리고 "사람들에게 더 가까이 다가가기 위해", "뜨거운 심장의 주파수에 닿으려고" 적극적이고 능동적인 행위를 시도한다. '보청기'를 통한 세상과의 소통의지는 곧 현실극복의 한 차원이 된다.

이광소 시인의 '관계'에 대한 인식은 현대적 삶이 야기하는 여러 갈래의 갈등으로부터 시작된다. 이러한 관계성은 직접적인 관계와 간접적인 관계를 두루 아우른다. 사회적 경험에서 생성되는 갈등들은 거리를 두고 객관적 시각으로 포착해내는 상황과 그 이야기들이다. 따라서 우리를 둘러싸고 있는 부정적인 요소와 모순적 일면들이 하나하나 일깨워진다. 개인적 경험에서 오는 주변적 이야기 또한 자각과 반성을 유도하는 관계인식의 한 측면이 된다. "3평짜리 방에서도 소통이 안 되는 시대"에 아버지의 '보청기'는 '관계'의 회복을 유도하는 절실하고 눈물겨운 상징물이 된다.

4.

앞서 제3장에서 언급한 시편들 외에도 시집 『모래시계』에는 사회적 사건과 모순들을 짚어내는 작품들이 상당수 있다. '세월호' 사건을 조명한 「모래시계」와 「일반 언어학 강의- 공시태」 등의 시편들과, "환경폐기물차가 부어놓은 쓰레기더미 속에서/만나를 찾고 있는 아홉 살 지마"의 이야기를 다룬 「만나를 줍는 아이」, 광대의 분장을 하고 떠도는 엿장수의 비애를 그린 「익명의 광대」 등의 작품들도 여기에 해당한다. 이러한 시편들은 시인의 세계에 대한 관심과 비판적 인식을 엿볼 수 있게 하는 작품들이다. 자본주의적 특성과 연계한 도시적 삶의 현장, 갈등과 결핍, 소외와 단절의 정서가 시상을 가로지르고 있다. 많은 '관계' 속에 있으면서도 관계의 부재를 체감한다는 것이 그 중심에 있다. 따뜻한 연민에 터를 둔 반성적 성찰과 자기승화의 세계가 발현되는 것도 이를 극복하기 위한 시적장치가 된다. 자아와 세계가 상호 조우하면서 또 다른 미적 질서를 만들어가고자 하는 것이 바로 그것이다.

> 화창한 봄날 한 줄기 햇살처럼
> 단발머리 귀여운 소녀가 나타났다
> 꽃 가꾸기를 좋아하던 소녀는
> 더벅머리 사내와 파랑새 날으는 언덕을 꿈꾸었다
> 장마와 함께 여름이 오는 사이 소녀는 사라졌고
> 젊은 여자가 당돌하게 다가왔다
> 전세에서 월세로 달라붙는 거미줄을 떼어내면서
> 모서리의 힘으로 집이 세워지는 것을 알았다

사업에 실패하고 빚에 쫓기던 가을날,
낙엽과 함께 길거리로 내몰렸을 때
젊은 여자는 보이지 않고 주름진 중년 여자가 나타났다
그녀는 거리에 나가 왱왱거리며 무엇이든지 날라
내 자식들을 키워주었다
우리 모두 손을 잡고 둥근 희망인 사과를 먹자!
사과를 베어 물자 혓바닥에서 피가 흘렀다
허기진 욕망은 눈을 찔러댔다
실상을 모르고 허상만 바라보던 순간에, 새는
하늘이 비친 창에 부딪쳐 마당에 떨어졌다

허공으로 깃털이 날리자 중년 여자도 떠났고
이 겨울 아침에 늙은 여자 한 분과 밭에 다녀왔다
시린 바람이 뼛속으로 들어와 동거하는 계절,
저녁이면 그 여자는 편히 쉴 황토방에 불을 지핀다
흠이 많았던 육신을 달구는 불의 시간,
남아 있던 금속성의 탐욕 찌꺼기
녹물로 흘러나오면서 눈은 밝아지고 있으니

지금까지 미명의 하늘 아래에서
헤매었던 길들을 하나 둘 펼쳐보며
눈시울이 뜨거웠던 그 계절의 고마움을 전하고 싶다
봄, 여름, 가을, 겨울, 허물어지는 집을 세우며
내 허물을 돌봐준 그 여자들에게

- 「시간 속의 여자」 전문

위 시편 「시간 속의 여자」는 시집의 제1부에 실려 있는 작품이다. 그럼에도 해설의 맨 뒤편으로 이동하고 있는 것은 나름의 의미가 있다. 위시는 시인의 자전적 시간을 암시하는 내용들이 담겨 있다. 또한 갈등과 결핍의 단계에서 벗어나 자기승화로 접어드는 단계별 변화를 보여준다. 따라서 화해와 연민, 수용의 정서를 내포하는 시편들과 한 자리에 두는 것이 의미적 흐름에 적합한 것 같다. 무엇보다 위 시편은 이광소 시인의 개인적 서사를 한 눈에 살필 수 있다는 점에서 중요한 배경이 되는 작품이다. 이런 점에서 다소 길이가 긴 시이지만 전문을 읽어볼 필요가 있다. 시에 표상되고 있는 시간은 과거로부터 현재까지 순차적 전개를 보여준다. 시간의 순차적 질서는 '소녀', '젊은 여자', '중년 여자', '늙은 여자' 등 대상의 변화를 통해 구체화된다.

'소녀', '젊은 여자', '중년 여자', '늙은 여자'로 호명되는 대상들은 각기 다른 존재일 수도 있고 동일인물일 수도 있다. 어떤 쪽이든 시적 화자인 '나'와 긴밀한 관계 속에 놓여있다. 요약해보면, "단발머리 귀여운 소녀"는 "더벅머리 사내"를 만나 파랑새 나는 미래를 꿈꾸게 된다. 흐르는 시간은 '소녀'를 '젊은 여자'로, '젊은 여자'를 '중년 여자'로 변화시킨다. 그리고 '중년 여자'는 다시 '늙은 여자'로 대체되면서 오늘의 '늙은 여자 한 분'의 지점에 닿아있다. 이러한 변화를 겪는 사이 '나'는 "사업에 실패하고 빚에 쫓기"면서 "전세에서 월세"로 내몰리기도 하고, "허기진 욕망"에 사로잡혀 "실상을 모르고 허상만 바라보던 순간"을 맞기도 한다. 그럼에도 '여자'는 "내 자식들을 키워주"고 '나'의 욕망과 방황의 시간들을 기다려준다. 이런 점에서 긴 시간적 거리를 두고 변화해가는 네 구도의 여자는 동일인물로 생각해 볼 수 있다.

과거회상으로부터 시작되는 시적 내용은 "지금까지"로 표상되는 현재시점까지 이어진다. 현재적 시간은 "이 겨울 아침에 늙은 여자 한 분과

밭에 다녀왔다", "저녁이면 그 여자는 편히 쉴 황토방에 불을 지핀다" 등
으로 나타난다. 이 시간은 "흠이 많았던 육신을 달구는 불의 시간"이면서
탐욕의 찌꺼기를 씻어내고 혼탁한 '눈'을 밝게 정화시켜주는 시간이다.
"헤매었던 길들을 하나 둘 펼쳐보며" '그 여자들에게' 고마움을 표출하고
'나'를 체감하는 시간이 된다. 나와 대상과의 관계는 그것을 의미화 했을
때 비로소 구체성을 띠고 다가온다. 시편 「시간 속의 여자」는 네 구도의
'여자들'을 통해 시간적 흐름을 인식하고 관계에 대한 진정한 이해를 이
끌고 있다.

> 구례군 산동면 하위마을에 오니
> 계곡을 따라가다 사람의 이마를 닮은 환한 터에
> 자리 잡은 산수유나무,
> 산등성이를 오르내리는 바람이며 햇빛을
> 허리에 감아내려 안으로 익히더니
> 이미 어머니 젖꼭지만 하게 오른 열매는
> 까르르, 추억이 맺힌 붉은 빛깔의 과육으로
> 그 속에 원형의 씨앗을 담아 놓았으니
> 키운 것은 모두 세상으로 내보내려는가
> 새에게도 바람에게도 나누어주고
> 사람에게도 물론 나누어주고
> 발 아래까지 와 발목을 적시는 시냇물에게도
> 몇 개 띄어 보내니
>
> 애비를 닮은 자식들아
> 먼 길 떠나는 너희들을 위해
> 부끄러움마저 벗어 주리라

가진 것이란 아무 것도 없지만
더 큰 꿈이 있을지라도 더는 내 것이 아니나니
여름 내내 무성했던 번뇌를 떨쳐버리고
마지막 해야 할 일은 옷을 벗는 일이야

-「산수유나무」부분

　'산수유나무'는 "산등성이를 오르내리는 바람이며 햇빛을/허리에 감아내려 안으로 익히더니" '열매'를 맺고, '붉은 빛깔의 과육'이 되고, 그 속에 '원형의 씨앗'을 품는다. 또한 "키운 것은 모두 세상으로 내보내려는" 자연의 질서를 실천하고 있다. 이른바 '산수유나무'는 빛나는 일생을 스스로 거둬가는 것이 아니라 새와 바람과 사람, 시냇물에게도 골고루 나누어주고 있다. 자연적 질서에서 보면 '산수유나무'가 보여주고 있는 일련의 과정은 그리 생소하거나 새삼스러운 것이 아닐 것이다. 시인은 '산수유나무'를 바라보면서 하나의 의미를 생성하는 계기를 마련한다. "키운 것은 모두 세상으로 내보내려는가", "이젠 빈손으로 떠나야 하리라"에 그 이야기적 배경이 응축되어 있다. 객관적 상관물인 '산수유나무'에 '애비'와 '자식'이라는 '관계'가 접목되면서 의미영역이 보다 선명해지고 있다. '옷을 벗는 일', '빈손' 등은 '여름 내내 무성했던 번뇌를 떨쳐버리'는 일이며, '원형의 씨앗'을 위해 숭고한 품을 내어주는 것이다. "애비를 닮은 자식들아/먼 길 떠나는 너희들을 위해/부끄러움마저 벗어 주리라"의 배경이 여기에 있다. 시「산수유나무」는 자연물을 시적 대상으로 끌어들여 진정한 의미에서의 소통과 화해, 그 완성을 향해 나아가는 가치기준을 세우고 있다.

　　지상에는 회색빛 수레 하나,

한때 어린 아기를 태운 아침의 수레였는데
이젠 등 굽은 할머니를 끄는 저녁의 수레가 되었다
낡은 기와집 서까래를 받친 기둥처럼
날마다 굽어지는 허리를 받치던 수레,
목 메이는 노래도 울음도 없이
걸어야 한다는 집념 하나로 끌던 수레,
밭을 매던 휘어진 세월이 무릎 속을 후비어서
병원을 가거나 찜질방에 갈 때도
한 핏줄 한 뼈인 양 세워주던 수레,
할머니가 지상에 남기고 간
마지막 직립의 지팡이

뒷뜰로 돌아서 가보니 그것은
늙은 육체를 몰고 간 휘몰이 바람 속으로
지평의 죽음이 끌어당긴 흔적,

오늘은 병원 앞
또 누군가를 기다리고 있다

-「유모차」 전문

　　지상에 따뜻한 풍경 하나가 펼쳐진다. 어쩌면 쓸쓸하다고 할 수 있는
풍경이 따뜻한 이미지로 다가오는 것은 풍경이 내장하고 있는 이야기적
배경 때문이다. '유모차'는 "한때 어린 아기를 태운 아침의 수레였는데/
이젠 등 굽은 할머니를 끄는 저녁의 수레가 되었다." '아침'과 '저녁', '어린
아기'와 '할머니'의 대비가 선명하게 부각된다. '어린 아기'와 '할머니'는
'유모차'를 사이에 두고 동일한 위치에 놓인다. '유모차'로 기억되는 할머

니의 노년의 '걸음'은 "밭을 매던 휘어진 세월"을 품어 안고 이제 '병원'과 '찜질방'을 전전하는 일상 속에 머물러 있다. '유모차'로 시작되었을 '할머니'의 일생은 '유모차'로 마무리되고 있다.

빈 '유모차'는 "병원 앞/또 누군가를 기다리고 있다." "할머니가 지상에 남기고 간/마지막 직립의 지팡이"는 또 누군가의 허리를 받쳐주는 '기둥'이 되기 위해 '오늘'도 빈자리를 지키고 있다. '유모차'는 한 인생의 출발과 종결, 다음 생명으로 이어지는 기다림을 담고 있다. 따라서 "낡은 기와집 서까래를 받친 기둥처럼/날마다 굽어지는 허리를 받치던 수레"는 영웅의 손길처럼 위대하고 정겹다. 이광소 시인은 여러 갈래의 '관계'를 사유하면서 숱한 갈등과 모순을 접하게 된다. 이제 스스로 그 충돌을 해소하고 승화시키는 지점에 당도하고 있다. 「시간 속의 여자」, 「산수유나무」, 「유모차」 등에 표상된 '관계'에 대한 새로운 이해, 순화된 질서를 열어가는 미적사유의 세계가 그 대표적 예가 될 것이다.

이광소 시인의 시편들은 한 편씩 단편적으로 읽어도 무방하겠지만, 전체를 하나의 통합된 스토리로 읽어내는 것도 의미가 있으리라 생각된다. 한 편 한 편이 서사를 내포하고 있는 만큼, 이를 전체적으로 조망해 보면 큰 틀에서의 이야기 구도가 생성된다. 개인적 경험구도에서부터 문명의 근저를 넘나드는 사회 문제적 상황에 이르기까지 '관계'의 여러 발자취들이 구조화되어 있다. 한 권의 시집에는 한 권 분량의 총체적 인생이 담보되어 있다. 시작(詩作)은 결국 그러한 과정의 고통과 치열하게 직면하는 것이며, 이를 미적으로 극복하기 위해 지난한 사유의 길을 걸어오는 작업이다. 시집 『모래시계』는 이러한 과정에서 길어 올린 자기실현의 결과물이다.

제2부

1970~1980년대 시인

역驛을 통과하는 초월적 사유의 빛

— 감태준 시집『역에서 역으로』

1.

감태준의 시집『역에서 역으로』(문학수첩, 2014)는 제목에서도 이미 암시되고 있듯이 '역(驛)'이라는 공간이 시적 상상력을 이끌어내는 출발지점이 되고 있다. 표제시인 「역에서 역으로」에서부터 「다음 역」, 연작시 「다음 역 가는 길」 등을 비롯해 많은 작품들이 이러한 특성에 닿아있다. 제목에 '역'이라는 단어가 직접적으로 명시되고 있지 않다하더라도 내용에 있어서 이러한 정서와 연계되는 작품들이 많다. 역은 잘 알고 있듯이 출발과 도착지점이 동일하게 적용되는 이른바 떠나고 돌아오는 다양한 형식의 행보가 수반되는 공간이다. 따라서 누군가에게는 절실한 만남의 공간이 되기도 하고, 누군가에게는 슬픈 이별의 공간이 되기도 한다. 또한 새로운 경험적 지평을 열어가는 여행지로서의 역할을 하기도 한다.

'역'이 우리에게 보다 많은 이야기적 요소와 내밀한 의미적 파장을 던져주는 이유가 여기에 있을 것이다. 따라서 역을 사유한다는 것은 단순한 공간적 차원을 넘어 인간 삶의 여러 발자취를 사유하고 탐구하는 일련의 과정이 될 것이다. 감태준 시인의 시편들 역시 이러한 배경 속에서 주제를 응집하고 또 확장해가고 있다. 다시 말해 역이라는 공간적 특성을 통해 자아와 세계를 사유하고 존재의 의미와 질서를 성찰해가고 있는 것이다. 이는 관념적 차원에 놓여있는 감정의 여러 파장들을 '역'과 연계해서 형상화함으로써 구체적인 의미구현에 접근하고자 하는 것이다. '역'은 떠나고 돌아오는 특성을 반영하고 있는 만큼 '시간'이 가장 큰 문제의식으로 떠오르게 된다. 시인의 작품에도 '시간'이 경험적/정서적 배경을 이끌어가는 중심 매개물이 되고 있다.

감태준의 '시간'은 어느 한 시기가 아니라 과거, 현재, 미래 즉 살아왔고, 살아가고 있고, 살아가야할 시간을 두루 아우른다. 따라서 '시간'이 역이라는 공간 이미지와 접목되는 긴밀하고 핵심적인 요소가 되고 있음을 어렵지 않게 짐작할 수 있다. 이를 염두에 두고 보면, 시인의 시세계는 대략 세 구도로 나누어진다. 먼저, 흘러간 시간에 대한 회한과 현재적 자아에 대한 반응이다. 시간과 자아의 조우는 '시간'에 대한 보다 명징한 자각으로 이어지는 과정으로 정서적 갈등이 대두되는 지점이 된다. 두 번째는 이러한 과정을 통해 새삼 돌아보게 되는 가족에 대한 애틋한 심연과 주변적 대상에 대한 연민이다. 가족과 주변적 대상들에 대한 관심과 연민의식은 감태준 시인의 내면의식의 또 다른 풍경을 보여준다. 마지막으로 앞으로의 '시간'에 대한 열망과 이를 재구성하는 단계이다. 이는 걸어온 발자취를 되돌아보고 남은 시간을 긍정적으로 열어가고자 하는 초월적 사유에 닿아있다.

    공원벤치는 자고 나는 간다.
    레일을 따라 아득한 세월 속으로
    투덜대며 바퀴를 달래며

긴 짐칸을 끌고
간다.

잘 있거라, 거리여
심심한 가로등 불빛이여
남은 불빛 창 꺼트리며
막막히 서 있는 빌딩들이여.

………중략………

가다가
어제 쉬어갔던 커피 집
불 꺼진 간판 보고 싱겁게 웃는다.
여주인 시계 차고 달아난 아가씨를 생각하고.

웃지 않으면?
구불거리지 않으면?

나는 레일을 따라갈 수밖에 없다

　　　　　　　　　　　　　　－「역에서 역으로」부분

　　위 시편에서 중요하게 짚이는 대목은 '간다'와 이를 둘러싸고 있는 현
실적 상황에 놓여 있다. '간다'는 다른 곳으로 공간이동을 하거나 혹은 결
별의 의미를 담고 있다. 따라서 '간다'에는 어떤 대상 혹은 특정 시간과의
단절이 암시되어 있다. 과거의 시간을 대변하는 "아득한 세월 속"이나,
현재적 시점에서 이별을 명시하는 "잘 있거라, 거리여", 그리고 미래를

예견하는 "따라갈 수밖에 없다" 등의 사유가 이러한 시간의식 속에 근접해있다. 과거와 현재와 미래로 표상되는 이러한 세 구도의 시간은 '레일'이라는 특정 구조물과 연결되고 있다. '레일'은 '간다'의 의미를 뒷받침해 줄 수 있는 상징물이다. 이는 계절 혹은 달력의 시간이 그렇듯 우리의 의지와 무관하게 흘러가버리는 시간에 근접해있다. 시인은 흘러가버린 혹은 흘러가는 시간에 시선을 두고 현재적 시간을 사유하는 한 척도를 마련하고자 한다.

감태준의 '시간'은 이처럼 자연적 시간과 경험적 시간이 혼재하면서 상호 연계성을 만들어 가고 있다. 자연적 시간의 무상한 흐름과 경험적 시간이 불러오는 현재적 시간에 대한 안타까운 심연이 바로 그것이다. "심심한 가로등 불빛", "어제 쉬어갔던 커피 집", "여주인 시계 차고 달아난 아가씨" 등은 경험적 시간을 반영하는 배경이 되고 있다. "역에서 역으로"에는 소소하고 일상적인 삶의 풍경들이 시인의 시선을 통해 표상되고 있다. 하지만 그 안에는 "공원벤치는 자고 나는 간다./레일을 따라 아득한 세월 속으로"라는 시간에 대한 보다 원천적인 속성이 내장되어 있다. 생성과 소멸, 삶과 죽음의 순환성이 바로 그것이다. "나는 레일을 따라갈 수밖에 없다"는 탄생에서 죽음까지 그리고 시간에 종속될 수밖에 없는 생명성에 대한 사유가 함축되어 있다.

  내 걸어온 길
  커다란 원 하나 되는 날도 올 텐데
  어디쯤 왔는지.

  동네 우체국 들를 길
  턱없이 모자라지 않을는지.

이 햇빛
이 냇물
이 푸른 천변 끝으로
남은 길 다 써버렸을지 모른다.

쑥부쟁이 밭에 혼자 흰 찔레꽃의
저 잔잔한 웃음을 받는 것은
덤으로 누리는 호사일지 모르고.

- 「천변에서」 전문

시인은 "쉬지 않는 것이 강이다"(「강」)라는 깨달음을 시의 곳곳에 심어
두고 있다. 여기에는 자연의 이치를 읽고 거기에 순응해가는 혹은 순응
해갈 수밖에 없는 존재의 숨결이 담겨있다. "떠나면 이어서 오고 떠나면
이어서 온다"라는 순환원리도 여기에서 출발한다. "내 흘리고 다닌 날들
이 여울에 흐르네/물살은 뒤돌아보지 않고/뒤따라가 잡아도 손가락 사
이로 빠져 달아나네"(「여울」)에서의 '여울'의 특성도 이러한 깨달음에 근
거해 있다. 시인은 '시간'을 인식해가는 데 있어서 이처럼 자연 대상물을
적용하면서 그 '흐름'의 특성을 그려내고 있다. 위 시의 제목 「천변에서」
의 '천변' 또한 시간의 속성을 뒷받침하는 대상물이 된다. '천변'이라는 특
정 공간 이미지를 통해 흐르는 시간에 대한 객관적 성찰을 의도하고 있
는 것이다.

이러한 시간 상징물들은 자연스럽게 시인의 현재적 시간과 삶의 저
변으로 접목되고 있다. "내 걸어온 길"을 돌아보고 또 "어디쯤 왔는지"를
되새겨보는 행위도 여기에 닿아있다. "동네 우체국 들를 길/턱없이 모자
라지 않는지", "이 푸른 천변 끝으로/남은 길 다 써버렸을지 모른다"라

는 안타까운 심연도 이러한 시간적 배경을 담고 있다. 따라서 '천변'을 걸으면서 만나게 되는 사소하고 일상적인 풍경들조차 소중하고 간절한 울림으로 다가온다. '햇빛', '냇물', '쑥부쟁이', '찔레꽃' 등의 자연물들은 그 하나하나가 "덤으로 누리는 호사"로 인식되면서 감동과 자기반성의 겸허한 잣대가 되고 있다.

시인이 시간을 사유해가는 배경 뒤에는 언제나 이를 사유하고 성찰하고 실천해가는 자아가 등장하게 된다. 다시 말해 갈등을 야기하고 극복해가는 주체가 목소리를 내고 있는 것이다. 시인의 시편에 내재해 있는 자아는 적극적 반응을 드러내기보다 자신에게 다가온 시간을 진지하게 들여다보고 반추하는 형식을 취한다. 이러한 소요는 얼핏 단조롭게 느껴지기도 하지만, 그 이면에는 보다 강렬한 심적 동요가 억제되고 절제되어 있다. "내 걸어온 길"을 돌아보고 현재적 위치를 확인해가는 과정은 단순한 여정이 아니다. 이는 "남은 길 다 써버렸을지 모른다"라는 조바심과 이로 인한 나와 세계(시간)와의 갈등이 심화되는 지점이기 때문이다. 따라서 쓸쓸함과 외로움, 허무적 심연이 보다 내밀하게 결집되어 있다고 할 수 있다. 이러한 갈등상황이 또한 사유의 전환을 이끌어가는 가장 강렬한 의미요소가 되고 있다.

2.

감태준 시인이 시간을 성찰해가는 과정은 앞서도 살펴보았듯이 지나간 시간에 대한 허무적 심연과 현재적 시간에 대한 깊은 회한으로 이어진다. 삶의 연장선상에서 수렴되는 다양한 만남과 이별, 관계와 사건, 이와 연계되어 나타나는 대상들에 대한 관심과 수용의 정서도 여기에 닿아

있다. 대수롭지 않게 생각했거나, 관심을 두지 않았던 작은 풀잎, 꽃들의 웃음, 소소한 일상적 행위들까지도 새삼스러운 감회로 다가온다. 제각기의 존재들이 품고 있는 가치와 울림들을 소중하게 받아들이는 것이다. 가족에 대한 절실한 사랑과 소외의 대상에 대한 연민의식도 여기에서 출발한다. 이는 그동안 잊고 있었던, 혹은 무관심으로 일관했던 세계에 대한 깨달음과 반성의 한 척도가 될 것이다.

식탁 둘레에 모여 있는 의자들을 본다.
다들 조용하다.
두 딸은 시집가고
아내는 늦는 아들을 기다리다 방에 들고,
나는 슬그머니 아내의 의자에 앉아본다.

아들 옆 이 자리에서
아내는 밥 먹는 식구들을 둘러보았으리.
아침상에 나오지 않는 두 딸의 의자를 보고
아픈 젖을 한 번 더 떼기도 하였으리.

그런 날이 또 올 것이다.
그때에도 아내는 빈 젖을 떼며
의자 구석구석을 닦고 문질러 윤을 내고 있으리.

불을 끄면 식탁 둘레가 더 적막해질 것 같다.
불을 끈다.
아내의 얼굴이 꺼지지 않는다.

-「식탁 둘레」 전문

시인의 시편에 가족에 대한 내용이 다수 등장하는 것은 우연한 일이 아닐 것이다. 이는 시인의 의식/무의식 속에 각인된 오랜 염원일 것이기 때문이다. "나는 이 저녁/가야할 길을 가족 사이에 두고 왔다"(「떠돌이여」)에서도 시인의 이러한 심리적 배경이 드러난다. 시인에게 가족은 자신의 삶을 주관적으로 증명해줄 원천이면서 한편으로 시간의 객관성을 확보해줄 공간 이미지로서의 역할을 한다. 시인은 "식탁 둘레에 모여 있는 의자들을" 둘러보면서 가족에 대한 의미와 '시간'의 흐름을 새삼 체감한다. 여기서 '식탁 둘레'가 내포하고 있는 의미는 각별하다. '식탁' 만큼 가족 구성원의 위치와 이들이 남긴 빈자리를 상기시켜주는 매개물은 없을 것이기 때문이다. '식탁'은 두 딸이 자라서 시집을 가는 시간과 장성한 아들, 그리고 '나'와 '아내'의 연륜을 확인해주는 단서가 된다. 시인은 '식탁 둘레'를 둘러보며 새삼 그 확연한 현실을 깨닫게 된다. "불을 끄면 식탁 둘레가 더 적막해질 것 같다"에서 시인의 이러한 시간에 대한 적막한 심연과 공백의 무게를 짐작할 수 있다.

시인의 가족에 대한 애틋한 심연은 아들에게 들려주는 이야기에서도 드러난다. "떠날 때가 왔다./이 집에서 가장 먼 곳에/너의 집을 지어라.//새는 둥지를 떠날 때 빛나고/사람은 길을 떠날 때 빛난다."(「아들에게」)라는 당부의 말이 바로 그것이다. 시인은 "아침상에 나오지 않는 두 딸의 의자를 보고/아픈 젖을 한 번 더 떼기도 하였"을 아내의 심정을 헤아리며 아들과의 분리를 선언한다. 시인이 가족을 통해 가장 연연하게 떠올리는 대상은 '아내'이다. '아내'는 시인의 시간을 확인시켜주는 대상이면서 또한 공유하는 존재이다. 따라서 '아내'와 '나'는 각자의 시간을 걸어가면서도 상호 마주보는 거울 같은 존재이다. 여기서 문득, 가족의 의미를 '역'과 연계시켜서 생각해보게 된다. 시인의 경우, 가족은 '역'의 구성 원리에서처럼 일종의 출발지점이면서 또한 귀환 지점이 되는 공간적/시간적 특성을 안고 있기 때문이다.

여기까지 오는 동안
바닥에 웅크리고 자는 사람 만나고
얼어붙은 사람도 만났지만
나는 무엇 하나 변변히 덮어준 것이 없다.

지금 그 사람들이
어릿어릿 일어나 온다.
양철집 소년가장 순식이 같은
우리 집에 얹혀살던 둘남이 누나 같은,
하나같이 추운 얼굴들이 비쳤다 꺼졌다 하는
저 나뭇가지 근처를
눈이여, 덮어라.

— 「이불」 부분

시인이 가족의 소중함을 깨닫고 그 의미 속으로 포섭되는 과정은 진정한 의미에서의 자아 찾기의 여정이라고 할 수 있다. 다시 말해 밖으로 떠도는 발자취를 내 안으로 응집하고 그 진정한 의미를 되새기고 자각하는 순간이 되고 있는 것이다. 이러한 과정은 나와 세계를 새롭게 사유하게 하는 계기가 되기도 한다. 가족에 대한 절실한 사랑이 그렇고, 그동안 잊고 있었던, 나와 무관하다고 생각했던 대상들에 대한 관심과 연민이 그렇다. 가족과 외부적 대상들은 엄밀히 별개의 존재들이지만, 시인의 시선을 통해 새삼 그 존재가 부각된다는 점에서 동질감을 갖는다. 시인은 가족을 향해 안으로 이동해왔던 시선을 다시 밖으로 돌려보낸다. 가족을 통해 '빈자리'의 시간을 체감하고 진정한 자아의 위치와 현실을 수용하면서 이를 주변적 대상들에게 확장시키고 있는 것이다.

"여기까지 오는 동안/바닥에 웅크리고 자는 사람 만나고/얼어붙은 사람도 만났지만/나는 무엇 하나 변변히 덮어준 것이 없다"라는 비판적 목소리도 드러낸다. "여기까지 오는 동안"은 시인의 '시간'을 통틀어 압축할 수 있는 거리가 될 것이다. 크고 작은 삶의 발자취와 애환, 출세와 명예, 이름을 좇던 시간이 잠들어 있을 것이다. 이러한 시간은 철저하게 자신에게로 향해있고, 자신에게만 관심을 두는 시간이라고 할 수 있다. 주변에 대한 관심이나 그러한 필요성을 감지하지 못하는 단절된 시간에 다름 아니다. 많은 시간이 지나고 나서야 시인은 비로소 다양한 삶의 방식과 여기에서 파생되는 소외의 구체적 현실들을 발견하게 된다. 이러한 과정은 개인적 시간의 범주에서 인식의 전환을 유도해가는 지점이 될 것이다.

이런 점에서 '이불' 이미지는 많은 상징성을 지닌다고 할 수 있다. 이는 헐벗고 외로운 사람들을 위로하고 감싸주는 사랑과 연민의 정서를 내포하고 있기 때문이다. '눈이여, 덮어라'에서의 '눈' 또한 '이불'과 같은 의미로 읽을 수 있다. '이불'과 '눈' 이미지는 시인의 시간인식의 저변을 또 다른 측면으로 이끌고 간다. 이는 내가 아닌 외부적 대상의 측면에서 세계를 사유하고 포용하고자 한다는 점에서 시선의 확장으로 설명할 수 있다. 자기정화의 정서에 기반 한 일종의 자신과의 화해, 시간과의 화해의 몸짓으로도 받아들여진다. 이는 결국 자신에게 다가온 시간을 외면하고 부정하는 것이 아니라, 직시하고 순화시킴으로써 또 다른 변화의 가능성을 열어두고 있는 것이다.

3.

감태준 시인의 '시간'은 과거, 현재. 미래의 구도가 선명하게 분리되어 있다기보다 상호 연계성 속에서 각각의 색채를 만들어가고 있다. 다시 말해 확연한 변화를 주도하기보다 시인이 사유하고 있는 '시간'의 범주 속에서 지속적으로 반복되고 변주되어가고 있는 것이다. 따라서 그 변화지점을 명쾌하게 짚어내는 것은 쉽지 않다. 하지만 그 흐름을 조금만 깊이 응시해보면 잔잔하면서도 강렬한 내·외적 움직임이 포착된다. '시간'을 자각하게 되는 순간과 이로 인한 심적 갈등, 정신적 안착과 자기반성을 유도하는 가족과 외부 대상에 대한 인식, 그 이후로 이어지는 시적 단계가 바로 그것이다. 지난 시간과 그 시간을 직시하는 자아의 반응에 주로 중심을 두고 있는 두 단계는 앞서 살펴보았고, 마지막 단계는 앞으로의 시간에 대한 시인의 심연을 풀어내고 있는 지점이다. 물론 이 또한 현저한 색채로 구분되기보다 상호 연결고리 속에서 생성되는 심리적 반응이라고 할 수 있다.

일곱 살 여덟 살, 나를 닮은 아이들이
역에 나가 우는 것은
내가 철길을 따라 너무 먼 도시로 온 탓이다.

내가 도시를 더듬고 다니다가
저희들한테 가는 길을 잃어버린 탓이다.

저희들한테 가는 길을 찾는다 해도
이젠 같이 놀아줄 수 없이 닳아빠진 얼굴을

나는 차마 내밀 수 없다.

안개에 묻힌 철길을 바라보며
또 어디 몇 군데
연탄재같이 부서지는 마음아!

눈 오는 이 밤 따라
아이들이 더 서럽게 우는 것은
내가 저희들한테 돌아갈 기약마저 없는 탓이다.

— 「아이들한테 가는 길」 전문

　　"일곱 살 여덟 살, 나를 닮은 아이들"은 곧 시인의 분신들이다. 따라서 잃어버린 혹은 흘러가버린 시간의 상징이 된다. 시인은 "내가 철길을 따라 너무 먼 도시로 온 탓이다"라고 이러한 상실의 배경을 설명한다. 여기서 "너무 먼 도시"는 희망의 공간이면서 꿈의 공간으로 암시된다. 하지만 이후 이 공간은 생활의 공간으로 변형되면서 젊음을 잠식한 공간 이미지로 드러난다. 시인은 "도시를 더듬고 다"닌 시간이 너무 오래 되어서 이제 "저희들한테 가는 길을 잃어버"렸다고 절망한다. 혹, 길을 찾는다 해도 순수성을 상실한 "닳아빠진 얼굴"로는 차마 다가갈 수가 없다. "일곱 살 여덟 살, 나를 닮은 아이들"과 "너무 먼 도시"는 서로 상반되는 시간적/공간적 거리를 내포하고 있다. 이는 "일곱 살 여덟 살"의 유년기에서 "빗살 끝에 매달린 머리카락 하나/눈송이처럼 날아서 떨어지네"(「머리카락」)까지의 거리에 해당할 것이다.

　　위 시편에는 1연과 마지막 연에 "역에 나가 우는 것은", "아이들이 더 서럽게 우는 것은" 등 '울음'이 등장한다. 1연의 울음은 기차를 타고 먼 도시로 떠나는 친구와의 이별을, 마지막 연의 울음은 다시 "돌아갈 기약마저 없"는 현실에 놓여 있다. 이 두 개의 울음 사이에는 먼 도시로의 출발의 배경과 돌아갈 수 없는 현재적 상황이 매개되어 있다. 이러한 상황은 현실적으로 뛰어넘거나 상쇄시킬 수 있는 성질의 것이 아님이 분명하다. 그럼에도 시인이 이러한 시간을 다시 떠올리고, 확인하고, 명시해가는 이유는 무엇일까. 이는 과거로부터 현재까지의 시간을 종합적으로 성찰하고 확인하면서 스스로 "아이들한테 가는 길"을 모색하고자 하는 것이다. '아이들'은 시인 자신의 상징이기도 한 만큼 이는 곧 자아를 찾아가는 길이 될 것이다. 이러한 시간적 순례는 앞서 연민의식의 발현에서 잠시 언급했지만, '시간과의 화해'라는 큰 명제가 주어져 있다. 시인은 스스로를 끊임없이 갈등상황에 노출시키면서 자기극복의 에너지를 생성해가고 있다. 이것이 곧 자칫 탄식으로 흘러갈 수 있는 시적구도를 긴장구도로 이끌어가게 하는 장치가 되고 있다.

> 때로 나 아닌 내가 되고 싶다.
> 벤치가 되고 싶다.
> 배롱나무 그늘에 잠기는 벤치
> 잠자리 모자라는 사람이 새우등 폈다 가는 벤치
> 멀리 가서 더 무엇이 된들,
> 비둘기들 날아와 마음껏 똥 누고 깃털 다듬는
> 그런 벤치가 되고 있다.
>
> ....중략..........
>
> 멀리 가서 더 무엇이 된들,

계단을 내지 않는 벤치
아이들이 숨곤 하는 공원 풍경이 되는 벤치
기다림에 갇히지 않고
눈보라에 푹 파묻혀 긴 겨울이야기에 귀 기울이는

-「벤치가 되고 싶다」부분

시인이 시간과의 화해와 자아회복을 의도한 이후에 닿고자 하는 세계는 어디일까. 이는 바로 이 순간 혹은 앞으로의 시간을 어떻게 직조하고 변화시켜갈 것인가에 놓여있을 것이다. 따라서 "때로 나 아닌 내가 되고 싶다"라는 목소리는 대단히 각별한 파장으로 다가온다. "나 아닌 내가 되고 싶다"에는 기존의 시간을 전복하는 새로운 시간에 대한 암시가 내재해 있기 때문이다. 그리고 연이어 제시되는 "벤치가 되고 싶다"에서 우리는 시인이 의도하는 '나 아닌 나'의 위치를 확연히 깨닫게 된다. '벤치'는 "잠자리 모자라는 사람이 새우등 폈다 가는", "비둘기들 날아와 마음껏 똥 누고 깃털 다듬는", "계단을 내지 않는", "아이들이 숨곤 하는 공원 풍경이 되는"에서 보여 지듯이 '내'가 아닌 외부적 대상에 중심이 놓인다. 이러한 사유의 저변은 앞서 살펴본 연민의식의 배경과도 일정 부분 연계성을 가진다. 다른 것이 있다면 주체의 실천적 의지가 구체적으로 언급되고 있다는 것이다.

위 시편에서 빼놓을 수 없는 대목은 "멀리 가서 더 무엇이 된들"에 있을 것이다. "무엇이 된들"에는 그 '무엇'이 함유하는 세계가 압축되어있다. 그리고 "~된들"에서 알 수 있듯이 시인이 이미 이러한 세계가 안고 있는 허무적 배경을 지나왔다는 뜻으로 받아들여진다. 시인은 "이 행성에 와서/별을 그렸으나 흐렸고/별을 노래하였으나 소음이었다"(「유증시遺贈詩」)라고 고백한다. 이러한 고백은 "멀리 가서 더 무엇이 된들"의 배경과도 밀접하게 연결되고 있다. 자기 고백적 형식을 취하는 이러한 표현들은 역설적으로 시인의 삶과 시적 여정을 신뢰하게 만드는 역할을 한다. 이런 점에서 "벤치가 되고 싶다"는 시인의 앞으로의 시간을 긍정적으로 읽게 하는 메시지를 담고 있다고 할 수 있다.

감태준 시인의 '역(驛)'은 흘러간 시간을 반추하고, 수용하고, 초월해가는 과정으로서의 진폭을 담고 있다. 이러한 진폭 속에는 자연에 대한 진솔한 접근, 삶과 죽음에 대한 사유, 가족과 외부적 대상에 대한 따뜻한 연민, 시간과의 화해를 이끌어가는 미래에 대한 순연한 각오와 열정 등이 형상화되어 있다. 시간의 구비마다 펼쳐지는 다양한 만남과 이별, 회한과 그리움, 관계 속에서 빚어지는 마찰음과 사랑의 감정 등은 시적갈등을 불러들이고 색채를 물들여가는 중요한 요소가 된다. 시인의 시세계를 '역'과 시간과의 연계성 속에서 짚어보는 이유도 이러한 배경에 연유한다. 시간에 대한 관심은 곧 사람에 대한 관심이고 세계에 대한 반성이면서 자아회복의 과정이 된다. 감태준 시인의 경우, 시적깊이를 더해가는 탐구과정의 일환으로, 또 정신적 초월을 의도해가는 자기극복의 투명한 메시지로 결집된다.

'어머니' 이미지에 담긴 민중의식과 대동정신

― 고정희 장시집(長詩集)『저 무덤 위에 푸른 잔디』

1.

고정희(1948~1991)는 첫 시집『누가 홀로 술틀을 밟고 있는가』(1979)에서부터 작고 다음해에 발간한 유고시집『모든 사라지는 것들은 뒤에 여백을 남긴다』(1992)에 이르기까지 총 11권의 시집을 남기고 있다. 이는 1975년(현대시학)으로 등단을 한 이후, 15년여의 창작기간 동안 생산해낸 결과물이라는 점에서 대단히 치열한 수준의 업적이라고 할 수 있다. 고정희의 시적 위치는 이러한 결과물의 양적인 업적도 업적이지만 무엇보다, 자신의 문학적 색채를 확고하게 구축하고 있다는 점에서 자리매김의 큰 의미를 새겨볼 수 있다. 그동안 단평에서부터 석/박사 학위논문에 이르기까지 상당한 양의 연구기반이 축적되어 오고 있는 것도 이러한 배경을 뒷받침한다.

고정희의 시세계에서 특징적으로 짚이는 것은 바로 장시(長詩)의 세계이다. 장시는 그녀가 일구어놓은 문학적 터전에서 새로운 양식적 변화를 유도한 탐구영역이면서 그 결과물이 된다. 장시는 우선 길이가 길다는 것이 일반적으로 수렴되는 개념이다. 하지만 단지 길이로만 따질 수 없는 여러 요인이 개입해 있다는 것도 알게 된다. 서구 이론가 H. Read 는 장시에 대해 본격적으로 논의하면서 이러한 개념들을 체계적으로 정리해내고 있다. 그에 의하면, 단시(短詩)가 단일 단순한 정서적 태도를 구현하고 있다면, 장시는 수개 혹은 다수의 정서를 기교적으로 결합하고 있으며, 어떤 복잡한 이야기를 포함한 일련의 긴 시로 정의하고 있다. 이를 종합해보면, 장시는 단시와는 달리 처음부터 계획되고 의도된 창작배경과 기교적인 전개방식 등을 함유하고 있어야함을 알 수 있다. 시적소재 또한 대부분 집단적 정서를 유도할 수 있는 사회, 현실적 문제의식과 역사적인 사건이나 상황 등이 전체 구조를 이끌게 된다.

　이 글에서는 고정희의 마지막 장시집(長詩集)인『저 무덤 위에 푸른 잔디』(창작과비평사, 1989)를 중점적으로 읽어보기로 한다. 이 작품에는 '어머니' 이미지가 핵심적으로 등장하고 있다. '어머니'는 시인의 현실인식과 역사인식의 원천이면서 민중에 대한 자각과 대동정신을 구현해가는 상징 이미지로 제시된다. 고정희의 장시는 두 번째 시집『실락원 기행』(인문당, 1981) 제10부에「환인제(還人祭)」를 게재함으로써 그 출발을 알린다. 이후,『초혼제』(창작과비평사, 1983)와『저 무덤 위에 푸른 잔디』등 두 권의 장시집이 출간된다. 세 작품 모두 80년대에 창작/발표되고 있다는 점에서 이 시기의 내·외적 열망이 주제의식의 한 측면에 반영되고 있으리라 생각된다. 시인의 전체 작품 중 유독 장시에 초점을 두는 것은, 최근 한국 근현대 장시사(長詩史)를 저술하고 있는 필자의 개인적 관심사와도 무관하지 않다. 더 정확히, 한 시인의 시세계에서 장시에 대한 논의는 단시에 비해 상당 부분 협소하고 소외되어 있다는 점에 착안하고 있다.

2.

장시는 크게 두 가지 형식으로 분류되고 있다. 그 하나는 완결된 한편의 이야기를 서사화하고 있는 서술적 형식(narrative form)의 장시이고, 그 둘은 일정한 스토리의 설정 없이 공간적으로 정서의 일단을 표출하는 공간적 형식(spatial form)의 장시이다. 전자는 한편의 이야기가 제시되고 있는 만큼 시간적 질서가 중요하게 개입하게 되고, 이야기를 이끌고 갈 주인공이 등장하게 된다. 반면, 후자는 시간의 순차성과는 무관하게 공간의 변화를 주도하면서 이미지를 형상화해간다. 이러한 조건 속에서 살펴보면, 고정희의 『저 무덤 위에 푸른 잔디』는 공간적 형식의 장시에 해당한다. 즉, 전체가 하나의 스토리 속에 포섭되고 있는 것이 아니라, 여러 갈래의 이야기 거리가 각각의 공간 속에서 의미화 되고 있다. 작품의 첫머리를 장식하고 있는 각 '마당'은 곧 공간을 표방하면서 소주제를 담아내는 역할을 한다. 그리고 독립되어 있는 각 '마당'의 소주제들은 상호 결합하여 시인이 의도하는 큰 골격의 주제의식을 내포하게 된다.

고정희의 장시 『저 무덤 위에 푸른 잔디』는 일곱 개의 '마당'으로 나뉘어져 있고, 마지막 '뒤풀이'까지 합하면 총 8개의 이야기 거리로 구성되어 있다. 각 마당은 '축원마당', '본풀이 마당', '해원마당', '진혼마당', '길닦음 마당', '대동마당', '통일마당' 등으로 그 의미적 배경을 열어두고 있다. 장시 『저 무덤 위에 푸른 잔디』는 굿이라는 무속의 영역을 포섭하고 있다는 것이 특징이다. 각 마당의 소제목 또한 이러한 특징을 충분히 반영하고 있다고 할 수 있다. 굿은 그 자체로 이미 민중적 정서를 내포하는 상징성을 지닌다. 이는 처음부터 시인의 창작의도 속에 긴밀하게 영입하고 활용하고 있는 영역이 된다. 『저 무덤 위에 푸른 잔디』에서는 굿이 실제 내용구성에 깊이 있게 관여하기보다 상징적 매개물로서의 역할을 하고 있다. 앞서 언급한 각 '마당'에 붙여진 굿의 용어도 공간의 소주제 의식을 부각시키는 효과적인 장치가 되고 있다.

어머니여
마음이 어질기가 황하 같고
그 마음 넓기가 우주 천체 같고
그 기품 높기가 천상천하 같은
어머니여
사람의 본이 어디인고 하니
인간세계 본은 어머니의 자궁이요
살고 죽는 뜻은
팔만사천 사바세계
어머니 품어주신 사랑을 나눔이라

그 품이 어떤 품이던가
산 너머 산이요 강 건너 강인 세월
홍수 같은 피땀도 마다하지 않으시고
조석으로 이어지는 피눈물도 마다하지 않으시고
열 손가락 앞앞이 걸린 자녀
들쭉날쭉 오랑방탕 인지상정 거스르는
오만불손도 마다하지 않으시고
문전옥답 뼈 빠지게 일구시느라
밥인지 국인지 절절 끓는 모진 세월도
마다하지 않으시고
거두신 것 가진 것 다 탕진하는

오만방자 거드름도 마다하지 않으시고

밤인가 낮이런가 칠흑 깜깜절벽

인제 가면 언제 오나 원통 세월

인생무상 희생봉사도 마다하지 않으시고

하늘이 높아 알리

땅이 깊어 알리

- 「첫째거리-축원마당」(6~7면)

　위 인용부분은 첫째거리 '축원마당'의 첫머리에 해당하는 내용이다. "여자 해방염원 반만년"이라는 소제목이 명기되어 있는 첫째거리에는 '어머니'의 등장을 예고한다. '어머니여'로 각인되는 '어머니' 이미지는 여기서 '황하', '우주천체', '천상천하' 등으로 표상된다. 그리고 이는 곧 "인간세계 본은 어머니의 자궁이요", "살고 죽는 뜻은/팔만사천 사바세계/ 어머니 품어주신 사랑"으로 연결된다. 대자연적 질서인 탄생과 죽음이 모두 '어머니'의 품속에서 생성되고 있음을 언급하고 있는 것이다. 하지만 천상과 지상을 넘나드는 이러한 원대한 크기의 '어머니'는 3연에서부터 "산 너머 산이요 강 건너 강인 세월"을 살아내는 현실적 '어머니'의 모습으로 전환되고 있다. "홍수 같은 피땀", "조석으로 이어지는 피눈물", "문전옥답 뼈 빠지게 일구시"는 희생적 주체로 등장한다. '모진 세월', '칠흑 깜깜절벽', '원통 세월' 등은 '어머니'의 지난한 삶의 시간을 담고 있다. 시인이 제시하고 있는 두 구도의 '어머니'는 동일한 대상으로 시인이 풀어가고자 하는 민중적 삶의 중심에 놓여 있다. 아래 인용부분은 '어머니'의 희생적 현실을 보다 구체적으로 환기시키고 있다.

　① 어머니여 어머니여 어머니여

업이야 복덩이야 여식 하나 낳으실 제
댓돌 위에 흰 고무신 나란히 벗어놓고
하늘 한 번 쳐다보면 혼자서 하는 말

-「첫째거리-축원마당」(7~8면)

② 여필종부 삼종지도 삼강오륜 부창부수
가면 가는 대로 오면 오는 대로
묵묵부답 기다림 이골 난 어머니여

-「첫째거리-축원마당」(9면)

인용①은 출생과 관련한 모성의 지극한 사랑을 ②는 가부장적 관습에 억눌려 있는 '어머니'의 모습을 그리고 있다. 산고(產苦)를 숙명으로 받아들이고 있는 어머니의 모습이나 "여필종부 삼종지도 삼강오륜 부창부수" 등 가부장적 관습에 얽매어 있는 아내의 위치는 그 본질이 희생이라는 점에서 동일한 구도이다. 이밖에도 "시하층층 손발 되고/시하층층 시집살이", "혈통 지키는 씨받이보따리/가문지키는 청지기 보따리/조상 지키는 선영보따리" 등 '어머니'의 희생은 무궁무진하다. 고정희 장시에 나타난 '어머니' 이미지는 어느 한곳에 한정되어 있는 것이 아니라 사람살이의 곳곳마다 발길이 닿지 않은 곳이 없다. 살펴본 바와 같이 희생적 모성의 측면, 부조리한 관습에 억압당하는 아내의 위치, 한 집안의 딸과 며느리로서의 역할 뿐 아니라, 국난(國難)과 정치적 파장에 희생당하는 역할 등 그 수난의 영역은 방대하다. 따라서 '어머니' 이미지는 인간 삶의 모순적 일면과 억압당하는 자의 고통을 총체적으로 대변하고 있다고 할 수 있다. 이러한 배경이 곧 『저 무덤 위에 푸른 잔디』를 구성하는 여러 갈래의 이야기적 요소이면서 각 '마당'의 메시지를 응집하는 동력이 되고 있다.

① 넋이야 넋이로다
이 넋이 뉘신고 하니
이역만리 공출당한 고려 어머니 아니신가
청천강 푸른 물에 피눈물 쏟아 붓고
두 손에 결박이요 말 잔등에 매달린 채
산 설고 물 설은 몽고 끌려가던 우리 어머니
원나라
수나라

　　　　　　　　　　　　　－「세쩨거리-해원마당」(28면)

② 자유당 부정에 죽은 우리 어머니
민주당 부패에 죽은 우리 어머니
삼일오 약탈선거 때 죽은 우리 어머니
사일구혁명 때 죽은 우리 어머니
오일륙 쿠데타 때 죽은 우리 어머니
한일협정 반대 데모 때 죽은 우리 어머니
부마사태 때 죽은 우리 어머니
옥바라지 화병에 죽은 우리 어머니 아니신가

넋이야 넋이로다
이 넋이 뉘신고 하니
광주민주항쟁 때 죽은 우리 어머니 아니신가

　　　　　　　　　　　　　－「세쩨거리-해원마당」(30~31면)

　　앞서 살펴보았던 '어머니' 이미지가 대체로 한 집안의 문제와 연계되어 형상화되고 있었다면, 위 인용부분은 외세와 정치적 부침에 속수무책 희생당하는 '어머니'의 모습으로 등장한다. ①은 '몽고', '원나라', '수나라', '오나라' 등 외세의 침략에 '끌려가'고, '공출당한' 어머니의 모습이 그려진다. "청천강 푸른 물에 피눈물 쏟아 붓고" 두 손을 결박당한 채 짐승처럼 끌려가는 '고려 어머니', '우리 어머니'의 처참한 모습이다. ②는 '자유당 부정', '민주당 부패', '삼일오 약탈선거', '사일구혁명', '오일륙 쿠데타', '한일협정 반대 데모', '부마사태', '광주민주항쟁' 등 우리의 현대사의 질곡과 연계되어 있다. 여기서도 '어머니'는 가장 약자의 입장에서 역사적 소용돌이에 짓밟히고 수난당하는 희생양이 되고 있다. ②에서 "죽은 우리 어머니"가 반복되고 있는 것은 극단적인 희생의 한 양태를 보여준다. 이러한 '죽음'은 실제적인 '죽음'의 상황과 정신적인 상처의 영역까지 두루 포괄한다

고정희 장시에 나타난 '어머니'는 숭고한 본을 담고 있는 대자연적 크기의 존재이면서 한편으로 부조리한 관습과 역사적 현실에 끊임없는 종속당하고 수난당하는 희생자로서의 존재로 나타난다. 앞서도 말한 바와 같이 이러한 두 '어머니' 이미지는 분리되어 있는 것이 아니라 영역 속에 포섭되고 있다. 시인은 극대화된 두 구도의 '어머니'를 동시에 조명함으로써 숭고한 '어머니'의 모습과 모순적 구조 속에 은폐되어 있는 현실적 어머니를 상기시키고자 한다. 이것이 곧 시인이 민중을 자각해가는 과정이면서 그 본질을 일깨우는 비판적 척도가 된다. 특히, 부당한 대우를 받으면서 지난한 삶을 영위하고 있는 '어머니'의 위치를 내밀하게 관찰하고 확인하면서 현실적 문제의식에 접근해가고자 한다. 이른바 '어머니' 이미지를 통해 민중의식을 환기시키는 직·간접적인 통로를 만들고자 하는 것이다. 따라서 '어머니'는 사회역사적 현실을 가장 설득력 있게 증언하고 비판하는 민중의 대변자로서의 역할을 하게 된다.

3.

고정희의 장시들이 1980년대에 창작되고 있다는 것은 80년대적 상황과 시대인식이 작품 속에 반영되고 있음을 의미한다. 이 시기의 사회역사적 사건과 관심사들이 시의식 속에 깊이 침투하면서 장시를 쓰게 하는 배경이 되고 있기 때문이다. 그 중 '광주사태', '광주학살', '광주민주항쟁'으로 명명되는 역사적 사건이 당대 시적 담론의 중심으로 떠오르고 있다. 고정희는 이러한 시대적 흐름과 충격을 고스란히 흡수하면서 이를 장시창작의 배경 속에 접목시키고 있다. 시대적 굴곡이 심화되는 시기인 만큼 이에 대한 비판과 저항, 변화의 실마리를 찾고자 하는 열망도 강화되기 때문이다.

> 이런 세상을 등짝에 지고
> 사람 사는 세상 한번 만들자
> 불꽃 치솟았으니
> 사람들은 그것을 광주사태라 부릅니다
> 사람들은 그것을 광주학살이라 부릅니다
> 사람들은 그것을 광주민주항쟁이라 부릅니다
> 아니 사람들은 그것을
> 광주의 해방구라 부릅니다
> ⋯⋯⋯⋯중략⋯⋯⋯⋯
> 청명 밤하늘에 별로 가득했다가
> 사무치는 달빛으로 떠오르는 이름 석자
> 그 사연 끌어안고 어머니 웁네다
>
> -「네째거리-진혼마당」(46~47면)

위 인용부분은 『저 무덤 위에 푸른 잔디』의 '넷째거리-진혼마당'에 형상화되고 있는 내용이다. 곧 '광주'의 비극이 '죽음'의 형식으로 그려지고 있다. "사람 사는 세상 한번 만들자"로부터 시작된 숭고한 저항의 '불꽃'은 결국 '죽음'으로 마감되고 만다. 고정희 시인은 여기에도 '어머니'를 등장시키면서 참담한 역사의 현장을 파헤치고 있다. "청명 밤하늘에 별로 가득했다가/사무치는 달빛으로 떠오르는 이름 석자/그 사연 끌어안고 어머니 웁네다", "저 무덤 위에 푸른 잔디 돋아/하늘도 파랗고/들도 산도 파란 오월에 일천간장 각뜨는 수백 수천 무덤 앞에/아들 제상 차려놓고 어머니 웁네다/딸 제상 차려놓고 어머니 웁네다"의 정황이 그것이다. 아들딸의 죽음과 어머니의 구도는 극대화된 비극을 내포한다. '넷째거리'의 '진혼마당'은 "어머니 조국이 우리를 부릅니다"를 외치던 젊은 '죽음'의 넋을 애도하고 위로하는 '마당'이 된다. 비판과 반성의 큰 틀을 문학적 실천의 배경에 두는 이유도 여기에 있다. 장시가 단시로는 담아낼 수 없는 내용을 형상화하는 무게를 지닌다고 할 때, 고정희의 장시창작의 배경도 여기에 부합할 것이다.

어허 사람아
여자가 무엇이며 남자 또한 무엇인고
바늘 간 데 실 가고
별 뜨는 데 하늘 있듯
남자와 여자가 한 짝으로 똑같이
천지신명 속에 든 사람인지라
높아도 안 되고 낮아도 안 되는
우주천체 평등한 저울추인지라
천황씨 속에서 여자가 태어나고

지황씨 속에서 남자가 태어날 제

지황씨와 천황씨 둘도 아닌 한 몸 이뤄

천지공사 간 맞들고 번창하고 운수대통하야

천대 만대 사람의 뜻 누리라 하였을 제

여자 남자 근본은 제 안에 있는지라

　　　　　　　- 「둘째거리-본풀이마당」(14면)

　고정희는 '어머니' 이미지를 통해 표상되는 모든 수난과 희생적 상황을 '불평등'의 조건에서 찾고 있다. 모든 불화와 희생과 수난의 이면에는 평등조건이 상실되고 억압과 지배의 구조가 들어섰기 때문임을 상기하고 있다. 그 대표적인 예로 '여자'와 '남자'의 구도를 제시한다. 시인은 "여자가 무엇이며 남자 또한 무엇인고"라는 물음을 던지면서 "남자와 여자가 한 짝으로 똑같이/천지신명 속에 든 사람"임을 일깨운다. 나아가 "높아도 안 되고 낮아도 안 되는/우주천체 평등한 저울추"라는 것을 확고하게 명시한다. 시인의 민중의식의 뿌리도 여기에서 출발하고 있음은 두말 할 나위없다. '불평등'의 조건은 시인의 페미니즘적 사유와 연결되고 있다. 하지만 여기에 한정되지 않고 이를 포괄하는 더 넓은 범주로 나아가고 있음도 상기할 필요가 있다.

　시인이 제시하는 '남자'와 '여자'의 구도는 억압하는 자와 억압당하는 자의 구도 즉, 지배와 피지배의 관계로 확장된다. 이러한 구도는 '어머니' 이미지를 통해 민중의식을 발현하고 있는 시인의 가치관과 맥락을 같이한다. 즉, 숭고한 본을 지닌 '어머니'가 오히려 수난과 억압의 대상이 되고 있는 것에서 그 핵심을 찾아낸다. 곧 본래적 권리를 침해당하고 끊임없이 희생을 감내하는 민중의 위치를 염두에 두고 있는 것이다. 시인이 물음을 던지고 비판의 목소리를 높이고 있는 것은 현실인의 명징한 잣대를 통해 그 해답을 찾아가고자 하는 데 있을 것이다. 시인은 '평등'을 통해 이러한 모순을 극복해갈 수 있다고 생각한다. 시인이 제시하는 '평등'의 의미는 개인적 삶의 내밀한 영역에서부터 "평등평화 자유민주 누려 살게 하사이다"에서의 큰 줄기까지 이어진다. 문제의식의 제시와 해결 방안의 탐색은 고정희 장시가 열어가고자 하는 세계구성의 바탕이 될 것이다. 이른바 '어머니' 이미지를 통한 민중의식의 발현과 이를 '통일마당'으로 나아가는 '대동정신'의 근본으로 삼고자 하는 것이 실천적 사유가 바로 이것이다.

> 그리하여 가족통일 사람통일 그득할 제
> 넋통일 밥통일 역사통일 그득할 제
> 정을 터 반갑지 않은 사람 어디 있으며
> 손잡아 소중하지 않은 인생 어디 있으리까
> ………중략………
> 천지 동쪽에서 발원한 두만강이 내려와
> 한강과 몸을 섞고
> 천지 서쪽에서 발원한 압록강이 내려와
> 북한강과 몸을 섞고
> 한겨레 강물
> 어머니 강물
> 서로 얼싸안고 통일주체 이루어
> 한반도에 열린 산천 굽이굽이 흘러갑니다
> ―「일곱째거리-통일마당」(133~134면)

고정희의 역사인식은 거슬러 고려 어머니의 수난에서부터 현재에 이르기까지 긴 시간적 거리를 열어둔다. 민족적 비극인 남북분단에 대한 비판적 인식과 '광주민주항쟁' 등 우리 현대사의 질곡을 두루 포섭하고 있다. 특히, '광주'의 비극과 분단현실은 가장 강렬한 비판과 반성을 요구하는 역사적 사건으로 떠오른다. 내용을 정리해보면, 작품의 '첫째거리'에서 '넷째거리'까지는 불평등에 의한 모순적 현실과 역사적 사건에 희생당하는 어머니의 모습 즉, 현실인식과 역사인식을 상기시키는 내용이 형상화되어 있다. '다섯째 거리'에서 '일곱째 거리'까지는 '길닦음마당', '대동마당', '통일마당'이라는 각 '마당'의 이름이 말해주듯, 상처의 극복과 새로운 미래가치를 열어가는 통일염원의 형식으로 펼쳐진다. 이러한 통일염원은 "휴전선아 휴전선아/원수 같은 삼팔선아"에서 보여 지듯 분단의식에서 촉발해서 "해동 조선국 어머니/북방 남방 통일 어머니/동방 서방 해방 통일 어머니" 등으로 그 범위가 확장되고 있다.

앞의 네 개의 '마당'은 이미 살펴본 바이고, '다섯째 거리-길닦음마당'인 위 인용부분과 뒤의 세 개의 마당은, "사람의 길이 다/사람 안에 있으니", "싸웠다가 돌아서서 웃음으로 악수하고/흩어졌다 달려와서 한뜻으로 맞들고/애 녹였다 불현듯 기쁨으로 넘침이라", "역사의 뜻으로 민족의 뜻으로/통일염원 드립니다" 등의 내용으로 전개된다. 이는 서로 길을 트고, 한 마음이 되어, 통일을 이뤄가자는 염원을 담고 있다. 고정희 시인이 열어가고자 하는 '통일염원'은 대동정신과 직접적으로 맞물려 있다. "두만강이 내려와/한강과 몸을 섞고", "압록강이 내려와/북한강과 몸을 섞고", "한겨레 강물/어머니 강물/서로 얼싸안고 통일주체 이루어"가는 것도 대동정신에 뿌리를 두고 있다. 그리고 이 모든 영역은 '어머니' 이미지를 통해 그 의미적 배경을 구성한다. 이러한 배경은 시인이 '후기'에서 밝히고 있는, "이 시집에서 나는 우리의 삶 구석구석에 스며있는 '어머니의 혼과 정신'을 '해방된 인간성의 본'으로 삼았고 역사적 수난자요 초월성의 주체인 어머니를 '천지신명의 구체적 현실'로 파악하였다"에서 확인할 수 있다. 이는 또한 "잘못된 역사의 회개와 화해에 이르는 큰 씻김굿이 이 시집의 주제이며 그 인간성의 주체에 어머니의 힘이 놓여있다"라는 대목에서 그 응집된 의미배경을 짚어볼 수 있다.

'어머니' 이미지를 상징적 매개로 포섭하고 있는 것은 고정희 장시의 특징이라면 특징이 될 것이다. 또한 '큰 씻김굿'을 '회개와 화해'의 영역으로 수용하고 있는 것도 특별한 시적장치에 해당한다. 이는 상처의 치유와 자기정화의 실천적 행위영역에 다름 아니다. '어머니'는 현실적 모순을 명징하게 읽을 수 있는 구체적 대상으로서의 위치를 제시할 뿐 아니라, 숭고한 '혼과 정신'으로 역사를 일깨우고, 비판하고, 치유하고, 승화시키는 상징적 존재로서의 역할을 한다. 따라서 '어머니' 이미지 속에 포섭된 민중의식과 대동정신은 가장 절실하고 인간적인 열망의 지표가 될 것이다. 고정희는 비극적인 역사에 갇히는 것이 아니라, '풀리고', '나가고', '일어서'는 '해방길'의 실천을 '주제'의 중심에 심어두고 있다. 이러한 시적수용은 장시라는 양식적 특징을 통해 보다 자유롭고 유연하게 그 핵심에 다가가고 있다고 할 수 있다.

주변적 공간인식과 공간 밖으로의 일탈

— 문인수 시집『나는 지금 이곳이 아니다』

1.

문인수(1945~2021)는 1985년《심상》신인상으로 등단한 이후 치열한 문학적 여정을 걸어왔다. 2021년 6월 작고하기까지 시력 30여년이 넘는 기간 동안 11권의 시집을 출간한 결과물이 우선 그 직접적인 배경이 될 것이다. 하지만 이러한 '치열함'을 뒷받침할 수 있는 배경은 단지 시집의 출간 권수에 한정되는 것이 아니라 문학적 위치를 체감할 수 있는 시적 성과에 놓여있을 것이다. 그가 남긴 열한권의 시집은 그만의 색채와 무게로 그의 문학적 여정을 정립할 수 있는 결과물이 될 것이다. 따라서 시 세계의 전체적인 맥락을 조망할 수 있는 여러 갈래의 주제의식의 발현과 시적, 학문적 영역으로 포섭될 수 있는 긴밀한 연결고리를 생성하리라 생각된다.

이런 점에서, 문인수의 시적 발자취는 앞으로 다양한 측면에서의 논의와 평가가 주어지리라 본다. 이 글 또한 그 한 갈래에 터를 두고 시인의 시적사유의 저변을 들여다보고자한다. 분석 텍스트가 되는 작품은 시인이 생전에 남긴 마지막 시집『나는 지금 이곳이 아니다』(창비, 2015)를 중심에 둘 것이다. 문학적 출발시점이 중요하듯, 마지막 시집 또한 중요한 단계적 의미를 내장하고 있을 것이기 때문이다. 한 시인의 시세계는 시기적/단계적 변화를 거치면서 전체적 특성과 시정신의 일단을 구축하게 된다.

본문 분석으로 들어가기 전 잠시, 시집의 말미에 제시해 놓은 '시인의 말'을 짚어본다. 시인은 '시인의 말' 첫머리에 "'명랑한 이야기는 왜 시가 잘 되지 않는가' 중얼거리며 이번 원고를 꾸린 것 같다"라고 털어놓는다. 시인이 말하는 '명랑한 이야기'란 무엇일까. 어둡고 무거운 주제가 아닌, 혹은 그러한 무게의 형식으로 빚은 시가 아니라는 의미로 받아들일 수 있을까. 시집을 읽다보면 곧 시인이 말하고자 하는 내용을 어느 정도 감지할 수 있게 된다. 시인은 사람과 사람, 삶과 삶 사이의 어둡고 굴곡진 여러 풍경들을 밝고 따뜻한 소통의 시선으로 읽어내고자 한다. 이른바 중심에서 벗어난 척박하고 소외된 주변적 공간을 짐짓 '명랑'의 언어로 환기시키고자 하는 것이 그것이다.

이에 덧붙여 시인은, "열한 번째 시집이다. 아, 이거 너무 많다!"라고 한다. 그리고 뒤를 이어, "그러나, 그러나 나는…… 시가 아니었으면 도대체 무엇에 기대어 살 수 있었을까"라고 물음을 던진다. "너무 많다!"와 "시가 아니었으면 도대체 무엇에 기대어 살 수 있었을까" 사이에는 많은 갈등과 고뇌의 시간이 담겨있을 것이다. 이러한 배경은 시와 삶이 분리되지 않은, 시가 삶이고 삶이 곧 시가 되어버린 시인의 한 생애를 들여다볼 수 있는 지점이 된다. "그래, 인생의 반은 그늘. 작은 찻잔 속에 명치 끝 흉골 옹이처럼 새까맣게 몰린 것, 작지만 또렷또렷 앞앞이 앞이 어둡다"(「비 넘는 비」)의 배경이 곧 그것이다. 이를 염두에 두고 시인이 체득하고 있는 세계, 나와 대상의 경계를 뛰어넘는 교감과 소통, 부재와 적막의 시간들을 따라 가본다.

2.

문인수의 마지막 시집 『나는 지금 이곳이 아니다』에는 공간에 대한
인식이 상상력을 열어가는 중요한 연결고리로 작용한다. 이러한 공간인
식은 "아무 데나 가보려고"(「나는 지금 이곳이 아니다」)에서 짐작할 수 있듯
이 대부분 외부이동을 통해 확인되는 공간 이미지들이다. 실제 지명(地
名)이 상당수 등장하고 있는 것도 이러한 배경과 무관하지 않을 것이다.
특징적인 것은, 시인의 시선에 포착된 공간들은 대부분 비탈지고 그늘진
주변적 공간형식에 닿아있다는 것이다. 이른바 현대 자본주의적 공간형
태와는 상당히 거리가 있는 공간 이미지다. 이러한 공간들은 우리 주변
에 있지만 또한 별반 관심을 두지 않고 스쳐 지나는 소외의 공간들이다.
시인은 이러한 소외의 공간들을 시적사유 속에 깊이 접목시키면서 의미
의 축을 생성하고 있다. 주변적 공간인식과 공간 밖으로의 일탈은 나와
내 주변을 돌아보면서 어제와 오늘의 경험적 시간을 일깨우고, 성찰하
고, 재구성하는 일련의 과정이라고 할 수 있다.

따라서 여기에는 평범하고도 일상적인, 또한 보다 내밀하고 사연 깊
은 이야기들이 결집되어 나타나기도 한다. 가령, "동대구역 역사 대합
실 구내서점 앞 기다란 소파엔 언제나 저 할머니가 먼저와 자리 잡고 있
다. 노숙자 할머니다. 아흔 고개도 넘었다고 하는데, 벌써 이십 년째 저
러고 있단다."(「은하철도가 있다」)의 배경이나, "비쩍 마른 검둥개 한 마리
가 잰걸음으로 지나간다.……/어머니 재봉틀 소리 멀어져 가는 것 같다.

저 개, 방향을 꺾어 이번엔 또 가로로 자를 댄 듯/내 눈썹 위를 오래 긋는 다"(「눈 내린 날의 첫 줄」)의 배경들이 그것이다. 이러한 풍경들은 특별히 관심을 두지 않으면 스쳐 지나치게 되는 이야기적 요소에 다름 아니다. 우리는 나와 관련 없는 내 밖의 세계에는 그만큼 무관심해져 있기 때문 이다. 문인수는 이러한 무관심의 세계, 소외의 공간들을 눈에 담으면서 자신만의 목소리로 그 풍경들을 그려내고 있다.

> 마을은 바다가 내려다보이는 산비탈에 다닥다닥 붙어있다. 작 고 초라한 집들이 거친 파도소리에도 와르르 쏟아지지 않는다. 복잡 하게 얽혀 꼬부라지는 골목들의 질긴 팔심 덕분인 것 같다. 폭 일 미 터도 안 되게 동네 속으로 파고드는 막장 같은 모퉁이도 많은데, 하 긴 저렇듯 뭐든 결국 앞이 트일 때까지 시퍼렇게 감고 올라가는 것이 넝쿨 아니냐. 그러니까, 굵직굵직한 동아줄의 기나긴 골목들이 가파 른 비탈을 비탈에다 꽉꽉 붙들어 매고 있는 것이다. 잘 붙들어 맸는 지 또 자주 흔들어 보곤 하는 것이다. 오늘도 여기 헌 시멘트 담벼락 에 양쪽 어깻죽지를 벅벅 긁히는 고된 작업, 해풍의 저 근육질은 오 랜 가난이 절이고 삭힌 마음인데, 가난도 일말 제 맛을 끌어안고 놓 지 않는 것이다.

> - 「굵직굵직한 골목들」 부분

"바다가 내려다보이는 산비탈에 다닥다닥 붙어있"는 '마을', "작고 초 라한 집들", "복잡하게 얽혀 꼬부라지는 골목들", "폭 일 미터도 안 되게 동네 속으로 파고드는 막장 같은 모퉁이" 등은 위 시편을 구성하는 공간 표상이다. 이러한 공간은 "바다가 내려다보이는 산비탈"에 위치하고 있 다는 점에서 이미 일반적인 생활공간과는 거리가 멀다. 시인은 "작고 초라한 집들이 거친 파도소리에도 와르르 쏟아지지 않는" 것은 "복잡하게 얽혀 꼬부라지는 골목들의 질긴 팔심 덕분인 것 같다"라고 한다. 이러한 "골목들의 질긴 팔심"은 "결국 앞이 트일 때까지 시퍼렇게 감고 올라가는" '넝쿨'의 모습으로 상징화된다. '넝쿨' 이미지는 "굵직굵직한 동아줄의 기나긴 골목들"과 연결되면서 "작고 초라한 집들"을 받쳐주는 원동력으로 작용한다.

이는 곧, "막장 같은 모퉁이"를 헤쳐갈 수 있는 강렬하고 질긴 생명력이 된다. 시인은 이러한 생명력이 어디선가 저절로 날아들거나, 누군가가 던져주는 것이 아니라, 약속이나 한 듯 끈질기게 일어서는 상호 결속에서 비롯된다고 보고 있다. "다닥다닥 붙어있다"가 표상하는 밀집된 공간형식은 또 하나 '가난'의 형식으로 정립된다. "해풍의 저 근육질은 오랜 가난이 절이고 삭힌 마음"의 한 뜻이다. 그럼에도 '가난'의 질곡을 거부하거나 부정하지 않고 한 몸인 양 끌어안고 있다. "산비탈에 다닥다닥 붙어있"는 "작고 초라한 집들"이 시인의 시선에 포착된 주변적 공간이라면, "굵직굵직한 동아줄의 기나긴 골목들"은 이러한 공간을 지탱해주는 힘의 원천이고, '가난'은 그 깊은 속내를 구성하는 이야기적 배경이 된다. 이러한 세 개의 구도가 곧 문인수 시인의 주변적 공간인식을 구성하는 특징적 연결고리가 된다.

묵호 등대오름길의 산비탈 동네엔 작은 집들이 아찔, 아찔, 화투짝만한 난간에 붙어 있다. 밤중에, 험한 잠결에 그만 굴러떨어질 수도 있겠다 싶다. 그리 어지럽던 차에 빈집도 더러 생겨났다. 그 빈집마저 헐린 데가 어, 여기저기 새파랗다.

어디로 인도하였을까. 누군가 떠난 자리에, 누군가 또 제때 새파

랗다. 새파란 부추며 상추며 쑥갓…… 묵호 등대, 묵호 씨는 대낮에
도 참 별걸 다 밝힌다.

「묵호, 등대 텃밭」 전문

흐린 하늘을 뚫고 쨍한 햇살이 돋아난 듯 시적공간이 쾌청하다. 이는
"여기저기 새파랗다", "누군가 또 제때 새파랗다", "새파란 부추며 상추며
쑥갓……" 등의 풍경이 던져준 생동감이다. '새파랗다', '새파란'이 풀어
내는 색감은 전체적 분위기를 상승의 기류로 끌어올린다. 하지만 그 배
경에는, "아찔, 아찔, 화투짝만한 난간에 붙어 있"는 "묵호 등대오름길의
산비탈 동네"가 놓여있음을 간과할 수 없다. 나아가 "빈집도 더러 생겨
났다"에서의 '빈집'의 공백도 주어진다. 얼핏, 어둡고 지난한 삶의 풍경
이 전면에 돌출될 것 같기도 하다. 하지만 '산비탈 동네', '빈집'의 풍경 위
에 '빈집'을 채우는 '새파란' '생명'이 등장함으로써 이러한 분위기가 상쇄
된다. 이른바 '빈집'의 공백이 적막을 불러들이기도 전에 "누군가 또 제때
새파랗다"의 '텃밭'이 생성되고 있는 것이다. 시인은 "묵호 등대오름길의
산비탈 동네"와 '빈집'의 공백에 생명성을 부여함으로써 상승의 공간 이
미지를 확보하게 된다.

죽도시장엔 사람 반, 고기 반으로 붐빈다. '어류'와 '인류'가 한데
몰려 쉴 새 없이 소란소란 바쁜데, 후각을 자극하는 이 파장이 참 좋
다.

사람들도 그 누구나 죽은 이들을 닮았으리.

아무튼 나는 죽도 시장에만 오면 마음이 놓인다, 이것저것 속상

할 틈도 없이 나도 금세 와자지껄 섞인다.

여긴 비린내 아닌 시간이 없어.
그것이 참 깨끗하다.

- 「죽도 시장 비린내」 부분

문인수 시세계에 표상되고 있는 공간은 대체로 일정 거리를 두고 바라보는 탐색의 대상으로 떠오른다. 앞서 살펴본 "산비탈에 다닥다닥 붙어있는" "작고 초라한 집들"(「굵직굵직한 골목들」), "묵호 등대오름길의 산비탈 동네"(「묵호, 등대 텃밭」) 등의 공간도 객관적 대상으로서의 특성을 지닌다. 따라서 공간 이미지 속에 인물들을 적극적으로 등장시키거나 시적 주체로 포섭하지 않는다. 오히려 공간 그 자체에 집중함으로써 이야기적 요소들은 간접형식으로 암시해두고 있다. 하지만 위 시편의 경우, "죽도 시장엔 사람 반, 고기 반으로 붐"비고, "'어류'와 '인류'가 한데 몰려 소란소란 바쁜데"의 상황이 생생하게 그려진다. 시인 또한 "후각을 자극하는 이 파장이 참 좋다"에서부터, "아무튼 나는 죽도 시장에만 오면 마음이 놓인다/이것저것 속상할 틈도 없이 나도 금세 와자지껄 섞인다"까지의 행보를 보여준다.

시장은 사람과 사람의 발자취가 다른 어느 곳보다 빈번하고 활기찬 공간이다. 따라서 주고받는 관계성의 위치도 보다 직접적이고 주체적이다. '죽도 시장'의 풍경도 여느 시장과 별반 다르지 않다. 다만, "포항 죽도공동어시장"이라는 공간이 중심이 되는 만큼, "여긴 비린내 아닌 시간이 없어"라는 특성이 나타나고 있다. "비린내 아닌 시간이 없어"에서의 '비린내'는 '어시장'의 상징적 배경이 될 것이다. 그럼에도 이러한 공간적 특성만 부각시킨다면 이 시편은 다소 단순하고 표피적으로 흐를 것이다.

따라서 시인의 내적 목소리가 반영된 갈등양상의 한 측면을 찾아가야할 필요성이 있다. 이른바 '비린내'로 상징화되는 고단한 삶의 현장과 그 애환의 의미기제가 그것이다. "그것이 참 깨끗하다"에는 이러한 의미기제를 뒷받침할 수 있는 관계성의 논리가 내장되어 있다. "그것이 참 깨끗하다"에서의 '그것'은 활기차고 건강한 노동의 시간에 대한 긍정적인 반응과 함께, '비린내'의 '시간'에 대한 연민의식의 역설적 표현이 응축되어 있다. 문인수 시인의 주변적 공간인식은 대체로 이러한 두 구도의 특징을 내면화하면서 그만의 색채를 만들어간다.

3.

살펴보았듯이, 문인수 시인이 그려내는 주변적 공간은 일종의 소외의 공간이다. 그것이 주거공간의 형태로 드러나든 거리의 풍경으로 드러나든, 대부분 중심에서 벗어난 혹은 늘 그 자리에 있음으로 해서 별다른 관심을 불러들이지 않는 고립의 형식을 띠고 있다. 그럼에도 비애의 정서와 소외의 흔적이 직접적으로 표출되지 않는다. 시인은 오히려 밝고 긍정적인 분위기와 활기찬 풍경 묘사를 통해 그들만의 공간에 '생명'의 한 축을 생성하고 있다. 하지만 이러한 공간인식은 또 다른 측면으로 전환되면서 시적갈등을 야기하고 있다. 따뜻한 연민의 시선으로 그려가던 정겨운 공간들이 해체되고 변화하는 과정에서 직면하게 되는 심리적 파장들이 그것이다.

오년 만에 다시 후포에 왔다.

소도읍 가꾸기 사업으로 후포는 이제 완전히 새단장했다.

나는 부쩍 더 늙었다.

운동화 끈을 고쳐 맨다.

새로 쌓은 방파제 끝 등대 앞,
일행과 함께 방금 사진 찍은 데를 돌아본다.
후포의 팔뚝은 다시 반영구적인 근(根) 불쑥 세웠구나.
빤히 내다보이는 길 시멘트 위에,
땡볕 아래 묻은 물 파편 같은 것
앞날은 이미 찰칵 비어있다.

-「오년 만에 다시 후포에 왔다」 전문

"소도읍 가꾸기 사업으로 후포는 이제 완전히 새단장했다"에서 보여지는 "소도읍 가꾸기 사업"은 자본주의적 속성이 반영된 변화의 한 물결이 된다. 이러한 변화의 물결은 삶의 충만함을 던져주기보다 "앞날은 이미 찰칵 비어있다"의 공백으로 다가온다. 시인의 시선에서 보면, "완전히 새단장"한 '후포'는 "반영구적인 근(根)", '시멘트'의 삭막함으로 비춰지기 때문이다. 새로운 가치를 추구하는 '새단장'의 '사업'은 오래 간직해온 우리 주변의 풍경과 그것을 구성하고 있던 내적가치를 무너뜨리는 요인이 된다. 이른바 "땡볕 아래 묻은 물 파편 같은 것"으로 상징화되는 상처 혹은 공허의 형식에 다름 아니다. 따라서 산비탈에 다닥다닥 붙은 작은 집들과 그 공간들이 내장한 사람의 이야기는 흩어지고 시인의 내면의식에도 균열이 간다.

위 시편은 공간의 변화와 함께 시간의 흐름이라는 의미지점을 열어놓는다. "오년 만에 다시 후포에 왔다"에서의 '오년 만'이라는 시간의 흐름은 "나는 부쩍 더 늙었다"로 연결되고 있기 때문이다. 공간의 변화는 '늙음'과 맞물리면서 또 하나의 연결고리를 마련한다. 이는 "감나무를 오르내리는 내 구부정한 그림자도 어느덧/늙은 거미같이 더디다"(「감나무」)의 배경과도 연결된다. 공간의 변화와 시간의 흐름은 동일한 맥락 속에서의 변화의 속도와 공백의 부재에 닿아있다. "앞날은 이미 찰칵 비어있다"에서의 '앞날'의 '비어있'음은 어떤 가능성의 부재라는 부정적인 의미를 내장하게 된다. 시인은 '후포'가 더 이상 정겨운 공간이 아니며, 시간 또한 일정 경계를 벗어나고 있음을 자각한다. 따라서 나와 세계는 하나의 관계성 속에 포섭되지 못한 채 '사진'의 한 순간처럼 각각의 풍경 속에 정지되어 있을 뿐이다.

①
배출이 없다. 적막으로 팽팽한 이 교정.
교문엔 문짝이 없다. 문이 없으나, 아무도 나가지 않는 폐문이다.
나무들도 하는 수 없이 나무속으로 천천히 걸어 들어가고 있는
뒷모습이다.

　　　　　　　　　-「폐교, 나무들도 천천히 문을 닫는다」부분

②
나무들은 나름대로 전원 각기 적소에 서 있다.
그러나 결국 혼자 살지 못하고
지하공장에서들 올라온 것처럼 일사불란 작업 중이다.
암흑에서 뽑은 강철심 같은 것,
매미 소리가 종횡무진 숲을 누비고 있다. 나무들이 내는 금속성

은 어째 듣기에 거북하지 않는지,

질긴 그 노래로 해마다

숲은 숲을 새로 짓고 있다.

-「숲이라는 이름의 신도시」 부분

위 두 편의 시에 흐르는 정서는 적막과 단절이다. 세계를 구성하던 미적체계가 무너지고 소통부재의 상실감이 깔려있다. "배출이 없다. 적막으로 팽팽한 이 교정"(①), "암흑에서 뽑은 강철심 같은 것"(②) 등에서 관계성이 단절된 완고한 단절의 형식을 엿볼 수 있다. '폐교'는 더 이상의 소통을 기대할 수 없는 공간이다. 아이들이 사라진 "교문엔 문짝이 없고", "아무도 나가지 않는 폐문"이 있을 뿐이다. "나무속으로 천천히 걸어 들어가고 있는" '나무들'의 '뒷모습'은 '폐교'와 '폐문'의 상징적 표상이다. 숲속에 지은 '신도시'의 풍경 또한 동일한 맥락으로 묘사된다. "숲이라는 이름의 신도시"에는 사람의 발자취보다 "매미 소리가 종횡무진 숲을 누비고", "숲은 숲을 새로 짓"는 상황에 놓여있다. '숲'은 이미 '숲'의 기능을 상실하고, 다만 '신도시'의 소음 속에 포섭되어 있다. 그 어디에도 사람의 이야기가 피어있지 않다. 공간의 변화와 시간의 흐름은 시인의 시적사유에도 일정 변화를 몰고 온다. 급변하는 현실에 직면하면서 비판적 성찰과 함께 내적 방향성을 모색하는 것이 그것이다.

4.

문인수 시인의 공간을 읽는 두 가지의 방식은 앞서 살펴보았듯이, 주변적 공간에 대한 인식과 이와 연계되어 나타나는 공간의 변화에 대한 인식 등으로 압축된다. 이러한 공간인식은 대부분 외부공간들을 대상으로 해서 상상력을 펼쳐가는 구도에 닿아있다. 이와 더불어 또 하나의 공간인식이 등장한다. 이는 밖으로 향해 있던 시선을 내 안으로 이동해오는 과정에서 생성되는 공간이다. 곧, 시인 자신과 긴밀한 연관성을 가지는 것으로 자아인식과 성찰적 세계에 닿아있다. 이른바 정착된 공간에서의 일탈과 새로운 공간에 대한 열망 등 내적 갈등이 수반되는 영역이 바로 그것이다. 따라서 '이곳'이 아닌 '저곳'을 향해 열려있는 공간 이미지라고 할 수 있다. 이러한 세 개의 구도가 이번 시집에 집약되어 있는 공간인식의 핵심이 된다.

나는 오늘도 내뺀다.

나는 오랫동안 이 동네, 대구의 동부시외버스 정류장 부근에 산
다.
나는 딱히 갈 곳이 없는데도, 시외버스정류장은 그게 결코 그렇
지만은 않을 거라는 듯
수십 년째 그 자리에 있다. 그러니까,
이 동네에선 골목골목들까지 나를 너무 속속들이 잘 알아서

아무 데나 가보려고,

눈에 짚이는 대로 행선지를 골라 탄다.
어느 날은 강릉까지 표를 샀다. 강릉 훨씬 못미처 묵호에서 내렸
다. 울진을 가려다가 또 변덕을 부려
울산 방어진 가는 버스를 탄 적도 있다. 영천 영해 영덕 평해 청
송 후포 죽변 ……

아무 데나 내렸다.

그러나 세상 그 어디에도 아무 데나 버려진 곳은 없어. 지금 오직
여기 사는 사람들……

말 없는 일별, 일별, 선의의 낯선 사람들 인상이 모두

나랑 무관해서 편하다.

한 노인이 면사무소 옆 부국철물점으로 들어가
한참을 지나도 영 나오지 않는다. 두 여자가 팔짱을 낀 채 힐끗
쳐다보며 지나갈 뿐,
나는 지금 텅 빈 비밀, 이곳에서 이곳이 아니다. 날 모르는 이런
시골,

바깥 공기가 참 좋다.
　　　　　　　　　　　　-「나는 지금 이곳이 아니다」 전문

"나는 오늘도 내뺀다", "아무 데나 가보려고", "아무 데나 내렸다"에는
공간이동에 대한 강렬한 열망이 내장되어 있다. '이곳'이 아닌 낯선 어딘
가로 가고자 하는 일종의 일탈의 정서이다. "나는 오랫동안 이 동네, 대구
의 동부시외버스 정류장 부근에 산다"에서의 고정되어 있는 공간과, "이
동네에선 골목골목들까지 나를 너무 속속들이 잘 알아서"의 상황에서 벗
어나고자하는 열망이 그것이다. 따라서 "딱히 갈 곳이 없는데도" "눈에
짚이는 대로 행선지를 골라 탄다." 이는 특정 공간을 염두에 두지 않고 발
길 닿는 데로 흘러가면서 정신적 자유와 해방감을 찾고자하는 것이다.

오래 익숙해져 있고, 이로 인해 억압될 수밖에 없는 일상적 공간에서 나를 풀어놓고자 하는 것이다. "나랑 무관해서 편하다"의 심리적 반응이 이러한 배경을 뒷받침한다. 이러한 행위배경은 공간의 일탈이라는 방황의 정서와 맞물리고 있지만, 결국 자아 찾기의 여정에 다름 아닐 것이다.

이런 점에서 표제 시이기도 한 시 제목 「나는 지금 이곳이 아니다」는 많은 상징성을 지닌다고 할 수 있다. '이곳'은 일차적으로 내가 소속되어 있는 삶의 공간을 의미한다. 이어, 외부이동을 통해 접하게 되는 '아무 데나'의 공간 이미지를 두루 아우른다. "나는 지금 텅 빈 비밀, 이곳에서 이곳이 아니다. 날 모르는 이런 시골"의 배경이 여기에 있다. 중요한 것은, "그러나 세상 그 어디에도 아무 데나 버려진 곳은 없어"라는 깨달음이다. 시인은 "아무 데나 가보려고" 길을 떠났지만, 발길 닿는 그 어느 곳도 '아무 데나'로 지칭할 수 없는 "선의의 낯선 사람들"과 삶의 풍경이 있음을 알게 된다. '이곳'이지만 '이곳'이 아닌, '나랑 무관'하고 '날 모르는' 사람들 속에서 시인은 진정한 의미에서의 공간을 발견하게 된다. "바깥 공기가 참 좋다"에서의 '바깥 공기'는 그 절정의 심회가 될 것이다. 공간의 일탈을 통해 또 다른 공간을 확보하는 시적행보가 그 정점에 있다.

> 나 혼자 산소엘 와 넙죽 엎드리는데
> 잔디를 짚는 손등에 웬 보랏빛 알락나비 한 마리 날아와
> 살짝 붙는다, 금세
> 날아간다. 어,
>
> 어머니?
>
> ……………

다만 저 한 잎 우화, 저리 사뿐 펴내느라 그렇듯
한평생 나부대며 고단하게 사셨나.

절을 다 마치고 한참 동안 앉아 사방 기웃기웃 둘러보는데,
없다. 산을 내려오는데
참, 너무 가벼워서 무겁다. 등에,
나비 자국이 싹 트며 아픈 것 같다.
-「조묵단전(傳)-나비를 업다」전문

문인수의 공간 밖으로의 일탈은 나를 돌아보고 나를 찾아가는 과정
과 긴밀하게 연결되어 있다. 시적사유 속에 침잠해서 내 안의 나를 직시
하는 자아인식의 과정이 바로 그것이다. '어머니'와의 조우는 그 한 영역
으로서의 중요한 연결고리가 된다. 위 시편 「조묵단전(傳)」은 세 편으로
구성된 연작시이다. 세편 모두 '어머니'를 중심에 두고 시상을 펼치고 있
다. 시인은 "나 혼자 산소엘 와 넙죽 엎드리는데/잔디를 짚는 손등에 웬
보랏빛 알락나비 한 마리 날아와 살짝 붙는다"로 이야기의 실마리를 풀
어놓는다. "알락나비 한 마리"는 '어머니'와 시인을 이어주는 매개물로
묘사된다. "한평생 나부대며 고단하게 사"신 '어머니'의 한 생애가 "한 잎
우화"의 이미지 속에 아프게 돋아난다. '어머니'의 생애는 "너무 가벼워
서 무"거운 '나비 자국'으로 시인의 가슴에 각인된다. 절제된 호흡과 이
미지의 활용이 응축되어 있는 작품이다.

한겨울 찬바람 부는 거리, 병원을 나오자마자 한참 참았던 담배
를 한개비 빼물었다. 무는데, 담배 한개비를 골라, 뽑아, 입에 물기까
지의 그 여러 모퉁이, 각각의 팔 동작 마디마다 순서껏 붙어 있다가

에누리 없이 제때 작동하는, 이 고조된 떨림.

> 아, 모일 모시, 나한테 남은 시간 중에, 저 무성하게 우거진 물가
> 수풀 속 어디에, 한입에 덥석 날 받아먹을, 악! 악어 아가리의 각도가
> 쩍, 벌어지게 숨어 있겠다 싶다. 과연, 덜덜거리는 인생을, 날 소화시
> 킬 것인가. 저 잠잠한 죽음은……

- 「악어 아가리의 각도」 부분

"늙어 언제부턴가 오른손이 떨린다"(1연)로 시작되는 위 시는 시간에
대한 인식과 함께 일신의 변화를 진솔하게 그려내고 있다. "예컨대 술을
받기 위해 잔을 내밀 때부터 약간 떨기 시작한다"가 그 부연된 내용이다.
시인은 '병원', "한겨울 찬바람 부는 거리"라는 공간 이미지를 통해 '떨림'
의 병증과 스산한 내면풍경을 형상화하고 있다. "담배 한 개비를 골라,
뽑아, 입에 물기까지" "여러 모퉁이"의 '동작'도 섬세하게 포착된다. "에
누리 없이 제때 작동하는, 이 고조된 떨림"의 병증은 "저 잠잠한 죽음은"
까지의 사유로 확장된다. '늙음', '떨림', '병원' 그리고 "남은 시간", "덜덜거
리는 인생", "저 잠잠한 죽음은……"까지의 거리가 그것이다. '시간'과 공
간, 병고와 '죽음'에 대한 사유가 하나의 연결고리로 이어져 있다. 그리고
이는 "모일 모시, 나한테 남은 시간"에 대한 보다 심층적인 자각과 사유
로 확장되어 간다.

위 시편은 앞서 살펴본 「나는 지금 이곳이 아니다」와, 「조묵단전(傳)-
나비를 업다」와 마찬가지로 시인 자신이 개입해있다는 점에서 주목해볼
만하다. 여기에는 스스로를 관찰하고 성찰하는 내적 목소리와 갈등양상
이 집약되어 있다. 따라서 밖으로 보여 지는 표피적인 세계가 아니라, 보
다 깊은 호흡 속에 천착해 있는 시인의 내면의식을 읽을 수 있다. 정리해

보면, 시인의 상상력은 여러 갈래의 이야기적 요소를 함유하는 외적 풍경들에서 내 안의 질곡 속으로 이동해오는 과정을 거친다. 내 안으로 이동해온 시선은 그 안에 안주하거나 침잠하는 것이 아니라, 끊임없이 공간의 일탈을 시도하면서 나를 돌아보는 한 계기를 마련하고자한다. '어머니'에 대한 그리움의 정서, '떨림'을 자각하는 병증의 '시간'도 이러한 과정 속에 놓여있다.

시집 『나는 지금 이곳이 아니다』에 응집되어 있는 문인수의 공간인식은 '가난'을 내포하고 있는 주변적 소외의 공간과, 이러한 공간들이 신도시적 풍경으로 변화되어가는 과정, 그리고 공간 밖으로 일탈하고자 하는 내적 열망 등 세 구도로 나타난다. 이러한 세 구도의 공간인식은 본래적 가치에 대한 따뜻한 교감과 소통, 그 가치가 무너지는 과정에서 오는 허탈감, 새로운 가치를 찾아가고자 하는 일탈의 과정 등을 함유한다. 이러한 과정은 인간에 대한 연민 혹은 인간 삶에 대한 깊은 이해를 기반으로 한다는 점에서 남다른 진폭을 갖는다. 슬픔과 아픔, 상처를 동반한 부재와 적막의 세계를 맑게 걸어가는 법, 자칫 어둡게 가라앉을 수 있는 풍경들을 '명랑'의 언어로 승화시키고자 하는 방법론이 이 속에 있다.

벼림의 언어와 깨어있음의 시학

— 尹石山의 신작시론

　시의 길은 멀고도 멀다. 가까이 다가가려해도 늘 어느 정도의 거리가 생긴다. 여기서 어느 정도의 거리란 시인이 자신의 시에 대해 느끼는 불만족의 거리감이 될 것이다. 그래서 좀 더 거리를 좁히기 위해 혼신의 힘을 다한다. 몸 안의 생생한 피의 기운은 온전히 시의 근저에 가 있다. 시가 살아나기를 갈망하면서 정신의 섬세한 파장까지 기꺼이 詩作에 바친다. 그럼에도 시의 골격은 명료해지지 않고 가지와 이파리는 불협화음을 내기도 한다. 잎맥을 지나는 바람소리도 늘 듣던 그 소리일 뿐 전혀 새롭지가 않다. 자괴감과 불안과 초조가 찾아온다. 좌절과 불면, 침잠과 배회가 뒤따른다. 여기에 독자의 반응까지 염두에 두면서 고통은 배가 된다.

　尹石山 시인의 신작시를 읽으면서 오랜 지병처럼 시작의 고통을 되살린다. 시를 쓰는 사람이라면 누구나 이러한 고통에서 자유로울 수 없다는 것을 잘 알면서도 새삼 그 근저를 일깨워본다. 尹石山 시인의 경우, '다식 찍기'(시작노트)에 대한 콤플렉스가 깊이 관여해 있는 것 같다. '다식 찍기'란 비슷한 작품을 써내는 것을 말하는 것으로 이해된다. 이른바 앞

서 쓴 작품과 뒤에 쓴 작품이 별다른 변화 없이 비슷한 틀을 고수하고 있음을 말한다. 이러한 틀은 일차적으로 자신의 작품에 대한 명징한 비판의 잣대가 될 것이고, 다음으로는 자신의 작품과 다른 시인의 작품과의 차별성을 강조하는 요건이 될 것이다. 따라서 여기에는 늘 강도 높은 자기비판과 반성적 성찰이 뒤따르게 된다.

윤석산 시인은 소위 '다식 찍기'의 詩作에서 벗어나기 위해 "'너와 나의 다름'을 강조하는 행위"인 '낯설게 만들기'에 큰 무게를 두고 있다. 이는 곧 고정된 관념에서 탈피하여 새로움을 창출하겠다는 시적의도와 의지로부터 촉발된다. 이러한 시작의 저변에는 "읽을거리가 넘치는 세상에 비슷한 작품을 누가 읽겠느냐는 생각"이 지배적으로 깔려있다. 하지만 새로운 의미의 발견, '다름'에 터를 두고 있는 '낯설게 만들기' 혹은 '비틀기'의 기법은 시인에게 때로 과도한 고통을 안겨주기도 한다. 따라서 스스로 "극복하기 어려운 강박관념 하나"라고 토로하기도 한다. "작품을 지나치게 만들고 있다는 느낌을 지울 수 없다"라는 배경도 여기에 닿아있다. 시인의 '시작노트'에는 이러한 심경과 스스로의 시적 가치관이 언급되어 있다. 일부분을 발췌해본다.

제게는 극복하기 어려운 강박관념 하나가 있습니다. 일정한 기간이 지났는데도 새로운 창작 방향을 마련하지 못하면 '다식 찍기'를 하고 있다고 불안해하는.

·········· 중략 ··········

그래서 어떤 날에는 10Km 이상 걸으면서 그 동안 써온 작품들을 분석해 봤지요. 그 결과, 감동을 주는 힘이 약하더군요. 과거에는 독자의 의식구조와 취향에 더 많은 영향을 받는 문제라면서 그다지 신경을 쓰지 않았는데, 그런 작품은 읽지 않을 테고, 읽어도 이내 잊어버려 존재하지 않는 작품과 마찬가지가 되리라는 생각이 드는 겁니다.

계속 분석해봤지요. 아직은 끝난 상태가 아니지만, 다식 찍기를 피하기 위해 '낯설게 만들기'만 치중하다가 '공교로움(巧)'과 '교만(驕)'에 빠져 본질적인 것을 놓쳤기 때문이 아닌가 하는 생각이 들었습니다. 감동은 나와 네가 구분이 없어질 때 나타나는 심리적 현상이고, 낯설게 만들기는 보통 것과는 다르게 '비틀기'인 동시에 너와 나의 '다름'을 강조하는 행위이기 때문입니다.

그러면서도 읽을거리가 넘치는 세상에 비슷한 작품을 누가 읽겠느냐는 생각이 들었습니다. 그래서 보다 정직해지려고 노력하되, 독자가 느슨하다고 방심할 순간에는 낯설게 만든 것들을 섞어 긴장하게 유도하고, 깨달음을 줄 수 있는 작품을 쓰기로 했습니다. 그리고, 한 작품 안에서만이 아니라, 작품과 작품 사이에서도 고려하기로 했습니다. (작품을 지나치게 만들고 있다는 느낌을 지울 수 없다.)

- 〈시작노트〉중에서

윤석산 시인의 신작시 5편은 그의 근황을 엿볼 수 있는 하나의 통로가 될 것이다. 시인의 생활, 사유의 응집과 분산, 시적 고민, 그 결과물로서의 작품적 세계 등이 그것이다. 따라서 가장 가까운 발자취 속에서 시인의 사유를 감지하고 시선을 따라갈 수 있는 계기를 마련할 수 있게 된다. '다식 찍기'에서 '찍기'가 수반하는 무한생산의 현장과 긴 공정을 스스로 감당해야하는 시작과정은 처음부터 그 방향성을 달리 한다. 그리고 긍정적, 부정적 측면에서의 결과물의 충실한 생동감은 오직 작품을 통해서만 확인할 수 있다. 시인의 시세계 속으로 걸어 들어가 본다.

구름이 넘어가며 능선의 목덜미를 스치자 하르르 떠는 풀잎들

그 미묘한 소리를 찍어 간혹 혼자 보려고 했는데

풀잎들뿐……, 상상하며 봐야 하나요, 핸드폰을 바꿔야 하나요 ?
- 「소리 찍기-관음·7」 전문

　위 인용시는 3연 3행의 짧은 시이다. 우선 이 시편은 「소리 찍기」라는 제목에서부터 특별한 의미구도가 감지된다. '소리'는 청각적 요소이고, '찍기'는 시각적 이미지를 전제로 한다. 따라서 '소리'를 찍는 행위는 처음부터 모순성을 동반하면서 출발한다고 할 수 있다. 여기서 '소리'의 주체는 "하르르 떠는 풀잎들"이다. "구름이 넘어가며 능선의 목덜미를 스치자" '풀잎들'이 작고 섬세한 파장을 일으킨다. 이는 "구름이 넘어가며 능선의 목덜미를 스치"는 행위에 대한 일종의 화답이다. 따라서 시인의 시선에 포착된 '소리'의 정체는 '풀잎들'이 반응하는 몸짓이면서 그 언어가 되는 셈이다. '구름', '능선의 목덜미', '하르르 떠는 풀잎들'은 제각각의 존재성을 드러내면서도 하나의 풍경 속에 포섭된다. 다시 말해 넘어가고, 스치고, 떨리는 동적인 몸짓들은 개별적인 행위영역이면서 한편으로 상호 관계성 속에서 소통의 통로를 열어둔다. 멀리 있는 사물들이 손에 잡힐 듯 가까이 다가오는 것은 이러한 관계성이 불러들인 조화일 것이다.
　이러한 풍경을 설정해두고 시인은 하나의 의미망 속으로 침잠한다. '소리'를 찍는다는 다소 생경한 발상이 그것이다. 시인은 "하르르 떠는 풀잎들"의 "그 미묘한 소리를 찍어 간혹 혼자 보려고" 하는 열망을 가진다. 하지만 이러한 열망은 곧 좌절의 심연으로 이어진다. 형체를 드러내는 것은 '풀잎들뿐' '찍기'를 가능하게 하는 '소리'의 형체는 어디에도 없

다. '소리'의 흔적은 다만 '풀잎들'의 움직임을 통해 감지될 뿐이다. 따라서 "상상하며 봐야 하나요, 핸드폰을 바꿔야 하나요?"라는 물음을 던져본다. 하지만 이러한 물음 속에는 이미 '소리'를 찍을 수 없다는 스스로의 결론이 암시되어 있다. 이는 '핸드폰'이라는 문명의 빛나는 창조물과 그 기계적 한계가 던져주는 모순의 범주를 벗어나는 일이다. 따라서 시인의 '소리 찍기'의 의도는 역설적으로 소리는 찍을 수 없다는 것을 더 확연하게 깨닫게 해주는 과정이 된다. "풀잎들뿐……"이라는 말줄임표의 공백 속에는 이러한 여러 배경들이 내장되어 있다.

그럼에도 분명 '소리'는 찍혀있다. 시인이 "하르르 떠는 풀잎들"이라고 언급할 때 그 '소리'는 이미 우리의 눈 속으로 전달된다. 이른바 떨림 그 자체로 하나의 시각적인 형상이 되어 우리의 눈 속에 각인되고 있는 것이다. 시인의 상상력을 통해 감지된 '풀잎들'의 섬세한 떨림은 청각과 시각적 효과를 동시에 던져준다. 만약, 실제로 소리를 찍을 수 있는 기계적 장치가 있다면 위 시편의 감흥은 축소될 것이다. 소리의 파장은 찍을 수 있을지 모르지만 그것이 온전한 형체로 다가오는 것은 기대할 수 없기 때문이다. "하르르 떠는 풀잎들'의 몸짓을 단순한 파장이 아니라 전체적 이미지로 읽을 수 있는 것이 중요하다. 이러한 한계와 결핍을 시적으로 극복하고 '소리 찍기'의 가능성을 탐색하고자 하는 것이 위 시편의 생명력이다.

바람도 없는 뜨락, 목련 한 송이가 뚝하고 떨어지네요.

방 안을 서성대던 음악이 황급히 넘어가
그 뽀얀 얼굴을 들여다보다가

춤이라도 한 곡 추고 가라고 오케스트라 지휘봉을 들어요.

산도 들도 짠 짠 짠……, 나는 걸어둔 바이올린을 내리고.
-「혼연의 풍경-관음·8」 전문

"바람도 없는 뜨락"의 봄 풍경 한 컷이 포착되어 있다. '목련', '음악', '춤', '오케스트라 지휘봉', '산', '들', '바이올린' 등의 이미지들이 풍경을 구성한다. 이러한 이미지들은 자신만의 독특한 에너지를 생성하면서 봄 풍경 속에 물들어있다. 금방 음악이 흘러나오고 제목처럼 '혼연의 풍경'이 일체의 질서 속에 충만할 것 같다. 그럼에도 불구하고 풍경의 전체적 분위기는 가라앉아 있는 느낌이다. "산도 들도 짠 짠 짠……" 박자를 맞추고 있지만 그리 흥겹지가 않다. 이는 "목련 한 송이가 뚝하고 떨어지네요"에서 체감되는 심리적 작용일 것이다. '목련 한 송이'는 피어나는 것이 아니라 뚝 떨어지는 '죽음'을 표상하고 있다. "춤이라도 한 곡 추고 가라고"에서도 나타나듯이 오는 것이 아니라 '가'는 것에 초점이 놓여있다. 이는 생명의 상승 이미지가 아니라 '죽음'의 하강 이미지를 더 강렬하게 부각시킨다. 따라서 '오케스트라 지휘봉'도 이별의 순간을 위해 준비되고 실행된다.

이러한 분위기는 봄의 생동감과 극단적 대비를 이루게 된다. "바람도 없는 뜨락"은 적막을 담고 있다. "목련 한 송이가 뚝하고 떨어지네요"는 결별을 표방한다. 따라서 적막과 결별이 위 시편의 정서적 기류를 이루고 있다고 할 수 있다. 이러한 시적 기류는 시인의 내면의식을 반영하는 기제가 될 것이다. 시인의 시선은 피어나는 꽃송이보다 지는 꽃의 황홀에 꽂혀있다. 이는 의식적이든 무의식적이든 시인의 내면의식 속에 물들어 있는 정서가 된다. 따라서 '음악', '오케스트라 지휘봉', "나는 걸어둔 바이올린을 내리고"의 상황도 표면적인 기능을 넘어 또 다른 의미를 생성하는 장치가 된다. 봄 풍경의 생동감 속에 적막과 결별의 심연을 개입시키는 것도 이러한 배경을 뒷받침한다.

시인은 봄의 생기와 목련 한 송이의 떨어짐을 분리하지 않고 하나의 풍경 속에 펼쳐놓는다. 이른바 삶과 죽음이 함께 어우러져 완성체로서의 자연적 질서를 구현하고 있는 것이다. '음악', '오케스트라 지휘봉', '바이올린' 등은 "목련 한 송이가 뚝하고 떨어지"는 하강 이미지에 기대고 있으면서도 한편으로, 이들이 생성하는 '소리'는 가라앉는 것이 아니라 날아오르는 상승의 기운을 담고 있다. 이것이 시인이 의도하고 있는 시적 장치의 효과가 될 것이다. 음악적 요소들은 '혼연의 풍경'을 만들어내는 중심 이미지로서의 역할을 한다. 따라서 극단적 대비의 풍경은 대립으로 치닫지 않고 조화의 정서 속에 포섭된다. 이것이 생명과 죽음을 '혼연'으로 정립하면서 자기승화의 세계로 나아가고자 하는 내적 지향성의 근원이 된다.

> 나는 지금 새로 낸 시집을 보내려고 봉투를 쓰고 있습니다. 1만 여명의 시인 가운데 400분만 골라
>
> 시집으로 묶기 전에는 그런대로 괜찮은 것 같았는데, 더러는 생긋 웃고 콧노래를 부르는 놈들도 있었는데, 그냥 누워있는 말들을 바라보며 왜 갑자기 그러는가, 볼 때마다 달라지는가를 생각하며……,
>
> ⋯⋯⋯⋯중략⋯⋯⋯⋯
>
> '영원'이 보이지 않아 말로 이브를 만들고, 외로운 밤 그녀가 자기

배를 쓰다듬어 아담을 낳고, 그들 자식들 나라는 언제나 햇살만 잘름
거릴 거라고 온갖 실험을 다하며 써 왔는데……,

　누구 없으세요 ? 이 말들을 깨워주실……, 다시 일어나 빼시시
웃게 만들어주시면 제 육체와 영혼을 바치겠나이다. 평생 썼으면서
죽은 말들을 남겨놓을 수는 없잖아요
　　　　　　　　　－「흰구름이 웃고 있습니다-근황·10」 부분

　尹石山 시인의 신작시 5편 중 2편은 앞서 살펴보았듯이 비교적 짧
은 시편들이고, 나머지 3편은 길이가 긴 산문시들이다. 두 편의 시편들
이 간결한 시상을 펼쳐내고 있는 반면, 산문시들은 시인의 사유의 저변
을 진술의 형식으로 펼쳐가고 있다. 따라서 경험적 시간들이 정서를 이
끌어가는 시적 매개물로 제시되어 있다. 다섯 편 모두 연작으로 구성되
고 있다는 것도 하나의 공통점이 될 것이다. 위 인용시는 "근황·10", "근
황·11", "근황·12" 중 "근황·10"에 해당하는 작품이다. 이 시편은 시집
을 출간하고 발송 작업을 하면서 느끼게 되는 생각들을 주제의 측면으로
응집하고 있다. 시집에 담긴 시들을 새삼 돌아보면서 반성과 비판적 심
연을 시쓰기의 고통과 연계해서 표출한다. "나는 지금 새로 낸 시집을 보
내려고 봉투를 쓰고 있습니다", "시집으로 묶기 전에는 그런대로 괜찮은
것 같았는데", "누구 없으세요 ? 이 말들을 깨워주실……" 등의 구절들이
이러한 배경들을 뒷받침한다.
　위 시편은 윤석산 시인의 詩作에 임하는 자세와 자기 벼림의 목소리
를 함축하고 있다. 이는 시에 대한 열정과 탐구, 반성과 자괴감, 재 탐구
의 과정이 연속되고 있음을 보여준다. 여기에는 앞서 언급했던 '다식 찍
기'에 대한 우려와 염려, 불안의식이 개입해 있으리라 생각된다. '그냥 누

위있는 말들', '죽은 말들' 등에서 시인의 언어에 대한 고뇌와 새로움에 대한 각별한 인식을 엿볼 수 있다. "다시 일어나 삐시시 웃게 만들어주시면 제 육체와 영혼을 바치겠나이다"라는 극단적인 제안의 발언도 여기에서 촉발된다. 이는 깨어있음의 언어와 살아있음의 의미를 구축하기 위한 혼신의 노력이 될 것이다. "평생 썼으면서 죽은 말들을 남겨놓을 수는 없잖아요"라는 대목에서 이러한 시인의 고통과 열정을 읽을 수 있다. 무엇보다 "새로 낸 시집을 보내려고 봉투를 쓰고 있"는 순간까지 시에 대한 긴장을 놓지 않는다는 것이 각별한 무게로 다가온다. 이는 자신의 시에 대한 아쉬움, 자기반성의 잣대를 두고 있음을 의미하기 때문이다. 이것이 곧 윤석산 시인의 "극복하기 어려운 강박관념 하나"를 뒷받침하는 남다른 열정과 자기소진의 창작배경이 될 것이다.

　　지난여름, 쇼펜하우어가 무식하고, 천박하고, 우둔하고, 사기꾼이라고 비판한 헤겔의 고향 슈투트가르트에서 출발하여 알프스를 넘으면서,

　　산이 '정(正)'이라면 내 마음 골짜기의 물은 '반(反)'이고, 모든 건 내 안에서 만나니까 내가 '합(合)'이고, 그래서 좋은 것만 합치면 영원하리라고 생각하다가 …… 그때는 아주 신이 났었어요. 눈 녹은 물들이 콸 콸 콸 흐르고, 물푸레나무 이파리들이 꼬리치며 오르는 빙어 떼들을 향해 손짓하고 …… 그러다가 문득, 그래요, 아주 문득 이 세상이 끊임없이 흐르는 거라면 내가 '정'인 순간 무수한 '반'들이 나타나 헤겔을 비판했다는 생각이 들자 천지가 갑자기 깜깜해지데요. …… 그 착한 이파리들이 찢겨 날아가고 …… 그래서 '이 나이에 뭘.' 하며 그 하늘을 바라보았습니다.

하지만 요즘엔 간혹 드라이브도 하고, 밤새워 시를 쓰고 있습니다. 어떤 때는 ⑲금도 보고. 뭔가 하는 게 살아있는 자의 의무고, 그때까지 한 것들은 남을 테고, 어쩌면 그들끼리 어울려 생각지 못한 걸 이룰 지도 몰라…….

　　　　　　-「알프스를 넘으며 발견한 존재의 의무-근황·11」 전문

　윤석산 시인의 산문시들은 특별한 시적장치 없이 진솔하게 시상을 풀어내고 있다는 것이 특징이라면 특징이다. 따라서 함축미보다는 의미의 내밀한 전달이 강점이 된다. 마지막 남은 연작시 「탄핵 방송을 보며-근황·12」 또한 이러한 맥락에 닿아있다. 위 시편은 여행을 하면서 문득 떠올리고 또 깨닫게 되는 생각들이 형상화되어 있다. '정(正)'과 '반(反)', '합(合)'의 논리를 개입시키면서 스스로의 신념을 정립하고 있다. 이는 '반(反)'에 치우쳐 있었던 많은 대립적 시간과 대상들을 돌아보면서 새삼 깨닫게 되는 인식의 한 지점이 될 것이다. 우리는 대부분 자기중심적인 잣대로 세계를 인식하면서 비판과 대립의 칼날을 세우게 된다. 따라서 대상의 또 다른 의미의 갈래를 놓치거나 그것이 가지고 있는 긍정의 효과를 상실하게 된다. "아주 문득 이 세상이 끊임없이 흐르는 거라면 내가 '정'인 순간 무수한 '반'들이 나타나 헤겔을 비판했다는 생각이 들자 천지가 갑자기 깜깜해지데요"의 대목에서 시인의 이즈음의 사유의 내적 변화를 짚어볼 수 있다. 하지만 '이 나이에 뭘' 하며, 스스로의 '시간'을 묻어두기도 한다. 여기에는 새로운 세계를 사유하고 실천해가기에 너무 늦지 않았나 하는 회한과 자괴감이 내포되어 있다.

　하지만 곧 이어 "요즘엔 간혹 드라이브도 하고, 밤새워 시를 쓰고 있습니다"로 분위기를 전환한다. "어떤 때는 ⑲금도" 본다는 솔직한 고백도 곁들여진다. '지난여름'과 '그때는'에서 보여 지듯이 1연과 2연의 전반은

과거시점에 시선이 놓여있다. 그리고 2연의 중반쯤 '그러다가'를 기점으로 현재시점으로 돌아서게 된다. 시인의 깨달음은 현재시점에서 체득하게 되는 존재의 또 다른 통로이고, 이는 3연까지 이어지고 있다. 이른바 경직되고 무거운 관념의 축에서 실제적인 행위의 영역으로 접어들고 있는 것이다. 이는 "뭔가 하는 게 살아있는 자의 의무"라는 생각과 직접적인 연결고리를 갖는다. 그리고 그 행위의 실천은 '밤새워 시를 쓰'는 일과 깊이 연계되어 있다. 여기서 '존재의 의무'와 시쓰기는 나란히 균형감을 구축한다. 존재의 '권리'가 아니라 '존재의 의무'에 천착하면서 깨어있음의 시학을 절실하게 구현해가고자 하는 것이 윤석산 시세계의 정점이 될 것이다.

시인에게 詩作은 작품이라는 결과물에만 국한되는 것이 아니라 나와 세계를 인식하고 사유하는 한 계기로서의 의미를 지니게 된다. 끊임없이 자신을 벼리고 일깨우는 작업이 수반되는 것도 여기에 있다. 이 과정에서 시인은 특정 세계와 격렬하게 부딪치기도 하고, 저항하고, 침잠해야하는 여러 동기(動機)들을 만나게 된다. 그러면서 어느 한 순간 혹은 긴 시간에 걸쳐 조금씩 격렬하던 심연은 부드럽게 순화되고 감동과 연민, 이해와 공감의 정서를 찾아가기도 한다. 강렬하던 논리적 구도는 시들해지거나 또 다른 의미로 정립되고, 평범해 보이던 어떤 것이 지극하고 절실한 의미로 다가오기도 한다. 나와 세계는 한 곳에 고정되어 있는 것이 아니라 지속적인 변화를 추동하면서 새로운 가치관을 생산하고 있기 때문이다. 한 시인의 시세계의 변화도 이러한 단계적 과정을 거치면서 그 시기만의 독특한 발자취를 남기게 된다. 그리고 이러한 변화의 구도를 관심 있게, 날카롭게 지켜보는 시선도 분명 존재하고 있다.

스쳐 지나는 것에 대한 사유
— 윤제림의 신작시론

스쳐 지나는 것은 아름답다. 가볍다. 흔적을 남기지 않는다. 흔적이 없으니 상처 또한 남기지 않는다. 하지만 다른 한편으로 생각해보면, 더 깊이, 더 가까이 스며들지 못한 데 대한 아쉬움과 허전함이 동반되기도 한다. 슬픔의 여운이 남기도 한다. 대부분의 경우, '스쳐 지나는 것'은 앞모습이 아닌 뒷모습 즉, '가는 것'에 대한 쓸쓸함을 내포하고 있기 때문이다. 이 두 개의 구도는 서로 상반되는 것 같지만 결국 하나의 틀 속에 포섭된다. 다만, 어느 쪽에 더 무게를 두느냐의 문제가 제기될 뿐이다. 어떻게 바라보고, 어떻게 사유하고, 어떻게 마음속에 정착시키느냐에 따라 전혀 다른 색채의 의미망이 생성되기 때문이다.

윤제림 시인의 신작 시편에는 스쳐 지나는 것에 대한 사유가 특징적으로 포착된다. 이러한 사유는 '죽음'이라는 주제가 매개됨으로써 그 구체적 배경이 환기된다. 더 정확히, '죽음' 자체가 아니라 '죽음'이 지나간 자리 즉, 내 주변의 관계성을 구성하던 사람들이 하나 둘씩 떠나가는 것을 바라보면서 체득하게 되는 사유의 일환이 된다. "얼마 전 가까운 이의 죽음 앞에서, 새삼 제 인생의 등장인물들에 관해 생각했습니다"(<시작노트>)에서 이러한 배경을 짚어볼 수 있다. "어느새 사라진 이들과 잊고 지낸 이름들이 더 많습니다. 제 주변에는 이제 등장보다는 퇴장이 더 많을 것입니다"에 담겨있는 내용 또한 그 연장선상에서 발현되는 현실인식이면서 이야기적 요소가 된다.

스쳐 지나는 것에 대한 사유는 그것이 삶이든, '죽음'이든 얽매여 있던 여러 조건들에서 벗어나 자기승화의 한 세계를 탐구하고자 하는 데서 비롯된다. 따라서 '오늘'을 성찰하는 중요한 단서가 되기도 한다. '등장인물들'은 어떤 식으로든 시인의 삶과 연결되어 있었으므로 그 빈자리는 적지 않은 파장을 던져준다. 이는 관계성의 해체, 관계성의 부재라는 또 하나의 공간영역을 형성하기 때문이다. 따라서 개인적인 관계성의 차원에서 풀어가든, 인생 전반에 걸친 성찰을 유도하든 혹은, 존재론적 측면으로 확장해가든 이는 전적으로 시인 자신이 사유해가야 할 시적과제가 될 것이다.

"누군가의 부고가 제게는 해고통지입니다"(<시작노트>)에 이에 대한 작은 해답이 담겨있을 것 같다. '해고'는 소속되어 있던 공간에서 벗어나는 것이고, 나아가 그 역할이 없어지는 것을 말한다. 따라서 자의든 타의든, 관계성의 구도에서 풀려나고 또한 놓아주는 형식이 된다. 이러한 사유가 어떻게, 또 어떤 색채로 상상력의 저변을 물들이는지 따라가 본다.

옛날엔
백일도
못다 살고
가는

아이가
흔했다

지구에 살러온 것이 아니라
지나가는 길이었을 것이다

-「백일홍」전문

위 시의 "지나가는 길이었을 것이다"는 시인의 사유를 응집하는 중요한 의미지점이 된다. "지나가는 길"은 정착하여 터를 이루거나 관계를 짓지 않고 바람같이 풍경같이 스쳐 지나가는 '죽음'의 한 형식을 상징화한다. "지구에 살러온 것이 아니라"에 그 의미적 배경이 집약되어 있다. 시적주체는 "백일도/못다 살고/가는/아이"이다. '아이'는 '지구'라는 공간에 "살러온 것"이 아니라 잠시 "지나가는 길"이다. 여기에는 "백일도/못다 살고"라는 한정적 시간이 부여되어 있다. '백일'은 한 생애에 있어서 어떤 의미를 생성하고 또 정착시키기엔 지나치게 짧은 시간임이 분명하다. "못다 살고"의 행위배경이 보다 깊은 울림을 던져주는 이유가 여기에 있다.

위 시에서 또 하나 주목해야할 부분은 '옛날엔'으로 시작되는 시간적 배경이다. '옛날엔'이라는 시간은 단지 그 하나로 끝나는 것이 아니라, '오늘엔'과 연계하여 생각할 수 있는 여지를 남기기 때문이다. 다시 말해, '옛날'은 '오늘'과 대비되는 개념으로 나타난다. '오늘'은 집착과 욕망이 점철된 시간이다. 머물러, 그것도 오래 머물러 "지구에 살러온 것"의 발자취를 충족하기를 갈망한다. 그것이 사랑이든, 꿈이든, 생명이든, 자본주의적 척도로서의 부富이든 그것의 존재여부를 확인하고 증명하고자 한다. 따라서 "지나가는 길"의 의미와는 전혀 다른 위치에서의 색채를 함

유하게 된다. '백일', '아이', "지나가는 길"은 스쳐 지남의 가볍고 투명한
걸음을 환기시키는 일종의 매개물이 된다. 따라서 '죽음(삶)'에 대한 성찰
즉, '오늘'을 자각하고 사유하는 과정으로서의 상상력의 한 척도가 될 것
이다.

조금 있다가 내가 죽거든
어디 가서 쓸 만한 널빤지나 한 장 구해오시게
나 거기 눕겠네
즐겨 입던 바지저고리를 꿰어주고
두루마기를 덮어주게나
관일랑 쓰지 말고, 수의도 짓지 말고

자네 혼자 지게에 지고 가면 좋겠지만
아무래도 버겁겠지 누구를 오라 할까
들것을 쓰자면 한 사람 더,
어깨에 메자면 바쁜 동무들도
몇은 더 불러야겠지

············중략············

눈치 챘는가, 나는 지금 그 사람
그 장면을 흉내 내고 싶은 것이네
길상사 비구*의
마지막 가는 길

곽 속에 들지 않고 나무판 위에

걸치던 가사 한 자락 덮고
태연히 누워서
보던 산과 하늘 끝까지 보고
쓰던 몸 하나로 완성된 무덤을 보이며
다니던 길로 성북동 비탈을
내려가는.

　　*법정(法頂 : 1932-2010)

- 「마지막 장면은 오래 남는다」 부분

　　제목 "마지막 장면은 오래 남는다"에 함축되어 있는 "길상사 비구의/ 마지막 가는 길"은 앞서 살펴본 시 「백일홍」에서의 "지나가는 길"의 의 미지점과 긴밀히 맞물린다. 스쳐 지나는 것은 흐르는 물과 같아서 먼지 도 이끼도 끼지 않는다. '스침'은 대상을 훼손하지도 않고 깊이 침잠하지 도 않는다. 마치 아무 일도 없었던 것처럼 본래적 자연 속으로 흡수되어 가는 것이 그 특징이다. 따라서 "조금 있다가 내가 죽거든"으로 시작되는 '법정'의 "마지막 가는 길"은 허무적 인식이나 슬픔, 안타까움과는 일찌 감치 거리를 두고 있다. "곽 속에 들지 않고 나무판 위에/걸치던 가사 한 자락 덮고/태연히 누워서/보던 산과 하늘 끝까지 보고"가는 길이 그것 이다.

　　여기에는 삶과 죽음이 분리되지 않은 채 하나의 체계 속에 포섭되어 있다. '죽음'을 일상의 한 영역인 듯 '태연히' 받아들이고 또 마무리하고자 한다. "쓰던 몸 하나로 완성된 무덤을 보이며"에 이러한 인식이 응집되어 있다. 걸어왔던 삶의 모습 그대로 담담하게 "마지막 장면"을 '완성'하는 것이 그 핵심이다. "완성된 무덤"은 삶과 죽음을 아우르는 존재성의 일체화에 닿아있다. 따라서 '죽음'은 무거운 주제가 아니라, 존재성의 '완성'을 찾아가는 과정이면서 또 그 결과론적인 지점이 된다.

'법정'의 "마지막 가는 길"은 윤제림 시인에게 강한 인상을 남겨주었음이 분명하다. 마치 한 토막의 일상적 이야기처럼, 흐르는 풍경의 한 자락처럼. 이러한 경험적 요소는 주변의 많은 '죽음'을 목도하면서 자연스럽게 사유의 깊이 속으로 접목된다. "나는 지금 그 사람/그 장면을 흉내 내고 싶은 것이네"라는 언급 속에 시인의 이러한 시적 사유가 함축되어 있다. 우리는 각자의 삶에서 혹은 관계성 속에서 '등장인물'이었다가 '죽음'과 함께 그 역할에서 '퇴장'한다. 어떻게 '퇴장'할 것이냐의 문제는 각자의 몫이다. 시인은 스쳐 지나가듯 가볍게, 아무렇지 않게 "마지막 장면"을 '완성'하는 것에 그 초점을 두고 있다.

　　이번에도, 수로부인의 주문일까

　　머리가 허옇게 센 노인이
　　붉은 꽃다발 높이 치켜들고
　　지하철 계단을
　　오른다

　　아득한 벼랑의 꽃

　　노인은
　　지금 신라에서 오는 길이다

　　　　　　　　　　　　　　－「오래된 직업」전문

"이번에도, 수로부인의 주문일까"에 담겨있는 물음의 배경은 무엇일까. 신라의 향가 〈헌화가〉에 나오는 '수로부인'의 이야기는 아름답다. 여기에는 미적 주체인 '수로부인'과 함께, 위험을 불사하고 '꽃'을 따서 바치는 '노인'이 등장하기 때문이다. 위 시는 '수로부인', '노인', '벼랑의 꽃' 등 설화적 구성요소를 그대로 살리고 있다. 그런데, "지하철 계단"이 등장함으로써 현대적 공간으로 전환된다. 이러한 현대적 공간은 제목 "오래된 직업"과 긴밀한 연결고리를 가지고 있음을 어렵지 않게 짚어볼 수 있다. 현대인들은 삶을 영위하기 위해 '직업'을 가지게 되고, 이는 "오래된 직업"으로 고착화되고 있다. "아득한 벼랑의 꽃"은 "오래된 직업"을 이끌어가는 혹은 종속시키는 노동의 요체가 되는 셈이다. '수로부인'은 이를 추동하는 위치에 서 있다.

이를 통해보면, 위 시에서의 '수로부인'은 미적 주체가 아니라 억압적 주체로 상징화되고 있음이 분명하다. 그 연장선상에서 '노인'은 '수로부인'에게 꽃을 바치는 감성적인 인물이 아니라, '직업'과 연계된 종속의 위치에 놓이게 된다. 현대 자본주의적 구도에서는 누구도 "오래된 직업"에서 자유로울 수 없다. '수로부인'은 끊임없이 '꽃'을 '주문'할 것이고, '노인'은 "아득한 벼랑의 꽃"을 따기 위해 숨 가쁜 '오늘'을 걸어야 할 것이다. 이런 점에서, "노인은/지금 신라에서 오는 길이다"의 시간적 배경은 대단히 중요하게 다가온다. '신라'는 설화적 배경을 담고 있는 공간 이미지이지만, 더 크게 "오래된 직업"에서의 '오래된' 시간성을 상징화하는 메시지가 되기 때문이다. 설화적 요소에 현대적 삶의 완고한 구조가 접목되어 있는 작품이다.

어린 날의 내 사랑이 저러했으리라

실성한 듯 머리를 풀어헤치고 달려오는 바람
다치고 싶지 않으면 비켜라 물러서라 소리치며
경마장의 말처럼 달렸으리라

다행히도, 어린 마음 급하고 위태롭기가
구급차나 불자동차 못지않음을 알아본 사람들이
일제히 비키고 물러서주어서
나는 늦지 않고
당신에게
도착할 수 있었으리라

물론 모두가 나를 순순히 보내주진
않았을 것이다

저 바람의 목적지는 어딘가
벌써 예닐곱 고을을 할퀴고 와서는
삼사 백리는 더 치고 나갈 듯이
눈을 부릅뜨고 용을 쓰는 것을
뒷산 대숲이 겨우
재웠다

대나무들이 애썼다
바람에겐 안됐지만

— 「바람에겐 안됐지만」 전문

현재적 시간은 과거의 결과물이면서 또한 미래를 구성하는 중심요소가 된다. '오늘'을 중심으로 지나간 시간과 다가올 시간이 이어지고, 확장되고, 소멸되고 있기 때문이다. 따라서 많은 시간, 과정들과 연계된 이야기와 사건들이 상호 관계성으로 매개되어 있다. "어린 날의 내 사랑"에 대한 회상 또한 지나온 길, 그리고 '오늘'의 '나'를 체감할 수 있는 중요한 징검다리로서의 역할을 하고 있다. 시적 화자 '나'는 '어린 날'의 '사랑'을 "실성한 듯 머리를 풀어헤치고 달려오는 바람"으로 비유하고 있다. 여기서 '사랑'은 '나'와 '당신'을 연결시키는 '사랑'의 한 영역으로 받아들여도 무관하지만, 더 크게 '바람'으로 상징화되는 꿈의 한 축으로 확장시킬수도 있을 것이다. "저 바람의 목적지는 어딘가"에서 알 수 있듯이, '바람'은 '목적지'를 향해 저돌적으로 내달리는 열망의 세계에 닿아있기 때문이다. "경마장의 말처럼 달렸으리라"에는 거침없고 도발적인 '바람'의 흔적이 찍혀있다.

그리하여 "나는 늦지 않고/당신에게/도착할 수 있었으리라"의 단계로 접어든다. 이 단계로 접어들기까지 "급하고 위태롭기가/구급차나 불자동차 못지않"은 시간들이 있었다. 그리고 "어린 마음"을 짚어 "일제히 비키고 물러서"준 '사람들'도 있었다. 하지만 "모두가 나를 순순히 보내주진/않았을 것"이라는 것도 잘 알고 있다. "벌써 예닐곱 고을을 할퀴고", "삼사 백리는 더 치고 나갈 듯이/눈을 부릅뜨고 용을 쓰는 것" 같은 거친 질주의 시간이 이를 반영한다. "뒷산 대숲이 겨우/재웠다"에 이르러 그 불길이 가라앉고 있다. 시적 화자는 "바람의 목적지"에 도착하기도 했고, 한편으로 스스로 잠재우기도 했다. "바람에겐 안됐지만"에서 보여지듯이, '바람'의 거친 질주의 시간은 이제 자신만의 고요를 체득하는 시간으로 대체되고 있다.

윤제림 시인은 지금 막 타오르는 '바람'의 열망에서 돌아 나와 숨을 고르고 있다. 지난 시간을 돌아보기도 하고, 현대적 삶의 완고한 구조를 들여다보기도 하고, 시간의 유한성과 나를 둘러싸고 있던 관계성의 해체에 대해 자각하기도 한다. "백일도/못다 살고/가는"(『백일홍』) '아이'의 '죽음'은 "지나가는 길"에 대한 사유를 이끌어내는 출발지점이 된다. 그리고 "길상사 비구의/마지막 가는 길"(『마지막 장면은 오래 남는다』)에서 그 '완성'을 체감하고 정립한다. 스쳐 지나는 것에 대한 사유는 스스로 놓아주고, 스스로 풀려나는 것을 그 요체로 한다. 마치 무無의 세계처럼 있는 듯 없고 없는 듯 있는 것이 그것이다.

삶의 진정성과 인간적 관계성의 숨결

— 이기애 시집 『오늘을 선물한다』

1. 시작하며

이기애 시인의 네 번째 시집 『오늘을 선물한다』(씨앗, 2006) 에는 사람과 사람과의 관계성, 인간적 교류의 숨결이 잘 드러난다. 그 만남이 때로 슬프거나 아프거나 또 기쁘거나 혹은 뜨거운 사랑이 되어 나타나거나 간에 그것은 그녀의 삶을 이루는 커다란 하나의 세계가 된다. 이러한 시적 배경은 아마도 사람을 좋아하고 사람과 사람과의 관계를 소중히 하는 시인의 마음에서 연유한 것이 아닐까 생각해보게 된다. 이는 곧 "아무래도 나는 이러한 사람과의 정을 내 시 속에 나의 감성적 세계의 한 마디로 삼고 있는 것 같다"(시작노트 1), "나의 시도 내 삶 속에서 진실하게 이루어지는 따뜻한 그 무엇이기를 바랬다"(시작노트 2) 등에서 찾아볼 수 있다.

시가 체험의 시적형상화라고 한다면, 시인의 체험을 통해 드러나는 크고 작은 일들은 한 시인의 시를 이해하는데 중요한 역할을 한다고 할 수 있다. 결국 시는 시인의 내외적 체험이 시적 상상력을 통해 의미화 되기 때문이다. 시인의 개인적 체험은 단순한 주관적 진술이 아니라 시적 형상화 과정을 통해 보편적 체험구도 속으로 흡수된다. 따라서 체험적 시간이 시속에서 어떤 빛깔과 향기로 빚어지느냐는 것은 전적으로 시인의 사물을 바라보는 개별적 성향과 가치관에 달려있다.

보고, 듣고, 느끼고, 감각하는 요소들을 통해 지각되는 개인적 체험들은 대개 우리 주변의 자연사물이나 사건 혹은 사람들과의 관계성 속에서 이루어진다. 이 중에서도 사회구조 속에서의 관계와 관계를 건너는 체험 구도가 가장 큰 비중을 차지할 것이다. 이러한 관계성은 시적갈등을 유발하는 단초가 될 뿐 아니라 정서적 흐름을 이끌어가는 중요한 척도를 마련하기 때문이다. 따라서 한 시인의 시세계 속에서 체험의 여러 발자취들은 다양한 형태로 변용되어 의미배경을 생성하게 된다.

이기애 시인은 그간 『내 안 가득한 당신』,『흔들리는 것은 바람 탓이 아니다』,『해가 기우는 쪽으로 머리를 두다』 등 3권의 시집을 상재한 바 있다. 이번에 출간한 시집 『오늘을 선물한다』는 그동안 각각의 색깔로 열려있던 사유의 저변을 한 가닥으로 줄기를 잡아가는 일정 계기를 마련하고 있다. 이는 시인의 말대로 "甲年에 즈음하여 시를 한 번 정리해 보아야 하지 않겠는가"라는 의지에서 비롯된 것이 아닌가 생각해 본다. 유년의 기억과 삶의 궤적을 더듬을 수 있는 '시작 노트'를 첨부한 것도 이러한 배경 속에 그 터를 두고 있다. 시인은 이제 스스로 물음을 던지고 스스로 그 해답을 찾아가는 연륜에 접어들었으며, 무엇보다 오랜 경험을 통해 사물에 대한 인식과 선택의 기준이 분명해졌음을 보여준다. 따라서 그동안 여러 갈래로 모색되어 지던 것들이 정돈되면서 잘 승화된 한 세계를 열고 있다고 할 수 있다.

2. 주변적 삶의 시적변용

이기에 시인의 이번 시집에는 '가족사적인 이야기', '사랑', '여행'이 시적소재의 큰 줄기로 나타나 있다. 시인은 이러한 세 의미구도를 통해 자신이 걸어온 길과 걸어가야 할 길을 담담하게 풀어내고 있다. 이 담담함 속에 슬픔이 묻어나는 것은 그 시속에 시인의 삶이 녹아 있기 때문이다. 그 슬픔은 격정적이거나 원색적인 것이 아니라 삶의 연륜을 통해 걸러지고 투명해진 샘물 같은 것이다. 이 시집의 전체적 정조가 잔잔한 슬픔의 색깔을 띠고 있지만, 그 속에 맑은 정신의 울림이 생성되는 것도 이와 무관하지 않다. 특히 이번 시집에는 유적지 등을 여행하면서 사물에 대한 인식의 폭을 넓혀가는 과정이 의미 있게 그려지고 있다. 주변적 삶의 담담한 이야기, 사랑에 대한 열정적 사유와 함께 유적지를 돌아보면서 역사적 사실을 인식하고 거기에 한 깨달음의 세계를 확보해가는 과정이 그것이다.

과수나무 줄 서 있는 작은 오두막으로부터 얼마나
멀리 흘러왔을까, 한사코 달라붙는 내 응석의 몸짓 주
렁주렁 풍경을 따라가면 새콤달콤 씨앗 몇 개 입에 물
려주며 반짝이던 햇살들

한 입 가득 깨물리는 순간순간 다 몸이었구나 절로
익어 절로 썩을 몸 썩어 문드러질 운명처럼 전부 단내
나는, 끝도 없고 시작도 없는 불치의 몸

어머니 당신은 아직 붉은 울음 도지는 씨앗 속에

갇혀있습니다

-「홍옥」 전문

앞서도 말한 바와 같이 이 시집에는 시인의 가족사적인 이야기가 많이 등장하고 있다. 삶의 현장에서 부딪치는 가족사적인 이야기는 아픔을 동반하고 있다. 시속에 등장하는 가족 구성원들은 주로 '어머니' '남편' '오빠' '손자' 등으로 그들의 존재는 시인의 과거의 삶과 현재의 삶을 이어주는 끈이 되고 있다. 과거 회상속의 어머니는 아직도 시인의 삶속에서 '홍옥'의 이미지로 시인을 감싸주기도 하고, 한편으로 "아직 붉은 울음 도지는 씨앗 속"에 옹이진 아픔으로 남아 있기도 하다.

그러한 과거 회상속의 어머니나 현실 속에 존재하는 남편, 오빠, 손자 또 그 밖의 가족 구성원들은 시인의 생활 속에 생생히 뿌리를 내리고 시인과 함께 살아가고 있다. 그들은 어쩌면 시인 자신이라고 할 만큼 시인의 의식 속에 뜨거운 피가 되어 흐르고 있다. 따라서 시인은 그들로 인해 발생되는 모든 슬픔과 외로움과 고통을 외면하거나 거부하지 않고 그것을 받아들이고 안고 쓰다듬는다.

어머니에 대한 그리움과 회한은 곳곳에 묻어있다. 그것은 "어머님 그곳에서도/걱정이 그리 많으십니까/설핏 다녀가시는 듯/대추 몇 알 빨갛게 익은 제 가슴 뒤집어/토닥토닥 등 두드려 구르고/서늘한 바람 한 줄기/내 고단한 몸 지나갑니다"(「대추」) 등에서 나타난다. 자신은 사과나무(어머니)에 주렁주렁 매달려 있던 혹(홍옥)이었음에도 그 사실을 모른 채 어머니가 주는 '반짝이는 햇살'만 받아먹으며 자라났다. 그러나 시간이 지난 후에 시인은 그 햇살이 어머니의 몸 즉, 어머니의 피와 살이었음을 깨닫는다. 따라서 어머니는 시인의 가슴속에 아직도 '붉은 울음'으로 살아있는 것이다.

> 말을 배워가는 진영이와
> 말을 잃어가는 당신을 위하여
> 말을 만들어
> 밥상을 차립니다
>
> 텃밭, 풋나물 같은 말 쏙쏙 솎아
> 갖은 양념 버무려 무친 감칠맛 나는 표현들
> 삼킬 때마다 새록새록
> 새잎 돋아납니다
>
> …………
>
> 당신이 잃어버린 말들을 고봉밥처럼
> 푸고 또 푸고……
> 김이 무럭무럭 나는 세상 한 상 가득 차립니다.
> ─「갈현동에서 분당까지-지하철에서」부분

　위 시에서의 말을 배워가는 '진영'이는 시인의 손자로 추측되고, 말을
잃어가는 '당신'은 시인의 남편으로 생각해 볼 수 있다. 시인은 한창 재
롱을 떨며 말을 배워가는 손자와 말을 잃어가는 남편을 대비시켜 아픔을
극대화시키고 있다. 그 아픔은 갈현동(시인의 집)에서 분당(딸의 집)의 거
리만큼이나 멀고 아득하다. 시인은 이 거리를 오가며 손자의 재롱과 말
을 잃어가는 남편의 모습을 되새긴다. 그 거리는 기쁨과 슬픔이 교차하
는 거리이며, 시인이 좀처럼 뛰어넘을 수 없는 거리이다. 이 뛰어넘을 수

없는 거리 즉 기쁨과 슬픔이 혼재된 것이 이기애 시인의 삶이고 또 우리의 삶이다. 그것의 깊은 의미를 어느 정도 수용하느냐 하는 것은 각자의 몫인데, 아마도 시인은 '진영'이와 '당신'을 통해 남다른 의미 부여를 하고 있는 것 같다.

유년의 기억 뿐 아니라 제2의 인생의 첫걸음인 결혼에 있어서도 시인은 남다른 의미를 부여한다. 시인이 '시작노트'에서 밝힌 남편의 고향집의 첫 모습은 '어둠'으로 표현된다. 시인의 말에 따르면 그곳은, "지척을 분간하기 힘든 캄캄한 마을"이다. 그러나 사실은 그러한 외부적 상황보다는 시인의 '심적 어둠'이 더 컸던 게 아니었나 생각된다. 그것은 "병 중에 계신 시부님"이나 "내 신행길은 상복을 입은 문상길"(시작노트 1) 등으로 짐작할 수 있다. 이러한 첫걸음에서의 '어둠'은 이후 시인의 삶의 여정에 늘 그늘로 드리워졌을 것이다. 그때의 '어둠'과 지금 현실 속에서의 아픔은 어쩌면 따로 떼어놓을 수 없는 연계성을 가지는지 모른다. 시인이 은연중 암시하고 있는 것도 아마 이러한 연계성에 대한 함축적 의미일 것이다.

시인은 말을 잃어가는 남편을 대신해 새로이 말의 밥상을 차린다. "갖은 양념 버무려 무친 감칠맛 나는 표현들"은 '새록새록 새잎'이 되어 돋아난다. 그것은 '당신'이 잃어버린 말들을 '고봉밥'처럼 시로 풀어내고 있는 것이다. 시인이 말하고자 하는 것은 아픔의 전달이 아니라 아픔의 잔잔한 감동이다.

> 오빠가 살고 있는 북미시간 작은 마을 메드워드
> 저녁 공기들 느슨하게 배불리는
> 이방인의 땅이었다

평생 풀지 못한 숙제
그 수수께끼 같은 정 때문에 나는
열아홉 시간을 비행했고 오빠는
우리라는 상징의 모든 표현으로 촛불을 켜놓고
두터운 성경책과
오래 잊고 살았던 고향 사람들의 정을
저녁 식탁에 초대하였다

　　　　　　　　　　　　- 「하느님의 정원」 부분

　이기애 시인이 사람과의 '정'에 특히 마음을 쏟고 있는 것은 여러 시편에서 나타나고 있다. 열아홉 시간 동안 비행을 하며 북미시간에 있는 오빠를 찾아간 것도 그녀의 말대로 '정' 때문이다. 그래서 시인은 사람과 사람과의 정을 '평생 풀지 못한 숙제'로 묘사한다. 시인에게 있어 정의 의미는 '나'라는 개인에서 '우리'라는 공동의 의식체계를 생성시키는 상징적 의미를 담고 있다.

　그것은 '나'와 '오빠' 뿐 아니라 "오래 잊고 살았던 고향 사람들"까지 하나로 통합시킨다. 세월이 흘러 오빠는 백발이 성성하지만 '추억의 한때'가 살아있기에 '우리'는 빛날 수 있다. 사람살이 다를 바 없어 그곳에도 잎이 피고 지고 그늘을 이루고 있다. 그리고 고향인 듯 고추. 애호박, 가지도 자라고 있다. 그래서 한국과 북미시간이라는 거리를 뛰어넘어 어디에서나 '회복기 환자처럼' 살아도 좋겠다는 희망을 가지기도 한다. 그러나 성가를 부르며 피부색이 다른 이방인들에게 성호를 긋고, 포옹을 하는 오빠를 보면서 시인은 "석류나무 아래 연서를 파묻던 사춘기 시름 시름 앓던 그 어지럼증으로 건너가 다시 이방인"이 되고 만다.

　이기애 시인의 가족에 대한 연연한 사랑은 유년의 기억을 통해서나 현실 속에서나 언제나 잔잔한 아픔을 동반한다. 그러나 이러한 아픔은 시인에게 때로 삶의 원동력이 되기도 하고 삶의 의미가 되기도 한다. 더 나아가 그것은 새로운 생명과 관계구성을 유도하는 연결고리가 되기도 한다. 이러한 시적요소들이 어쩌면 사소하다고 할 수도 있는 자잘한 체험의 주변적 이야기가 큰 진폭을 가지게 되는 배경이 될 것이다.

3. 불의 사랑, 상처의 미학

이기애 시인의 사랑에는 오랜 견딤의 시간, 즉 세월의 흔적이 묻어있다. 그것은 사랑도 결국 참고 견뎌야하는 삶의 일부분이라는 시인 나름의 사유의 세계이다. 따라서 "그대에게 이르고 싶어/깃털이 뽑혀 나가도록 퍼덕이던 울음/쓸쓸한 마음 물수제비 뜨듯/던져버리는 그대 때문에 오랫동안/갇혀 있었어요/살을 깎아 연서를 쓰듯/몸 밖으로 길을 트는 나를 보세요"(「수석, 아름다운 재생 4-부부석」) 라는 말을 던진다. '그대에게 이르기' 위해서는 '깃털 뽑혀나가는' 울음과, '살을 깎'듯 스스로 길을 내야 한다. 그것은 오랜 '갇힘'의 세계이고 슬픔의 시간이다. '부부석'을 보면서 시인은 지난 삶을 되돌아본다. 그 삶의 발자국 마다 아픔이 묻어있다. 그러나 그 시간은 시인에게 단순히 기억 속에서만 존재하는 시간이거나, 슬픔을 유발시키는 고통의 순간들로만 기억되지 않는다. 세월의 무게를 딛고 더 단단한 사랑, 승화된 사랑의 모습으로 재생되어 나타난다.

　　　말하지 마라, 진정한 말은
　　　마음을 잃어버린

눈빛에 있다.
미움과 사랑이 그러하듯
돌아서는 그대가 싸늘하게 내려놓는
얼음의 무게
사랑의 또 다른 표현일 뿐
우리가 이루어 놓은 불꽃같은 시간이 있어
밤마다 별들은
쩡쩡한 울림 수면에 쏟아
땅과 하늘을 한 선상에 묶어놓고 있다
··············
세상은 또 믿었던 곳에서부터 얼어붙어
기필코 넘어서고야 말겠다는 날 선 오기가
자신을 투영하는 마지막
모습인 것을
그러나 아무리 멀리 있어도
서로에게 심어둔 가슴이 있다면
본성인 투명함으로
결빙의 깊이를 지나갈 수 있을 것이며, 결국
흐르고자 하는 곳으로
흘러 갈 것이다

ㅡ「빙하」부분

위 시편에는 오랜 '견딤의 시간'이 함축되어 있다. 사랑은 '얼음의 무게' 즉 빙하의 시기를 거쳐 그 완성을 이룬다. "세상은 믿었던 곳에서부터 얼어붙"고 있었기 때문에 스스로 그 불신의 벽을 뛰어넘지 않으면 안 된다. 그리고 '기필코 넘어서고야 말겠다'는 오기를 가지게 되고 그러한 의

지는 "아무리 멀리 있어도/서로에게 심어둔 마음만 있다면", "흐르고자
하는 곳으로 흘러갈 것이다"라는 결론에 이른다. 결국, 어떤 사랑이든 오
랜 견딤의 시간 즉 결빙의 시기를 거쳐 진정한 사랑으로 완성되어 '흐르
고자 하는 곳으로' 흘러 갈 수 있다는 것이다. 이러한 사랑에는 남다른 열
정과 상처가 동반되는데, 그 결빙 속에 뜨거운 불이 있기 때문이다.

①
그대 미친 향기 입술 부비느니, 스스로 얽어버린 줄기
진저리치듯 타는 눈빛 불거져 욱신거리는 하늘

밤마다 달을 훔친 느릅나무 한 그루 바짝 움켜쥔 제
심장 파고드느니, 용서하라 저 진땀나는 허공에 꽂혀
하얗게 죽어나는 시간이여

우리가 사랑이라 불렀던 붉고 푸른 이름들 모두 그
대 안에 피고 지느니, 아름다워라 그대 독한 발음 꽃잎
　　　　　　　　　　　　　　　　　- 「능소화」 전문

②
상처가 없는 삶이 어찌 뜨거울 수 있으리
못다 한 말들
동백나무처럼 줄지어 서고
그 무슨 상처에서 후끈 지피는
열기같은 꽃잎

그래, 다시 시작하자

내일은 내일의 바다 새롭게 시작하자

시누대 터널 걸어 들어가며 내가
피고 또 핀다

- 「다시 시작하자」 부분

'능소화'(①)의 이미지 속에 사랑의 불길을 심어놓았다. '미친 향기', '욱신거리는 하늘', '달을 훔친 느릅나무', '그대 독한 발음' 등에서 사랑에 대한 불꽃같은 열정을 엿볼 수 있다. 그 열정으로 인해 '하늘'은 "타는 눈빛 불거져 욱신"거리게 되고, '시간'은 "허공에 꽃혀 하얗게 죽어"나고, '목숨'은 "속으로 시름시름 잠기게" 된다. 그것은 사랑의 극치인 "치열한 향내 하늘에 닿았"(「5월, 장미」)기 때문이다. "꽃이여/무엇을 위하여 기억의 전부를/가시로 바꾸었나"에서의 의문은 시인 스스로에게 던지는 의문이며 해답이기도 하다. 또 "무엇이든 오래 참으면 씨앗이 되나"(「불꽃나무」)에서도 그러한 의문과 해답의 의미가 잘 드러난다. '가시'와 '씨앗'은 '뜨거운 피 한 방울'이 떨어져 생긴 흔적이다. 따라서 가시와 씨앗은 사랑의 상처이면서 또한 사랑의 결정체가 되는 것이다.

사랑의 열정이 뜨거울수록 사랑의 상처도 깊다. 이기애 시인의 사랑은 늘 상처를 딛고 다시 시작하는 사랑이다. 그래서 그녀는 "상처가 없는 삶이 어찌 뜨거울 수 있으리"(②)라는 결론을 내린다. 사랑이든 삶이든 상처 없이 어찌 열매를 맺을 수 있으랴. 상처(가시, 씨앗)는 소멸이 아니라 더 큰 생명에로의 지향이며, 종족보존과 재생산의 의미를 지닌다. 따라서 그 '상처'에서는 "열기 같은 꽃잎"이 지속적으로 피고 또 피는 것이다. 이는 사랑의 상처를 통해 생성의 순환체계를 보여주는 것이다.

이기애 시인의 사랑 법에는 상처를 유발시키는 원인에 대해 적극적으로 대응하기 보다응 다분히 체념적인 즉, 순응의 목소리가 깔려있는 것 같기도 하다. 이른바 세상과의 격렬한 투쟁을 하거나, 또 다른 뿌리를 찾아 떠나는 것이 아니라 스스로 침잠하거나 인내하며 받아들인다는 것이다. 중요한 것은, 이렇게 받아들인 상처들은 내면의식 속에 용해되어 새로운 의미구성의 토대가 되고 있다. "그래, 다시 시작하자/내일은 내일의 바다 새롭게 시작하자"의 행위배경도 여기에서 비롯된다. 이러한 열정의 순간들이 곧 이기애 시인의 불의 사랑, 상처의 미학을 이끌고 가는 시적 원동력이 된다.

4. 자기응시 혹은 성찰적 시각

이기애 시인은 이번 시집에서 여러 곳을 여행하며 접하게 되는 다양한 풍경들을 시적 상상력의 저변에 불러들이고 있다. 여행은 의식의 변화를 유도하는 활동영역이 되기도 한다. 여행을 통한 공간이동은 많은 체험과 그로인한 깨달음의 세계를 열어준다. 고여 있던, 혹은 갇혀있던 세계에서 열린 세계로 나아가는 일련의 과정이 그것이다. 사물은 늘 한 곳에 머물러 있는 것 같지만, 사실은 끊임없이 변화를 시도하며 유동하고 있는 것이다. 고정되어 있지 않은 시간의 흐름과 사물의 다양성에 대한 통찰의 시선은 나와 세계에 대한 또 다른 사유의 저변을 제시한다.

이기애 시인의 경우, 자기응시의 시선으로 사물의 본질을 꿰뚫어 보고 세계를 성찰하고자 한다. 이러한 성찰적 사유는 시인의 연륜과 맞물리면서 그 빛깔 또한 깊다. "떠도는 것 어디 그대뿐이겠습니까"(「구름패랭이」)로 시작되는 그녀의 '길 떠남'의 여정은 다양한 만남과 헤어짐으로 이어진다. 이러한 시편들은 광부들의 애환을 그린 「한 남자를 만났네」와

「민들레」를 시작으로, 「재회」, 「우음도 사람들」, 「성하신당 童男童女」, 「연포리 연가」, 「우포늪 우렁이」, 「오늘은 큰 칼 대신 바람을 부려놓고 있다」, 「갈남항 갈매기」 등 여러 시편에서 나타나고 있다.

해탈문 들어선다

마음을 헐어 길을 내었나
반야굴 지나 온
몸이 환하다
지키지 못한 약속 어쩌지 못해 구름 밀어내며
배를 띄워 보내며
안부를 물어오는 수평선
괭이갈매기도 제 울음 속에 가라앉아 득도를 하는
하늘 가까이
자잘한 가지마다 염주알 같은 열매 올려놓고
천 년 해로한 뿌리 사리처럼 빛나는
나무가 있고
묵상에 잠겨있는 절벽 서늘한 기운으로
원효의 그림자 밟아 오르는
지극한 보폭으로
선뜻 등을 내어주는
거북바위가 있다
바라보면 문득 승천하는 바다
계단마다 서려 있는
안개를 지운다

-「오늘을 선물한다」 부분

시인은 여수 '항일암'에서 "괭이갈매기도 제 울음 속에 가라앉아 득도"를 하고, "천 년 해로한 뿌리 사리처럼 빛나는" '나무'를 본다. 또 "지극한 보폭으로/선뜻 등을 내어주는" 거북바위도 만난다. 이는 시인이 이미 '항일암'이라는 '해탈문'을 지나오고 "반야굴을 지나" "몸이 환"해졌기 때문이다. "원효의 그림자 밟아" 오르며 "문득 승천하는 바다"도 본다. 지금까지 지나온 길은 안개길이다. 계단을 하나하나 오르며 그 계단에 서려있는 안개, 미궁의 삶의 흔적을 지운다. 시인은 이제 득도한 갈매기, 사리처럼 빛나는 나무, 등을 내어주는 거북바위, 승천하는 바다가 되어있다.

　　따라서 "사람아, 무엇을 망설이느냐"라는 물음을 던질 수도 있게 되었다. 이러한 물음은 '사람'이라는 불특정 다수에게 던지는 화두이기도 하고 시인 스스로에게 던지는 화두이기도 하다. 삶이 고행의 길이라 한다면 우리는 구도자가 되어 떠도는 구름 같은 존재이다. 어느 한 길 모퉁이에서, 혹은 고갯길에서 문득 깨달음을 얻는다면 "계단마다 서려 있는/안개를 지"울 수 있을 것이다. 시인은 '항일암'에서 밝고 따뜻한 불빛, "문득 승천하는 바다"를 우리에게 선물한다. 안개를 지우는 값진 해탈의 '오늘'을 선물한다.

> 기억하는가 한 계절의 문장을 완성하기도 전에 떨어
> 져 무덤이 되어버린 잎새들 이렇듯 나의 시는 미완에
> 서부터 시작된다네
> 이 한 생각만으로도 맥박이 살아 얼어붙은 관절 풀
> 리고 뿌리들은 그대 깊은 하늘에 닿아간다네
> 생과 생의 이음새 마다 그렁그렁 맺히며 거침없이 불
> 거지는 식물성 영혼, 목숨 놓아버린 곳에서 뿜어내는
> 후끈한 기운으로 오스스 한기를 떨쳐 버린다네

다만 내가 누리는 얼마간의 고요를 위하여 뜨거운
물에 담그는 몸, 수없이 지나가는 시간의 바퀴들이여
생명은 이토록 되풀이 되느니

-「3월, 예수」부분

우리는 사계四季를 산다. 그리고 이러한 자연적 질서에 순응하면서
살아간다. 자연은 그 자체로 이미 한 계절의 완성을 보여준다. 하지만
'시'의 길은 "한 계절의 문장을 완성하기도 전"에 '잎새들'이 떨어지고 '무
덤'이 되어버린다. 계절은 우리를 기다려주지 않고 늘 제 갈 길을 간다.
우리는 한 계절의 문장의 완성을 보기도 전에 또 다른 계절을 맞이해야
하는 촉박한 시간의 흐름 속에 서 있다. 따라서 모든 것은 미완인 채로
지속적으로 다음 시간을 향해 나아가고 있다. 반복은 완성으로 가기 위
한 크나큰 움직임일 뿐이다.

시인은 "나의 시는 미완에서부터 시작된다네"라고 고백한다. 이 한
생각만으로도 '맥박이 살아' 뛰고, '얼어붙은 관절이 풀'린다. '나의 시는
미완'이라는 대목에는 시적고뇌와 뜨거운 열정이 동시에 표상되어 있다.
이것이 곧 '시작된다네'를 이끄는 원천이면서 "그대 깊은 하늘에 닿아간
다네"의 지극한 정신의 울림이 되고 있기 때문이다. 그럼에도 결국, "한
계절의 문장을 완성하기도 전에 떨어져 무덤이 되어버린 잎새들"이 안고
있는 시간의 유한성을 생각해보지 않을 수 없다. '시의 미완'도 엄밀히 이
러한 배경과 맞물리고 있다. 시인은 '얼마간의 고요'를 위해 뜨거운 물에
몸을 담근 채 스스로를 이완시키는 길을 터득한다. 그리고 생명은 미완
인 채로, 시 또한 미완인 채로 '이토록 되풀이' 될 수밖에 없다는 결론에
이르는 것이다.

한번만 용서했더라면, 따듯이 안아 일으키고 그 고
백을 들어주었더라면, 이름을 부르면 금방 입 속 가득
꽃잎 돋아나는 내 반생의 그리움으로 다시 한 번 그를
불러낼 수도 있었을 텐데

그 때 하지 못한 말들 펑 펑 터뜨리는 매화나무를 배
경으로 멀리 이어지는 섬진강 줄기가 한 눈에 찍혀 나
옵니다. 언 강을 녹여낸 마음일까요. 아직 손끝 시린
물살 물고 반짝이는 햇살들

지금 가고 있는 이 길도 저 강을 따라 흘러가는 것임을
잘 압니다

- 「축제, 추억마을」 부분

시인은 어느 축제가 열린 마을에서 매화꽃을 바라보며 문득 어릴 때
함께 놀던 친구들을 떠올린다. 친구들의 얼굴은 "마악 터져 나오는 꽃망
울"로 비유된다. 그들은 "이름을 부르면 금방 입 속 가득/꽃잎 돋아나는
내 반생의 그리움"으로 표상되기도 하고, "한 번만 용서했더라면", "그 고
백을 들어주었더라면"의 배경을 구성하는 회한의 정서가 되기도 한다.
오랫동안 가슴 속에 옹이가 되어 있던 "그 때 하지 못한 말들"은 매화꽃
송이가 대신 펑펑 터뜨려 주고 있다. 단단하게 얼어있던 마음도 '언 강을
녹여낸 마음'이 되고, '반짝이는 햇살'이 된다. 매화꽃처럼 피어나던 얼굴
들은 그 꽃송이만큼 많은 사연들을 담고 있다. 따라서 관계와 관계 사이
를 흐르는 크고 작은 일들은 긴 거리를 두고 그리움을 불러들이기도 하
고 회한의 정서로 응집되기도 한다.

축제의 마당에서 맞닥뜨린 매화꽃의 생동, 그 생동 속에 '용서', '고백', '그리움'의 언어가 피어난다. 이는 지나온 시간과 현재의 시간 속에 용해되어 있는 많은 이야기적 요소와 그러한 발자취들을 들여다보는 자기응시, 성찰의 세계에 다름 아니다. "지금 가고 있는 이 길도 저 강을 따라 흘러가는 것임을 잘 압니다"의 세계도 이러한 배경 속에서 생성된다. 여기에는 생명성에 부여된 시간적 한계와 그로인한 보다 숭고한 가치를 지니는 존재에 대한 깨달음이 담겨있다. 여행을 통한 시간적/공간적 경험은 내, 외적 갈등을 해소시키고 하나의 통합된 세계를 응집할 수 있는 시적 승화의 세계를 열어준다.

5. 끝내며

이기애 시집 『오늘을 선물한다』에는 크게 세 개의 의미구도가 직조되어 있다. 가족사적인 이야기, 사랑, 여행을 통한 깨달음의 세계가 그것이다. 그 어느 것이든 사람들과의 관계 속에서 생성되는 크고 작은 사건들이 이야기적 배경 속에 주도적으로 나타난다. 그 중 가족사적인 이야기는 유년의 기억에서부터 현실속의 삶에 이르기까지 긴 시간적 거리를 두고 표상되고 있다. 그 속에 어둠과 아픔과 슬픔이 녹아있지만, 과장하거나 흥분하지 않고 절제된 언어로 담담하게 풀어낸다. 그래서 그 아픔이 보다 애틋하고 연연하다. 시인의 삶은 곧 시의 길로 연결된다. 현실적 삶의 빛깔과 시적 빛깔이 하나의 색채로 영글어가고 있는 것이다.

사랑의 색채는 뜨겁고 열정적이다. 이는 시인의 내면에 타오르고 있는 불길이 그만큼 강렬하다는 의미가 될 것이다. 그 사랑에는 상처가 있다. 따라서 발길마다 향기와 목소리가 다른 상처의 형식이 돌아난다. 그럼에도 시인은 사랑을 주저하거나 부정적인 분위기로 젖어들게 하지 않는다. 시인의 사유 속에는 애초부터 "상처가 없는 삶이 어찌 뜨거울 수 있으리"(「다시 시작하자」)라는 치열하고 적극적인 삶의 자세가 응집되어 있기 때문이다. 사랑은 상처를 동반하지만 한편으로 가장 강렬한 생명에의 지향을 보여준다. '가시'와 '씨앗'이 사랑의 상처이면서 사랑의 결정체로 상징화되고 있는 것도 여기에 있다.

주변적 삶의 이야기와 불의 사랑은 다시 여행을 통해 자기를 돌아보고 성찰해가는 과정으로 나아간다. 사람들과의 관계망 속에 놓여있던 시선은 공간이동을 하면서 새로운 세계 속으로 흡수되어 간다. 이른바 부산스러운 밖의 움직임에서 내면의 목소리에 귀를 기울이는 자기응시의 단계로 접어드는 것이다. 이기애 시인은 스스로를 "흔들리는 목선처럼 묶여" 있는 존재로 인식한다. 그 존재는 '어둠'과 '아픔'을 안으로 감내하며 흔들리고 있다. 그러한 여정을 거쳐 이제 "어둑히 저무는 한 사람"이 되어 있다. 그리고 "뜬 눈으로 지새우는/바다"(「갈남항 갈매기」)가 되려한다. 여행의 여정은 '목선처럼 흔들리며 묶여있는 나'→'어둑히 저무는 한 사람'→'바다'의 진폭 속으로 결집된다.

내 밖의 자화상과 내 안의 일탈

— 이은봉의 신작시론

1. 객관적 대상으로서의 자화상

시적 목소리가 나직나직하다. 뒤뜰에 내리는 봄비소리 같다. 가만히 귀 기울여보면 그 안의 섬세한 피돌기까지 감지될 것 같다. 감정의 응집이랄까, 표현방식의 개성적 발현이랄까. 언어적 조율이 간결하다. 간결함 속에 절제의 걸음이 느껴진다. 이것이 이은봉 시인의 신작 시편에서 느껴지는 첫인상이다. 이는 아마도 시인이 의식/무의식적으로 그려내는 혹은 지향해가고자 하는 시적 색채와 맞닿아 있을 것이다.

첫 인상의 울림을 지나 시적 정서 속으로 걸어가다 보면, 문득 또 다른 색채의 상상력을 만나게 된다. 조용한 풍경과는 달리 보다 심화된 갈등이 구조화되어 있다. 이러한 갈등구조는 시인의 현재적 시간의 표상이기도 하고, 시인을 둘러싸고 있는 관계망들에 대한 인식의 한 측면이기도 할 것이다. 자아의 서로 다른 얼굴 즉, 밖으로 드러나는 자아와 안으로 침잠해 있는 자아의 전혀 다른 얼굴이 그 중심에 있다. 이 두 구도의 자아는 때로 대립하고 때로 공존하면서 보이지 않게 혹은 눈에 띄게 자기 색채의 존재성을 부각시킨다. 따라서 어느 하나에 무게를 두고 규정

할 수 없는 시적 행간의 긴장을 열어두기도 한다.

　그러면 밖으로 표상된 자아는 어떻게 읽어야 할까. 이는 일상적 자아와 연계시킬 수 있는 것으로 외적 이미지를 구성한다. 겉으로 보여 지는 혹은 보여 주고자 하는 이미지가 바로 그것이다. 따라서 통제하고 절제하며 가다듬어진 모습으로 드러난다. 이는 삶의 현장에서, 인간관계의 테두리 속에서 길들여지고 규범화된 사회적 존재로서의 모습을 담고 있다. 이른바 내적 감정을 억제하고 은폐하면서 환경에 순응하고 세계에 흡수되어가는 자아에 다름 아니다. 따라서 타성에 젖어 자기변화를 위한 적극적 행위의지를 상실하거나 좌절하면서 일상적 삶의 형식에 안주하는 모습을 보여준다.

　반면, 내적 자아는 이러한 현실에 끊임없이 저항하고 갈등하면서 내 안의 진정한 길을 찾아가고자 한다. 따라서 외적 환경에 영향을 받게 되고 대립의 위치에 서게 된다. 외적 자아가 현실적 억압 속으로 침잠하면 할수록 내적 자아는 보다 강도 높게 팽창하게 된다. 일상의 질서를 탈피하고자 하는 욕망도 여기에서 생성된다. 이은봉 시인의 일탈은 "스스로 자유를 살아야 한다", "적막 밖으로 나가야 한다", "기차를 타고 다시 또 어디론가 떠난다" 등으로 상징화된다. 내 밖의 자아가 정적인 색채를 고수하고 있다면, 내 안의 자아는 보다 역동적인 행위의지와 지향성을 보여준다. 이은봉 시편에 나타난 이러한 자아인식의 구도는 대체로 시간의 흐름을 감지하고 사유하는 과정을 통해 구체화된다. 지금 이 시점에서의 나와 현실을 직시하고 체감하면서 이에 대한 반응을 주제의식의 한 측면으로 끌어들이고 있다.

　　울긋불긋 11월의 계룡산 골짜기

아직 얼지 않은 물거울을 갖고 있다
차고 시린 제 얼굴
자주 물거울에 비추어 본다

여기저기 젊음의 흔적이 남아 있는
11월의 지친 계룡산 골짜기
물거울에 비친 그의 얼굴
나뭇가지처럼 비쩍 말라 있다

우둘두둘 거친 손으로 감싸 안고
제 얼굴 비벼 보는 그의 마음
짠하다 멧새 몇 마리 날아와
물거울의 가슴께에 내려와 앉는다

조잘조잘 물거울을 쪼아대는 멧새들
작고 동그란 파문을 만든다
무엇이 그리 좋은가 제 얼굴
환하게 펴는 11월의 계룡산 골짜기!

-「계룡산 골짜기」 전문

　위 시의 시적화자는 숨어있다. 따라서 시적화자 혹은 '나(시인)'는 시의 전면에 직접적으로 드러나지 않는다. 다만 시 제목에서도 제시되고 있듯이 '계룡산 골짜기'의 풍경만이 전체 4연의 시상 속에 충만하다. 여기서 시적화자와 '나(시인)'는 동일시해도 무방할 것 같다. '나(시인)'는 '계룡산 골짜기'로 상징화되어 나타난다. '계룡산 골짜기'는 시인이 포착해내는 일종의 자화상인 셈이다. 여기서의 자화상은 자신의 얼굴을 보고 그리는 것이 아니라 '계룡산 골짜기'라는 대상을 통해 묘사하고 있다는 점에서 특별하다. 이른바 외부적 대상 속에 자신의 모습을 투영하고 대상화하고 있는 것이다. 이는 그 실체를 보다 세밀하게 관찰하고 구체화하고자 하는 의도이다. 이른바 대상과 관찰자 사이에 객관적 거리를 둠으로써 그 특징을 보다 생동감 있게 묘사할 수 있는 효과를 얻고 있다.

위 시편에 표상된 '계룡산 골짜기'에 주목해본다. "울긋불긋 11월의 계룡산 골짜기"에서 알 수 있듯이 '계룡산 골짜기'는 지금 늦가을의 풍경을 보여주고 있다. '11월'은 여름의 푸름과 초가을의 청량한 산국(山菊)의 시기를 지나고 있는 시점이다. 계절적으로는 한 해의 끝자락이라고 할 수 있는 시간적 배경을 안고 있다. 이러한 시간적 배경은 시인의 대상화된 자화상과 연계시켜보면 중요한 상징적 의미로 떠오른다. 이는 시인의 현실적 시간과 이를 사유하는 인식체계를 엿볼 수 있는 지점이 되기 때문이다. 일정 거리를 확보하고 자신을 대상화시켜 바라보는 방식은 객관적 관찰의 측면도 있지만 자기성찰을 위한 거리두기의 방식이 되기도 한다.

"아직 얼지 않은 물거울을 갖고 있"고, "여기저기 젊음의 흔적이 남아 있는" 모습 또한 객관적 시각의 섬세한 포착이다. "우둘두둘 거친 손으로 감싸 안고/제 얼굴 비벼 보는 그의 마음/짠하다"라는 자기연민도 여기에 포함된다. '11월의 계룡산 골짜기'와 '젊음의 흔적', '마음 짠'한 연민의 감정들은 분리되는 것이 아니라 하나의 심리적 반응 속에 수렴되어 있다. 외적 대상과 내적 반응들이 하나의 호흡으로 전체적 흐름 속에 용해되고 있는 것이다. 하지만 하나의 자화상 속에는 이미 내외적 갈등구조가 복합적으로 제시되어 있다. '계룡산 골짜기'라는 시적 대상 속에 시인의 시간인식과 이에 대한 정서적 파장들이 응집되어 있다.

무엇이 급한가 서둘 것 없다
세종에서 광주로 가는
고속버스 안이다 급할 것
없다 일단은 공주 읍내 정류장에 들러
우물쭈물 해찰을 하기로 한다
해찰을 하는 동안
화장실쯤은 슬쩍 다녀와도 좋다
고속으로 달리지 않아도
고속버스를 탓할 사람은 없다
느릿느릿 달리는 시간
즐겨도 된다 천천히 달려도
누구 하나 고속버스를
탓하지 않는다 광주와 공주는
본래 아, 하나 차이, 이제는 뭐
광주도 급할 것 없다 간절할 것 없다
사필귀정이라는 한자말
중얼중얼 외워도 좋다
공주 거쳐 광주 가는 길
저기 저 게으르게 불어오는 바람 향해
채찍을 들어 무엇 하랴.

-「광주 가는 길」 전문

앞에서 살펴본 「계룡산 골짜기」와 위의 시편 「광주 가는 길」은 의미적으로 연결되어 있다. 이른바 시인이 체감하는 현실과 시간에 대한 인식들이 개입해 있다. 또한 특정 이미지를 통해 스스로의 자화상을 구체화할 수 있는 배경들을 배치해두고 있다. 시편 「계룡산 골짜기」는 연륜과 관련한 자화상을, 「광주 가는 길」은 직업과 연계되는 공간 이미지를 표상한다. "공주 거쳐 광주 가는 길"은 그 구체적 방향성을 제시하는 것으로 집과 직장의 공간 이미지를 보여준다. 특징적인 것은, 이러한 공간 이미지가 시간개념을 내포하고 있다는 것이다. '공주'와 '광주'라는 공간 속에는 그 거리만큼의 시간이 상징화되어 있다. 이러한 시간은 어느 하루의 행보에 한정되는 것이기도 하고, 크게는 시인의 삶의 전반을 담보하는 거리가 되기도 한다. 시인의 일상이 "공주 거쳐 광주 가는 길"과 긴밀한 연결고리를 가지고 있는 만큼, 이는 곧 시인의 시간을 반영하는 공간개념이 될 수밖에 없다.

위 시편에서 '고속버스'는 시간을 상징하는 중심 기제가 된다. '고속'은 곧 시간의 빠름을 내타내는 시간개념이 되기 때문이다. '고속버스'는 '공주'와 '광주'를 이어주는 수단이면서 한편으로 시인의 삶을 주도하는 시간의 상징이 된다. 따라서 '고속'이라는 시간적 흐름은 큰 의미적 배경으로 떠오른다. 그럼에도 시편의 첫 행에는 "무엇이 급한가 서둘 것 없다"라는 메시지가 제시된다. 뒤이어 "고속으로 달리지 않아도/고속버스를 탓할 사람은 없다", "광주도 급할 것 없다 간절할 것 없다"라고 덧붙인다. 그 안에 '해찰'을 하고, '화장실'을 다녀오는 등 '고속'의 시간을 상쇄할 이런저런 행위들이 대두된다. 시인의 시간인식은 '11월의 계룡산 골짜기'를 제시하면서부터 이미 그 색채를 설정해두고 있다. '11월'은 경험적 시간으로서는 계절의 끝자락을 의미하면서 객관적 시간개념으로는 나와 무관하게 흘러가는 시간을 지칭한다.

"무엇이 급한가 서둘 것 없다"는 주관적 시간개념에 해당한다. 이는 시인의 경험적 시간을 반영하는 것으로 전적으로 개별적 정서에 기대고 있다. 객관적 시간과 주관적 시간은 서로 합치할 수 없는 위치에 놓여있다. 이은봉 시인의 시편에는 이 두 구도의 시간이 동시에 사유의 대상으로 등장한다. '11월', '고속버스' 등은 객관적 시간개념을, 시인의 인식이 반영된 행위 등은 경험적 시간개념이 된다. 이에 비춰보면, '서둘 것 없다', '급할 것 없다' 등의 대응방식은 대단히 역설적이다. 여기에는 시간에 대한 안타까움, 초조함, 조바심 등을 느긋함, 여유, 게으름 등으로 대체하려는 심연을 담고 있기 때문이다. 이은봉 시편에 그려지고 있는 내 밖의 자화상은 이처럼 지금 이 순간의 '나'를 정직하게 체감하는 것으로부터 시작된다. '시간'이 자연스럽게 시적 상상력의 중심으로 끼어드는 것도 여기에 있다. 자신을 대상화하면서 시간의 속성 속으로 깊이 침투해들어가는 것은 현재적 시간을 명징하게 사유하고 성찰하려는 거리두기의 한 측면이 될 것이다.

2. 내 안의 일탈, '떠남'

시인은 갈등상황 속에 포섭되어 있는 존재이면서 갈등을 구조화하는 주체이기도 하다. 이는 나와 세계를 어떻게 인식하고 표현하느냐 하는 문제와 연결된다. 동일한 사물이나 상황도 시인의 가치관에 따라 달리 표상되고 전혀 다른 의미로 구조화되기 때문이다. 이은봉 시인의 신작시에는 외적 자아와 내적 자아 등 두 구도의 자아가 등장한다. 외적 자아는 그것이 삶이든 시간인식의 한 측면이든 외부적 상황 속에서 형성된 자아이다. 시인은 이를 외적 상관물과 연계해서 스스로의 자화상을 구체화시킨다. 내적 자아는 이러한 외적 자아에 대해 반응하고 갈등하면서 정서적 기류를 만들어간다. 이른바 외적 현실에 회의하고 충돌하면서 그 반동으로 생성된 심리적 기저가 된다.

　　　어떤 시간은 달팽이다 제 몸을
　　　오른쪽으로 꼬며
　　　자꾸만 안으로 파고들어간다

　　　안으로 파고 들어가면 무엇이 있나
　　　아무 것도 없다 어디
　　　촛불 하나 켜져 있지 않다

　　　캄캄하다 우울, 한숨, 절망 따위
　　　죽음의 마음만 가득하다
　　　몸부림을 쳐야 한다
　　　박차고 기어 나와야 한다

　　　제 몸을 거듭 왼쪽으로 꼬며
　　　서둘러 안간 힘을 다해
　　　밖으로 빠져 나와야 한다

　　　…………중략…………

　　　그냥 스스로 자유를 살아야 한다
　　　너나 나나 오른쪽 시간이
　　　왼쪽 시간의 푸른 목덜미를
　　　멋대로 물어뜯도록 해서는 안 된다.

　　　　　　　　　　　　　　　　　-「달팽이 시간」부분

앞서 살펴본 두 편의 시편들이 '11월의 계룡산 골짜기', '고속버스' 등의 이미지를 통해 간접적으로 '시간'을 표상하고 있었다면, 위 시편은 '시간'을 직접적으로 등장시킨다. 이는 '시간'에 대한 사유가 보다 적극적으로 제시되고 있음을 의미한다. '달팽이 시간'은 시인의 상상력이 만들어낸 상상적 시간이다. 여기에는 껍질 안으로만 스며드는 '달팽이'의 특성과 제 집을 벗어나지 못하는 달팽이의 고단한 '시간'이 상징화되어 있다. 달팽이의 껍질은 때로 안전한 집이 되기도 하고 보호막이 되기도 한다. 제 영역 속에서의 안전함과 편안함도 주어진다. 하지만 그 모든 것이 위선이고 장막이고 속박이라는 것을 깨닫게 된다. "안으로 파고 들어가면" "아무것도 없"고, "촛불 하나 켜져 있지 않다." 나아가 "캄캄하다 우울, 한숨, 절망 따위/죽음의 마음만 가득"할 뿐이다 '아무 것도 없음', '캄캄함', '죽음의 마음' 등은 시인이 체감하는 현실적 상황이다. 여기에는 현실적 시공간에 대한 절망적 심연과 극단적 단절감이 매개되어 있다.

'오른쪽' 혹은 '왼쪽'의 시간은 '안'과 '밖'이라는 분명한 경계를 두고 있다. "오른쪽으로 꼬며/자꾸만 안으로 파고들어"가는 시간은 절망과 죽음을 표상하는 침잠의 시간이다. 따라서 "제 몸을 거듭 왼쪽으로 꼬며/서둘러 안간 힘을 다해/밖으로 빠져 나와야 한다"고 외치고 있다. 하지만 "밖으로 빠져나"오는 일은 결코 쉬운 일이 아니다. "몸부림을 쳐야"하고, "박차고 기어 나와야"하는 결단과 행위의지가 수반되어야 한다. 이는 오랜 시간 길들여져 왔고 종속되어 왔던 질서에 대한 반란이면서 비판이다. "그냥 스스로 자유를 살아야 한다"라는 대목에서 비판적 시각과 간절한 열망의 심연을 읽을 수 있다.

'안'의 시간을 벗어나 '밖'의 시간으로 빠져나오는 것은 '자유'를 쟁취하는 일이다. '자유'는 닫혀있는 시간으로부터의 탈출을 의미한다. 따라서

내적 자아가 열망하는 자기실현의 공간 이미지이면서 가치관을 정립할
수 있는 창의적 의미배경을 내포한다. 따라서 시편 「달팽이 시간」은 시인
의 일탈의지와 맞물린다. '오른쪽(안)'에 대한 저항의지는 곧 '새로운 탈출
구로서의 왼쪽(밖)'에 대한 강렬한 열망으로 이어지고 있기 때문이다.

　　둥글게 밀려오는 적막이 나를, 내 몸을 둥글게 만다
　　견디기 힘들다 눈이라도 내리면 좋겠다 내리는 눈 바라보며 손톱
　이나 깎았으면 좋겠다
　　내일은 어떻게든 다시 또 떠나야 한다 적막 밖으로 나가야 한다.
　　소란하고 시끄러운 곳은 좀 나을까 엄지손가락으로 잘못 깎인 손
　톱이나 더듬어보는 겨울이다
　　침대 위 신문지처럼 널브러져 눈 감고 멍 때리며 먼 곳이나 그리
　워하는 겨울밤이다.
　　　　　　　　　　　　　　　　　　　　　　　-「적막」부분

　'적막'은 위 시편을 가로지르는 정서이다. "견디기 힘들다 눈이라도
내리면 좋겠다" 등이 그 구체적 배경이 된다. '견디기 힘듦'은 '적막'의 상
황을 표상하는 내면풍경이다. 이러한 풍경 속에는 어떤 인간적 관계망
이나 발자취도 제시되어 있지 않다. 따라서 혼자라는 고립감과 단절감이
시의 전면에 깔리게 된다. 이는 많은 일상적 만남과 그 연속에 있으면서
도 '적막'의 순간을 맞닥뜨릴 수밖에 없는 삶의 방식을 대변한다. 이는 무
료, 권태, 속박, 적막, 자기소외, 단절 등 현대적 모순과도 직접적으로 맞
물린다. "내일은 어떻게든 다시 또 떠나야 한다 적막 밖으로 나가야 한
다"라는 절박한 심연도 여기에서 발현된다. '떠남'은 '광주'와 '공주'라는
일상적 공간과 긴밀하게 연결되어 있으면서 한편으로, 그 일상을 벗어나

고자 하는 '떠남'의 이중적 의미를 내포하기도 한다.

'적막'을 벗어나기 위해서는 '떠나야 한다'라는 것이 사유의 중심이다. 그리고 '밖'이라는 공간이 제시된다. '밖'은 닫혀있는 공간을 벗어나는 일 즉, 단절된 삶의 형식을 탈피하는 일이다. 시편 「달팽이 시간」과 「적막」은 현재적 시간에 대한 명징한 인식과 함께 종속되어 있는 일상적 삶에 대한 내적 갈등을 환기시키고 있다는 점에서 동일한 정서적 구도를 보여준다. 하지만 "침대 위 신문지처럼 널브러져 눈 감고 멍 때리며 먼 곳이나 그리워하는 겨울밤이다"에서 드러나듯이 '밖'으로의 지향은 실제적 행위로 이어지지는 않는다. "소란하고 시끄러운 곳은 좀 나을까"라는 색다른 꿈을 가져보기도 하지만 이 또한 생각에 그치고 만다. 따라서 현실적으로는 한 발자국도 '밖'으로 나아가지 못하고 제 위치에 고정되어 있다. 외적 자아와 내적 자아가 지속적으로 충돌하면서 갈등할 수밖에 없는 상황이 여기에 있다.

> 기차를 타고 다시 또 어디론가 떠난다
> 어디론가 떠나기는 무얼 어디론가 떠나나
> 집으로 가는 돌아가는 거다 집에는
> 어머니와 함께 아내가 늙어가고 있다
>
> 아직도 객지를 떠돌며 어지럽게 살다가
> 마음이 쓸쓸해져 그만 기차를 타고
> 집으로 돌아가는 거다 집으로 돌아가는
> 기다림도 없이 어떻게 세상을 사나
>
> 멀리 보이는 저기 저 산기슭 아래에는

옛집이 있다 옛집으로는 갈 수 없다
기차 안 이동매점에서 도시락을 산다
도시락에는 어머니와 아내가 살고 있다

-「기차를 타고」 전문

　"기차를 타고"는 일탈의지의 적극적 표현이다. "박차고 기어 나와야
한다"(「달팽이 시간」), "적막 밖으로 나가야 한다"(「적막」)등의 자기종용의
의지도 여기에 닿아있다. 위 시편은 「기차를 타고」라는 제목에서부터 이
미 '떠남'의 행위가 암시되어 있다. '떠남'은 내적 열망을 외부로 표출하
는 일종의 실천적 지향성이 된다. "기차를 타고 다시 또 어디론가 떠난
다"에는 그러한 열망과 의지와 결단이 매개되어 있다. 이는 막연한 관념
적 사유의 일면이 아니라 '기차'라는 매개물을 통해 보다 구체화된 행위
배경을 보여준다. 하지만 시편의 첫 행에 제시되고 있는 이러한 강렬한
행위의지는 다음 행에 드러난 "어디론가 떠나기는 무얼 어디론가 떠나
나/집으로 가는 돌아가는 거다"에서 무산되고 만다. '떠남'의 종착지를
'집'으로 설정함으로써 일탈의 방향성에 한정성이 주어진다.

　'집(광주)'에서 '집(공주)'으로의 '떠남'은 진정한 의미에서의 '떠남'이
아님을 암시한다. 단지 일상에서 일상으로, 집에서 집으로의 일상적/반
복적 행위를 고수하고 있을 뿐이다. 따라서 내적 자아가 이끄는 대로 나
아가는 행위, 즉 '자유'와 '밖'으로의 세계가 보장되는 공간 이미지와는 상
반된다. '집'에는 "어머니와 함께 아내가 늙어가고 있다." '어머니'와 '아
내'는 시인의 삶이고, 안식처이면서 '오른쪽(안)'의 공간을 표방한다. 시
인은 "멀리 보이는 저기 저 산기슭 아래에는/옛집이 있다 옛집으로는 갈
수 없다"라는 일탈의지를 드러내기도 한다. 하지만, "기차 안 이동매점"

에서 산 '도시락'에도 "어머니와 아내가 살고 있다." 이는 시인의 의식/무의식의 정서 속에 '안'의 공간 이미지가 깊이 뿌리내리고 있음을 보여준다. 또한 현실적 공간이 얼마나 우리를 집요하게 종속시키는지 일깨워주는 단초가 되기도 한다.

그것이 현실적인 것이든 습관화된 생활방식의 한 측면이든 우리는 늘 떠나지 못한다. 어느 때부턴가 우리는 종속의 삶에 안주하고 둥글게 적응해간다. 비애감은 여기에서 생성된다. 떠나려하지만 결국 떠나지 못하는 것이 외적 자아가 봉착한 크나큰 현실이면서 또한 소심한 자기방어이다. 현실인식과 자아인식, 일탈의지와 좌절, 다시 일상으로의 복귀가 연속된다. 공주와 광주, 집, 돌아감, 떠남, 시간, 공간, 제자리, 변화 없음, 회의, 절망, 갈등 등의 상황도 되풀이된다. 이은봉 신작 시편들은 일상적 삶의 완고한 질서를 통해 존재방식의 모순적 일면과 상실한 꿈의 세계를 일깨우고자 한다. 나와 세계와의 거리를 직시하고 현 시점에서의 '나'를 고민한다. 따라서 그 크기만큼의 비판과 반성의 칼날도 심어둔다. '밖'으로의 일탈은 결국, 세계의 발견과 도전, 새로운 문학적 가치추구와 그 창조적 생명력을 같이 하기 때문이다.

투명한 자기응시와 본래적 자아 찾기
— 최문자의 신작시론

최문자 시인의 신작시편에서 공통적으로 읽어낼 수 있는 정서는 자기 자신을 면밀하게 들여다보고 그 반응을 포착해내는 데 있다. 이는 겉으로 표상된 '나'가 아니라 오래 망각하고 있던 혹은 희미하게 바래버린 내 안의 울림을 찾아가는 여정이다. 천천히, 깊이, 강렬하게 '나'를 상기하고, 회의하면서 전혀 낯선 '나'를 발견해가는 과정이 곧 시의 핵심이 된다. 이는 지나간 시간의 발자취와 현재적 시점에서의 '나'를 확인하는 메시지를 담고 있다. 이러한 과정은 '나'를 시적 대상으로 끌어들여 객관적으로 탐구하고 반성하고 성찰하고자 한다는 점에서 그 사유의 색채나 갈등의 진폭이 보다 절실하고 고통스럽다.

시인의 자기응시는 대체로 상처의 형식으로 나타난다. 이는 '나'와 세계와의 관계구도가 화해보다 대립의 형식에 닿아있음을 의미한다. 이러한 대립의 형식은 언제나 우리의 주변에 잠식해 있고 또 보이지 않게 작동하고 있다. '나'를 길들이고 변질시키는 요인들도 결국 이러한 관계 속에서 생성되고 확장된다. 하지만 우리는 이러한 상황을 미처 깨닫지 못하거나 혹은 많은 시간이 지나고 나서야 체감하게 되는 경우가 많다. 설령 이러한 사실을 체감하고 있다고 해도 이를 변화시키거나 벗어나는 일은 쉽지 않다. 따라서 어느 날 문득 마주하게 되는 '나'는 낯설고, 당혹스럽고, 실망스러울 때가 많다. 이때의 '나'는 대체로 본래적 '나'를 벗어나 있거나 꿈꾸어왔던 방향과는 다른 위치에 서있기 마련이다.

즉, '나'는 사라지고 '나'를 표방하는 또 하나의 나와 맞닥뜨리게 되는 것이다. '나'는 독립적 존재이면서 사회적 존재이다. 따라서 어떤 형식으로든 이러한 관계 속을 벗어날 수는 없다. 현재 내가 마주하고 있는 '나'는 진정한 나이기보다 구조 속에서 만들어진 허상일 수도 있다. 내 안에 자리 잡은 상처도 결국 이러한 관계 속에서 형성된 흔적일 것이다. 최문자 시인의 자기응시는 나와 세계와의 관계구도 즉, 모순적 불협화음을 짚어내는 데 놓여 있다. 이러한 몸짓은 나를 읽고, 세계를 읽고, 나와 세계의 위치를 확고하게 수렴하고 사유한다는 무게를 지닌다. 이는 곧 상실한 본래적 자아를 찾아가고자 하는 자기회복의 열망과도 직접적으로 연결된다.

목덜미가 새하얀 목화였는데

엉덩이에 솜 보푸라기를 달고 뽀얗게 생각이 부풀어 목화밭에서
걸어 나올 수 있을 거 같았는데

아팠던 구덩이 마다 하얀 게
나는 목화밭인 줄 알았지

더러운 종이컵을 만지작거리며 도심에 오래 살게 되었다

그들이 말 대신 으르렁거리며 나에게 덤빌 때
방망이를 휘둘렀는데

어디서 젖었을까
방망이 솜은 슬픈 색깔로 녹아 있었다

희디 흰 크기를 가진 미영밭
잡아당기면
이마에 얹히는 죽은 솜의 느낌

언제 죽은 꽃일까
하얗고 차갑다가
횡단보도를 건널 때 툭툭 떨어졌다

보풀보풀 엉덩이를 따라다니던 목화솜
나는 내가 목화밭인 줄 알았지

- 「목화밭」 전문

　'목화밭'은 오염되지 않은 본래적 순수공간이다. '목화'는 이 순수공간
을 생성하고, 보존하고, 확장시켜갈 생명성의 상징이다. 여기에는 '목화'
의 특성이 그렇듯 따뜻하고, 포근하고, 깨끗한 영혼의 숨결이 담겨 있다.
시인은 '목화밭'의 자연적 아름다움과 오염되지 않은 '새하얀' 생명력을 꿈
꾸어왔다. 또한 스스로 이러한 순수 아름다움의 세계를 구축하고 확장해
가고 있다고 믿는다. 그래서 어느 날엔가는 "엉덩이에 솜 보푸라기를 달
고 뽀얗게 생각이 부풀어 목화밭에서 걸어 나"올 수 있으리라 생각한다.
하지만 "걸어 나올 수 있을 거 같았는데"라는 대목에서 우리는 이러한 꿈

이 좌절되고, 단절되고 있음을 알게 된다. '같았는데'라는 말 흐림의 공백 속에는 '하지 못했다'라는 부정적인 결과가 암시되어 있기 때문이다.

"뽀얗게 생각이 부풀어 목화밭에서 걸어 나"오는 것은 성장과 완성을 의미한다. 이러한 성장과 완성의 세계는 현실적 꿈의 실현이기도 하고, 인생에 있어서의 자기결실의 지점이 되기도 한다. 이는 '목화밭'과 '목화'의 속성이 그렇듯 단순히 자기실현에 그치는 것이 아니라, 솜이 되고 옷이 되는 과정까지를 두루 포섭한다. 따라서 '목화밭'과 '목화'가 함축하고 있는 의미는 보다 큰 상징성을 지닌다고 할 수 있다. 이에 비춰보면, 이것이 파괴되고 변질되었을 때의 파장 또한 적지 않을 것이라는 것을 짐작하게 된다. 시인은 "더러운 종이컵을 만지작거리며 도심에 오래 살게 되었다"라는 말로 그러한 배경을 설명한다. '목화밭'과 '도심'은 공간적 측면에서나 의미적 측면에서 서로 합치될 수 없는 거리를 가지고 있다. '목화밭'이 순수 생명성의 자연적 터전이라면, '도심'은 인위적이고 경쟁적인 구도 속에 놓여 있다.

시인이 읽고 있는 '도심'은 "그들이 말 대신 으르렁거리며 나에게 덤빌 때"에서 보여 지듯이 공격성을 가지고 있다. 때로 이러한 공격성에 대응해서 "방망이를 휘둘"러 보기도 하지만 역부족이다. 따라서 "어디서 젖었을까/방망이 솜은 슬픈 색깔로 녹아 있었다", "언제 죽은 꽃일까" 등의 모습으로 나타나고 만다. '젖어있고', '슬픈 색깔로 녹아있고', '죽어' 있는 모습은 시인의 시선에 포착된 자아의 모습이다. "이마에 얹히는 죽은 솜의 느낌"에서 그 극단의 절망을 감지할 수 있다. 위 시 「목화밭」은 최문자 시인의 자아와 세계인식의 구도를 선명하게 담고 있다는 점에서 중요하다. 특히 '도심'과 '목화밭'을 대비함으로써 대립의 배경을 확고하게 짚어내고 있는 것이 특징적으로 다가온다.

고백컨대 꽃은 한 번도 나비를 부른 적 없다 불쑥 찾아왔다
다음날도 그 다음날도

총을 들고 꿀을 빨았다 무수한 총구멍이 뚫렸다 아래로 더 아래로

구멍마다 낯선 어둠이 들어왔다

박힌 총알을 꺼내는 봄날
해가 저물 때까지 뚫린 폐가 아팠다

　　　　　　　　　　　　　　　　　　　　　　－「봄날」부분

나는 내가 무서워
무서워서 칠보산에서 매송리까지 걸었다

누군가 문 밖에 서서 나를 부르면 가장 무서워
나 아닐까봐, 나일까봐

똑같은 오늘이 찾아오는 것도 무서워 같은 목소리로 울어대는 작
은 벌레도
무서움을 머금고 걷고 또 걸어

　　　　　　　　　　　　　　　　　　　　　　－「걷는다」부분

　　최문자 시인의 시편에서 '그들'은 언제나 대립을 유도하고 상처를 입
히는 모순적인 존재로 등장한다. 앞의 시「목화밭」에서도 드러나듯이 '그
들'은 나와 세계를 구분 짓고 부정적인 관계구성을 유도하는 대상이 된
다. 위 시「봄날」에서의 '총알'과「걷는다」에서의 '무서워'라는 표현 등도

이러한 배경을 암시한다. '꽃'과 '나비'는 서로 필요조건을 충족하는 이른바 상호 협력적 관계이다. 하지만 위 시의 '나비'는 꽃의 의사와는 관계없이 "불쑥 찾아"오는 무례한 존재로 나타난다. 거기다 "총을 들고 꿀을" 탈취하는 폭력성까지 지니고 있다. 따라서 아름답고 생동감 넘쳐야 할 '봄날'은 어둡고 두렵고 고통스러운 계절이 된다. "무수한 총구멍", "해가 저물 때까지 뚫린 폐가 아팠다"에서 '꽃'의 고통과 위기를 감지할 수 있다. '꽃'과 '나비'의 관계에서 생성되는 부조화의 정서는 대상과의 대립을 암시하는 한 지점이 된다. 이러한 대립의 지점은 시인이 어떻게 세계를 인식하고 또 어떻게 대응해가고 있는지를 보여주는 중요한 척도가 된다.

"나는 내가 무서워"라는 표현도 이와 연장선상에서 생각해 볼 수 있다. '나'의 '무서움'은 "문 밖에 서서 나를 부르"는 '누군가' 때문이다. 여기서 '누군가'는 끊임없이 '나'를 흔들고 괴롭히는 이른바 '그들'로 상정되는 대상이다. 즉, "으르렁거리며 나에게 덤"비고(「목화밭」), "총을 들고 꿀을 빨"(「봄날」)고 있는 공격적이고 폭력적인 대상들과 연결되어 있다. "나 아닐까봐, 나일까봐"라는 상반되는 자아인식을 드러내는 심리도 여기에 기인한다. 이처럼 시인의 내면의식을 지배하는 불안과 불신과 위기의식은 밖으로부터 오고 있음을 알 수 있다. 즉, 나와 마주하고 있는, 마주할 수밖에 없는 대상들의 시선과 목소리, 행위들에 깊이 영향을 받고 있는 것이다. 시인이 인식하는 '그들'은 친화적인 관계가 아니라 순수공간을 침해하거나 폭력을 행사하는 억압적 존재로 나타난다. 따라서 처음부터 상호 충돌할 수밖에 없는 비화해적인 조건을 가지고 있다. 시인의 시편에 내재해 있는 결벽증적인 자의식과 자기 방어적 심리도 이러한 배경 속에서 생성된다. 아래에서 살펴볼 시 「그림자」는 '그림자' 이미지를 통해 시인의 심리적 갈등의 파장들을 풀어내고 있다.

나는 자주 들켰다

숨긴다는 건 뭔가요
스푼으로 나를 사라지도록 젓는 것
나는 풀어지지만 나는 줄어들지 않아

내가 없는 곳은 어디인가

그들은 그림자로 나를 보고 있다
그림자는 더 죄인인 것처럼 보인다

내 뒤에서 자꾸 넘어지고 자꾸 미끄러지는 것
- 「그림자」 전문

　‘그림자’는 실체가 아니다. 다만 실체를 표방한 하나의 형상에 불과하
다. 하지만 묘하게도 그림자는 내가 가는 곳이면 어디든 따라다닌다. 햇
빛 쨍한 날은 물론 구름이 낀 날에도 거기 그쯤에 서 있으리라는 것을 잘
안다. 때로 나와 그림자의 위치가 바뀌어버리는 불상사가 일어나기도 한
다. 이른바 실제와 허구가 혼동되는 순간이 되는 것이다. 사람들은 그림
자가 아닌 나의 실체가 상대에게 정확하게 인식되어지기를 바랄 것이다.
이것이 곧 소통의 진정한 통로이면서 관계구성의 기본조건이라고 생각
하기 때문이다. 하지만 ‘그림자’는 그 양면적 속성으로 인해 적지 않은 혼
란을 안겨주기도 한다. 그래서 때로 진짜보다 가짜가 더 돋보이면서 본
질이 왜곡되기도 하고, ‘그림자’에 현혹되어 진실을 외면하는 경우도 왕
왕 있다.

위 시의 '그림자'는 대략 두 개의 의미로 살펴볼 수 있을 것 같다. 하나는 "나는 자주 들켰다", "숨긴다는 건 뭔가요", "내가 없는 곳은 어디인가" 등에서 알 수 있듯이 시인 스스로 실체를 감추고 있거나 감추고 싶어 한다는 것이다. 두 번째는 "그들은 그림자로 나를 보고 있다"에서 읽을 수 있는 대상들에 대한 시인의 인식이다. 첫 번째의 경우는 그 의미가 비교적 분명하게 짚이지만, 두 번째의 경우는 중의적으로 다가온다. 우선, 진짜는 보지 못하고 나의 그림자에만 치우쳐있는 대상들에 대한 시인의 비판의식을 읽을 수 있다. 다른 측면은, 스스로 자신의 모습을 감춰버렸기 때문에 대상들은 '나'의 '그림자' 밖에 볼 수 없을 것이라는 심리가 깔려있다. 어느 것이든 진실이 왜곡되고 있는 것만은 확실하다. '그림자' 이미지는 모순성에 대한 인식은 물론 자기 방어적 심리를 동시에 표상하는 기제가 되고 있다.

여기서 또 하나 간과하지 말아야할 부분은 '죄인'과 '죄'의 의미에 있다. "그들은 그림자로 나를 보고 있다/그림자는 더 죄인인 것처럼 보인다"의 문맥을 살펴보면, '죄인'의 중심에도 '그들'이 있음을 알 수 있다. '죄인'과 '죄'는 일차적으로 개인적 경험세계가 불러온 결과가 되겠지만, 이러한 경험 세계 또한 관계 속에서 이루어지고 있기 때문이다. 시인은 '죄'의 배경 또한 수많은 타자들을 대변하는 '그들'과의 상관성 속에서 찾고 있다. 이러한 대립의 형식이 곧 시인이 표상하고자 하는 자아와 세계의 관계구도이다. 여기서 죄의식의 측면은 시인의 또 다른 시적 구도를 예감하는 탐구과제가 될 것이다.

나는 고요해진다 조금씩 내가 아니다 나를 자꾸 삼키고 내가 희미해지는 일 양을 세어보다가 양 한 마리 삼키고 양 무리가 희미해

지는 일 이미 발생한 일이다 시를 쓰다 홑겹 호주머니 속을 뒤져보는
일 먼지 대신 언어 대신 딱딱하고 말라빠진 허공 한 줌 잡아보는 일
이미 발생한 일이다 타지 않는 잘못도 불꽃이라고 불꽃도 꽃이라고
누가 꽃병에 꽂아줄까 물으면 나는 걸으며 웃었지 너무 무거운 가방
을 끌며 웃었지 희미함을 말하고 다시 잠드는 이 암회색 가방은 어디
서 온 거지? 쓸쓸한 대못에 걸어두고 희미하게 빠져나오는 일 자꾸
만 발생할 일이다

-「희미함의 세계」 전문

위 시에서 핵심적으로 다가오는 대목은 '고요해진다', "희미해지는
일", "이미 발생한 일이다", "자꾸만 발생할 일이다" 등으로 요약된다. 그
중 시 제목에서 이미 명시되고 있듯이 '희미함의 세계'에 가장 무게가 놓
인다. '희미해진다'라는 것은 무엇인가. '희미함'은 없다는 것이 아니라
다만 그 존재성이 약화되었거나 탈색되어진 상태를 이를 것이다. 이러한
상황은 시간의 흐름에서 오는 변화일 수도 있고, 대상과의 관계에서 비
롯되는 관심의 소원함에서 올 수도 있다. 위 시는 앞의 네 편의 시편과는
차별성을 드러내는 작품이다. 앞의 시편들이 나와 세계와의 관계를 대립
의 형식으로 인식하고 그 모순적 일면들을 형상화하고 있다면, 위 시는
밖으로 향해 있던 시선을 내 안으로 이동해온 형식을 보여준다. 이른바
외부적 상황보다 내 안의 숨결에 더 깊이 집중하는 시간을 갖게 되는 것
이다.

시인은 이러한 일련의 심적 변화를 일상적 소요와 연계시켜 표출하
고 있다. "시를 쓰다 홑겹 호주머니 속을 뒤져보는 일 먼지 대신 언어 대
신 딱딱하고 말라빠진 허공 한 줌 잡아보는 일" 등이 곧 그것이다. "너무
무거운 가방을 끌며" 지나온 시간을 돌아보기도 하고, 무거운 사유의 짐

들을 "쓸쓸한 대못에 걸어두고 희미하게 빠져나오는 일"을 생각하기도 한다. 그리고 이러한 일들이 앞으로도 "자꾸만 발생할 일"임을 상기한다. "내가 희미해지는 일"을 상기하고, 인정하고, 실천해가는 일은 대립을 지나 화해의 공간으로 들어서고자 하는 것이다. 그리고 이러한 화해의 몸짓은 세계와의 화해라기보다 자신과의 화해라는 메시지를 지닌다. 세계와의 대립은 역설적으로 내가 희미해지지 않으려는 욕망에서 비롯된 갈등이라고 할 수 있다. 따라서 "희미해지는 일"을 인정하고 수용하는 것은 자아에 대한 새로운 환기라고 할 수 있다.

최문자 시인은 거울을 마주하듯이 자신을 투명하게 들여다보고 이를 적극적으로 탐구하고 성찰하고자 한다. 관계의 모순적 일면과 상처의 흔적까지도 내밀하게 들여다보고 의미화 하는 긴장감을 이끌어낸다. '나'로 살아왔지만 '나'가 증발해버린 순간을 목도하는 것은 쓸쓸하다. 다시 자신으로 돌아가는 길 또한 쉽지 않다. 따라서 본래적 자아와 그 존재성을 회복해가는 과정은 길고 고통스럽다. 시인은 이러한 고통의 무게를 '고요해진다'는 말로 정리한다. '고요해짐'은 자기성찰의 중심이다. 여기서 대립과 갈등과 결핍이 정화되고 자아성찰의 에너지가 생성된다. 이는 '도심', '총알', '무서움', '그림자'를 지나 비로소 당도하게 되는 충만의 세계이다. 이것이 비록 자기 체념의 형식을 취하고 있다고 하더라도 결국 그러한 정서에 닿게 된다. 시인이 추구하는 '고요함'과 '희미함'의 세계는 상호 긴밀히 교감되면서 또 다른 색채의 아름답고, 독특한 시적 공간을 창출하는 한 지점이 될 것이다.

생성의 언어와 시간의 시적변용

— 홍금자 시집『시간, 그 어릿광대』

1. 사계四季를 스치는 생성의 언어

시의 길은 "기다림의 시간"이고 "침묵의 동안거"이며 "운명의 덫"이라고 홍금자 시인은 말한다. 그리고 "끝이 보일 것 같지 않은 문학이 펼쳐놓은 사막의 길"은 "매달리면 매달릴수록 더 깊은 수렁과 마주해야"하는 '멍에'가 되고 있음도 자각한다. 홍금자 시인의 시집『시간, 그 어릿광대』(미네르바. 2016)의 첫머리 '시인의 말'에 씌어있는 내용들은 시인의 지나온 시적 발자취를 고스란히 보여주고 있는 듯하다. 이는 시력 30여년이 넘은 시간이 던져준 무게이면서 그 무게를 감당해야하는 문학적 열정과 고통의 언어에 다름 아니다. 16권이라는 적지 않은 분량의 시집을 출간하게 되는 배경도 이러한 열정의 충실한 결과물이라고 할 수 있을 것이다. 시인은 "한 편의 시가 살아 누군가의 가슴에 꽃으로 피길 기대"하면서 이러한 시적 통증을 "가슴에 끌어안고 마지막 종착역까지 가야한다"고 스스로 다짐한다. 따라서 긴 기다림의 시간과 침묵의 동안거, 사막의 길은 앞으로도 지속될 것 같다.

홍금자 시인의 시적 상상력이 생성의 기운에 더 긴밀하게 닿아있는 것도 이러한 열정과 무관하지 않을 것이다. 이는 섣불리 완성의 길로 나아가거나 혹은 소멸의 형식에 기대기보다 아직 그 과정에 있음을 강조하고 부각시키는 배경이 될 것이다. 이러한 정서적 배경은 시인의 시편에 빈번히 드러나고 있는 계절에 대한 관심과 반응을 통해 확인되고 있다. 이른바 사계(四季)의 움직임을 내밀하게 포착하고 관찰하면서 이를 의미적 배경으로 수용하는 상상력의 근간이 그것이다. 「가을 병」, 「초겨울 비」, 「봄밤에」, 「봄이 벚꽃을 물고 있다」, 「처서 무렵」 「봄꽃 밭에서」, 「봄의 입질로 생기가 돈다」, 「봄이 되며는」, 「겨울 풍경」, 「단오 날 전설」, 「겨울 나무」, 「사월 숲」, 「영등포의 봄」, 「봄밤에」, 「창포물 흐르는 하늘」 등 많은 시편들이 이러한 특성을 표방하고 있다. 계절을 시적 영역으로 끌어들이는 것은 개인적 취향으로 볼 수도 있지만, 한편으로 또 다른 의미의 상징을 의도하는 장치가 되기도 한다. 시간에 대한 근원적 물음과 그 대응으로서의 시적 행보, 심리적 반응 등이 이를 뒷받침한다.

생명이 봄에만 탄생하는 것이 아니라는 인식도 이러한 상상력 속에서 생성된다. 봄이 지금 막 생동하는 새싹을 길어 올리는 숨결이라면, 겨울은 이러한 숨결을 오래 어루만지고 응집하여 새로운 에너지를 생성하는 동력이 된다. "어떤 분노처럼/퍼붓기 시작하는/저 눈발/그 속에서 생명을/보듬고 있는 언 땅"(「겨울 풍경」)의 사유가 그것이다. "늘 겨드랑이쯤에서/간지럼 치는 이파리처럼/내 생을 출렁이게"(「숲」) 하는 생명의 원천도 여기에서 발아한다. 시인의 계절에 대한 특별한 사유와 의미부여는 사물의 생성을 발견하는 하나의 지표가 된다. 이러한 사유의 저변은 "수억 년이 흐르는 동안에도/여전히 지켜져 온 약속 같은/자연법칙의 통과 의례"(「겨울나무」)와 연결된다. 시인이 인식하고 있는 이러한 통과 의례적 자연현상은 보편적 이치에 닿아 있으므로 새로운 발견의 영역이라고 할 수는 없다. 하지만 자신만의 색채와 호흡으로 메시지를 응집해가고 있다는 점에서 새로운 화두의 일환으로 수렴할 수 있을 것이다. 시인은 시간의 흐름을 소멸의 색채로 읽어가면서도 이를 또 다른 생명성의 암시로 풀어내고자 한다.

시간의 탑이 쌓여가는 동안
지나가는 계절은 서서히
제 발자국을 지워간다
그 위로 새롭게 태어나는 생명들
바람을 맞으며 때로는
폭풍우도 견뎌내며
자신을 키워간다

늘 흔들리는 생 앞에서
그늘도 드리우고
꽃도 피워가며
서로가 서로의 어깨를 내어준 채
나이테를 늘려가는 저 나무들
문득 아버지 머리 위로
날아가는 까마귀 떼를 본다.

- 「아버지의 초상」 전문

홍금자 시인의 시집 『시간, 그 어릿광대』에는 제목이 암시하듯 '시간'에 대한 사유가 정서적 배경으로 깔리고 있다. 시인에게 '시간'은 "딱히 갈 곳이 마땅치 않은/명퇴의 중년"(「명퇴의 하루」)을 상기시키는 풍경이 되기도 하고, "더러는 오랜만에 만난/친구 앞에서 눈물"(「눈물」)을 짓게 하는 감성을 던져주기도 한다. 또한 "시간은 스스로 만든/길 위에서 새벽을 만들고/나는 그저 그 길로 나오곤 한다"(「생의 자맥질」)의 깨달음과 수용의 자세를 보여주기도 한다. 위 인용시 「아버지의 초상」은 제목이 암시하듯이 '아버지'의 모습을 통해 '시간'에 대한 사유의 저변을 구체화한다. 여기서 '아버지'는 "나이테를 늘려가는 저 나무들"과 맥락 지어진다. '나무들'은 "늘 흔들리는 생 앞에서/그늘도 드리우고/꽃도 피워가며" 따뜻한 '어깨'를 내어주는 '아버지'의 모습과 겹쳐져 있다. "문득 아버지 머리 위로/날아가는 까마귀 떼" 속에는 '죽음' 이미지가 담겨있다. '죽음' 이미지는 "시간의 탑이 쌓여가는 동안/지나가는 계절은 서서히/제 발자국을 지워간다"의 영역과 연결되어 있다. '시간의 탑', '계절', 지워지는 '발자국' 등은 생과 소멸을 동시에 표상하는 배경이 되고 있기 때문이다.

　　"나이테를 늘려가는 저 나무들"과 '아버지의 초상'은 시간을 객관적으로 사유할 수 있게 하는 매개물이 되고 있다. 이는 시인이 읽고 있는 시간의 구체적 정황 즉, 자연법칙의 원리와 인간존재의 현재성을 명시하고 있다. 이와 함께 또 하나 간과할 수 없는 것은, 지워진 발자국 위에 "새롭게 태어나는 생명들"에 대한 인식이다. 시인은 자연적 질서가 부여하는 시간적 한계를 수용하면서도 한편으로 그 이면에 또 다른 생명의 탄생을 열어두고 있다. 즉, 관계와 관계, 생명과 생명을 단절의 영역에 두지 않고 지속적인 연결성 속에 포섭하고자 한다. 자연의 순환적 질서에 기반한 이러한 시인의 사유는 인간 보편적 존재형식을 담고 있다는 점에서 설득력이 주어진다. 따라서 시인의 '시간'은 개인적 정서의 개념으로 출발하고 있지만, "빛과 어둠의 분량은/동등하다"(「공평하신 하나님」)라는 원리를 충실하게 반영하고 있다. 그리고 이에 포섭되어 있는 생명성의 본질을 직시하고 숙고하는 과정으로 나아간다.

①
묵은 자리마다
연록의 잎새들
지난겨울 몇몇이
세상을 등진 비어있는
그 자리에도
여전히 푸른빛이다

다시 낯선 이방인과
새로운 젊은 목숨들이
자리를 넓혀가고 있다

-「봄밤에」 부분

②
죽었던 사람이 부활하듯
뼈마디 마다 필사적으로 놓지 못한
꽃눈들의 반란 중
몸을 버리지 못한
간절한 잎들 사이로
묵은 살을 헤집고 나온
무의식 속 숨결들
그 옆에서 가지를 타고
달빛조차 들이지 않은 밤
연분홍 잎들이 연신
젖을 빨아대고 있다

-「봄이 되며는」 전문

홍금자 시인은 '생명의 탄생', '생명의 소멸', '또 다시 생명'이라는 세 개의 구도를 화두의 중심에 두고 있다. 이는 시인의 사유가 생성에 무게를 두고 있음을 증명하는 하나의 단서가 된다. 따라서 겨울 또한 소멸의 형식이 아니라 생성을 위한 긴 기다림의 시간으로 읽고 있다. 특히, 봄에 관련한 혹은 봄의 특성을 반영한 작품들이 상대적으로 많은 것도 이와 무관하지 않다. "기력이 쇠해질 때/비로소 멈추는 거기/또 하나의 생의 시발점"(「생의 계단」)이라는 인식도 여기에 닿아있다. 겨울과 봄은 그 특성상 대립적 위치에 있지만 시인은 이를 하나의 영역 속에 포섭하고 있다. "묵은 자리마다", "지난겨울" 등이 소멸의 형식을 취하고 있다면, "연록의 잎새들", "새로운 젊은 목숨들"(①)은 봄의 생동을 담고 있다. 또한 "죽었던 사람", "묵은 살"에 표상되는 과거의 시간과, "꽃눈들의 반란", "묵은 살을 헤집고 나온/무의식 속 숨결들"(②)은 생명의 탄생을 담고 있다. 즉, 겨울 이미지에 담긴 소멸의 기운을 봄의 생동감으로 전환하고 있는 것이다. 시인의 시편에 수용하고 있는 이러한 계절적 특성은 시인의 내면의식을 반영하는 가장 친근한 배경이 되고 있다.

2. 자아인식의 세계와 '낮음'의 미학

오후 2시 35분쯤
5호선 마천행 지하철
1분 전이다
역무원이 급하게 쫓아온다
숨이 턱에 찼다
"방금 어르신 교통카드 찍으셨지요?"

"네, 그런데요"

"신분증 좀 보여주세요."

주섬주섬 가방 속 지갑을 찾는다

"몇 년 생이시죠?" 다그친다

드디어 신분증이 열렸다

내 속살을 들킨 것 같아

괜한 신열이 오른다

열없이 웃음이 난다, 자꾸 웃음이 샌다

스크린도어 유리창에 비친 나비 한 마리

오래된 들판을 거쳐 온

풀죽은 날개 밑에서 향긋한 풀냄새

깊숙이 갇혀있던 시간 속 한 자락 출렁한다

아직도 젊은 날의 DNA가 남아 있는 걸까

오늘은 멋쩍게 스스로에게 위안을 받는 날

시간, 그 어릿광대 외줄 위에서

-「시간, 그 어릿광대」 전문

위 시는 표제시이면서 시인의 자기존재에 대한 강렬한 시선이 부각되고 있는 작품이다. 나와 세계(시간)에 대한 인식이 지하철 '교통카드'를 매개로 펼쳐지고 있다. "어르신 교통 카드"와 역무원의 등장, 그리고 시인 자신이 에피소드의 구성원이 된다. 내용은, 역무원이 달려와 방금 "어르신 교통카드"를 사용했는데 본인 것이 맞느냐면서 신분증을 보여 달라고 다그치는 장면으로부터 시작된다. 이야기의 맥락상 "어르신 교통카드"를 사용하기에는 젊은 시인의 모습이 오해를 불러일으키고 있는 것 같다. 시인은 "아직도 젊은 날의 DNA가 남아있는 걸까" 스스로를 위로하기도 하지만 당혹한 상황을 수습하기는 어렵다. "어르신 교통카드"는 시인의 현실적 연륜을 체감하게 하는 상징물이 된다. 따라서 밖으로부터의 시간과 내 안의 시간이 충돌하는 지점이 된다. 어쩌면 사소하다고 할 수 있는 한 컷의 사건이 시인에게 스스로를 돌아보게 하는 큰 파장으로 다가온다.

"스크린도어 유리창에 비친 나비 한 마리"는 시인 자신의 모습이다. 스크린도어는 내가 나를 객관적으로 바라볼 수 있는 거리와 공간을 제공한다. "오래된 들판을 거쳐 온/풀죽은 날개"는 '나비 한 마리'의 현재 모습이다. 이는 "어느 새 관절 마디마디/바람 든 무처럼 구멍이 났다/빨대처럼 길이 난 집안으로/허무란 것들이 꾸역꾸역 모여"(「바람 든 무처럼」)드는 상황과 연결된다. "삶은 늘 구멍투성이"이라는 현실인식의 한 측면과 바람, 구멍, 허무, 노을 등의 하강과 침잠의 정서가 대두된다. 내면으로 깊이 침투해간 시선은 가장 정직하게 자신과 마주하게 된다는 점에서 고통스런 순간이 될 것이다. '오래된', '풀죽은 날개'는 '나비 한 마리'의 아름답고 아프고 찬란했던 일생을 담고 있는 것이 분명하다. 봄, 여름, 가을, 겨울의 삶의 생동과 다양한 이야기적 요소는 아직도 "향긋한 풀냄새"로 스며있다. 홍금자 시인의 '시간'이 남다른 색채를 담고 있는 것은 자아에 대한 냉철한 인식과 함께 슬픔과 기쁨, 허무와 연민 등 일생의 발자취가 녹아있기 때문이다.

> 바다는 거칠게 요동치면서도
> 결코 윗자리 탐내지 않는다
> 늘 낮은 자리,

동일한 위치에서
모든 것을 품는다

예수의
낮음의 미학처럼

- 「낮음의 미학」 전문

　'낮음의 미학'은 시인의 긴 시적 여정을 통해 도달하게 되는 자기 성찰적 단계에 해당한다. 즉, 순환적 질서를 통한 강렬한 생명에의 본능과 자기연민, 허무, 회한의 정서를 거치면서 또 다른 성숙의 단계로 이동해 가고 있는 것이다. 시인이 걸어온 시간은 정적인 시간이 아니라 보다 고통스럽고 역동적인 자기소진의 시간이라고 할 수 있다. 시인의 많은 저술의 발자취만 보더라도 자신을 끊임없이 버리고 담금질하는 열정의 순간을 걸어왔다. 시간에 대한 남다른 회한과 자의식의 파장을 감지하게 되는 것도 이러한 과정에서 오는 결과일 것이다. "결코 윗자리를 탐내지 않"고, "늘 낮은 자리"에서 "모든 것을 품"는 '바다'의 풍모는 '시간'의 열병 속에서 건져 올린 일종의 보석이라고 할 수 있다. "거칠게 요동치"는 '바다'의 에너지와 이를 아우르고 다스리는 '낮음의 미학'이야말로 시적 성숙과 자기승화를 이끄는 척도가 될 것이다.

날마다 부풀어 오르던
젊은 날의 하늘과
근육질의 질긴 욕망이
한데 어우러져
세상을 잡고 춤추던

수천의 발이 수천의 손이
존재의 사유를 들려주고 있다

이제 하나 남은 시의 가닥
기다림 끝에 안겨오는 꽃송이 하나
반쯤 기울어진 저녁놀 속에서
스스로 숨죽여 피어나고 있다.

-「저녁놀 속에서 마냥 피어나고 있다」전문

위 인용시는 홍금자 시인의 삶의 여정과 시적 여정을 압축적으로 그려내고 있다. 1연이 삶의 발자취를 뒷받침하는 '존재의 사유'를 형상화하고 있다면, 2연은 "이제 하나 남은 시의 가닥"에 대한 간절한 심연이 표출되고 있다. "날마다 부풀어 오르던/젊은 날의 하늘과/근육질의 질긴 욕망"은 젊은 날의 뜨거운 한 시절을 부각시키고 있다. "세상을 잡고 춤추던/수천의 발이 수천의 손이" 등에서 알 수 있듯이 '욕망'의 범주는 넓고 역동적이다. 욕망하고, 창조하고, 소모하는 존재의 발자취가 확연히 손에 잡힌다. "젊은 날의 하늘"과 "반쯤 기울어진 저녁놀"은 대립을 이루는 시간개념이다. 즉, 지난 삶의 역동과 현재적 시간에 대한 인식이 하나의 사유 속에 접목되고 있다. 그리고 이러한 발자취는 "이제 하나 남은 시의 가닥"으로 응집되고 있다. 이런 점에서 제목 "저녁놀 속에서 마냥 피어나고 있다"는 큰 상징성을 지닌다고 할 수 있다. 여기에는 시간과 자아, 시라는 세 개의 구도가 '시'를 중심으로 생성되고 있기 때문이다.

홍금자 시인의 시편에 나타난 갈등구조는 '시간'과 시간을 체감하는 자아의 구도에서 생성된다. 시인은 이러한 갈등을 자신만의 목소리로 극복해가는 행간을 열어두고 있다. 현재적 나의 위치를 내밀하게 탐색하고 조율하면서 자신만의 색채로 '시간'을 설정하고 있는 것이다. 앞서 이미 언급하고 있지만 이러한 과정은 생성의 원리와 낮음의 미학을 통해 구체화된다. 그리고 이는 곧 '시간'과의 화해라는 의미로 결집해볼 수 있다. '시간'과의 화해는 자신과의 화해이다. 시인의 경우 이러한 화해의 몸짓은 "꽃송이 하나"의 열정 즉, 詩作과 긴밀히 연결되고 있다.

이른바 詩作의 여정이 곧 갈등을 야기하는 원천이면서 또 한편으로 화해를 이끄는 가장 절실한 매개가 되고 있는 것이다. 홍금자 시인에게 시의 길은 삶의 길과 분리되지 않은 채 하나의 방향성을 고수하고 있다. 따라서 그 사유의 형식이나 상상력의 진폭도 보다 강렬한 색채로 각인된다. 시간의 흐름을 소멸이 아니라 생성의 언어로 수용하고 변용시키는 과정도 여기에 있다. 시인의 시적 서정은 다른 색이 덧칠되지 않은 선명한 원초적 빛깔을 담고 있다. 이러한 서정의 풍경은 시인이 '꽃송이 하나'의 생성을 뜨겁게 추구하고 있는 한 앞으로도 지속되리라 생각된다.

제3부

1990년대 시인

'非詩'의 시적 진실

— 강희안 시집 『나탈리 망세의 첼로』

1.

우리들은 늘 탈(Persona)을 쓰고 살아간다. 때로 탈을 쓰기를 강요당하며 살아가는지도 모른다. 탈은 '다른 사람에게 보여 지는' 이미지를 더 중요시 하는 특징을 가진다. 그래서 사회집단 속에서는 가장 '~다운' 면모를 보이는 사람이 대체로 모범적이고 능력있는 사람으로 인정받게 마련이다. 현대는 끊임없이 우리로 하여금 탈과의 동일시를 요구한다. 이는 어느새 자존적인 '~다움'의 영역을 벗어나 생존의 문제로 치닫고 있다. 강요받는 탈의 세계는 가식과 허위, 위선이 중심을 이룬다. 고유한 탈의 세계를 벗어나 생존의 탈을 쓰고 달려가는 우리들의 모습은 도처에서 만날 수 있다.

시인이 읽어내는 세계는 바로 이러한 현실과 맥이 닿아 있다. 그리고 여기서 그들이 직면하는 것은 고통이다. 현대시가 대체로 자연적 풍경 묘사보다는 복잡한 현대적 삶속에 깊은 시선을 두고 있는 배경이 여기에 있다. 물론 시인만이 이러한 고통 속에 노출되어 있는 것은 아니다. 현대를 살아가는 사람이라면 누구나 이러한 고통을 경험하면서 살아간다. 그리고 현실이 요구하는 대로 조금씩 타협하고 안주하면서 삶을 영위하게 된다. 시인들은 이러한 삶의 발자취에서 오는 현실적, 정신적 결핍을 충족하기 위해 끊임없이 맨몸을 던진다. 자각하고, 성찰하고, 비판하면서 자아를 응집하고 그 실현의 과정으로 나아가고자 한다. 각자의 색깔과 목소리로 소통의 방식을 모색한다. 때로 그들이 뿜어내는 절망과 부정적인 인식조차도 하나의 희망적 대안으로 다가오기도 한다.

강희안 시인의 세 번째 시집 『나탈리 망세의 첼로』(천년의시작, 2008)는 시인의 가쁜 등정의 흔적이 엿보인다. 첫 시집 『지나간 강물이 슬픔이라면』과 두 번째 시집 『거미는 몸에 산다』에 이어 출간한 이번 시집은 시인 자신에게도 시를 읽는 독자에게도 남다른 의미를 부여한다. 이는 첫 시집 이후 그가 주도하고 있던 서정시에의 탈피라는 명제가 하나의 결과물로서 나타나고 있기 때문이다. 다시 말해 시인의 시적의도가 나름의 색채를 구축하는 자리라는 것이다. 시인은 한 권의 시집을 낼 때마다 새로움의 창출을 위해 고통을 겪는다. 우리는 시인의 고통의 흔적들을 따라가면서 그의 내밀한 숨소리를 예의 주시한다. 그의 시선은 지금 어디로 향하고 있는가? 이것이 시를 만나는 기쁨이고 긴장의 활시위가 팽팽히 날을 세우는 순간이라면 순간이다.

2.

시집 『나탈리 망세의 첼로』에서 시인이 강조하고 있는 것은 '시 아닌 시' 즉 '非詩'이다. 시인이 말하는 '非詩'란 '시인의 말'에 의하면 누구에게도 시적이지 않은 '사적(私的)인 시'에 속한다. 여기서 시적이지 않다는 것은, 시적인 요소 즉 시어에서부터 표현기법에 이르기까지 완고한 기존의 시적 특성들을 배제한 시를 말하는 것 같다. 그리고 이러한 시적인 요소는 그가 극복하고자 하는 서정시의 토대에서 찾을 수 있을 것이다.

그러면 '사적인 시'란 또 무엇인가. 이는 지극히 개인적인 것 혹은 시적 대상이 되지 않는 사소한 주변적 이야기의 시화(詩化)라는 의미를 담고 있는 것으로 추측된다. 또 한편으로는 나 혼자만의 시 즉 아무도 쓰지 않은 새로운 시를 의미하는 것 같기도 하다. 여기에는 그것이 어떤 것이든 시적 규범과 형식을 벗어나 '내 식대로'의 시를 쓰겠다는 암시가 깔려 있다. 재료는 물론 조리 방법도 담아내는 그릇도 자기 방식대로 하겠다는 것이다. 이를 통해 보면, 시인이 말하는 '非詩'는 '시 아닌 시'가 아니라 가장 정직하고 강렬한 '시적인 시'의 의미를 함축하는 방법론이 될지도 모른다.

> 캠브릿지 대학의 연구결과에 따르면, 한 단어 안에서 글자가 어떤 순서로 배되열어 있는가 하것는은 중하요지 않고, 첫째번과 마막 글자가 올바른 위치에 있것는이 중하요하다고 한다. 나머지 글들자은 완전히 엉진창망의 순서로 되어 있을지라도 당신은 아무 문없제이 이것을 읽을 수도 있다. 왜냐하면 인간의 두뇌는 모든 글자를 하나 하나 읽것는이 아니라 단어 하나를 전체로 인식하기 때이문다
>
> 너는 전후에 존재한다. 고로 나는 가운데토막이다.
>
> ─「탈중심주의」 전문

강희안 시인은 자신의 시적 사유를 아도르노의 "실패한 사유가 참된 것이다"에 기대고 있다. '실패'란 철저한 몰이해, 소외의 속성을 지닌다.

여기서 은폐된 진리의 참모습이 드러난다. '참'은 그의 '비시'의 시적 의미와 같은 맥락을 지닌다. 이러한 그의 시적 특징은 규범적 틀 즉 "언어의 형상을 깨"는 일에서부터 출발한다. '중심주의'란 어떤 원칙, 규범 등을 설정해 놓고 그것을 지켜나가는 완고한 근대적 사고에서 비롯된다. '순서' 혹은 '배열' 또한 이러한 속성을 대변하는 낱말들이다. 시인은 캠브릿지 대학의 연구결과를 바탕으로 이러한 고정된 편견들을 깨고 있다. 요컨대 글자의 순서와 배열은 중요하지 않고 문제는 첫 번째와 마지막 글자의 올바른 '위치'에 있다는 것이다. 시인은 실제로 글자의 순서를 바꿔놓음으로써 '탈중심'의 세계를 증명하고 있다.

'탈중심'의 세계는 시인이 극복해야 할 이른바 시적 극복세계를 반영한다. 이는 '세계, 나, 시(언어)'의 문제로 압축된다. 이러한 추측은 위 시 마지막 연의 '너'와 '나'의 관계에서 찾을 수 있다. 위 시의 시적 문맥으로 보아 '전후'는 우리가 기억해야 할 중요한 위치에 속하고 '가운데' 즉 중심은 탈해야 하는 사물이다. 이 시에서 '탈중심'의 세계는 두 개의 의미로 조명된다. 1연의 '중심'은 일종의 '권위적' 존재를, 2연의 '가운데토막'은 '보잘 것 없음'의 의미를 담고 있다. 따라서 이 '중심'과 '가운데토막'은 둘 다 탈(脫)해야 하는 존재로 그려진다. 그런데 중요한 것은 마지막 연의 '전후'에 속하는 '너'가 어느새 '나'를 억압하는 존재로 부각되어 있다. 여기서 '너(세계)'와 '나(시인 혹은 언어)'는 동시에 극복해야 할 대상임이 드러난다. 이를 미루어 보면, 1연에서는 시적 극복방식 즉 방법론을, 2연에서는 극복대상을 보여주고 있다. 위 시는 시인의 시적의도와 방향을 제시하고 있다는 점에서 중요한 의미를 지닌다.

나탈리 망세, 그녀는 다리를 벌리고 그 가랑이 사이에 첼로를 세

위 품에 안고 연주했다. 알몸의 창녀가 무릎 꿇은 예수를 품에 안자, 당신의 손은 어디를 질척거렸던가. 고질적인 몸과 예수, 성경과 외설의 지퍼를 번갈아 더듬어 내리는 첼로는 권세였다. 보수적 낭설을 표방하는 클래식 성기였다. 그녀는 급기야 첼로의 나뭇결 속으로 걸어들어 갔다.

-「나탈리 망세의 첼로」 부분

나탈리 망세는 누드로 첼로를 연주함으로써 관습화된 클래식의 세계를 흔들어 놓는다. 이 클래식의 세계는 도덕적 관념이 성(性)을 억압하는 세계이다. 그녀는 "알몸의 창녀"가 됨으로써 견고한 금기의 장벽을 무너뜨린다. 이를 통해 그녀는 박제된 관념의 여자가 아니라 에로스의 여자로 거듭나게 된다. 이는 억압된 사아 해방인 동시에 정신적, 예술적 자유를 암시한다. 첼로(여기서는 남성의 성기)와 예수, 성경은 보수적 세계의 상징물로 폭력적 권위를 군림해 왔다. 그녀는 알몸의 가랑이 사이에 '첼로'를 세움으로써 이 모든 권위와 위선을 와해시켜 버린다. 그녀는 '흩어진 말씀의 파편들'을 그녀의 자궁 속으로 밀어 넣어 엄중하게 '봉인'한다.

그러나 이러한 행위에는 생명과 죽음 즉 에로스와 타나토스적 충동이 동시에 작용한다. 그녀가 옷을 벗는 행위는 표면적으로는 관습에 대한 도전이지만 내적으로는 생명력의 분출이다. 그리고 이것은 죽음충동 즉 파멸에의 강한 유혹을 동반한다. 그녀의 행위에는 이미 파멸이 예고되어 있기 때문이다. 여기에 더한다면 그녀는 '첼로'를 통해서만 예술적 성취, 에로스적 쾌락을 느낄 수 있는 한계를 지닌다. 이것이 "나무의 싱싱한 무늬결을 따라 들어간 그녀"가 "옹이로 박"힐 수밖에 없는 이유이다. 시인이 바라보는 세계는 언제나 편견과 위선으로 팽배해 있다. 이는 닭의 둥지에 몰래 자기의 알을 넣어놓고 부화하도록 기다리는 흉악한 오

리의(「오리의 탁란」) 모습과 닮아있다. 그의 '거세 콤플렉스'와 '강박증'은
이러한 현실인식에서 생겨난다.

> ①
> 아글바글 잡담을 즐기면서
> 강박증과 콤플렉스의 바늘에 찔려
> 실패가 돌아오면
> 내출혈에 젖던 몸의 허구
> 누군가 나를 구심점 밖으로 밀며
> 탈수기를 돌려대고 있을 때
> '我'란 da(여기)에 남아
> 실꾸리가 아버지를 토했지
>
> 실패한 사유가 참된 것이다
>
> 　　　　　　　　　　　　　　 -「실패한 놀이」 부분

> ②
> 그날 이후 그는 신경증적 우울 증세를 보이다가 급기야는 피해망
> 상을 동반한 거세공포증에 자주 시달렸다. 학생이든 후배든 교수든
> 만나는 이라면 누구에게나 허리를 굽신댔다.
> 　　　　　　　　　　　　 -「강희안 좀 내 주시겠어요?」 부분

시인의 거세 콤플렉스는 "세상으로 던진 돌들이 하나 둘 나를 향해 떼
울음으로 날아드는 환영"(「소리의 뒷」)을 보면서 부터이다. 그는 언제부턴
가 날아오는 돌의 '표적'이 되어 있다. '강박증과 콤플렉스'의 주범인 이
돌은 그에게 이미 내출혈의 상처를 입히고 있다. 그의 공포는 "구심점 밖

으로 밀"려나는 것이다. 그가 프로이트의 '실패 놀이'를 '실패(失敗)한 놀이'로 그려내는 것은 이러한 심리를 반영한다. '실패 놀이'는 프로이트가 18개월 된 손자의 실패 놀이를 보면서 해석한 몇 가지 단서들이다. 아이는 어머니의 부재중에 혼자 실패놀이를 하게 되는데, 실패를 멀리 던질 때는 '오-오-오-o-o-o'라고 소리를 지르고, 실패가 반동으로 되돌아 올 때는 '아 a'라고 소리를 지른다. 프로이트는 이 소리를 독어로 '갔다 fort'와 '여기 da'로 해석한다. '갔다 fort'와 '여기 da'는 부재/현존의 의미를 내포한다.

시인이 '실패 놀이'를 통해 읽는 것은 '강박증과 콤플렉스의 바늘에 찔려' 돌아오는 '실패' 즉, 부재와 결핍이다. 이러한 부재와 결핍은 "신경증적 우울 증세"와 "피해망상을 동반한 거세공포증"을 유발시킨다. 그리고 "누구에게나 허리를 굽신"대게 만드는 하나의 요인으로 작용한다. 이것이 그가 실패한 사유에서 '참'을 찾는 이유이고, 세상과의 지속적인 단절과 결별 그리고 새로운 길을 모색하는 이유이다. 아무도 닿지 않는 새로운 영역만이 그에게 이러한 위기를 벗어날 수 있게 하는 하나의 방편이 된다고 생각하기 때문이다.

따라서 시인에게 실험적 시세계의 구축은 일종의 자기방어이면서 자기승화의 길이 된다. 이른바 치열한 자신과의 싸움이면서 나와 세계와의 화해이고, 또 가장 적극적인 자기승화의 길이 된다. 시 쓰기에 대한 6가지 유의사항 즉, "함께 쓰지 마라, 많이 쓰지 마라, 붙여쓰지 마라, 계속 쓰지마라, 끼고 쓰지 마라, 섞어 쓰지 마라"(「올바른 안약 사용법을 통한 시창작 유의사항」) 등은 그의 시작과정의 특징을 보여주는 대목이다. 이는 "절대 타인이 쓰는 시에 눈길을 주어서는 곤란하다"는 배경과 긴밀한 연계성을 가진다.

달팽이 b가 가파른 벽을 따라 기어오르고 있다. 암수 딴몸의 가설을 짓고 또 지어 나갔다. 태생이 그리워 자모자모 수직으로만 오르는데, 그게 고작 혼선이 빚은 향기라니…… 비릿한 벽의 몸이라니!

창살에 붙은 까만 젖망울에 무수한 담쟁이의 발길이 머물다 갔다. 혼자서는 무서운지 달팽이 bb가 점액질을 나누는 막다른 길목, 누군가 허공을 뒤적이며 삐뚤빼뚤 쓴 모자를 벗어 던진다

어미가 거둔 태생의 배꼽을 찾아 미끄러운 벽을 오르고 또 오르리라. 어둠의 자식으로 기어나와 d의 창가를 기웃댄다. 자음자음 비명을 새기면서 반투명 유리에 젤 모양의 발자국을 찍었다.

달팽이 dd가 모음모음 랭보의 길을 간다. 몇 점 물방울 떨어진 시집 장정 위에 알을 슬었다. 색색의 o점을 남기고 사라졌다. 자모의 회로가 뒤엉킨 머릿속에 잠시나마 구멍이 뚫렸다

그간 차마 꺼내보지 못한 모자 db를 뒤집어 행거에 걸었다. 단한 번의 난생 설화가 그대로 머리에 씌어진 순간이다
　　　　　　　　　　　　　　　　-「달팽이 b를 찾다」 전문

달팽이는 암수 한 몸의 자웅동체 동물이다. '달팽이 b'가 가파른 벽을 기어오르며 "암수 딴 몸의 가설"을 짓는 것은 '달팽이 d'를 만나기 위해서이다. '달팽이 b'가 '달팽이 d'를 만나는 것은 "태생의 배꼽을 찾"는 일이기도 하다. 이 시에서 "태생의 배꼽"이란 원초적, 본래적 의미를 지니는 바로 순수 언어의 세계로 의미화해 볼 수 있다. 다시 말해 달팽이의 끊임없이 '기어오름'은 언어를 찾아가는 지난한 과정이라 할 수 있다. 시인은

이를 위해 지속적으로 암수 딴 몸의 가설을 지어간다. 가는 도중 혼자서는 무서워 '달팽이 bb'와 '달팽이 dd'를 만들기도 한다. "태생의 배꼽"과 일체를 이룰 수 있는 시점은 '달팽이 b'가 '달팽이 d'를 만나고 난 후이다. '달팽이 db'의 탄생은 오랜 '자음자음' '모음모음'의 '기어오름' 끝에 얻어 낸 결과이다. 이른바 "단 한 번의 난생 설화가 그대로 머리에 씌어진 순간"이 되는 것이다.

위 시편은 새로운 탐구를 의도하고 있는 시인의 시적여정을 짐작할 수 있게 한다. 이러한 탐구여정은 나와 세계의 소통을 목적으로 하는 것이 아니라 부재의 극복 혹은 또 다른 존재의 탄생에 터를 두고 있다. 따라서 '단절'의 고통과 '낯섦'의 고독이 함께 한다. 그럼에도 시인의 '기어오름'의 여행은 앞으로도 지속되리라 본다. 때로 그 길이 "고작 혼선이 빚은 향기라니…… 비릿한 벽의 몸이라니!"라는 탄식을 불러일으키기도 하겠지만 그 오름은 지속될 것이다. 이러한 강희안 시인의 시적의지는 "AD에서 BC까지 A에서 H까지 막힌 사다리에서 탁 트인 사다리까지" 또 "BC에서 非詩까지 H에서 A까지 직선에서 닫힌 첨단에 이르기까지"(「ㄱ에서 ㅇ이 되기까지」) 이어질 것이다. 결국 언어는, 주체는, "ㅏ→ㅓ → ㅡ로 미끄러질"(「나무들의 쇄도, shadow」)뿐이라는 것을 알고 있기 때문이다. '모자 db'의 세계가, '非詩'의 세계가 아름답다.

불확실성의 세계와 자기전복의 자화상

— 강신애 시집 『당신을 꺼내도 되겠습니까』

전복(顚覆)은 파괴인 동시에 창조이다. 이는 단순히 어떤 구조나 집단을 허물고 파괴하는 것에 머무는 것이 아니라 그 위에 새로운 세계창조라는 명제를 걸어두고 있기 때문이다. 다시 말해 뛰어넘어야 할 혹은 뛰어넘고 싶은 내·외적 억압기제나 모순성을 긍정적인 방향으로 이끌고자하는 열망과 요구가 담보되어 있는 것이다. 이것이 시대적 상황이나 사회구조적 불합리에서 오는 모순성이든 개인적 성찰에서 촉발되는 심리적 결과물이든 여기에는 언제나 그 크기만큼의 문제의식이 도사리고 있다. 이러한 문제의식이 곧 갈등과 분열을 불러들이고 새로운 지평으로서의 비전을 꿈꾸게 한다. 이는 곧 나와 세계에 대한 비판적 성찰이면서 적극적 대응의 몸짓이라고 할 수 있다.

강신애 시인의 시집 『당신을 꺼내도 되겠습니까』(시인동네, 2014)에는 불확실한 세계에 대한 비판적 인식과 자기전복의 정서가 가로지르고 있다. 이러한 불확실성과 전복적 사유의 이면에는 눈에 보이는 혹은 보이지 않는 대립구도가 포착되어 있기 마련이다. 긍정과 부정의 형식에 기반 한 상반된 논리가 설정되어 있는 것이다. 자아와 세계에 대한 변화의 움직임은 대체로 이러한 모순적 상황 속에서 생성되고 있다. 시집 『당신을 꺼내도 되겠습니까』에서 추출할 수 있는 대립구도는 "확실한 꿈과// 찢어진 신문지가 나뒹구는 불확실한 삶 사이"(「홀로그램」)에서 출발한다. "확실한 꿈"은 시인의 신념과 가치관을 반영하는 하나의 척도가 될 것이다. "찢어진 신문지가 나뒹구는" 세계는 "확실한 꿈"을 실현해가는 데 있어 장애요소가 되는 이른바 부조리한 사회현상 혹은 삶의 언저리를 대변한다. 이러한 대립적 상황들은 시인의 정신을 경직시키고 삶의 보폭을 축소시키는 단초가 되고 있음이 분명하다. "확실한 꿈"과 "불확실한 삶 사이"의 거리는 시인의 정신적·현실적 고통과 갈등을 야기 시키는 직/간접적인 배경이 되고 있기 때문이다.

세계를 바라보는 강신애 시인의 시선은 어둡고, 회의적이고, 절망적이다. 이러한 심연의 파장이 곧 시인으로 하여금 방랑과 순례의 길로 들어서게 한다. 시인의 순례의 길은 조용하면서도 강렬하다. 백척간두 깎아지른 절벽을 오르는 '산양'의 모습은 이를 상징화하기에 충분하다. "네 생이 겪는 이상한 벼랑"과 "방외인方外人을 은유하는 양"(「산양」)에 대한 인식이야말로 투명하고 고독한 자기응시에 다름 아니다. 시인이 '파파피네'를 꿈꾸는 것은 정형화된 세계를 거부하고 새로운 세계를 구축하려는 일종의 자기전복의 몸짓이라고 할 수 있다. 이는 기대할 것이 없는 세계에 대한 절망의 표상이면서 한편으로 본래적 자아, "잃어버린 세계"(「파파피네」)를 찾아나서는 강렬한 메시지가 된다. "낙타를 타고" "모래폭풍과 화석나무 속"(「순례자 K」)을 누비는 순례의 발자취는 고독한 자기발견의 여정에 다름 아니다. 이는 모순과 결핍의 현실을 완성의 형태로 재구성하려는 의지에서 비롯된다. 이른바 "가장 깊이 자신을 버린 자의 아름다움"(「소리 없는 바이올린」)이 생성하는 미학적 세계의 표상이 되는 것이다.

그 바다는 흐르지 않아
회벽을 붙들고 나지막이 철썩일 뿐

퀴퀴한 동굴 속에 바다라니!
처음엔 수건인 줄 알았지
만지면 손에 푸른곰팡이가 묻어나는

바다는
어둠과 거미줄, 망가진 집기들과
먼지에 찌든 지하실의 햇빛 목마름이 만들어낸 몽상일까

바다를 고정하고 있는 수평선에서
지난여름 백사장 가설무대
색색의 리본을
뭉게뭉게 뿜어내던 마술사의 끝없는 입이 떠올랐지
아니, 바다가 토해낸 거품 속 리본이 마술사의 혀를 끌고 나왔던가
                              -「바다가 있는 지하실」부분

"흐르지 않는" '바다'와 "퀴퀴한 동굴 속"에 갇힌 '바다'는 바다가 가진
본래적 기능을 상실했거나 그 기능을 펼칠 수 없는 상황에 놓여있음을
암시한다. 이러한 상황은 위 시의 전체 분위기를 암울하고 비현실적인
색채로 물들이는 배경이 되고 있다. 이러한 배경의 중심에는 '바다'와 '지
하실'이라는 공간적/의미적 대립이 존재한다. '바다'와 '지하실'은 둘 다
지상에 위치하고 있지만 이들이 함축하고 있는 의미는 확연한 차이를 보

인다. '바다'는 열린 공간 이미지로 꿈의 실현 혹은 이상세계지향이라는 상승의 의미를 함축한다. 반면, '지하실'은 폐쇄된 공간 이미지를 표방하면서 단절과 소외, 억압 등 하강의 의미를 담고 있다.

따라서 이 두 공간은 처음부터 괴리를 가질 수밖에 없고 상호 합치할 수 없는 부조화를 내장하게 된다. 거기에다 "흐르지 않"는 '바다'와 "동굴 속"의 '바다'는 생동감을 상실한 병적인 요소에 근접해 있다. 더 크게는 '죽음'의 어둠과 침묵, 공백의 무게와 닿아 있다. 화자는 '바다'를 발견했지만 그 바다는 흐르지 못하거나 갇혀있는 '바다'이다. 그래서 화자는 자신이 발견한 '바다'가 일종의 '몽상'이 아닐까 의문을 가져보기도 한다. "어둠과 거미줄, 망가진 집기들과/먼지에 찌든 지하실"의 풍경은 '바다'가 들어앉기에는 지나치게 열악하고 폐쇄적이다. 따라서 "이곳엔 도무지 어울리지 않는 바다"는 그 자체로 이미 고독한 존재가 될 수밖에 없다. 여기서의 '바다'는 실제 바다의 표상이기도 하고, 화자가 만들어낸 일종의 자기분신인 상징물이기도 하다. 어떤 것이 되었든 시인의 암울한 내면의식을 반영하는 배경이 되고 있음은 분명하다.

'바다'와 '지하실'의 관계구도는 강신애 시인의 자아와 현실을 인식하는 근간이 된다. 자아와 세계, 나와 타자와의 관계는 공존의 형식을 취하고 있지만 상호 이질성을 가지고 있다. '지하실'은 '바다(꿈)'를 일깨우고 현실을 극복해가는 배경으로는 한계성을 지닌다. 오히려 '바다'를 속박과 소통부재의 상황으로 이끄는 장애요소가 되고 있다. '바다'는 왜소해진 자아를 나타내는 상징에 다름 아니다. 이러한 상징적 배경이 곧 시인의 내면을 '블랙'으로 물들이는 근원이 된다. "내 방의 너무 많은 지하실"은 '블랙'의 생성 지점이다. 그래서 시인은 "그렇게 살고 싶지만 그렇게 살 수 있을까/시퍼런 산소를 들이켜는 해발, 전기도 없는 여기서 바람의 심장 뜯들이며 그렇게 살 수 있을까"(「솔잎땀」)라고 절망적 심연을 드러내기도 한다.

깊이, 더 깊이 호랑이 아가리에 머리를 집어넣는다
호랑이는 포효한다 소리 없이, 찢어지도록
아아 입을 벌린다

사나운 호랑이 오줌에 감염된 유토피아
밀반입한 두려움, 이를 몽땅 뽑히고서야 호랑이는
당신의 박수와 환호, 붉은 살덩이를 삼킬 수 있다

곰 인형으로 조련된 호랑이를 주워 공놀이를 한다
말랑말랑하고 아름다운 벵골의 줄무늬가 통통 떠다니는
아열대의 사원
목줄이 수면제 먹은 구름을 끊고 다녀서

　　　　　　　　　　　　　　　　　　-「호랑이 농원」부분

희고 푸른
머리는

설원을 헤치던
하얀 발은

어디로 갔지?

앙증맞은 새끼를 꿈꾸다

박스에 포장된

아기집들

    시인의 내면을 '블랙'으로 물들이는 '지하실'의 근원은 어디로부터 비롯되는 것일까. 이는 변질되고 왜곡된 현실과 그러한 시간을 조장하고 방조하는 현대적 삶의 여러 부조리한 조건들에서 출발한다. 시인은 인간에게 길들여지고 종속되어 제 본성을 상실해가는 동물의 참혹한 모습을 통해 이를 증명해내고 있다. 위 인용시에 등장하는 '호랑이'와 '북극여우'는 이러한 상황을 단적으로 보여주는 대상이 된다. '호랑이'와 '북극여우'는 밀림에서 자신들만의 차별화된 특성을 충족하며 살아가야하는 존재들이다. 자연의 질서에 순응하면서 종족보존의 막중한 본능을 감당해가야 하는 것이다. 하지만 어느 순간 인간의 무자비한 손길에 포획당하고 "밀반입" 되어 인간의 노리개로 전락하고 만다. 고유의 야성을 말살당하고 "환호와 박수", "붉은 살덩이"에 길들여져 "공놀이"에 열중하고 또 "박스에 포장된" 신세가 되어 버린 것이다.

    시인의 시선은 이러한 동물들의 모습을 보면서 환호하고 즐거워하는 사람들의 행위에 깊이 닿아 있다. 동물들의 자유를 박탈하고 한낱 구경거리로 전락시키고 있는 이러한 장면은 인간의 이기성과 자기만족적 폭력성을 대표한다고 할 수 있을 것이다. '호랑이'는 이미 포효하는 밀림의 왕이 아니라 '호랑이 농원'의 길들여진 무기력한 애완동물이 되어 있다. '북극여우' 또한 "설원을 헤치던/하얀 발"을 잃어버린 지 오래이다. 계획되고 길들여지고 기계화된 생존은 그 고유의 생명성과 개성을 상실하게 된다. 이러한 삶의 형식은 현대 자본주의가 만들어낸 폐해이면서 모순적 일면이 될 것이다. 시인은 이러한 모순적 일면에 깊이 천착해 있다. 그리고 그 이면에 감춰진 슬픔을 명징하게 읽어내고 있다.

"이를 몽땅 뽑"힌 '호랑이'는 본래적 야성과 기상을 상실한 채 단지 먹이를 위해 "조련된" '놀이'를 지속하고 있다. 이는 개인적 가치관이나 창조적 자아를 상실한 채 습관적 삶을 영위해가는 현대인의 자화상과 어렵지 않게 겹쳐진다. 조련당하고 통제당하며 속박의 굴레에 스스로 무릎 꿇는 동물들의 모습은 인간 삶의 여러 조건들을 상기시키기에 충분하다. 시인의 상당수의 작품에서 보여 지는 물질문명의 폐해나 반성과 비판의 메시지는 이러한 배경 속에서 생성된다. 「유령어업」, 「더미(Dummy)」등의 시편들도 여기에 접목되는 작품들이다. 시인의 눈에 포착된 세계는 부정적인 측면을 적극적으로 개선하고 발전시키고자 하는 것이 아니라, 오히려 이를 조장하고 묵인하는 모순에 닿아있다. 반성과 비판의 잣대가 사라진 사회는 더 큰 모순과 어두움을 생성할 수밖에 없다. 이를 통해보면, 내 안에 갇힌 '블랙'은 내적인 요소라기보다 엄밀히 외부로부터 발생하고 있음을 알 수 있다. 슬픈 동물의 모습은 슬픈 자화상을 읽는 거울에 다름 아니다. 시인의 끊임없는 자기전복의 몸짓은 바로 이러한 배경 속에서 생성되는 반성적 메시지라고 할 수 있다.

> 빛을 다룰 줄 아는 자라면 누구나
> 어둠과 밝음의 경계를 무너뜨리고 싶은 것
> 그 경계에서 생겨나는 피안의 지문을 더듬고 싶은 것
>
> 내가 없었다면
> 진주 귀걸이, 모나리자, 성(聖) 가족도 외로웠겠지

나는 굴절, 혹은 왜곡이 창조해낸

몽유의 원근법

자신의 골격을 무너뜨리고 기체 속에 잠드는 빛의 자세다

윤곽이 소점(消點)도 없이 사라질 때

두 개의 내면은

다른 세기를 통과해간다

- 「스푸마토」 부분

　　시인은 "우리는 어디로부턴가 조난당한 이 휴일을/위로하듯 스산하게 모여앉아 있다"(「조난」)라고 말한다. 이는 세계를 바라보는 그리고 그 세계를 살아내는 우리들의 자화상을 명징하게 그려내는 한 대목이 될 것이다. '조난당한'이 함축하고 있는 시간은 절박하고 절망적인 즉, 비정상적인 위기에 봉착해있음을 의미한다. 이는 어둡고 스산한, 그리고 생경한 우리의 삶의 한 풍경을 묘사하는 것이다. 시인이 '블랙'을 인식하고 보다 깊이 '블랙'에 침잠해 들어가는 것은 이러한 고통의 뿌리를 더 선명하게 자각하기 위해서이다. 그럼으로써 보다 확연하게 자기존재를 확인하고 '조난'으로부터 스스로를 구원하고자 하는 것이다. '경계'를 허무는 일은 이를 실천하기 위한 한 방법으로 제시된다. '경계'에 대한 인식은 여러 대립적 조건들을 직시하고 나와 타자와의 관계를 새롭게 구성하고자 하는 것이다. 시인은 단절과 소외, 결핍과 부재, 갈등과 경쟁 등 '경계'가 불러들이는 부정적인 요소들을 전복시킴으로써 새로운 '빛'의 세계에 들어서고자 한다.

　　그런데 여기에는 "빛을 다룰 줄 아는 자라면"이라는 단서가 붙는다. 이는 '경계'를 허무는 과정이 결코 쉽지 않음을 암시하는 것이다. '빛을

다룰 줄' 안다는 것은 생성과 소멸의 원리를 안다는 것이다. 이러한 원리를 아는 자만이 '경계'를 초월할 수 있고, 나아가 "피안의 지문"을 만질 수 있다는 생각이다. "어둠과 밝음의 경계를 무너뜨리"는 일은 또 다른 색채를 발견하는 작업이다. 시인은 '빛'의 경계에 접근하기 위해 "몽유의 원근법/자신의 골격을 무너뜨리고 기체 속에 잠드는" 굴절과 왜곡의 시간을 건너간다. "두 개의 내면"은 서로 충돌하거나 공존하는 자아이다. 이러한 "두 개의 내면"은 "윤곽이 소점(消點)도 없이 사라질 때" 비로소 하나의 빛으로 통합된다. 서로에게 스며들어 "다른 세기를 통과해"가는 새로운 창조물로서의 존재가 되는 것이다.

강신애 시인은 '경계' 그 너머에 있는 긍정적인 한 세계를 제시하고자 고독한 순례를 지속한다. "나는 먼 지평선의 중독,/소멸에 대한 중독을 생각했지"(「신예원」)라는 표현 속에도 이러한 절실한 메시지가 들어있다. '소멸'은 또 다른 생성으로서의 내적 염원을 반영한다. 순례의 형식으로 나타나는 시인의 투명한 자기응시와 전복의 몸짓은 스스로를 발견해가는 자의 책임과 무게, 고독을 담고 있다. "뿌리의 원형질"을 찾아가고자 하는 순수열망을 내장하고 있다. 거기에는 떠도는 자만이 느낄 수 있는 찰나의 그리움이 순백의 자화상으로 새겨져 있다. 하지만 '경계'를 허물면서도 "누구의 고양이도 아닌 고양이"(「라라, 누구의 고양이도 아닌 고양이」) '라라'의 독자적 색채를 잊지 않는다. '광대'의 아찔한 묘기처럼 그녀가 불러들이는 낯선 마을의 언어들이 아름답다.

내 안을 건너는 소통의 방식
— 김지헌의 신작시론

삶을 살아간다는 것은 끊임없는 질문과 대답 속을 유영하는 일이다. 그래서 우리는 질문을 던지는 반복적인 행위와 그 질문에 적합한 해답을 찾기 위해 고심한다. 때로 그 질문이 엉뚱한 색채를 띠고 있거나 해답의 범주를 벗어나는 경우도 종종 있다. 그럼에도 우리는 그러한 질문의 행간에서 서성이고 방황하고 외로워한다. 진지하고 의미 있는 해답을 찾아내는 일이야말로 내 삶을 가치 있고 의미 있게 만들어가는 기준이 된다고 생각하기 때문이다. 실제, 질문을 던지고 해답을 고민하는 과정 자체가 삶을 성찰하고 사유하는 창조적 영역이 되기도 한다. 이런 점에서 질문과 해답의 범주를 깊이 있게 체감하고 성실하게 수행해가는 과정은 대단히 중요하게 각인되기도 한다. 삶은 끊임없는 물음의 연속에 있고, 우리는 이를 알게 모르게 해결하고 지나갈 수밖에 없는 지극한 여정 속에 놓여있기 때문이다.

삶과의 연장선상에서 생각해보면, 이러한 질문과 해답은 무슨 거창한 화두를 두고 있는 것이 아니다. 이는 다만 우리의 목전에 닿아 있는 크고 작은 삶의 방식과 연계되어 있을 뿐이다. 따라서 때로 피할 수 없는 과제의 형식으로 다가오기도 한다. 생각해보면, 질문은 밖에서 생성되는 경우도 있고 내 안에서 촉발되는 경우도 있다. 그리고 대개의 경우, 밖에서 오는 질문은 오히려 그 대답을 간명하게 정립할 수가 있다. 이는 복잡한 이해관계가 얽혀있는 것 같지만, 그 물음에 충족하는 요구사항은 의외로 명백하기 때문이다. 반면, 내 안에서 발생하는 질문은 단순한 것 같지만 그 진폭이 보다 미묘한 색채를 드러낸다. 이는 보다 근원적이고 본질적인 물음과 연계되어 나타나기 때문이다. 이는 내 사유에 끌어들이는 모든 객관적 상관물에 대한 질문이면서 또한 성찰적 응답이 되고 있다.

김지헌 시인은 지금, 내 안에서 발생하는 질문에 집중하고 있다. 이는 스스로 질문을 던지고 해답을 해야 하는 이른바 '나'를 건너야하는 중대한 절차를 담보한다. 시인이 먼저 시도하는 것은 '내면'을 들여다보는 일이다. '내면'의 소리에 귀 기울이고, 내면의 움직임을 면밀히 포착하면서 자아의 상태를 감지하고자 한다. 자아의 상태는 '나'에 대한 해답을 찾아가는 정점이다. 시인은 나름의 방식대로 그 해답에 근접해가고 있는 것 같다. 먼 곳이 아니라 삶 속의 내·외적 반응들을 통해 내밀하고 실제적인 소리들을 읽어낸다. '내면'을 응시하고, '꽃 시절'에 대한 인식과 '최선'의 삶의 방식에 대해 숙고한다. 그리고 이를 '최초의 질문'을 던지고 수렴하는 과정 속으로 응집시키고 확장시킨다. 겉치레가 아닌 내면을 들여다본다는 것은 자신과 정면으로 마주서는 일이다. 감추고 싶었던, 혹은 짐짓 피해왔던 어떤 일과도 충돌해야한다. 이는 "세상 모든 낯설음"에 적응해가는 일종의 소통의 방식이라고 할 수 있다. 김지헌 시인의 신작시 다섯 편 속에 생동하고 있는 파장들을 들여다본다.

가스레인지 위에 냄비를 올려놓고
한순간 필라멘트가 나가버렸다

창 밖엔
무지막지 잘려 나간 아파트 정원의 나무들
미처 피지 못한 꽃잎들은 아마
줄이 끊겨
대기권을 멋대로 유영하고
바다 한 가운데를
아슬아슬 건너고 있을 것이다

나무의 급소들처럼
나도 순식간에 사라져 버렸다

허물 벗어놓고 감쪽같이 빠져나가
제 몸 공양하는 매미처럼
내면은 언제나 제 할 일을 하고야 만다

꽃들이 한순간 절명해 버리듯
모든 소실점에는
수많은 길을 걸어 온
눈물과 속삭임이 내포되어 있다
영화 〈스틸 엘리스〉를 보고 온 날
한없이 가벼워진 영혼이 집요하게
나를 흔들어 댔다

-「내면을 보다」 전문

"한순간 필라멘트가 나가버렸다", "나도 순식간에 사라져 버렸다"에
는 위 시의 핵심이 담겨 있다. 더 엄밀히 '나가버렸다', '사라져 버렸다'에
의미가 응축되어 있다. 나가버리고 사라져버린다는 것은 무엇인가. 특정
존재 혹은 사물이 내 삶과 정신의 영역에서 이탈하고 또 소멸해버린다는
뜻이 될 것이다. 이런 점에서 위 시는 처음부터 남다른 파장을 예시해두
고 있다. 시인은 어느 날 "가스레인지 위에 냄비를 올려놓고" 이를 깜박
잊어버리는 특별한 경험을 하게 된다. "한순간 필라멘트가 나가버렸다"
라는 표현 속에는 그 순간의 충격의 강도가 고스란히 녹아있다. 이러한
경험적 사유는 "무지막지 잘려 나간 아파트 정원의 나무들"에게로 확장
되면서 또 다른 분위기를 환기시킨다. "한순간 필라멘트가 나가버"리는
상황이 곧 "줄이 끊겨/대기권을 멋대로 유영하고" 있을 나뭇가지와 동일
시되고 있는 것이다. 시인은 보이지 않는 자신만의 경험세계를 눈에 보
이는 사물의 변화와 연계시킴으로써 그 의미적 상황을 설득력 있게 그려
내고 있다.

'나'는 분명 존재하고 있지만 존재 그 밖으로 사라져버린다. 육신과
정신이 분리되는 일시 정지의 순간이 되는 것이다. 이러한 충격은 개인
적인 경험의 결과이기도 하고 바깥으로부터 오는 위해危害에 의해 생성
되는 결과이기도 하다. 어느 것이든 내면의 파장을 일으키기에 충분하
다. 이는 존재와 비존재라는 엄청난 거리를 던져두고 있기 때문이다. 여
기서 비존재의 형식은 공백이라는 또 다른 공간영역을 형성하게 된다.
공백은 암전暗轉이다. 하지만 이러한 암전을 동반한 공백은 무無의 상태
가 아니라 새로운 의미를 생성하는 통로가 된다는 것을 잘 알고 있다. 시
인은 그러한 의미공간의 생성을 영화 〈스틸 엘리스〉라는 구체적 대상물
을 통해 증명해보이고 있다. 알츠하이머를 앓고 있는 주인공 엘리스가

기억을 잃어가면서도 또 다른 기억공간을 만들고 있는 과정이 바로 그것이다.

시인의 자기수용과 화해적 사유방식은 "허물 벗어놓고 감쪽같이 빠져나가/제 몸 공양하는 매미처럼" 제 본분의 일을 하는 데 초점이 놓여있다. "내면은 언제나 제 할 일을 하고야" 마는 속성을 지니고 있다는 깨달음이 바로 그것이다. "모든 소실점에는/수많은 길을 걸어 온/눈물과 속삭임이 내포되어 있다"라는 사유도 등장한다. "수많은 길을 걸어온/눈물과 속삭임"은 지난 시간의 빛나는 훈장들이다. 그리고 여기에는 표면적으로 드러나고 있지는 않지만 시간에 대한 사유가 매개되어 있다. 지난 시간은 현재의 '나'를 보다 명징하고 정직하게 들여다보게 하는 일종의 거울 역할을 한다. 따라서 발전적 토대가 되기도 하고 때로 갈등을 유발시키는 불씨가 되기도 한다. 내 안의 심연과 내 밖의 형상들이 충돌하면서 또 다른 소리들을 몰고 오는 것이다. 시인의 자기응시는 이처럼 '내면'의 울림들을 지나 또 다른 세계와의 상호관계로 나아간다. 일상적 경험에서 오는 자기발견, 잘려나간 나무들에 대한 연민, 허물을 빠져나간 매미의 존재방식, 영화 〈스틸 엘리스〉를 통해 발견해가는 삶의 깊은 파장들이 바로 그 터전이 되고 있다.

 그녀가 무섭다
 나의 무관심을 어떻게 앙갚음 할지 그녀의 속이 궁금한 게 아니라 차라리 무서운 것, 물론 그녀는 억울할 것이다 이 감정이 언제부터인지 모르겠지만 엉덩이가 무거운 그녀는 이미 제 집처럼 편안한 표정이다

 나는 슬슬 그녀를 피하다가 그녀를 집에 데리고 온 그 남자를 원

망하기 시작했다

　바람이 부는 방향과 뜨거운 햇살을, 그녀의 꽃 시절을 보여주려
했을 뿐이라고 변명하듯 그가 말했다 정말 그녀는 줄무늬 옷을 차려
입고 한껏 뽐내고 있었다

　난감하다는 듯

　………중략………

　벌써 여러 날 째 베란다에 몸을 풀고 있는 수박 한 통.

- 「푸른 지구가 무섭다」 부분

　김지헌 시인의 '내면'을 읽는 방식은 시간을 읽는 것과 닮아있다. 따
라서 시간의 흐름이 자연스럽게 시적 상상력 속에 스며들어 의미를 생성
하고 있다. 시간의 소요와 그 흐름을 들여다본다는 것은 시간인식의 한
측면을 구비해두는 일이다. 과거와 현재와 미래의 시간을 어떻게 인식하
고 또 어떤 색채로 풀어내는지는 전적으로 시인의 상상력에 달렸다. 따
라서 동일한 시간도 각기 다른 모습으로 채색되고 그 형체를 드러낸다.
위 시에는 과거의 시간과 현재의 시간 즉, 과거의 '나'와 현재의 '나'가 은
밀하게 조우하고 대치하는 형식이 제기된다. '그녀', '수박 한 통', '푸른 지
구' 등의 이미지들이 시인의 심리적 반응을 구성하는 배경이다. 얼핏, 이
세 이미지들은 상호 연결고리가 없는 각각의 독립적 구도를 보이는 것
같다. 하지만 전체적 문맥을 살펴보면 이 세 이미지들은 하나의 의미망
속으로 연결되고 있다. '그녀'는 "벌써 여러 날 째 베란다에 몸을 풀고 있
는 수박 한 통"과 연결되고 있고, 이는 또한 제목 '푸른 지구가 무섭다'에
서의 '푸른 지구' 속에 포섭되고 있다. 결국, '그녀'='수박 한 통'='푸른 지

구'의 구도로 설명될 수 있을 것이다.

그렇다면 이 세 이미지와 '나'와는 어떤 상관관계가 있을까. '나'는 왜 '그녀'에게 '무관심'하고 또 '무섭다'라는 느낌까지 받게 되는 것일까. 여기서 우리는 "그녀의 꽃 시절"이라는 대목에 집중해볼 필요가 있다. "그녀의 꽃 시절"이 함축하는 시간은 곧 "그녀는 줄무늬 옷을 차려입고 한껏 뽐내고 있었다"의 시간과 맥락지어지고 있기 때문이다. 여기서 "그녀의 꽃 시절"은 자연스럽게 시인의 젊은 날과 연계지어 볼 수 있다. 이러한 일련의 정황들은 과거의 사진 속의 한 장면일 수도 있고 환상처럼 스쳐가는 상념의 파장일 수도 있다. 중요한 것은, '수박 한 통'에서 촉발된 시인의 상상력이 '줄무늬 옷을 차려입고 한껏 뽐내고 있'는 '꽃 시절'의 한때까지 거슬러 올라가고 있는 것이다. 즉, 과거의 시간과 현재의 시간이 하나의 구도 속에 다양하게 이미지화되고 있다. 동일 주체의 다양한 이미지화는 결국 시인의 시간인식의 한 지점을 반영하고 있다.

따라서 '나'는 곧 '그녀'이면서 '수박 한 통'이고 '푸른 지구'의 상징이 되고 있다. "그녀가 무섭다", "나의 무관심" 등의 표현들은 과거부정의 심리를 담고 있다. '나'는 '그녀'를 부정함으로써 현재적 '나'를 과거의 시간과 분리시키려는 이중심리를 심어두고 있는 것이다. 하지만 역설적이게도 과거부정이 강렬하면 할수록 현실부정의 강도가 높아지고 있다는 것이다. 즉, 과거부정은 곧 현재부정의 형식이 되고 있다. 이처럼 시인이 내면을 건너는 과정은 단순치가 않다. '나가버림'과 '사라져버림'의 충격적인 경험을 수반해야하고, '수박 한 통'이 주는 시간의 무게와 허무의 심연을 감당해야한다. 하지만 이러한 과정들이 곧 자기만의 해답을 찾아가는 통과 의례적 단계가 되고 있음 또한 잘 알고 있다.

어쩌다 저렇게 됐을까
홀라당 뒤집힌 땅바닥의 매미 한 마리
느티나무 그늘 아래서
하늘을 향해
손과 발을 마냥 비벼대고 있다
등이 가려운가 보다
그늘이 이동하면 그는 아마도
말라 죽을지 모른다
그러나 매미는
지금
최선을 다하고 있는 것
마음은 먼 하늘에 두고

- 「무대」 부분

　　갈등은 사물의 성장을 촉진시키는 일종의 생장운동이 된다. 김지헌 시인이 삶을 사유하고 실천하고 정립해가는 과정들도 여기에 부합해 있다. 우리를 가로지르는 질문들은 겉으로 표출되는 경우도 있고, 보이지 않는 형태로 삶의 언저리에 스며들어있기도 하다. 시인은 "홀라당 뒤집힌 땅바닥의 매미 한 마리"를 보면서 '살아내는 것'에 대한 명료한 질문과 해답을 도출하고자 한다. 땅바닥에 뒤집혀 있는 매미는 "하늘을 향해/ 손과 발을 마냥 비벼대고 있"지만 그 몸체를 바로 잡기엔 역부족이다. 따라서 '그늘이 이동하면' '말라죽을 지 모'르는 위기상황에 놓여 있다. "홀라당 뒤집힌 땅바닥의 매미 한 마리"가 손과 발을 비벼대고 있는 모습은 우리의 삶의 풍경과 닮아있을지 모른다. 우리 모두는 '무대' 위에 선 '삐에로'처럼 눈물겹고, 우스꽝스럽고, 위태로운 연기를 감행해야하는 주인공의 위치에 서있기 때문이다.

하지만 시인은 이러한 정황을 "지금/최선을 다하고 있는 것"으로 정리한다. "최선을 다하고 있"다는 것은 아름답다. 그것이 비록 처절함을 동반한 눈물겨운 행위의 일환이라고 할지라도 숭고한 에너지를 생성하고 있는 것만은 분명하다. "최선을 다하고 있는 것"에 대한 발견은 시인의 내면의 성숙을 지향해가는 한 지점이 될 것이다. 나와 세계에 대한 인식의 폭을 넓혀가는 또 다른 시적 단계로서의 탐구지점이 된다. "마음은 먼 하늘에 두고"가 던지는 슬픔의 여운은 '무대'에 선 모든 '삐에로'들이 감당해야할 꿈과 현실의 현격한 거리이다.

> 그녀가 재건축단지에서 길고양이들을 데려다 가족을 만들겠다
> 고 했을 때, 폐허 같은 곳에서 늙은 고양이들이 그녀의 잠 속 호위병
> 처럼 그녀를 지키고 있는 걸 보고
> 그건 인간의 방식이 아니라고 했던 것을 잠깐 반성 했다
>
> 그 집에 스며든 고요 외에 특별히 다른 건 없었다
>
> -「가족」부분

"최선을 다하고 있는 것"에서 소통의 방식을 찾았다면 그 실천방식이 또 하나의 과제로 다가온다. 이른바 내 안의 파장에서 내 밖의 풍경들로 시선이동을 하게 되는 것이다. 내면의 응시를 통해 자신만의 방식을 찾은 시인은 그 사유의 파장을 외부 대상에게로 돌리게 된다. 위 인용시편 「가족」에는 시인의 이러한 심리적 변화가 자연스럽게 묻어난다. 시적 풍경은 시작노트에도 언급되고 있는 만큼 실제 이야기가 소재로 활용되어지고 있는 것 같다. '그녀'는 '길고양이들'을 데려다 '가족'을 이루며 살고

있는 인물이다. 사람이 아니라 '길고양이들'을 가족구성원으로 받아들이고 있다는 점에서 일반적인 가족의 형태는 아니라고 할 수 있다. 따라서 시인은 보편적 삶의 잣대에서 벗어나 있는 '그녀'의 삶의 방식을 "그건 인간의 방식이 아니라고" 충고를 하기도 한다. 하지만 시인은 후에 이를 반성하고 있음을 고백한다. 다른 사람의 삶의 방식을 있는 그대로 인정해 주는 것도 소통의 한 방식이 될 것이다. 그것이 슬프거나 아프거나 고통스러운 어떤 것일지라도 자신의 자리에서 '최선을 다하고 있는 것'일 수도 있기 때문이다. 나와 세계와의 상호관계는 그렇게 성립된다.

봄꽃들이 왁자지껄한 아파트 한구석에
제비꽃들이 피었다
아이가 아침마다 눈 맞추던 그 꽃
어느 날부터 보이지 않자 아이가 울상이다
나는 하는 수없이 쩍쩍이가 데리고 갔다고
백 밤 자면 다시 올 거라고 둘러댔다
오늘 아침엔
담장에 줄줄이 매달린 장미를 가리킨다
나는 또 하는 수 없이
어젯밤 별님이 데리고 왔다고 둘러댔다
끊임없이 질문하는 아이와
줄줄이 대답하는 꽃들,
내가 하는 말에 고개 끄덕이는 아이처럼
미궁으로 가득 찬 세상도
의심 없는 영혼의 눈으로 보면
가쁜 발걸음으로 다녀가는 봄꽃마냥
응 응 끊임없이 응답 하더라

아이가 최초로 걸음을 떼는 것도
삶에 대한 끊임없는 질문의 출발이려니
세상 모든 낯설음에 대한 대답이려니

-「최초의 질문」 전문

최초의 질문'은 '최초의 응답'이라고 할 수 있다. '최초의 질문'과 '최
초의 응답'은 때 묻지 않은 새로운 발견으로서의 신선함을 가지고 있다.
시인은 "의심 없는 영혼의 눈"이이야 말로 이러한 순수 '응답'을 도출해
낼 수 있다고 생각한다. 이런 점에서 질문과 응답은 동등한 무게를 지닌
다고 할 수 있다. 시인이 읽어내는 세계는 "미궁으로 가득 찬 세상"이다.
"미궁으로 가득 찬 세상"은 사람들의 가치관의 저변에도 혼란과 균열을
던져준다. 따라서 긍정적인 질문을 생성하거나 명쾌한 해답을 찾아가는
길에도 상당부분 장애요소가 되고 있다. 질문과 응답 사이에 놓여 있어
야할 순수 사유 대신 의심에 찬 모호한 소리들만 허공을 떠돌고 있다. 나
와 세계의 소리는 조화를 이루지 못하고 각자의 소리들만 돌출되어 나타
난다. 화해와 소통의 거리가 점점 멀어지고 협소해지는 이유가 여기에
있다.

김지헌 시인은 세상과 소통하는 자신만의 방식을 내놓는다. 사람살
이가 아닌 색다른 공간 속에서 대화체계를 만들어내고 있다. 소소한 일
상적인 움직임과 변화가 질문과 응답의 근저에 스며들어 있다. 봄기운
이 화사한 "아파트 한구석"에 핀 '제비꽃들'과 '담장에 줄줄이 매달린 장
미'가 그 배경을 장식하는 자연물들이다. 자연물들은 때가 되면 생명의
극치를 거두고 소멸의 시간을 맞게 된다. 이른 봄을 장식하던 제비꽃과
6월의 장미가 스스로 자취를 감추게 되는 시점이다. 그 중심에 '나'와 '아

이'가 대화의 주체로 서있다. '아이'는 꽃들이 왜 사라졌는지 궁금하다. 그 궁금증은 세상 모든 궁금증의 출발이 된다. '나'는 '쩍쩍이', '별님' 등을 등장시키면서 그 사라짐에 대해 무한한 응답의 길을 열어둔다. '아이'의 질문과 '나'의 응답이 "의심 없는 영혼의 눈"으로 교환되고 있는 것이다.

시인은 "아이가 최초로 걸음을 떼는 것도/삶에 대한 끊임없는 질문의 출발"이라고 생각한다. 그리고 이는 "세상 모든 낯설음에 대한 대답"에 다름 아니라고 결론 내린다. 질문과 대답은 따로따로 떨어져 있는 것이 아니라 하나의 의미구조 속에 포섭된다. '아이'의 질문과 '나'의 응답은 하나의 우주를 생성한다. 삶의 근원적인 속성을 질문과 대답의 코드로 풀어내고자하는 시인의 화두는 그래서 의미가 있다. 질문과 대답은 나를 관찰하고 세계를 관찰하는 일이다. 질문과 대답의 언저리가 순화된 형식으로 펼쳐진다는 것은 내 안의 소리가 순화되고 있다는 증거이다. '아이'와의 대화가 암호 같은 줄다리기를 담보한다 할지라도 여기에는 순수 소통의 징검다리가 놓여있다. 나를 자각하고 세계를 수용하는 진정한 의미에서의 내 안을 건너는 소통의 방식이 여기에 있다. 김지헌 시인은 지금 이 순수 깨달음의 징검다리를 건너고 있다.

공간의 시적수용과 확장의 언어

— 문현미 시집『깊고 푸른 섬』

문현미 시인의 시집『깊고 푸른 섬』(시와시학, 2016)에는 공간의 의미가 특징적으로 구조화되어 있다. 즉, 특정 공간에 대한 인식이 시적 상상력을 확장하는 매개물이 되고 있다는 것이다. 잘 알려져 있듯이, 공간은 시간과 함께 인간존재의 조건을 충족시키는 기준이 되고 있다. 인간의 삶은 시간과 공간을 벗어나서는 그 고유한 존재성을 부여받을 수 없다. 다시 말해 시간과 공간의 질서를 통해서 존재론적 실체와 그 의미를 드러낼 수가 있다는 것이다. 문학에 있어서의 공간과 시간은 개인적 경험 세계와 상상력의 저변이 복합적으로 기능한다. 문현미 시인의 시편에는 시간인식보다 공간적 특성이 지배적으로 부각되어 있다. 따라서 시인의 공간인식과 그러한 정서적 배경이 중요하게 수렴된다. 이러한 시적 배경은 시인이 어떤 공간을 적극적으로 수용하고 있는가, 그리고 어떤 의미를 지니고 있는가와 관계하게 된다. 이것이 곧 자아와 세계를 탐색하고 주제의식을 구축해가는 중심축이 되고 있기 때문이다.

문현미 시인의 시세계를 가로지르는 공간은 크게 '사막(고비)', '임진강

(비무장)' '섬' 등으로 압축된다. 이 세 공간은 곧 자아(현실), 역사(상흔), 미래(지향세계)의 구도로 풀어볼 수 있다. 이른바 시인의 현실인식과 역사인식, 그 대응으로서의 미래지향적 가능성을 모색하는 과정을 반영한다. 먼저, '사막(고비)'은 척박한 현실공간을 상징화하는 것으로 '유랑'의 정서가 중심축이 되어 있다. '유목', '바람', '모래', '모래알', '모래 탑', '거친 자갈' 등이 이러한 정서를 뒷받침하는 이미지가 된다. 두 번째, '임진강(비무장)'은 시인의 역사인식을 엿볼 수 있는 공간 이미지로 분단의 비극과 현재적 시점에서의 반성과 비판의 메시지가 담겨 있다. 이러한 공간은 가장 실제적이고 구체적인 공간수용의 일환으로 현재는 물론 미래까지 연결되어 있다. 따라서 새로운 변화와 확장을 엿볼 수 있는 탐구영역으로 수렴해도 무방할 것이다.

마지막으로 주목해야 할 공간은 '섬'이다. '섬'은 표제시인 「깊고 푸른 섬」에서 추출한 공간 이미지로 시인이 종국에 닿고자 하는 정신적·현실적 승화의 한 지점으로 볼 수 있다. '섬'은 '지구별'이라는 상승지향의 범주에서 '소리 없는 울음을 녹이고 걸러서'(<시인의 말>)라는 인간적 영역까지 두루 포괄한다. 즉, 이상적 공간 이미지와 현실적 공간의 갈등구도가 하나로 포섭되면서 새로운 '섬'이 생성되고 있는 것이다. 따라서 '섬'은 현실을 극복하고 긍정적 세계를 모색하고자 하는 열망의 표상이라고 할 수 있다. 결국, '사막'과 '임진강'이 내포하고 있는 '유랑'과 상흔의 역사를 지나 당도하게 되는 공간 이미지가 될 것이다. 시인이 수용하고, 탐구하고, 확장해가고자 하는 이 세 구도의 공간은 자아와 현실, 역사에 대한 비판적 인식, 지향적 가치관을 형성하는 의식·무의식적 지표가 된다는 점에서 중요하다.

시간의 무덤인 거대한 사막을 바라보며
손가락 사이로 흐르는 모래의 전언을 듣는다

유랑의 발자국들이 모래로 덮이고
피라미드 모래탑이 쌓였다가 사라지는 사이
수많은 나를 번제물로 바치게 한다
작열하는 태양 아래 내일이 없는 길을 가고

끝이 보이지 않는 모래벌판에서
누군가는 모래알 같은 나를 안고 돌아가고
누군가는 바람보다 더 바람 같은 나를 만나리라

기둥 하나 없는 이방의 신전 너머
꿈꾸듯 청라 한 필이 주욱 펼쳐진다

아무 곳에도 다다르지 못한 채
사막의 열기가 아득하게 번지고 있다
바람의 뼈로 현을 켜는 광야의 시간이 돌아오고
                              - 「사막에서」 전문

　　문현미 시인의 '사막(고비)'은 현실을 표방하는 공간 이미지로 그 의
미적 진폭이 크다. 현실적 삶의 크고 작은 굴곡과 이에 따른 내적 갈등의
파장들이 '사막' 이미지를 통해 결집되고 있는 것이다. 현실과 자아의 치
열한 대치와 고뇌의 발자취들이 정서적 배경으로 포섭되고 있다. 시인이
인식하는 현실공간은 '모래', '모래탑', '모래알', '모래벌판'의 형식으로 나
타난다. 이러한 이미지들은 그 특성상 결속이 아니라 분리되고 단절되는

형식으로 나타나게 된다. 따라서 하나의 완결된 형상으로 정착하지 못하고 "손가락 사이로 흐르는 모래의 전언"으로 떠돌게 된다. "내일이 없는 길", "끝이 보이지 않는 모래벌판", "기둥 하나 없는 이방의 신전", "아무 곳에도 다다르지 못한 채" 등의 상황들이 이러한 속성을 상징하는 단서가 된다. "유랑의 발자국들이 모래로 덮이고"에서 보여 지듯, '모래'는 '사막'의 공간 이미지를 구성하는 중심 요소가 된다. 곧 '사막' 이미지는 자아의 현실적 위치와 행위 영역, 세계인식의 구도를 동시에 명시하고 있다. "날마다 되풀이 되는 무릎의 생을 이어가며/살아서나 죽어서나 모래의 길을 유랑해야한다"(「고비와 낙타」)라는 절망과 허무의 심연도 이러한 자아와 세계인식의 구도에서 생성된다.

'유랑'은 '사막' 이미지에서 가장 핵심적인 의미의 축이 된다. 이것이 곧 현실과 자아, 자아와 세계와의 관계구도를 암시하는 척도가 되고 있기 때문이다. '사막'은 '모래'의 속성을 품고 있으므로 처음부터 불완전한 구조와 결핍을 내재할 수밖에 없다. 따라서 '모래 탑'처럼 허물어지거나 '모래알'처럼 흩어지게 된다. 이러한 불완전함과 결핍의 구조는 단절과 부재라는 보다 근원적인 문제의식을 내포하고 있다. 따라서 진정한 의미에서의 관계의 지속이나 형상의 구축이 불가능한 상황으로 흘러가게 된다. 사람을 바라보는 시선도 왜곡되어 있거나 파편화된 형식에 닿아있다. 따라서 "누군가는 모래알 같은 나를 안고 돌아가고/누군가는 바람보다 더 바람 같은 나를 만나리라"라는 심연으로 빠져들게 된다. "모래알 같은 나"와 "바람보다 더 바람 같은 나"는 '나'의 실체이기도 하고, 세계의 편견이 만들어낸 허구의 형상이기도 할 것이다.

자아와 세계의 대립은 이러한 상황 속에서 내밀하게 뿌리를 내리고 있다. 세계는 "수많은 나를 번제물로 바치게" 하는 희생을 강요하기도 한다. 시인의 자아와 세계인식의 저변은 어둡고 암울하다. 이러한 상황적 배경이 시인으로 하여금 허무의식을 동반한 '유랑'의 정서로 빠져들게 한다. '유랑'은 방황의 정서와 맞물려 있는 것으로 시인의 내면의식의 파장을 암시하는 배경이 된다. "시간의 무덤인 거대한 사막"은 수많은 발자취를 품고 있지만, '공간'의 온전한 색채를 구성하지 못하고 '무덤(죽음)'의 형식으로 나타나게 된다. 단절과 부재, 불완전한 구조와 결핍의 공간에 대한 시인의 인식은 '거대한 사막'에 대한 포괄적이고 집요한 탐색이면서 그 결과물이라고 할 수 있다.

> 인생의 고비를 한 고비 넘어 갈 때마다
> 짓누르고, 무너뜨리고, 다시 일으켜 세우고
> 모래길에서 헛바퀴 돌며 끝없이 되풀이되던
> 불면의 고비를 지나 신기루를 만나듯
> 유목민의 양탄자에 누워 원시의 빗소리를 듣는다
>
> 빠르고 느리게 변주하는 비의 음악에 젖어들며
> 귀가 순해지고 눈이 맑아지는 시간에 빠져들며
>
> 온몸에 세포가 일제히 일어서는 마법의
> 황홀한 시간, 가파른 준령의 아찔한 시간 너머
> 광활한 초원에서 말발굽 달리는 시간이다
>
> 서투르고, 어리석어 철철 피 흘리던 날들 사라지고
> 마침내 싱싱한 심장의 불을 환히 켜고
> 영혼의 갈기 휘날리는 생의 새벽을 찾아 달려간다
> 가젤떼가 질주하는 초원으로 마구, 마구…
>
> ─「고비에서 고비를」부분

위 시편에서 시인이 인식하는 현실공간은 "짓누르고, 무너뜨리고, 다시 일으켜 세우고/모래길에서 헛바퀴 돌며 끝없이 되풀이되던/불면의 고비"와 맞닿아있다. "서투르고, 어리석어 철철 피 흘리던 날들"의 파장도 여기에 포섭되어 있다. 이른바 '고비에서 고비'를 넘어가는 과정의 격렬한 삶의 발자취가 찍혀있다. 따라서 "도저히 맨 정신으로는 건널 수 없는 세상 바다에서/우울의 폭우를 어떤 무기로 막아낼 수 있을까"(「그리하여 폭우」)라는 절실한 물음을 던지기도 한다. 이러한 물음은 세계를 향해 있는 것 같지만, 결국 자신에게로 돌아오는 자기 독백의 물음이 된다. 따라서 이러한 물음에 대한 해답도 스스로 찾아갈 수밖에 없다. 시인은 '사막'의 한편에 스스로를 구원할 극복통로를 마련하고 있다. "광활한 초원에서 말발굽 달리는 시간이다", "영혼의 갈기 휘날리는 생의 새벽을 찾아 달려간다" 등에서 이러한 능동적이고 동적인 활기를 짚어볼 수 있다.

이를 통해 보면, 문현미 시인의 '유랑'은 단지 떠돎이 아니라 새로운 발견의 세계를 염두에 둔 끊임없는 자기탐구의 여정이라고 할 수 있다. 침잠이 아니라 확장을 위한 시적고뇌의 몸짓이 될 것이다. 문제의식의 격렬한 제기와 극복을 향한 내적 에너지의 발현이 동일한 무게로 묘사되고 있는 것도 여기에 기인한다.

①
전쟁의 폐허를 까마득히 잊은 듯
콩새, 쑥새 폴짝거리는 낙원 깊숙이
불발탄이 슬금슬금 어둠을 벼리고 있다

-「초평일기」 부분

②
비릿한 쇳내가 스멀스멀 배어나는
철책선 가까이에 가까스로 다다른 나는
아무것도 할 수 없는 낯선 민간인

아무리 꾸욱 눌러 써도 터지지 않는
낡은 탄피같은 자음과 모음으로
비무장의 시를 바람결에 작두 타듯이 갈기며
- 「바람이 불고 있다」 부분

③
어머니와 아버지의 아들과 딸들이
또 다른 이웃의 형과 누이들이 울부짖으며
엎어지고 쓰러졌던 자리, 우두커니
- 「울컥 묻는다」 부분

　　문현미 시인의 이번 시집에서 중요하게 감지되는 또 하나의 공간은
역사와 그 역사에 대한 인식을 드러내는 시편이다. 위 시편에 등장하고
있는 '임진강', '비무장', '철책선' 등은 그 자체로 이미 분단비극을 상기시
키는 이미지들이다. 민족상잔의 비극인 6·25전쟁의 참상과 이로 인한
남북분단의 현실이 함축되어 있다. 이러한 공간을 형상화하고 있는 시
편들은 위 인용시편들 외도 상당수의 분량을 가지고 있다. 따라서 시집
의 제1부에서부터 제4부까지 골고루 분산해서 싣고 있다. 우선, 시집을
읽으면서 가지게 된 단순한 궁금증은, 왜 이 시편들을 한곳에 묶어두지
않고 1부에서 4부까지 분산시켜 놓았을까, 라는 것이다. 그리고 곧 여기
에는 시인의 시적의도가 내밀하게 반영되어 있을 것이라는 결론을 얻게

된다. 첫째는, 하나의 시적 색채에 함몰되지 않도록 고려하는 의도가 있을 수 있다. 두 번째는, 시집의 전체적 구도 속에 그 무게를 골고루 심어 둠으로써 의미를 부각시키고자 하는 의도가 주어질 수 있다. 필자는 후자에 무게가 실려 있다고 보고 있다. 왜냐하면, 이러한 시편들을 지속적으로 접하면서 그러한 공간적 정서에 집중하게 되는 효과가 분명 있었기 때문이다. 이를 염두에 두고 보면, 시인이 특별하게 관심을 두고 탐색하고자 하는 시적 영역임을 어렵지 않게 짚어볼 수 있다.

시인이 형상화하고자 하는 전쟁의 비극성은 '전쟁의 폐허', '불발탄', '철책선', '낯선 민간인', '낡은 탄피', '비무장' 등을 통해 충분히 감지되고 있다. "어머니와 아버지의 아들과 딸들이/또 다른 이웃의 형과 누이들이 울부짖으며/엎어지고 쓰러졌던 자리"(③)에서도 처절한 참상의 현장을 상기할 수 있다. 그리고 "전쟁의 폐허를 까마득히 잊은 듯", "비릿한 쇳내가 스멀스멀 배어나는/철책선" 등에서 시간의 흐름이 암시되고 있다. 시인은 고착화되어 있는 분단현실을 반성과 비판의 시선으로 읽고 있다. 따라서 "낡은 탄피 같은 자음과 모음으로/비무장의 시를 바람결에 작두 타듯이 갈기며"라는 자기비판의 몸짓을 취하기도 하고, "우두커니/비무장의 꽃들이 아무런 배경으로 피어 있다"라는 자기투영의 반성을 이끌어내기도 한다. '임진강(비무장)'의 시적수용은 역사적 사건의 재구성과 현재시점에서의 명징한 자각과 반성의 기회를 제공한다는 의미가 있다. 또한 실제 역사적 공간이 시적 형상화되고 있다는 점에서 비극성의 강도가 심화되는 효과가 주어지기도 한다.

크고 작은 군화들이 구름 속으로 날아간 곳에
뜨겁게 설레는 영원이란 말, 디딜 틈이 없습니다

짐승 같은 울음이 뚝뚝 떨어지던 여기에
어둑한 한숨이 불꽃으로 타오르며 출렁입니다

··········중략··············

먼 훗날 긴 밤을 깨치는 새벽의 불덩이처럼
그날이 환하게 솟아오르는 순간이 온다면
그때 생피를 찍어 황홀의 시를 쓰겠습니다

목마른 탄성 끝에 무릎 꿇는 임진강가에서
기적으로 찾아올지 모를 그날을 기다리며
비무장의 유산을, 완전한 소멸을
오랜 열병처럼 앓으며

부끄러운 느낌표가 묵념이 되는 저녁답
서서히 철조망을 덮는 노을길 따라
우두커니 나, 저물어 갑니다
                                  -「그날」부분

"크고 작은 군화들이 구름 속으로 날아간 곳", "짐승 같은 울음이 뚝뚝
떨어지던 여기"는 전쟁의 참사가 벌어졌던 공간이다. 그리고 많은 시간
이 흐른 후 '여기'에는 "어둑한 한숨이 불꽃으로 타오르며 출렁"이는 '한
숨'의 현실이 놓여있다. 시인은 역사적 현장과 첨예하게 마주하고 있으
면서도 스스로 아무것도 할 수 없음을 절감한다. 따라서 "부끄러운 느낌
표가 묵념이 되는 저녁답/서서히 철조망을 덮는 노을길 따라/우두커니
나, 저물어 갑니다"라고 털어놓는다. 스스로의 상황을 '부끄러운 느낌표'

로 묘사하면서 자괴감의 심연 속으로 빠져들고 있는 것이다. 이러한 시인의 부끄러움이나 자괴감의 몸짓은 시인의 목소리를 통해 우리에게 전달되고 있다. 분단비극의 실체를 다시금 일깨우고 우리의 위치를 체감하게 하는 계기가 되고 있다.

시인이 '그날'에 대한 강렬한 열망을 제시하는 것도 이러한 배경과 무관하지 않다. 위 시편의 제목이면서 전체 골격을 구성하고 있는 '그날'은 통일염원을 담고 있는 시간개념이다. "먼 훗날 긴 밤을 깨치는 새벽의 불덩이처럼/그날이 환하게 솟아오르는 순간이 온다면"에서 통일염원의 '그날'이 명시되고 있다. 하지만 "목마른 탄성 끝에 무릎 꿇는 임진강가에서/기적으로 찾아올지 모를 그날을 기다리며"에서 보여 지듯이 '그날'은 쉽게 오지 않는다. '기적'이라는 단어를 써야할 만큼 어려운 문제임을 또한 자각한다. 따라서 '기적'을 향해가는 '그날'에 대한 열망은 뜨거운 '열병'의 형식으로 자리 잡는다. "그날이 환하게 솟아오르는 순간이 온다면/그때 생피를 찍어 황홀의 시를 쓰겠습니다"에는 시인으로서의 소명의식이 담겨 있다. 따라서 가치관의 부각과 실천의지의 배경이 보다 강렬할 수밖에 없다. '임진강(비무장)'의 공간 이미지 속에 담긴 '그날'에 대한 열망은 '생의 새벽을 찾아 달려'가는 '사막'에서의 자기구현의 몸짓과 닮아 있다. 시인은 고통과 비극의 맞은편에 희망적 대안을 제시해두고자 끊임없이 자기소진의 시간을 만들고 있다.

그 섬으로 간다
그 섬으로 간다

아무도 방해하지 않는

아무도 찾지 못하는
아무도 알 수 없는

가시투성이 슬픔과 애써 감춘 아픔과
배신의 등 뒤에서 머뭇거리던 분노와
분홍 나팔꽃의 추억을 녹이고 걸러
한 땀, 한 땀씩

애벌레가 품은 꿈의 날개가 연필심에 닿으면
가만, 가만히 먹빛으로 꿈틀거리다가
기어이 한 마리 흑룡으로 날아오른다

어둠의 장막이 걷히고 새 하늘이 보인다
깊고 푸른 그곳, 그 섬으로 간다

―「깊고 푸른 섬」 부분

앞에서도 언급하고 있지만, 문현미 시인의 시적구조는 대부분 문제
의식의 명징한 제시와 적극적인 미래가치의 통로를 마련해두는 형식
으로 진행되고 있다. 이는 시인의 자의식의 한 측면을 보여주는 것이기
도 하고, 자아실현에 대한 강렬한 열망을 표상하는 것이기도 하다. 시인
의 '섬'은 '사막', '모래 살이' '유랑'의 공간과 "피 냄새 홍건한 폭풍이 몰아
친 어제"(「아무런 날의 신화」)의 역사를 건너서 비로소 닿게 되는 공간이다.
여기에는 "가시투성이 슬픔과 애써 감춘 아픔과/배신의 등 뒤에서 머뭇
거리던 분노와/분홍 나팔꽃의 추억을 녹이고 걸러/한 땀, 한 땀씩"의 진
중하고 끈기 있는 발자취가 응결되어 있다. '슬픔과 아픔', '배신과 분노',
"녹이고 걸러", "한 땀, 한 땀씩"에 스며있는 자아와 세계의 관계구도, 자

기 벼림, 긴 시간의 소요는 '섬'을 향해가는 고통의 여정을 반영한다.

이러한 여정은 "이유 없이 돋아나는 슬픔이 어디 있으랴"(「슬픔은 진행형이다」), "모든 인간은 슬퍼할 그때 사람이다"(「슬픔의 비화」)라는 깨달음의 사유를 지나오는 과정과도 맥락을 같이 한다. "그 섬으로 간다/그 섬으로 간다"라는 반복적 외침 속에는 강렬한 자기의지가 담겨 있다. 그리고 "기어이 한 마리 흑룡으로 날아오"르는 역동적 자기승화의 세계에 당도하게 한다. "어둠의 장막이 걷히고 새 하늘이 보"이는, "깊고 푸른 그곳, 그 섬"을 만나게 되는 과정이 그것이다. 이는 "파릇한 정맥에 새 길이 나는 걸 예감"(「산길」)하고, "새 하늘, 새 땅을 기다리는/오래된 미래의 언저리 어디쯤"(「바람, 멈추지 않는」)을 포괄하고 있다.

문현미 시인의 '섬'은 세계의 속박으로부터 자기해방을 찾아가는 과정이 될 것이다. 여기서 시인은 비로소 자기만의 휴식공간을 확보하게 된다. "아무도 방해하지 않는/아무도 찾지 못하는/아무도 알 수 없는"이라는 것에서 시인이 지향하는 은밀한 공간 이미지와 자기발견의 세계가 놓여 있다. 이른바 모든 모순과 불완전함, 단절과 결핍의 세계를 지나 조화와 충만함에 이르게 되는 과정이 된다. 이는 아마도 "그래서/이 시를 쓰는 손만이 진실한 몸이라고 쓴다"(「그래서」)에서의 '진실'과 맞닿아있는 공간이 될 것이다. 시인의 시적 공간이 보다 큰 진폭을 함유하는 것은 현실과 역사를 내밀하게 직시하고 비판하면서 이를 '섬'의 공간 이미지로 승화/확장하고 있기 때문이다.

정적인 거울에 비친 역동적 소통의 언어

— 최금녀 시집 『바람에게 밥 사주고 싶다』

1.

시인의 의식은 잠 속에서도 잠들지 않고 늘 찬물처럼 깨어 있다. 작은 움직임 하나에도 솜털을 세워 그 숨결에 깃든 비밀한 존재의 발자취를 캐고자 한다. 아직 지각되지 않은 원시의 풍경을 감지하듯 빛나는 촉수를 드리우고 상상력을 확장한다. 그 속에 사람이 있고 집이 있고 노래가 있다. 시인은 자신만의 우주를 명시하기 위해 오늘도 의식과 무의식을 배회한다. 사색의 사냥꾼이 되어 숲속을 누빈다. 이러한 작업은 누군가 대신해 줄 수 없다는 점에서 고독하다. 시인은 결국 세계와 소통하기 위해 자신만의 방식으로 끊임없이 미지의 존재를 확인하고자 하는 것이다.

최금녀 시인의 시집 『바람에게 밥 사주고 싶다』(책만드는집, 2013)는 깨어있음의 본질을 충실히 실천해 가는 역동적 사유를 내장하고 있다. 이는 정적인 사유를 동적인 영역으로 이끌어내려는 시적효과라고 할 수 있다. 시의 전체적 정조는 거울에 비친 풍경처럼 담담하면서 편안하다. 이는 시인이 포착해내는 세계가 일상의 흐름을 담고 있고 언어 또한 일상어를 취하고 있기 때문이다. 하지만 겉으로 담담하게 보이는 정적인 정경들은 시인의 역동적 에너지에 의해 생동감 넘치는 풍경으로 전환된다. 사람의 목소리가 묻어나는 삶의 현장, 죽음을 동반한 만남과 이별의 공간 등 공감대를 이루는 체험의 여러 장면들이 이를 뒷받침한다.

이는 고정되기를 거부하고 끊임없이 새로운 변화를 추구하려는 시인의 적극적 깨어있음에 근거한다. 시인은 '카톡'을 하고 미식가들을 만나고 '자유로'를 달리고 '여행'을 하고 새로운 풍물을 받아들인다. 서 있는 풍경이 아니라 휙휙 달려가는 장면들을 연출한다. '여행'은 시적 생동감을 불러일으키는 가장 큰 매개물이 되고 있다. 따라서 최금녀 시인의 시적 활기를 이끌어내는 원동력은 언어 그 자체라기보다, 공간이동을 통한 빠른 장면의 변화와 그 안에 담긴 이야기의 다양성에 있다고 해야 할 것이다.

나무들아, 얼마나 고생이 많았느냐
잠시도 너희들 잊지 않았다

강물들아, 울지 마라
우리가 한 몸이 되는
좋은 시절이 오고 말 것이다

바람아, 우리 언제 모여
밥 먹으러 가자
이 세상에서 제일 맛있는 밥
한솥밥
우리들 함께 먹는 밥
먹으러 가자

압록강아,

그날까지

뒤돌아보지 말고

흘러 흘러만 가다오.

-「바람에게 밥 사주고 싶다」 전문

　세계에 대한 관심과 연민의 정서는 멀리 있는 것이 아니라 늘 우리 주
변에서부터 시작된다. 자신의 삶과의 연장선상에서 체득되는 여러 형태
의 경험적 성찰이 바로 그것이다. 이는 과거와 현재, 미래의 시간을 아우
르는 시간인식의 근간이며 자기반성의 토대가 된다. 현대인들은 과도한
경쟁과 개인주의적 사고에 물들어 주변에 대한 관심과 연민에 인색하다.
나아가 자신의 시간마저 저당 잡히는 자아상실을 경험하기도 한다. 이런
점에서 최금녀 시인의 「바람에게 밥 사주고 싶다」라는 시는 우리에게 큰
메시지를 던져준다고 할 수 있다. 소외와 결핍의 현대인들에게 자기반성
과 비판은 물론 사랑과 연민의 정서를 불러일으키고 있기 때문이다.

　시인은 "나무들아", "강물들아", "바람아", "압록강아" 하고 우리 곁을
스쳐 지나는 사물들의 이름을 다정하게 불러준다. 우리의 의식/무의식
에 잠들어 있는 사물들을 일깨워 생명력을 불어넣는다. 호명된 사물들은
각각의 이름에 맞는 개별적 의미를 담고 있지만 여기서는 특정 의미를
불러일으키는 상징물이 되고 있다. "한 몸이 되는", "한솥밥", "압록강아/
그날까지"에서 알 수 있듯이 전쟁과 분단, 실향의 상처가 그 이면에 암시
되고 있기 때문이다. "얼마나 고생이 많았느냐", "울지 마라", "밥 먹으러
가자", "그날까지/뒤돌아보지 말고/흘러 흘러만 가다오"라는 표현들 또
한 이를 뒷받침하는 내용들이다. 따라서 이 작품은 시인의 개인적 경험
과 민족적 비극이 동시에 함축되어 있다고 할 수 있다. 따뜻한 위로와 공

동체적 정서는 역사인식에 터를 둔 시적 메시지에 해당한다.

> 눈이 내리는 날
> 멀리서 팻말만 보아도 가슴 두근거리는─통일로
> 그곳에 아버지 서 계시다
>
> 저 팻말─통일로
> 이 길로 통일이 손님처럼 오시는 중일까
>
> -「아버지 서 계시다」 부분

'통일로'는 '아버지'의 통일 염원을 담고 있는 상징 이미지이다. 이는 앞의 시 '압록강'이 내포하고 있는 의미와 내/외적 연결고리를 갖는다. '아버지'는 전체적 맥락으로 보아 전쟁체험의 주체이고 분단비극의 피해자인 실향민으로 감지된다. 따라서 많은 시간이 흘러갔음에도 불구하고 상처의 흔적을 안고 있다. "그곳에 아버지 서 계시다"는 이러한 상처와 그 상처의 지속을 의미한다. '아버지'의 상처의 시간은 고스란히 시인의 시간으로 옮겨와 내면의식을 자극하는 시적요소가 된다. '통일로'는 아버지와 시인을 연결시켜주는 하나의 매개이면서 극복해야할 공간 이미지로 나타난다. "하얀 이의 흑인 병사/귀환을 기다리는/전쟁기념비 지나"(「자유로」)에서도 시인의 이러한 사유가 문제의식의 형식으로 제시된다.

시인의 역동적 사유와 소통에 대한 강렬한 염원은 일차적으로 남북분단이 그렇듯 우리 앞에 가로놓인 단절이 그 핵심적 요인이 된다. 최금녀 시인의 작품에서 분단의식은 표면적으로는 큰 무게를 드러내고 있지 않지만 시의식을 자극하는 단초가 되고 있음은 분명하다. '아버지'의 상처로 대변되는 분단장벽은 가장 완고한 단절을 의미하고, 이는 극복을 모색해야 할 우선적인 과제가 되고 있다. 따라서 '아버지'의 시간과 시인의 시간을 동시에 회복할 수 있는 극복기제로서의 의미를 지닌다. 시인이 끊임없이 변화를 유도하고 다양한 사물들과의 만남을 통해 동적인 세계로 나아가고자 하는 것은 정체된 시간을 복구하려는 의지에 다름 아닐 것이다.

2.

시인은 정적인 공간에 안주하지 않고 시선을 더 넓은 곳으로 투사함으로써 자기침잠의 기억으로부터 벗어나고자 한다. 이는 과거의 시간과 현재를 조화롭게 포섭해 새로운 시적 영역으로 확장해가려는 의지이다. "짐 싸고 푸는" 여행의 '막간'(「막간幕間」)은 이러한 의지를 증명하는 실천적 단서가 된다. "대관령 넘어가는 길", "주문진 포구", "여수 가는 날", "강원도 어느 고갯길", "단동에서 바라보는 압록강", "장생포에서 날아온/무도회의 초대", "단풍놀이 한다며 KTX 타고 목포로 간다", "지리산에서 날아온 눈 소식 한 컷", "소백산 새밭마을", "구례군 산동면 대평리로 간다" 등에 나타난 다양한 지명(地名)들은 새로운 변화를 추구하는 징검다리가 된다. 여행을 통해 생성되는 새로운 관계형성은 시인의 사유를 보다 젊고 활기차게 성장시킨다. 문제의식을 직시하고 거기에 따른 결과까지 예견해가는 시인의 성찰적 사유는 바로 이러한 과정을 통해 수렴된다.

> 아픈 내 머리를 짚어주고 가는
> 저 처음 보는 새도
> 온기가 그리운지 내게

문자를 떨어뜨리고 간다

떨구고 간 슬픔 사이사이에
너의 이름이 없고
그냥그냥
소식지에 무소식이 희소식이지

-「감기」 부분

불통이던 코드와 코드를 연결하고
노크한 손가락들
꼭 읽어달라 부탁한 문자들
선도 떨어진 열흘 치 정보까지

-「여행, 그 후」 부분

나의 본가 삼리마을
대청댐 한복판에 수장된 지 십 수 년이 지났다
………중략………
열 번 스무 번의 우표로
띄워 보내는 나의 본가입납.

-「문의면 상장리 253번지」 부분

이러저러 설명 못할 운명 따위도
뿌리까지 짝 뽑아버리고
자서전 한 편
다시 써볼 수 있다는 줄기세포
한번 해볼 만한 뉴스 아니겠어?

-「카톡」 부분

현대는 속도의 전쟁이라고 할 만큼 정보의 분출이나 소비의 흐름이 빠르다. 현대인들은 정보를 흡수하고 따라잡기 위해 혼신의 힘을 다한다. 하지만 미처 몸에 닿기도 전에 정보의 파편들은 폐기되고 사장되기 일쑤이다. 따라서 현대인들은 정보화 시대를 걸어가면서도 이를 자신의 삶과 일체화시키기는 쉽지 않다. 정보의 과도한 분출은 오히려 현대인을 억압하는 억압기제가 될 뿐이다. 사람과 사람과의 거리는 더욱 멀어지고 단절과 소외가 팽배한다. "문자", "코드", "카톡"은 최첨단의 소통을 대변하는 이름들이다. 이러한 대상들은 멀리 있는 '이름'까지 불러들이는 소통의 중심 역할을 한다, 하지만 역설적이게도 이 때문에 사람과의 거리는 더욱 멀어지고 관계는 소홀해진다. "감기"가 물들어도 "무소식이 희소식"인 사람들, "열흘 치 정보까지" 온통 "문자"로 해결해가려는 불통의 현실이 우리 앞에 놓여 있기 때문이다.

극대화된 문명이 드러내는 한계가 아닐 수 없다. "수장된 지 십 수 년"이 된 "나의 본가 삼리마을" 또한 문명의 이기가 만들어낸 결과물이다. "나의 본가입납"이 불가한 수몰된 고향집은 시인의 정신적 고향상실을 의미한다. 단절의 속성은 모든 개인적/사회적 관계들을 소외시키는 데 있다. 이는 단순한 불통의 문제를 넘어 인간관계의 균열과 자기상실이라는 보다 근원적인 문제의식을 던져준다. 시인이 현대기기들을 언급하면서 여기에 따른 소외의 정서를 성찰하고자 하는 것은 바로 이러한 문제의식을 직감하고 있기 때문이다. "자서전 한 편/다시 써볼 수 있다는 줄기세포"로 지칭되는 "카톡"은 소통이면서 단절이라는 양면성을 가진다. 시인은 급변하는 시대를 외면하는 것이 아니라 그 한계를 직시하고 수용/동참해가고자 한다. 그래서 "스팸메일"(「스팸메일」) 한 점에도 마음을 열고, 일생 바다를 이고 생선을 팔러 다니는 "그 여자"(「바다는 짠 값으로 그녀를 고용했다」)와 "내 키를 키워주던 옛날 친구들"(「맞춤형 사랑」)을 떠올리고, "내 손 닿는 그곳"(「사랑은 크리넥스처럼」)에 사랑이 놓여 있기를 염원한다.

3.

"제 근황요?/문화센터에서/붓과 벼루와 화선지를 어루만집니다/손 끝이 걱정이지만/첫날부터 좋은 소식입니다"(「벼루 세상」) 하고 최금녀 시인은 자신의 근황을 알려온다. 시인의 '근황'은 단절의 시대를 살아가고 있는 우리들에게 큰 의미를 부여한다. 사람들은 대부분 자신의 일에만 급급할 뿐 주변을 돌아보는 것에도 소식을 주고받는 것에도 소극적이고 인색하다. 최금녀 시인은 이러한 경계를 허물고 먼저 대상을 향해 선뜻 다가선다. 자신을 알리고 나아가 세계를 탐구하려는 열정이 그 안에 숨어 있는 것이다. 이름 하여 소통의 미학을 실천하려는 시작의도가 작동하고 있는 것이다. 시인의 소통의지는 '죽음'에 대한 성찰적 사유를 통해 보다 크게 확장된다. 우리의 삶이 분주하듯 죽음 또한 일상의 한 풍경처럼 우리에게 다가온다. 최금녀 시인의 '죽음'은 슬픔과 절망의 지표가 아니라 생명의 본질을 일깨우는 일종의 단서가 된다. 이는 죽음마저도 삶의 한 영역으로 받아들이려는 시인의 시적 상상력의 진폭이라고 할 수 있다.

> 조간朝刊에는 아침마다
> 창이 열리고
> 죽은 사람들의 이름이 뜬다

이름깨나 들어본 사람이나
생뚱맞은 사람이나
한 줄, 혹은 두 줄
·········중략·········
맑은 아침 공기 속에서
죽음들과 자주 만나다 보니
아둔한 나도
그들이 남긴 마지막 말을 알아듣는다
한 줄, 혹은 두 줄이라는 그 말귀를.

- 「한 줄, 혹은 두 줄」 부분

　　"조간朝刊에는 아침마다/창이 열리고/죽은 사람들의 이름이 뜬다."
마치 일상의 풍경을 열어가듯 한 장의 소식으로, "흙 한 삽"(「흙 한 삽」)의
'마침표'로 날아든다. 중요한 것은 "이름깨나 들어본 사람이나/생뚱맞은
사람이나" 똑같이 "한 줄, 혹은 두 줄"의 메시지로 마감된다는 데 있다.
"한 줄, 혹은 두 줄"의 '죽음'은 허무적 심연을 심어주기도 하지만 한편으
로 죽음에 대한 보다 본질적인 성찰을 보여주기도 한다. 위 시에서도 감
지되듯 최금녀 시인의 '죽음'은 애달프거나 무겁지 않다. 일상의 풍경처
럼 가볍고 맑고 명쾌한 기류를 동반한다. 태어남이 축복이듯 죽음 또한
축하해야 할(「축 사망」) 아름다운 일로 묘사된다. 이는 시인의 죽음의식의
근간이 긍정적인 사유에 닿아있기 때문이다. 다시 말해 삶과 죽음을 하
나의 완성으로 보는 정신적 해탈의 사유가 표출되고 있는 것이다.
　　이러한 시인의 죽음의식은 불교적 정서와 밀접하게 연계되어 있다.
불교적 심상은 "초하루 보름마다/할머니, 머리에 쌀 보퉁이 이고/일곱
살 나를 앞세워 함경도 백년사"(「여래, 보위에 오르시다-국보 제182호 금동여

래입상」)에서 보여 지듯 가족사적인 배경과 관계한다. 시인의 불교적 사유는 "제 몸에 불을 당기는 아름다운 다비식"(「다시는 태어나지 말라」)을 통해 완성된다. 삶과 죽음의 경계를 허무는 시인의 해탈의지는 다비식을 통해 일체화의 단계로 들어선다. "한 줄, 혹은 두 줄", "흙 한 삽", "아름다운 다비식" 등은 삶과 죽음을 연결시키고 또 해체하는 소통의 한 방식이 될 것이다.

> 내 몸에는 어머니의 배 속에서
> 나를 따내온 흔적이 감꼭지처럼 붙어 있다
> 내 출생의 비밀이 저장된 아이디다
>
> 몸 중심부에 고정되어
> 어머니의 양수 속을 떠나온 후에는
> 한 번도 클릭해 본 적이 없는 사이트다
>
> 사물과 나의 관계가 기우뚱거릴 때
> 감꼭지를 닮은 그곳에다 마우스를 대고
> 클릭, 더블클릭을 해보고 싶다
>
> 감꼭지와 연결된 신의 영역에서
> 까만 눈을 반짝일 감의 씨앗들을 떠올리며
> 오늘도 나는 배꼽을 들여다본다
>
> 열어볼 수 없는 아이디 하나
> 몸에 간직하고 이 세상에 나온 나.
>
> —「감꼭지에 마우스를 대고」 전문

"어머니"의 몸과 "내 몸"은 처음부터 "감꼭지처럼 붙어 있다." "감꼭지"는 모태로부터 물려받은 "출생의 비밀이 저장된" 곳이다. 하지만 "어머니의 양수 속을 떠나온 후에는/한 번도 클릭해 본 적이 없"다. 따라서 생명성의 비밀과 존재의 근원을 내장하고 있는 "사이트"는 방치되고 망각되고 만다. 시인이 다시 이 "사이트"에 관심을 갖게 되는 것은 "사물과 나의 관계가 기우뚱거릴 때"이다. 생명의 원천을 망각하고 이방인처럼 떠돌던 삶의 파장을 지나 다시 "감꼭지"를 발견하는 순간은 대단히 소중하다. 이는 생명성의 근원에 대한 자각은 물론 상실한 자아와의 만남을 의미하기 때문이다. "열어볼 수 없는 아이디 하나"는 신비한 우주의 숨결이면서 마지막까지 지켜가야 할 개인적 정체성이다.

"어머니의 배 속"과 "내 몸"은 과거와 현재를 이어주는 상징성을 지닌다. 최금녀 시인의 시편들에는 과거와 현재가 동일한 무게로 혼재해 있다. 이는 흑백사진과 컬러사진이 함께 조화를 이루는 것과 같다. '감꼭지'와 '마우스'의 배열, "옷걸이를 꼭 붙잡고 있"는(「꽃분홍 원피스」) 꽃분홍 원피스에 대한 회상 등도 이러한 시간적 배경 속에 놓여있다. 이러한 정서적 흐름은 과거와 현재, 나와 세계와의 거리를 좁히고 관계유지를 촉진하는 긴밀한 연결고리가 된다. 이를 위해 시인은 "아바타 시대의 아이들"(「아바타 시대의 아이들아, 들어보았니?」)을 불러내기도 하고, '아이디', '사이트', '클릭', '더블클릭' 등의 용어들을 시적 활용하기도 한다. 이는 정적인 사유의 틀 속에 역동적 소통을 유도하고자 하는 시적탐구의 일환이라고 할 수 있다. 이러한 배경이 곧, 최금녀 시인의 시작詩作이 자기만족적인 형식에 갇히거나 안주하지 않고 지속적인 변화를 찾아갈 것이라는 기대를 갖게 한다.

시간을 걸어가는 존재, 그 빛의 순간들

— 김윤한 시집『지워지지 않는 집』

1.

시인은 한 권의 시집을 낼 때마다 허물벗기를 한다. 애벌레가 번데기가 되고 긴 어둠의 침잠을 거쳐 비로소 날개의 탄생으로 나아가는 나비처럼 자신만의 색채로 생명성의 한 축을 열어놓는다. 자연만물이 허물벗기를 하는 것은 새로운 탄생을 열망하기 때문이다. 따라서 여기에는 이에 상응하는 비와 바람과 눈과 결빙의 시간들이 응집되어 있다. 가끔, 날개의 결에 상처의 흔적들이 남아있는 것도 여기에 있다. 상처는 완전체를 꿈꾸는 사계四季의 발자국이다. 시집은 그 결과물이다. 시인은 한 생을 불사르듯 혼신의 걸음으로 산화한다. 다음은 또 그 다음의 문제다. 다시 긴 기다림과 침잠, 겨울의 삭풍이 찾아올 것이다. 시의 길이 얼마간의 숙명적 색채를 지니고 있다면, 이러한 고통의 순간은 언제든 다시 깨어날 것이기 때문이다.

김윤한 시인의 허물벗기는『세느강 시대』,『무용총 벽화를 보며』,『무지개 세탁소』등을 지나 이제 시집『지워지지 않는 집』으로 그 네 번째의 날개를 펼치고 있다. 그동안 산문집과 콩트집까지 출간한 배경을 보면,

그의 문학적 발자취가 얼마나 성실하게 이어지고 있는가를 짐작할 수 있다. 오랜 기간 동안 참여하고 있는 동인지 『글밭』도 그의 문학적 열정을 엿볼 수 있는 한 측면이 될 것이다. 1995년 등단시점부터 시력 30여년이 가까워오는 지금까지 시의 호흡을 놓치지 않고 부단히 걸어온 걸음이 이를 뒷받침한다. 이번 시집에 수록되어 있는 전체 제5부 60편의 작품들은 잘 연마된 한 시기의 목소리이면서 새로운 출발을 암시하는 날갯짓이 될 것이다. 나와 세계의 관계성과 그 주변을 흐르는 여러 갈래의 이야기적 파장을 체감하고 탐구하고자 하는 과정이 이 속에 있다.

김윤한 시인의 시집 『지워지지 않는 집』(詩와에세이, 2021)에는 시간에 대한 사유가 특징적으로 나타난다. 특히, 과거로의 여행이라고 할 만큼 과거의 경험적 시간이 시적 정서를 이끌어가는 중심배경이 되고 있다. 현재시점에서 과거로의 이동 즉, 과거회상의 형식이 시적 상상력을 확장하는 직·간접적인 연결고리가 된다. 과거는 지난 시간, 흘러간 시간이다. 따라서 어느 한때는 존재했지만 지금은 부재한 시간개념이다. 시적 행간에 상실감과 허무감, 그리움의 정서가 깊이 자리 잡게 되는 것도 이 때문이다. 시간은 빛의 속도로 흘러가버리지만, 한 생애의 가장 빛나는 순간들을 함축하고 있다. 시인은 손에 닿지 않는 '과거'를 그 시간을 스쳐 갔던 이야기들을 통해 구체적 현실로 각인시킨다. 그리고 시간과 존재에 대한 명징한 자의식의 한 축을 열어놓는다.

2.

과거로의 시간 여행은 지금 이 시점의 '나'를 돌아보는 일종의 징검다리가 된다. 과거회상은 단지 '과거'를 상기시키는 것에 그치지 않고 '오늘'을 성찰하는 긴밀한 통로로 작용하기 때문이다. '과거'는 흘러간 시간인 만큼 시간의 유한성이라는 자연적 질서를 각인시키는 배경이 된다. 따라서 시간을 걸어가는 모든 생명들은 유한한 존재로서의 한계에 직면해있다. 시간을 사유하고 의미화 하고자 하는 시적과정은 먼저 이러한 한계성을 인식하는 것으로부터 시작될 것이다. 시간은 흔히, 달력이나 시계의 초침같이 나와 무관하게 흘러가는 자연적(객관적) 시간과, 그 시간을 살아가는 사람들의 개인적 삶이 응축된 경험적(주관적) 시간으로 구분된다.

김윤한 시인의 경우, 이 두 구도의 시간이 동시에 나타난다. 하지만 우리가 깊이 있게 들여다보고자 하는 것은 시인의 개인적 경험이 점철된 시간이다. 때로, 자연적 시간마저도 시인의 시선을 거쳐 흘러나온 그만의 색채를 담고 있기 때문이다. 김윤한 시인의 경험적 시간은 대체로 나와 가족, 나와 주변적 관계성 속에서 형성된다. 시간의 흐름에 따라 변해가는 가족들의 모습, 사라져가는 주변적 풍경들에 대한 애틋한 심연이 그 중심에 있다. 따라서 지극히 평범한 우리들의 일상적 삶과 그 삶을 둘러싸고 있는 크고 작은 이야기적 배경들이 시적 정서를 이끌고 있다.

> 셔터를 누르는 순간
> 시간은 빠르게 과거로 도망친다
> 액자 속에는
> 흘러간 시간의 한 토막이 들어있다
> 사진은 어둠을 찍지 못한다
> 아련한 사연들은
> 빛에 가려 보이지 않고
> 사진 속에서는 모두들

어색하게 웃고 있다
시간은 재재거리며 흘러가지만
액자 속 시간은 멈춰 있다
오히려 세월이 흐를수록
아득한 과거로 남는다
사진은 나이를 먹지 않지만
가족들은 나이가 들수록 자주 아프다
마침내 누군가는 모든 것 남기고
먼저 떠나가리라
사람은 떠나고 그림자만
빛바랜 채 액자 속에 남아서
더욱 쓰리고 아프리라

- 「가족사진」 전문

위 시편은 오래전에 찍었던 '가족사진'을 보면서 흘러간 시간에 대한 심회를 풀어내고 있는 작품이다. "셔터를 누르는 순간/시간은 빠르게 과거로 도망친다"에서 시인의 시간에 대한 인식을 엿볼 수 있다. "액자 속 시간은 멈춰 있다"에서 이미 제시되고 있듯이, 사진 속의 시간은 살아있는 시간이 아니라, '과거' 속에 정지된 시간이다. 따라서 '가족들'은 '과거'의 어느 한때를 웃고 있을 뿐 정지된 시간 속에 머물러있다. 시인은 이러한 정지된 시간을 "액자 속에는/흘러간 시간의 한 토막이 들어있다"라고 언급하면서 살아있는 현실적 시간으로 일깨운다. "흘러간 시간의 한 토막"은 "아련한 사연들"과 긴밀하게 연결되면서 '가족들'의 이야기 공간 속으로 스며들고 있기 때문이다.

사진 속의 '가족들'은 과거와 현재를 넘나들면서 시인의 기억공간을 잠식한다. 이들은 사진 속에 고정되어 있지만, 거슬러 흘러간 시간만큼 현실적으로는 많은 변화를 던져주고 있다. "사진은 나이를 먹지 않지만/ 가족들은 나이가 들수록 자주 아프다"의 배경이 바로 그것이다. 이어, "마침내 누군가는 모든 것 남기고/먼저 떠나가리라"의 단계로까지 확장되어 간다. "흘러간 시간", "아련한 사연들", "아득한 과거", "사람은 떠나고 그림자만/빛바랜 채 액자 속에 남아서"까지의 거리가 이러한 과정 속에 표상되어 있다. 삶과 죽음, 만남과 헤어짐에 대한 허무적 심연 또한 그 연장선상에서 생성되는 시간인식이다. 시 「가족사진」은 과거와 현재를 연결시켜주는 구체적 매개물이 된다는 점에서 중요하다. 시간은 필연적으로 흐른다는 것, 시간의 흐름에 따라 모든 것은 변화한다는 것이 '가족사진'을 통해 상징화되고 있다.

　　　그리울 때마다 꺼내 보지만 제대로 재생되지 않고
　　　손에 닿을 듯 닿지 않는 안개 속 저만치서 낡은 시간을 가만가만
　　불러오는
　　　낡고 오래된 집 한 채 있다

　　　까치들이 아침마다 울어댔지만 뒤란에는 언제나 그늘이 들었고
　　　습지식물들이 자꾸 돋아났다
　　　주기적으로 누군가 아프곤 했다

　　　댓돌 위에는 저마다의 발바닥이 담긴 고무신들이 줄지어 놓여 있
　　었다
　　　그 때문에 모든 것이 조금씩 모자랐다
　　　가난을 말리며 빨래들이 펄럭였다

아침저녁 하늘로 부지런히 연기를 피워 올렸지만
오히려 부엌에는 그을음들만 더 짙어질 뿐이었다
결국 우리는 떠나오고 그 집도 아득한 곳으로 떠나보내고 말았다

지겹도록 많던 시간들은 다 어디로 떠나갔을까
어릴 적에는 그 집 안에서 우리가 살았지만 이제는 내 안에 아련
한 집 한 채 살고 있다
아무리 해도 결코 지워지지 않는

-「지워지지 않는 집」 전문

「지워지지 않는 집」은 앞서 살펴본 「가족사진」과 함께 김윤한 시인의 '가족'과 관련한 개인적 경험을 형상화하고 있는 작품이다. '집'은 가족구성원들의 생활공간이었던 만큼 많은 추억이 동반되는 공간이다. 가족 상호간의 끈끈한 유대와 그 삶의 주변에서 체득되는 이야기들이 섬세하게 포착되는 것도 여기에 있다. 시인은 "그리울 때마다 꺼내 보지만 제대로 재생되지 않고/손에 닿을 듯 닿지 않는 안개 속 저만치서 낡은 시간을 가만가만 불러오는/낡고 오래된 집 한 채 있다"로 기억 속에 각인된 '집'을 환기시킨다. "낡은 시간", "낡고 오래된 집 한 채"에서 짐작할 수 있듯이 '집'에 대한 회상 또한 과거에 터를 두고 있다.

먼저, 고향 이미지 속에 자리 잡고 있는 "낡고 오래된 집 한 채"의 내밀한 이야기 속으로 들어가 본다. 이야기의 구체적 전개는 2연에서 4연까지 과거회상의 형식으로 이어진다. "까치들이 아침마다 울어댔지만 뒤란에는 언제나 그늘이 들었고/습지식물들이 자꾸 돋아났다/주기적으로 누군가 아프곤 했다"(2연)가 그 첫 번째이다. '그늘', '습지식물' 등에서 시인이 인식하는 '어릴 적' 풍경이 감지된다. "댓돌 위에는 저마다의 발바닥

이 담긴 고무신들이 줄지어 놓여 있었다/모든 것이 조금씩 모자랐다/가난을 말리며 빨래들이 펄럭였다"(3연)의 풍경이 그 뒤를 잇는다. 여기에는 대가족적인 분위기와 '가난'의 정서가 부각되어 있다. 마지막으로 "부엌에는 그을음들만 더 짙어질 뿐이었다/결국 우리는 떠나오고 그 집도 아득한 곳으로 떠나보내고 말았다"(4연)로 종결된다.

김윤한 시인의 '집'에 대한 기억은 슬픔을 동반한 어둡고 그늘진 색채를 띠고 있다. 대가족의 관계성 속에서도 채워지지 않는 결핍과 소외의 정서에 닿아있다. '어릴 적'이라는 특정시기를 배경으로 한다는 점에서 김윤한 시세계의 또 하나의 공간 이미지를 확보하는 계기가 된다. "낡고 오래된 집 한 채"는 부재를 동반하지만 한편으로 그리움을 불러들이는 공간 이미지로 다가온다. "이제는 내 안에 아련한 집 한 채 살고 있다"에서 보여 지듯이, '집'은 시인의 기억 속에서만 존재하기 때문이다. 따라서 "그리울 때마다 꺼내 보"는 "지워지지 않는 집"으로서의 추억 공간이 된다. "지겹도록 많던 시간들은 다 어디로 떠나갔을까"에는 지난 시간에 대한 그리움과 회한이 담겨있다. 시인에게 '집'은 흘러간 '시간'이고, 흘러간 '시간'은 변화를 몰고 오고, 그 변화는 '오늘'을 돌아보게 하는 원천이 된다.

①
언제 적에 사용했던 것일까
닳고 구멍 난 빛바랜 체크무늬,
등굣길, 어머니가 다림질해 건네준 온기가
뒷주머니 어디에 아직 남아 있는데
소녀가 건네준 향내를 맡으며
꿈속에서 모습 떠올리던 설레는 사춘기도

아련한 구름이 되어 흘러갔다

          -「오래된 손수건」 부분

②

미닫이 유리문 안에는 '라듸오', '테레비', '유성기'가 60촉 아래서
눈부시게 빛났다
쌍나발 스피커에서는 '동백아가씨'나 '안개 긴 장충단 공원'이 쿵
작거린다

          -「서울소리사」 부분

③

공중전화가 또 철거되었다
당연히, 언제나 그 자리에 있을 거라 여겼던 익숙한 풍경 하나
         -「공중전화가 있던 자리」 부분

 시간의 흐름은 그 시간을 걸어가던 사람들은 물론, 그들이 공유하던
정겨웠던 풍경들까지 떠나가게 한다. 따라서 '과거'는 단지 시간의 흐름
에 한정되는 것이 아니라, 떠나고, 사라지고, 망각되는 인간 삶의 과정을
내장하게 된다. 위 시편 「오래된 손수건」 속에 등장하는 '어머니', '소녀'
도 떠나버린 시간에 대한 회한, 대상에 대한 그리움의 정서를 담고 있다.
「서울소리사」, 「공중전화가 있던 자리」에 표상된 내용들 또한 과거가 되
어버린 시간과 그에 따른 변화를 감지할 수 있는 배경들이다. "미닫이 유
리문 안에는 '라듸오', '테레비', '유성기'가 60촉 아래서 눈부시게 빛났다"
에서 시인의 기억 속의 채색되어 있는 정겨운 풍경들을 읽을 수 있다. 하
지만 이러한 풍경들은 이미 변해버렸거나 사라져버렸다는 공통점을 지

니고 있다.

이런 점에서, "공중전화가 또 철거되었다"(③)에서의 '또'가 내포하고 있는 의미적 진폭은 크다. 여기에는 발 빠른 변화를 주도하는 현대적 속도에 대한 비판적 인식이 담겨있기 때문이다. 「제일라사」, 「벙어리장갑」 등의 시편들도 어제와 오늘을 체감할 수 있는 중요한 단서가 된다. 시인의 과거회상은 변화해가는 세태에 대한 아쉬움과 안타까움, 그리움의 정서에 닿아있다. 보편적 공감대를 형성하던 발자취들, 우리 주변의 삶을 적셔주던 소소하고 친근한 풍경들이 과거 속으로 사라진다. 시인은 이러한 심연을 "아련한 구름이 되어 흘러갔다"(①), "과거 속으로 아득히 사라졌다"(③) 등으로 표출하고 있다. 한 시기를 물들이던 풍경들이 하나 둘 흐르는 시간 속으로 침잠하고 있다.

3.

'가족'과 주변 풍경들을 중심으로 펼쳐지던 시인의 시간에 대한 사유는 또 다른 방향으로 전환된다. 외적으로 향해있던 시인의 시선이 '나'와 관련된 내적 시간으로 이동하고 있는 것이 그것이다. 시점은 동일하게 '과거'에 초점이 놓여있지만, 엄밀히 과거와 현재가 혼재되어 나타난다고 할 수 있다. 외적, 내적이라는 시선의 각도가 달라지는 만큼 그 의미적 간극도 보다 선명해진다. 밖으로 향해있던 시선이 '과거'로 흘러가버린 시간과 대상들을 상실과 허무적 심연으로 풀어내고 있다면, 내적 시간은 어제와 오늘의 '나'를 대비시키면서 보다 혹독한 자기성찰을 시도하고 있다.

누구나 달 하나씩은 갖고 있다

태어나던 날, 뚫린 창호지 사이로 들어와 가만히 나를 비추던 그 하현달

어릴 적 새벽, 자다 깨어 거름더미에 오줌 갈기고 쾌감에 부르르 몸 떨 때면

그 위에 은빛으로 부서지는 달빛

홀로 밤길을 걷는 것은 무서웠다

그럴 때면 외로운 달, 천천히 내 보폭에 맞춰 따라오고 있었다

발걸음 멈추고 올려다보면

언제 그랬냐는 듯 함께 발걸음 멈추고 느티나무 가지 사이에 숨어 시치미를 떼곤 했다

젊은 날, 우울의 강은 넓고 깊었다

그럴 때면 가만히 나를 쓰다듬던 손길, 가슴 속에 달 하나 키우며 그렇게 시절을 보냈다

너무 멀리 왔구나 낯선 나라

어김없이 그곳까지 따라와 친근한 표정으로 내 그림자를 만들어 주곤 하던 나만의 달

오늘은 그믐, 비록 달은 뜨지 않았지만

달거리가 그친 것은 자궁 속에 또 하나의 달을 잉태했기 때문

어느덧 다시 자라나는 초승달 하나, 아무리 해도 달의 중력을 벗어날 수는 없다

나는 달의 자식이었다

-「달의 행적」 전문

김윤한 시인이 탐구하고자 하는 내적 시간은 "젊은 날, 우울의 강은 넓고 깊었다"로부터 시작된다. '젊은 날'이라는 과거의 시간은 거슬러 오

늘에까지 이어지는 긴 발자취가 된다. 시의 전개양상도 현재에서 과거, 과거에서 현재로의 이동이라는 형식을 취하고 있다. 따라서 어제와 오늘은 하나의 시선에 포착되어 서로를 비춰주는 일종의 거울 역할을 하고 있다. 중요한 것은, '젊은 날'이 내포하고 있는 '우울의 강'이다. '우울의 강'은 꿈과 상반되는 현실적 벽, 이에 상응하는 심리적 반응의 시적 표현이라고 할 수 있다. "너무 멀리 왔구나 낯선 나라"에서 이러한 현실적/심리적 배경을 짐작해볼 수 있다. '우울의 강'은 부재를 동반하지만 역설적으로 가장 뜨겁게 걸어온 '젊은 날'의 한 순간을 상징화하기도 한다. 현실과 지향적 세계는 때로 합치할 수 없는 거리를 던져준다. 따라서 결이 다른 방향, 원하지 않은 공간에 불시착하기도 한다.

위 시편에서 '달'은 "태어나던 날"에서부터 "어릴 적 새벽", '젊은 날'까지 연결되어 있다. 그리고 '오늘은', '낯선 나라'로 표상되는 현재적 시간과 공간, "그곳까지 따라와 친근한 표정으로 내 그림자를 만들어주곤"한다. 따라서 '달' 이미지는 가치실현을 추동하는 꿈의 영역이기도 하고, 나를 지켜주는 수호신의 위치에 있기도 하다. "누구나 달 하나씩은 갖고 있다"에서의 '달'이 상승의 꿈의 영역이라면, "나는 달의 자식이었다"에서의 핏줄의식은 수호신의 역할을 한다. '달'의 이동 경로 즉, '하현달'에서 '그믐', '초승달'까지는 과거에서 현재까지의 긴 시간적 거리를 담고 있다. 그리고 이러한 시간적 거리는 '우울의 강'을 전복시킬 수 있을 만큼의 희망적 변화를 암시해두기도 한다. "오늘은 그믐, 비록 달은 뜨지 않았지만", "어느덧 다시 자라나는 초승달 하나"의 가능성을 함축하고 있기 때문이다.

돌아보면 기다림의 연속이었다

아침을 기다리고 봄을 기다리고 눈부신 꽃들을 기다렸지만 정작
까치는 쉽게 날아오지 않았고
잃어버린 깃털들만 기억 속을 날아다녔다
-「까치 생각」부분

한밤중, 거울에 비친 얼굴을 보며
아득하게 걸어온 먼 길 되짚어 본다
앞으로 남아 있는 거리는 얼마나 될까
-「손금」부분

시인에게 '어릴 적', '젊은 날'을 가로지르는 '과거'의 시간은 "돌아보면 기다림의 연속이었다"(「까치 생각」)로 응집된다. "아침을 기다리고 봄을 기다리고 눈부신 꽃들을 기다렸지만"에서의 '아침', '봄', '눈부신 꽃들'은 자아실현의 상징적 표상들이다. '까치'는 꿈의 세계, 가치구현의 매개로 등장하지만, "까치는 쉽게 날아오지 않았"다. 결국, '기다림'은 "잃어버린 깃털들만 기억 속을 날아다녔다"의 절망적 상황으로 나아가게 된다. "잃어버린 깃털들"은 상승의 날개를 펴지 못하고 추락한 꿈의 파편들이다. 이제 시인은 "한밤중, 거울에 비친 얼굴을 보며/아득하게 걸어온 먼 길 되짚어"(「손금」)보는 '오늘'에 서 있다. "거울에 비친 얼굴", "아득하게 걸어온 먼 길"은 지나온 연륜을 일깨우는 단서가 된다. 따라서 시간에 대한, 삶에 대한 자기 성찰적 목소리가 보다 치밀하게 부각된다. 시인은 '손금'에 새겨진 여러 갈래의 섬세한 선들을 찾아가듯 시간을 걸어가는 존재의 발자취를 보다 구체적으로 체감하고자한다. "앞으로 남아 있는 거리는 얼마나 될까"라는 물음은 시간을 걸어가는 모든 존재들에게 던지는 화두가 될 것이다.

걸음마를 배울 때부터 이미
누구에게나 앞으로 나아가야 할 길들이 아득하게 펼쳐져 있을 터
이지만
주어진 길은 습하고 어둡고 혐오스러웠다

하지만 살아있기 위해서는
끊임없이 어디로든 가야만 하는 것
넘어지지 않기 위해서는 소름 돋도록 부지런히 발을 움직이지 않
으면 안 되었다

먹히지 않기 위해서는 재바르게 발을 움직여 상대방보다 먼저 먹
어야 했고
보이는 것이 모두 위험한 것뿐이었으므로
적당히 독기를 품고 살 수밖에 없었다

지금 여기에서 몸을 구부리고 있는 것은
여태까지 열심히 관절을 움직여 쉬지 않고 죽지 않고 달려온 때문
뒤따라온 발들이 아직도 꿈틀거리고 있다

죽은 것은 발자국이 없는 법, 살아있기 위해서는 발소리 뿌리며
또 달려가야만 한다
누가 눈길 위를 다급하게 지나갔을까
지네발이 꼬리를 끌고 길게 찍혀 있다
- 「지네」 전문

시간에 대한, 시간을 걸어가는 존재일반에 대한 시인의 사유에는 얼

마간 운명적인 요소가 깃들어 있다. 위 시편에 표상되고 있는 '길'에 대한 인식도 그 연장선상에서 생성되는 정서적 기저이다. 시간이 내 의지와 상관없이 흘러가듯, "걸음마를 배울 때부터 이미/누구에게나 앞으로 나아가야 할 길들이 아득하게 펼쳐져 있"다. 이런 점에서, "누구에게나 앞으로 나아가야 할 길들"은 운명적인 요소와 일반적인 관점을 두루 아우르고 있다고 할 수 있다. 여기서 눈여겨 봐야할 대목은 그 다음에 이어지는 "주어진 길은 습하고 어둡고 혐오스러웠다"에 있을 것이다. "습하고 어둡고 혐오스러"운 '길'은 일반적인 관점보다, 운명적인 색채가 깃든 시인의 개인적 경험을 반영하는 '길'이 될 것이다. 따라서 '길'에 대한 단상은 자아인식의 세계와 맞물려있다고 할 수 있다. '지네'는 그 상징적 매개물이다.

시인은 '지네'의 특성과 연계해서 "습하고 어둡고 혐오스러"운 '길'을 접목시키고 있다. 시인의 시선에 포착된 자아는 끊임없이 현실에 종속되고 운명에 억압받는 존재로 각인된다. "살아있기 위해서는/끊임없이 어디로든 가야"하고, "먹히지 않기 위해서는/재바르게 발을 움직여"야 하는 상황이 바로 그것이다. 또한 "보이는 것이 모두 위험한 것뿐이었으므로/적당히 독기를 품고 살 수밖에 없었다"라는 배경이 뒤따른다. 살아남기 위해 끊임없이 어둠 속을 걸어야하고, 굴욕을 감수해야하는 모순성이 내장되어 있다. 따라서 대단히 어둡고 부정적인 색채를 띠게 된다. '길'에 대한 절망적인 인식, 존재에 대한 비극적인 사유가 상징화되고 있다.

'길'은 '꿈'의 또 다른 영역인 만큼 밝고 긍정적인 가치를 발현해야한다. 하지만 위 시편에서는 '소름', '독기'를 동반한 삶과 죽음의 극단을 넘나들고 있다. '길'에 대한 이러한 부정적인 인식은 "걸음마를 배울 때부터", "지금 여기에서 몸을 구부리고 있는" 현재까지 이어진다. 따라서 한

생의 걸음이라고 할 수 있는 이야기적 배경을 함유하고 있다고 할 수 있다. 불구적이고 불완전한 현실, 체념, 순응, 자기비판, 다시 일어남의 과정이 무한 반복된다. "누가 눈길 위를 다급하게 지나갔을까/지네발이 꼬리를 끌고 길게 찍혀 있다"는 이미 스쳐간 흔적이면서 또한 앞으로의 연속성을 암시한다. 따라서 '위해서'를 동반한 '길'의 여정은 지속될 것이다. 이것이 또한 '발자국'을 찍는, 살아있음의 증거가 될 것이기 때문이다.

4.

한 권의 시집에는 시인이 걸어온 한 시기의 생애가 담겨있다. 이는 곧 시간을 걷고, 시간을 사유하고, 시간을 지워가는 일련의 과정이 될 것이다. 지난 시간을 돌아보고 오늘의 나를 체감하는 상상력의 저변이 바로 그것이다. "낡은 시간은 증발하고 탈색된 낮달만 웃고 있다"(「선데이서울」), "낡은 것들은 언젠가는 버려지는 것"(「옷을 버리며」) 등이 여기에 있다. "자전거는 후진이 되지 않는다"(「자전거는 후진이 되지 않는다」), "한 사람의 생애는/눈물이 말라가는 과정이다"(「눈물」) 등은 이 과정에서 체득한 깨달음이다. 시간과 존재, 시간과 나의 관계성이 특징적으로 포착되어 있다. 김윤한 시인의 시적 발자취는 거슬러 어린 시절부터 청년기, 이후 치열한 삶의 순간들을 지나 '오늘'에 이른다.

새가 되어 날아가는 꿈을 꾼 적이 있었다
하지만 어디로 가야할까
정해진 길 없는 너무 넓은 하늘이 좀 무섭기는 했다

언제부턴가 스스로를 묶는 법을 배웠고
울타리 안에 갇힌 채 살아가는 게 오히려 편할 수도 있다는 생각
을 하면서
꿈은 다만 꿈일 뿐이라며 스스로를 위안했다

헐거워진 넥타이를 다시 조여 매는 동안
프린트 속 낙타들이 무릎을 세우고 하나씩 일어서서 고삐를 따라
사막을 걷기 시작했다

………중략………

횡단보도, 오늘도 넥타이들 찬바람에 펄럭이고
낙타들도 줄지어 까마득한 지평선을 넘어가고 있다
기다란 속눈썹이 젖어 있다
　　　　　　　　　　　　　　-「낙타 무늬 넥타이」부분

　"새가 되어 날아가는 꿈을 꾼 적이 있었다"에서의 '새'와 '꿈'은 위 시
편의 주제를 응집할 수 있는 메시지가 된다. 그런데, "꿈을 꾼 적이 있었
다"에서의 과거형은 이러한 상승에 부합하지 못하는 현실을 전제하고 있
다. 이어, "하지만 어디로 가야할까"라는 방향성의 부재가 제시된다. 이
러한 방향성의 부재는 이후, "꿈은 다만 꿈일 뿐이라며 스스로를 위안했
다"의 상황으로 확장된다. 따라서 '꿈'과 꿈의 부재 혹은 꿈의 상실이라
는 이중구조가 갈등양상으로 등장하게 된다. 이러한 갈등양상은 "헐거워
진 넥타이를 다시 조여 매는 동안"에서 알 수 있듯이, 현대적 삶의 양식
과 결부되어 있다. 제목「낙타 무늬 넥타이」는 그 상징적 배경이 된다. 여
기서 '넥타이'는 나와 타자들을 구속하고 종속시키는 억압기제이다. "울

타리 안에 갇힌 채 살아가는 게 오히려 편할 수도 있다는 생각을 하면서"
에는 이러한 억압기제에 대한 체념, 자기위안의 목소리가 담겨 있다.

따라서 '새'의 비상을 꿈꾸던 자아는 현실에 순응할 수밖에 없는 무력
하고 왜소한 현실적 자아로 변화한다. 종국에는 '고삐'에 묶여 '사막'을
걷는 '낙타'의 모습으로 형상화된다. 시인이 인식하는 자본주의적 속성
혹은 현대적 삶의 양식은 스스로 묶이지 않으면 살아갈 수 없는 모순적
인 공격성을 지니고 있다. "마침내 넥타이를 벗고 자유를 꿈꿨지만/보이
지 않는 사슬마저 결코 벗을 수는 없었다/나는 여전히 묶여 있다"(「넥타
이」)에서의 부정적인 현실인식과 극대화된 내적 갈등도 여기에 터를 두
고 있다. "횡단보도, 오늘도 넥타이들 찬바람에 펄럭이고/낙타들도 줄지
어 까마득한 지평선을 넘어가고 있다"에는 '꿈'과 '자유'를 박탈당한 채
'오늘'을 살아가는 '넥타이들'의 현실적 비애가 응축되어 있다.

①
눈길을 걸어가다가 보면
사람들이 버리고 간 무수한 시간들이 발자국으로 찍혀 있는 것처럼
찍혀 있는 사진은 이미 모두가 과거형이다
                                    -「과거형에 대하여」 부분

②
옷장을 정리한다
질서 있게 개어져 있던 각각의 시간들이 하나씩 호명되어 펼쳐진다
닳아 해진 것들이 더 아쉬움이 남는다

한 때는 누구나 싱그러웠지만

차츰 실밥도 뜯어지고 보풀도 생기고 꿰매기 힘든 남루와 알 수
없는 권태기가 찾아오기 시작했고
　　계절은 무심히 자꾸만 흘러갔다

　　　　　　　　　　　　　　　　-「옷을 버리며」 부분

③
　　휴지통 속에는 내 그림자들이 들어있다
　　구겨진 연애편지, 한때 입술을 맞댔던 종이컵들, 깎아낸 손톱이
며 이쑤시개 같은 것들
　　이 파일을 영구적으로 삭제하시겠습니까?

　　　　　　　　　　　　　　　　-「휴지통 비우기」 부분

　'꿈'과 현실적 괴리 앞에서 갈등하던 시인은 이제 잠시 걸음을 멈추
고 호흡을 고르는 시간을 갖는다. 걸어온 발자취를 수용하고, 정리하고,
비우고, 삭제하는 과정이 그것이다. "사람들이 버리고 간 무수한 시간들
이 발자국으로 찍혀 있는 것처럼/찍혀 있는 사진은 이미 모두가 과거형
이다"(①)는 시간에 대한 수용이다. "옷장을 정리한다/질서 있게 개어져
있던 각각의 시간들이 하나씩 호명되어 펼쳐진다"(②)에는 '각각의 시간
들'로 '호명되어' 지던 날들을 '정리'하는 과정이다. "휴지통 속에는 내 그
림자들이 들어있다"(③)에는 크고 작은 지난 흔적들을 '휴지통'에 버려야
하는 순간이 함축되어 있다. 세 구도 모두 종결과 끝맺음의 형식을 취하
고 있다. 따라서 "이 파일을 영구적으로 삭제하시겠습니까?"라는 물음에
는 아쉬움, 망설임 등의 감정이 묻어있다. 그럼에도 강행할 수밖에 없다.
'과거형'을 인식하고, '옷장을 정리'하고, '파일'을 '삭제'하는 과정은 또 다
른 출발을 의미하기 때문이다. 시인은 지금, 그 위치에 서 있다.

굳게 믿고 있었어요 그래서 애벌레 시절 뜨거운 땅을 밀쳐가며
부지런히 나뭇잎들 갉아먹고 버텼지요 나비가 되기 위해서

무지개 뜬 청보리밭 사이를 날아 목련꽃잎 위에 살포시 발 딛고
서서 단 꿀에 취해보고 싶었어요 포도주 마신 듯

하지만 깨어보니 몸이 너무 무거워 윤슬 반짝이는 강물 건널 수 없
었지요 날개 퍼덕일 때마다 풀풀 떨어져 날리는 무채색 비늘 가루들

주눅 든 유전자가 부끄러워 햇빛 아래 날아다닐 수 없었지요 낮
이면 언제나 음습한 곳에 엎드리고 있어야만 해요 입맛 다시는 천적
을 경계하며

아무리 노력해도 나비가 될 수 없다는 것을 알아요 밤늦도록 날
아 다녀도 몸에는 꽃가루 대신 푸르게 젖은 달빛만 가득

그렇다고 꿈을 버리는 건 너무 슬프지 않나요 그래서 가끔씩은
불빛 향해 더 높이 날아오르기도 해요 가로등에 부딪쳐 수직으로 추
락할 지라도
- 「나방을 위한 변명」 전문

"가야할 방향은 미리 표시되어 있었다", "오늘도 그 무엇엔가 이끌려
가고 있다"(「화살표」)에서의 '화살표'는 '넥타이'의 억압기제와 마찬가지로
시인의 내면의식을 지배하는 중요한 의미요소이다. '나'는 사라지고 타
의에 의해 삶의 무게를 지고 가는 무기력한 자아가 그 중심에 있다. 끊임
없이 살아있음의 존재성을 확인하고 새로운 방향성을 모색하고자 하는

열망도 여기에서 발현된다. 따라서 우리는 시인이 풀어내는 "나방을 위한 변명"을 잠시나마 들어줄 필요성이 있다. 여기에는 '나비'가 되지 못한 '나방'의 슬픈 독백이 투영되어 있기 때문이다. 시인의 독백은 두 개의 구도 즉, "애벌레 시절 뜨거운 땅을 밀쳐가며 부지런히 나뭇잎들 갉아먹고 버텼지요", "하지만 깨어보니 몸이 너무 무거워 윤슬 반짝이는 강물 건널 수 없었지요"에 닿아있다. "나비가 되기 위해서" 치열한 "애벌레 시절"을 견뎌왔지만, "아무리 노력해도 나비가 될 수 없다는 것을 알"게 된다. "밤늦도록 날아 다녀도 몸에는 꽃가루 대신 푸르게 젖은 달빛만 가득"할 뿐이다.

뛰어넘을 수 없는 한계와 극대화된 비극성이 돌출된다. 하지만 시인의 독백이 여기에서 끝났다면 단지 한탄의 정조에 머물고 말았을 것이다. 이러한 염려를 불식시키듯, "그렇다고 꿈을 버리는 건 너무 슬프지 않나요 그래서 가끔씩은 불빛 향해 더 높이 날아오르기도 해요"라는 또 다른 가능성의 반전을 제시한다. 이 반전의 세계는 "낮이면 언제나 음습한 곳에 엎드리고 있어야만" 했던 침잠의 기운을 떨치고 '나비'의 상승을 꿈꿀 수 있게 한다. 따라서 "주눅 든 유전자"와 '천적'의 경계를 전복시킬수 있는 보다 강렬하고 도발적인 의지를 생성한다. '불빛'을 향해 '날아오'름은 "가로등에 부딪쳐 수직으로 추락할 지라도"의 위험성까지 감내해야한다. 그럼에도 "나비가 되기 위"한 상승의 날갯짓은 멈추지 않을 것이다. 희망은 절망의 끝에서 생겨나고, 모든 생명성의 원천은 끝이면서 또한 시작이라는 것을 알고 있기 때문이다.

김윤한 시인의 시적공간에는 "낡고 오래된 집 한 채"의 '그늘'과 그리움이 있다. 사람이 있고, 사연이 있고, 정겨운 풍경들이 있다. 그리고 이 모든 것을 아우르는 '시간'이 있다. '시간'은 '어릴 적', '젊은 날'을 거쳐 '오늘'에 이른다. 그래서 한 편의 긴 이야기처럼 굴곡진 역사성을 함유한다. 지난 걸음들의 갈피마다 놓인 사람과 사연과 풍경들을 열어보면, 한때 꿈과 열정의 이름으로 채색되던 소리들의 파장이 반짝인다. 시인은 흘러간 시간들을 돌아보며 이삭을 줍듯, 하나하나 '나'를 찾아 나선다. 떠남과 이별, '빈자리'의 공백이 투명하다. 도처에 '꿈'을 억압하고 날개를 구속하던 '고삐'의 '시간'이 손에 잡힌다. '빛'은 찰나를 스쳐가지만 황홀을 던져주기도 한다. 따라서 '새'의 비상과 날개의 '자유'를 추동하는 '수직'의 '추락'은 뜨겁게 지속될 것이다.

제4부

2000~2010년대의 시인

슬픔을 응집하는 미적 자의식

— 강영은 시집 『마고의 항아리』

1. '슬픔'의 미학과 부재의 언어

한 시인의 시세계는 시를 이끌어가는 주도적인 정서를 통해 그 특징적 색채를 드러낸다. 이러한 정서는 시의 기법적 특징이나 의미적 측면들을 두루 포괄하게 된다. 시인이 의식/무의식적으로 등장시키는 기호나 문체, 다양한 이미지의 변주는 시인의 시적 지향성이나 개성적 특질을 규명하는 중요한 배경이 되고 있다. 이때 언어는 단순히 언어 그 자체에 머물러 있는 것이 아니라 시인의 사유를 응집하고 의미화 하는 구조이면서 상징적 메시지로서의 의미를 지닌다. 이런 점에서 나와 세계를 직시하고 성찰하고 확장해가는 시인의 정서적 배경은 대단히 중요하다고 할 수 있다. 이것이 곧 시의 내·외적 흐름을 생성하고 주도해가는 상상력의 근간이면서 개별적 성향을 특징짓는 단서가 되고 있기 때문이다.

강영은 시인의 시집 『마고의 항아리』(현대시학, 2015)에서 집약적으로 추출해볼 수 있는 정서는 '슬픔'이다. '슬픔'은 인간 감정의 보편적 정서를 대변하고 있지만, 시인에게는 보다 내밀하고 적극적인 형식으로 그 의미적 배경을 구축한다. 그녀의 '슬픔'은 자아와 세계의 크고 작은 발자취를 읽어내는 하나의 거울이면서 자기정화의 지점이 되고 있다. 여기에는 시인이 걸어온 경험적 시간을 함축하는 관계, 사건, 상처의 편린들이 연계되어 있다. 시인의 시편에 나타나는 슬픔의 정서가 남다른 자의식의 아픈 흔적을 드러내는 것은 바로 이 때문이다. 특징적인 것이 있다면, 그녀의 '슬픔'은 비애감을 드러내기보다 투명한 자기응시로서의 현실인식과 자기성찰에 닿아 있다는 것이다.

저녁의 표정 속에 피 색깔이 다른 감정이 피었다 진다
보라 연보라 흰색으로 빛깔을 이동시키는 브룬스펠지어자스민처럼
그럴 때 저녁은 고독과 가장 닮은 표정을 짓는 것이어서
팔다리가 서먹해지고 이목구비가 피었다는 사실을 잠시 잊는다

………중략………

화분이 나뒹구는 꽃집 앞에서 콜택시를 기다리는 동안
당신이 생각나기도 한다
내일이면 잊혀질 메모지처럼 지루한 시간의 미열처럼
그럴 때 저녁은 연애에 골몰하는 것이어서
낡은 창틀 아래 피어 있는 내가 낯설어진다

어느 저녁에는 내가 없다
이내 속으로 풍경이 사라진 것처럼
저녁이 남기고 간 자리에 나는 없더라는 말
그럴 때 저녁은 제가 저녁인 줄 모르고 유리창 속으로 스며든다
혼자라는 위로는 불현듯 그때 수백 개의 얼굴로 찾아온다
                            -「저녁과의 연애」부분

강영은 시인의 '슬픔'의 정서는 "어느 저녁에는 내가 없다/이내 속으로 풍경이 사라진 것처럼/저녁이 남기고 간 자리에 나는 없더라는 말"에서부터 시작된다. 시인의 정서의 중심에 자리하고 있는 "내가 없다"라는 인식은 단순히 '나'의 부재에 한정되는 것이 아니라, 세계의 부재까지 포괄한다. "내가 없다"라고 할 때의 세계 혹의 외부적 상황은 시인이 그리고 있는 세계와는 일정 거리가 있다. 따라서 내가 없는 상황 속에서는 이미 세계도 부재하고 있음이 전제되고 있는 것이다. 이러한 부재의 심연은 "저녁" 이미지와 맞물리면서 "화분이 나뒹구는 꽃집 앞에서 콜택시를 기다리는 동안"의 적막감을 불러들인다. 따라서 '저녁과의 연애'는 이미 부재와 공백의 정서를 내장하고 있다고 할 수 있다. 시인의 많은 시편들에서 감지되고 있는 이러한 부재와 공백의 적막감은 슬픔을 이끌어내는 내밀하고도 끈질긴 심리적 배경이 되고 있다.

　　시인이 제시하는 '부재'의 형식은 단순히 '없음'의 차원이 아니라 있으면서도 없는 즉, 본질을 상실한 허상과 그에 따른 공허의 표현에 다름 아니다. 따라서 자신만의 존재방식을 삶의 저변에 마련해두고자 노력한다. 스스로를 세계와 격리시켜 "내가 없"음을 확인하고 명시해가는 역설적 방식이 바로 여기에 해당한다. 시인이 존재일반의 평범한 삶의 형식에서 "혼자"의 상황을 명시하고 스스로 그 세계 속에 용해되어가고자 하는 것은 자의식의 강렬한 움직임 때문이다. "너는 양치기처럼 어둡고 환한 밤하늘을 가진 것이다(「별똥별」), "어둠이 무거워 날지 못하는 새"(「고독에 대하여」), "두 날개가 접힌 세계는 벌써 낯설고 먼 지상이다"(「석간夕刊」) 등의 정서가 이를 뒷받침한다.

2. 투명한 빛, 자의식의 근저

시인이 식별해내는 자아는 어둡고 슬프고 적막한 심연 속에 침잠해 있지만 또한 빛나는 존재성을 내포하고 있다. 시인의 시적 갈등은 이러한 대립적 상황 속에서 출발한다고 해야 할 것이다. 이러한 갈등 상황이 곧 시인의 시적 긴장을 유도하고 미학을 직조해가는 원천이 되고 있다.

핏자국이 번진 흰빛은 얼마나 완벽한 생의 비유인가

피가 다른 두 사람이 하나의 슬픔에 닿은 것처럼 오늘에야 십자가가 된 나무의 슬픔을 아네

빛이 꺾일 때마다 점점 그윽해지는 꽃 색깔, 수의처럼 따뜻하고 또한 서늘한 꽃 색이 아니었다면 나는 꽃산딸나무의 고통을 알지 못했으리

색깔론만 펼치는 풍경에 대해 순전한 향기를 게워내는 꽃산딸나무의 순교는 더욱 몰랐으리

세상의 수많은 色을 훔쳐 내 속에 묻어 두었으니 오늘은 나도 십자가를 짊어지네 수상한 향기만 남은 나무계단처럼 꽃산딸나무 등에 기대어 찰칵, 나를 못 박네

- 「꽃산딸나무」 부분

'핏자국'과 '흰빛'은 시각적인 측면에서도 의미적 측면에서도 선명한 대비를 이루는 이미지들이다. '핏자국'이 '가시관'의 고통과 시련, 고독의

정서를 상징적으로 보여주고 있다면, '흰빛'은 극한의 정신적 응결을 보여주는 '성자', '순교' 등의 이미지로 표상된다. 이 두 이미지는 상호 대립되고 있지만 또한 함께 갈 수밖에 없는 관계로 설정되어 있다. '핏자국'이 지고 있는 고통과 고독은 '흰빛'의 승화 혹은 극복의 세계로 나아가기 위한 일종의 통과의례가 되기 때문이다. 시인은 이러한 과정을 "피가 다른 두 사람이 하나의 슬픔에 닿은 것처럼"으로 묘사한다. "피가 다른 사람이 하나의 슬픔에 닿"는 과정은 '십자가'를 지는 만큼의 고통을 수반한다. 이러한 과정을 지나서야 비로소 "빛이 꺾일 때마다 점점 그윽해지는 꽃 색깔"의 결과로 나타나게 되는 것이다.

　강영은 시인의 시적 사유에는 타협을 이끌어내는 중간지대가 별로 없다. 뜨겁고 차갑고, 붉고 희고, 어둡고 밝은 색채의 구도가 선명하게 대비된다. 이러한 대비 구도는 스스로를 벼리고 전복하고 생성시키는 일련의 과정과 연결된다. "괴석의 가치는 추할수록 아름답다"(「수석유화」)라는 발상 또한 이러한 배경 속에서 가능해진다. 여기에는 극대화된 아름다움은 극대화된 슬픔을 담보로 한다는 인식이 깔려있다. "습관에 중독된 손은 은둔형 외톨이다"(「악수」)라는 대목도 이와 같은 맥락 속에서 의미화 된다. "습관에 중독된 손"과 "은둔형 외톨이"는 두 개의 의미가 중첩되어 있지만, 그 중 "은둔형 외톨이"에 주목해볼 필요가 있다. "은둔형 외톨이"는 시인의 자의식의 한 측면이면서 자기 벼림의 상징적 표상으로 보여 지기 때문이다. 스스로를 극단에 둠으로써 극단의 가치를 열어가고자 하는 열망이 그 안에 숨어있는 것이다. 따라서 "세상의 수많은 色을 훔쳐" 살아가고 있는 자신을 인정하고, "오늘은 나도 십자가를 짊어지네"라는 절실한 고백을 하게 된다. "세상의 수많은 色"을 지나 단 하나의 色을 완성해가는 것이야말로 시인이 종국에 이르고자 하는 자기 벼림의 세계가 될 것이기 때문이다.

　　울지 말아요 당신은 새장처럼 울기에 적당한 장소를 가졌잖아요
그리고 또, 내가 아는 어떤 거울보다 나이가 많잖아요

　　청동으로 깎아 만든 샘물에 얼굴을 비쳐보네 허상은 깨지기 마련
이라고, 청동 물결이 흔들리네

　　여전히 아날로그 방식인 슬픔 여전히 더듬거리는 눈자위 나는 어
디서 흘러온 강물일까 밤새 부푼 눈이 나뭇가지에서 돋네
-「눈물의 이면」 부분

　　밤마다 벌레가 운다 밤에 듣는 벌레소리는 겹겹, 젖어드는 적막
의 깊이여서 바깥귀로 들으면 사금파리 깨지는 소리지만 속귀에는
물 머금은 별 쏟아지는 소리다

　　허공의 현을 긋는 별빛도 이와 무관하지 않다 섞이고 흩어지는
잡음에도 우주가 있다는 걸 내 귀가 공명하는 것이다

　　귀문을 활짝 연 이즈음 속귀가 젖은 나는 울음 우는 벌레와 다르
지 않다 내가 우는 건 주고받을 다른 쪽 귀가 없어서가 아니다

　　"소름처럼, 소름처럼 돋는 별을 지녔기 때문이다"
-「내 귓속의 풀숲」 부분

강영은 시인의 세계인식과 자아인식의 근저는 관념적 차원이 아니라 시인이 살아온 경험적 시간과 이에 따른 여러 발자취 속에서 생성된다. 여기에는 우리가 직면하고 있는 온갖 허상의 소리들과 군상 속에서의 소외의 정서가 직조되어 있다. 시인은 이러한 상황들을 직시하고 환기시키고 재현해가기 위해 사물과 나를 하나의 정서 속으로 끌어들인다. "여전히 아날로그 방식인 슬픔"과 "나는 어디서 흘러온 강물일까"(「눈물의 이면」), "속귀가 젖은 나는 울음 우는 벌레와 다르지 않다"(「내 귓속의 풀숲」)라는 표현 등이 이를 뒷받침한다. 이는 사물을 내 안으로 들여놓거나 혹은 나를 사물의 특성과 연결시켜 내면의 움직임을 보다 섬세하게 표상하기 위한 방식이 된다. 위 두 편의 시에 나타나는 "슬픔"과 "울음"은 자의식의 근저를 체감할 수 있는 정서적 배경이면서 이를 매개하는 이미지가 된다. 이러한 이미지들이 내포하고 있는 '물' 이미지는 아래로 침잠하는 하향지향성의 속성을 지니게 된다.

하지만 "소름처럼, 소름처럼 돋는 별"이 등장함으로써 상승지향의 세계로 접어들게 된다. "별"은 "슬픔"과 "울음"의 침잠을 상쇄시키고 상승지향으로 전환하게 하는 에너지를 품고 있다. 앞서도 말한 바와 같이 침잠과 상승이라는 대립적 구도는 강영은 시인의 시편에서 쉽게 접할 수 있는 특징이다. 이러한 특징은 슬픔의 정서가 시의 전면에 배치되어 있으면서도 암울한 정조로 함몰되지 않고 투명한 빛의 세계로 상상력을 이끌어갈 수 있는 역할을 한다. "별"은 세계와 쉽게 합치될 수 없는 소외의 정서를 표상하는 것이기도 하고, 자신만의 강렬한 존재성을 드러내는 또 다른 지향성으로서의 의미를 지니기도 한다.

3. 본래적 존재성에 대한 자각

강영은 시세계의 전면 혹은 행간에 스며있는 나와 세계에 대한 부재의 심연과 이로 인한 슬픔의 정서는 시인의 강한 자의식의 일면이기도 하고, 세계를 바라보는 인식체계로서의 심리적 지표이기도 하다. 이는 또한 본래적 자아로 돌아가기 위한 부단한 자기 벼림의 몸짓이면서 정신적 확장을 유도하는 정서적 흐름이 되기도 한다.

> 귀신이 발목을 잡아당긴다는 백록담에서 마고의 항아리를 본다
> 물이 출렁거리는 솥단지, 수천수만 개의 별빛이 쏟아져도 고인 물이
> 무쇠처럼 뜨거워지지 않는 연유가 벌써 내 속에 들어온다 귀를 열면
> 청적색(淸笛色)의 바람, 맑은 피리 같은 바람 하나 들고 등에 지고 온
> 바닷가 마을은 멀다
>
> - 「마고의 항아리」 부분

강영은 시인의 시적 상상력은 시집 제목인 "마고의 항아리"로부터 출발한다. '마고(麻姑)'의 신화는 시인의 시적 상상력을 촉발하고 확장하고 또 자기화하는 과정과 긴밀하게 연계되어 있다. "귀신이 발목을 잡아당긴다는 백록담에서 마고의 항아리를 본다"에서 그 출발지점을 감지할 수 있다. 신비의 "청적색(淸笛色)의 바람"이 열리고 이야기의 깊은 고리가 풀려나간다. 따라서 인간존재의 터전과 그 이후의 삶의 발자취들도 신화의 진중한 울림과 무게 속으로 침잠한다. 나와 세계를 발견하고 인식해가는 사색의 순간들도 이러한 색채에 근접해있다. '백록담'은 시인이 상상력을 열어가고 신화를 생성해가는 공간으로서의 의미를 지닌다. 이는 시인의 개별적 경험공간의 표상이기도 하고 신화 창출의 특정 이미지를 함축

하기도 한다.

이처럼 '마고'의 이미지는 신화적 특성과 함께 다양한 이야기를 생성하는 삶의 공간과 접목된다. 이른바 신화 자체의 무게에 갇혀 있는 것이 아니라 사람살이의 여러 흔적들과 맞물리고 있다. "산등성이에서 쫓겨 산사람이 된 이야기, 두 눈에 불을 밝힌 도깨비가 되었다는 이야기, 밤이면 낮을 쥐고 먹을 것을 구하러 마을로 내려갔다는 이야기"와, "아버지와 곰보 아재는 안개비 너머 돌무덤 속으로 돌아갔다" 등의 배경이 이를 뒷받침한다. 따라서 '마고'와 인간은 분리되어 있는 것이 아니라 시간의 경계를 뛰어넘어 하나의 공간 속으로 포섭되고 있다. 다시 말해 신화적 공간은 시인의 상상력을 통해 현실 속에서 재현되고 있는 것이다. "그리운 얼굴들이 무릎 아래 죄다 모인다는 돌무덤"은 신화적 시간과 공간을 대변한다. 이른바 신화는 인간을 낳고 인간은 다시 신화를 생성한다는 상호관계성이 성립되는 것이다. 이러한 상상력의 근저가 곧 강영은 시인의 나와 세계를 체감하는 관계성의 구도이면서 본래적 자아를 찾아가는 긴밀한 연결고리가 된다.

비바리는 제주에서 자생한 꽃이다
제주 흙 속에 묻힌 진짜 뿌리가 아니면
잎과 줄기를 쉬 허락하지 않는 꽃이다
진짜 흉내 내는 가짜 뿌리는
어느 곳에나 있고
아마존 유역에는 몇 개씩 달고 다니는
부족도 있다지만 뿌리 행세를 하는
가짜가 피우는 것은
태어난 곳을 잃어버린 헛꽃이다

비바리는 바다를 길들이는 고래를 꿈꾼다
외로울수록
차고 높은 호흡을 내뿜는다
이어도를 바라보는
꽃은 그렇게 살촉을 매단다
도시마다
그녀를 복제하는 꽃집이 있다지만
손돌이추위 속에서도
거친 숨소리를 내뿜는 선돌 앞이나
고래 심줄 같은
물줄기가 등을 껴안는 돈내코 부근에 가면
암노루처럼 보짱한 그녀들을 볼 수 있다.
사철 푸른 나무들이 꼿꼿이 서 있는
해발 900미터,
눈 속을 달리는 두 다리가 섬 밖으로
치우치지 않는 그곳이
그녀들의 북방한계선이다

-「제주 한란」 전문

강영은 시인의 또 다른 지향성으로서의 열망은 곧 본래적 존재성을 찾아가는 것에 있다. 시인에게 이러한 존재성에 대한 자각은 새로운 발견의 차원이 아니라 이미 내 안에 형성되어 있었던, 그러나 오래 상실하였거나 망각하고 있던 어떤 대상에 대한 눈물겨운 그리움이고 깨달음이다. 시인의 경우, "마고의 항아리"에서 출발해 "제주 한란"을 통해 그 존재성의 확연한 위치와 가치를 구체화한다. "제주 한란"은 제주에서만 자생하는 꽃으로 위 시에서는 "비바리"와 동일시되어 나타난다. 제주의 상징적 존재인 두 이미지는 시인으로 하여금 "진짜 흉내 내는 가짜 뿌리"에 대한 비판적 사유와 본질을 상실한 "헛꽃"의 위선을 일깨워준다. "비바리 (제주한란)"는 "외로울수록/차고 높은 호흡을 내뿜는다." 이러한 독특한 존재성의 향기만큼이나 "살촉"의 생장 또한 차고 맵다. "눈 속을 달리는 두 다리가 섬 밖으로/치우치지 않는 그곳"은 쉽게 그 본질을 훼손할 수 없는 정신적 터전으로서의 공간영역이 된다.

"제주 한란"의 생장과정과 공간적 특성은 시인의 자아인식의 일면과 겹쳐진다. 곧 시인 자신의 모습과 현실, 지향세계를 투영시키고 있는 것이다. "제주 한란"은 시인의 부재의 심연과 슬픔을 정화시키는 시적 매개물이면서 또한, 시인이 종국에 닿고자 하는 정신적 극복지점이 되고 있다. "나는 언제쯤 당신에게 닿을 수 있을까"(「서귀포」), "지렁이처럼 당신께 닿고 싶었으나 허공을 괴는 발이 없었다"(「척력斥力-피뢰침」) 등에서 알 수 있듯 시인은 그동안 끊임없이 무엇인가를 찾고 또 어딘가에 닿고자 열망해왔다. 그런 점에서 "당신에게" 혹은 "당신께"는 현실 속의 특정 대상일 수도 있겠지만, 더 크게 시인이 닿고자 하는 또 다른 세계의 상징일 수도 있다.

강영은 시인은 "마고의 항아리"와 "제주한란"에 와서야 비로소 정신적/현실적 결핍을 해소하고 자신만의 존재성을 확인할 수 있게 된다. 이는 슬픔을 동반한 수많은 "저녁과의 연애"와 "꽃산딸나무의 순교"를 지나 안착하게 되는 자신과의 조우이다. 또한 "보푸라기 도려내는 눈썹칼처럼 나를 흔들리게 하는 찢어지게 하는 이 바람은 어디서 불어오는가"(「눈잣나무에 부치는 詩」)라는 스스로의 물음과 뜨거운 고뇌의 시간을 지나서야 비로소 얻게 되는 결과이다. 이는 "태어난 곳을 잃어버린 헛꽃"의 '가짜'를 벗어난 진정한 의미에서의 자기발견의 세계가 된다. 따라서 새로운 시적변화를 모색하고 단계적 발전을 열어가는 시작과정으로서의 열망과도 긴밀히 연계되어 있다고 할 수 있다.

'사라지는 것'에 대한 연민 혹은 비판

― 강상윤 시집『만주를 먹다』

1.

시인의 시선에 포착된 세계는 시인의 개인적 경험구도이기도 하고 세계를 가로지르는 하나의 표상이 되기도 한다. 따라서 시인이 무엇을 보고 있는가, 또 어떻게 보고 있는가의 문제는 대단히 중요한 척도가 된다. 시인의 시선은 나와 나를 둘러싸고 있는 크고 작은 형상과 의미와 목소리를 일깨우고 대변한다. 이것은 곧 '나'이기도 하고 '세계'이기도 하고 '우주'이기도 하다. 또한 현실이기도 하고 사회이기도 하고 역사의 한 페이지이기도 하다. 따라서 시인의 시선의 높낮이와 색채와 구도는 시세계의 특징을 감지할 수 있는 형식적/의식적 배경이 되기도 한다. 우리가 시인의 시선에 집중하고 그 이면에 감춰진 의미에 귀 기울이는 것은 이러한 배경에 근거한다.

밖으로 향해있는 여러 갈래의 시선은 자아와의 조우 즉, 자신에게로 돌아오기 위한 일종의 자기탐색의 과정이라고 할 수 있다. 과거의 경험적 시간과 현재의 크고 작은 발자취들은 서로 분리되어 있거나 사라지는 것이 아니라, 상호 연계성을 가지고 자아의 깊은 숨결 속으로 스며든다.

그리고 이러한 시간은 투명한 기류를 형성하기보다 대체로 상처의 형식으로 자리 잡게 된다. 이는 시인의 탐색의 시선이 밝고 긍정적인 세계보다는 어둡고 결핍된 지점, 모순적 상황에 더 크게 반응하면서 그 본질을 캐고자 하기 때문이다. 시인의 시선이 닿는 곳에는 언제나 얼마간의 고통과 절망이 옹이처럼 똬리를 틀고 있다. 세상의 먼지와 소음 속에 묻혀 본연의 가치를 상실하고 잠들어 있는 자아가 거기에 있기 때문이다.

강상윤 시인의 두 번째 시집 『만주를 먹다』(고요아침, 2014)에는 '사라지는 것'에 대한 연민의 정서와 비판의식이 큰 축을 이루고 있다. 사라져가는 인정(人情)과 존재에 대한 가치, 사회구조가 불러들이는 모순, 역사적 현장 등이 그 중심 매개가 된다. 지나간 시간에 대한 그리움, 역사와 현실에 대한 비판적 인식, 시간의 유한성, 망각의 속성 등에 대한 반성과 성찰적 사유가 그것이다. 이미 죽었거나 이별한 사람들의 모습과 주변적 삶의 애잔한 풍경들이 연민을 유도하는 대상이라면, 사회의 여러 모순적 상황들은 비판적 사유를 불러들이는 단초가 된다. 이는 잃어버린 혹은 망각해가고 있는 시간에 대한 성찰이면서 현실적 삶을 관찰하고 돌아보는 반성적 척도가 되고 있다.

> 중고차를 폐차시키고 오는 길에 뒤돌아보니
> 차 뒤 유리에 '공장행' 글씨가 눈에 선하다.
> 장자의 나무가 떠오른다.
> 왜 사라지는 것들은 눈에 선한지
> 자꾸만 돌아보게 된다.
> 정년퇴직 때까지 타겠노라고 다짐했으나
> 소용이 없다.
> 아이들 어릴 때는 한 주가 멀다하고

해수욕장으로, 캠핑장으로,

잘도 돌아다녔다.

어떤 날은 자동차 발전기가 고장 나 카센터로

견인되어 수리하고, 새벽 4시에 들어 온 적도 있다.

그럴 때마다 아내에게 잔소리 당하고서도

버리지 못하던 차가 아니던가?

20만 킬로를 못 채우고 결국 폐차시킬 것이면서

탈 수 있는 데까지 타 보겠노라고

이것저것 부품도 교체하면서 지내왔다.

공장행이라고 써붙인 차를 보면서

쓸모 있음에 매달려 온 삶을 반성해본다.

쓸모없기를 바란 지 오래되었지만,

비로소 자유를 얻었다는 장자의 나무처럼

공장행 글씨가 선명하다.

- 「공장행」 전문

'공장행'에서의 '공장'은 새로운 차량을 생산하는 공간이기도 하고 "폐차"를 하는 폐차장으로서의 의미를 담고 있기도 하다. 위 시에서의 '공장행'은 "폐차"의 용도에 무게를 두고 있다. 여기서 눈여겨봐야 할 것은 '공장행'이 함유하고 있는 "폐차"의 의미가 "정년퇴직 때까지"와 직접적인 연계성을 가진다는 것이다. "폐차"의 한계성과 "정년퇴직"의 시간적 한정성이 서로 맞물리고 있는 것이다. 시인은 "폐차"와 "정년퇴직"의 문제를 동일선상에 올려놓고 '사라지는 것'에 대한 쓸쓸한 심회를 풀어내고 있다. "폐차"와 "정년퇴직"의 문제는 필연적으로 받아들여야하는 시간적 질서임에 분명하다. 이를 거부하고 부정한다는 것은 이러한 질서에 대한 반기이면서 위배가 될 것이다. 그럼에도 불구하고 회한의 정서와 허무적 심상이 끼어들 수밖에 없다. 지나온 시간을 돌아보고 그러한 시간에 대한 반성과 질적 가치에 대해 따져보게 되는 것은 바로 이 때문이다.

어떻게 살아왔는가, 무얼 하며 살아왔는가의 문제는 중요한 화두이다. 시간은 누구에게나 공평하게 주어지지만 그 결과는 달리 나타나기 때문이다. '어떻게 살아왔느냐'의 문제를 신중하게 짚어봐야 할 이유가 여기에 있다. 시인은 스스로 "쓸모 있음에 매달려 온 삶"이라고 고백한다. 여기서 "쓸모 있음"이란 무엇일까. 이는 사회적 차원에서는 자본주의적 삶의 방식과 관계할 것이고, 개인적 차원에서는 존재의 가치추구에 그 중심이 놓일 것이다. 그리고 사회적 존재방식은 결국 "정년퇴직"이라는 시간적 한계와 맞닥뜨리게 된다. 시인은 "쓸모 있음"이 가지는 이러한 비정한 논리에서 벗어나 "쓸모없기를 바"라는 마음으로 살고자한다. 하지만 "쓸모없기를 바란 지 오래되었지만"에서 짐작할 수 있듯이 이 또한 쉽지 않은 일이다. "장자의 나무"와 '공장행'을 동시에 상기시키며 "쓸모없음"의 가치와 "자유"를 떠올리는 것은 이러한 현실에 대한 역설적 사유일 것이다.

"왜 사라지는 것들은 눈에 선한지/자꾸만 돌아보게 된다"에서도 알 수 있듯이 지나간 것 혹은 지나가는 것에 대한 시인의 심연은 특별하다. 이러한 정서는 "일곱 살"의 기억 속에 살아 있는 "돌래떡"(「돌래떡」)의 추억과, "할머니의 알루미늄 대야가 아니고/플라스틱 대야에 수돗물을 받"(「아니마」)으며 "할머니 생각"을 하는 그리움의 정서와도 연결되고 있기 때문이다. 또한 "옛 우리 선조들이 살던 만주 벌판을 말이 아니라,/기차 타고 2박 3일을 달리면서/동포들이 만들어준 흰 떡을 입에 무"는 "곤떡"의 의미와도 연계성을 가진다. 제주 4·3 사건을 소재로 한 「이 덕구 선생 산전山田」이나, 「북측 안내원」, 「내금강 합수제合水祭」 등의 작품에서 보여 지는 역사적 배경 또한 이러한 정서를 환기시키는 상징적 토대가 된다. 전자가 연민의 정서를 불러일으키는 대상이라면 후자는 비판적 사유를 상기시키는 배경이 될 것이다.

> 나도 한때 둥지처럼 고층 아파트에 산 적이 있어,
> 높이 살려 발버둥친 적이 있어,
> 그때의 현기증을 이제야 느끼는지
> 뇌 혈류 검사를 받고서야
> 혹시 잘못되면 어쩌나 걱정을 하는데,
> 어린 것들을 아카시아나무 꼭대기에 눕혀 놓고
> 나만 혼자 내려온 것 같아,
> 땅바닥이 왜 이렇게 불안한지
> 다시 올려다보고, 올려다보고
> 뒷걸음을 친다.
>
> -「흔들리지 않는 집」부분

"나도 한때 둥지처럼 고층 아파트에 산 적이 있어,/높이 살려 발버둥친 적이 있어"가 내포하는 삶의 풍경은 앞의 시 "쓸모 있음에 매달려 온 삶"과 동일한 무게를 지닌다. 이러한 삶은 욕망이 팽창해 있는 삶이고 경쟁과 차별과 소외가 존재하는 삶이다. 상승을 지향하는 것은 생명 가진 모든 존재들의 숙명이면서 지표이다. 따라서 '상승' 즉, "고층 아파트"로 표상되는 꿈을 실현하기 위해 일생을 "발버둥"치게 된다. 여기서 "고층 아파트"는 욕망의 상징적 표상이면서 자본주의적 삶의 가치기준이 된다. 하지만 대개의 경우 이러한 대열에 흡수되지 못하고 소외의 정서를 맛볼 수밖에 없다. 설령 이러한 반열에 올랐다 하더라도 종국에는 자괴감과 회한의 나락으로 떨어지게 된다. 물질에 기준을 둔 삶은 결국 '사라지는 것'의 조건에 종속되고 말기 때문이다.

시인이 "고층 아파트"를 나무 위에 매달린 "새둥지"의 형상과 동일시하는 것은 이러한 배경을 암시하는 것이다. 이는 "현기증"과 병증을 걱정해야 하는 위기와 긴장을 유도하는 삶이다. "나만 혼자 내려온 것 같아"에서 알 수 있듯이 시인은 스스로 이러한 삶의 방식에서 벗어나고 있다. 이는 "고층 아파트"가 내장하는 욕망의 저변이 "아카시아나무 꼭대기에/검은 삭정이 새둥지"에 불과한 허상과 환상임을 스스로 깨닫고 있음을 의미한다. 그런 점에서 「흔들리지 않는 집」이라는 제목은 큰 상징적 의미를 지닌다. "흔들리지 않는 집"은 허공이 아니라 지상에 집을 짓는 것이다. 즉, 정신의 가치에 중심을 두는 존재방식으로 진정한 자아와의 조우를 가능하게 한다. 시인은 이제 어디에 집을 지어야할지 스스로 물음을 던지고 그 해답을 찾아가는 지점에 서 있는 것 같다.

> ①
> 날이 밝으면 해직되는 날인데
> 때늦은 봄눈이 내린다.
> 면목동 칼국수집에
> 목이 없는 사람들끼리 모여 앉아
> 창밖만 바라보고 있다.
>
> － 「봄눈」 부분

> ②
> 요즘 아빠 모르게 아르바이트하는
> 우리 집 두 아이만이 아니라,

부장님 댁은 자녀 학자금 대출받은 것을
갚느라 매달 오십만 원씩 팔십 개월을
갚아야 한다네.

- 「당현천을 걸으며」 부분

③
머리를 삭발해 달라하니
이발소 주인이 말린다.
직장 있는 사람이 함부로 삭발했다가는
눈 밖에 나기 쉽다고.
달린 식구도 생각해야 한다고.
머리칼을 자르려온 것 뿐인데,
모가지가 서늘해짐을 느낀다.

- 「이발」 부분

강상윤 시인의 시적 정서의 팽창과 상상력의 진폭은 우리의 삶의 주
변에서 펼쳐지는 크고 작은 일들로부터 출발한다. 이러한 문제의식들은
개인적 시선의 범주에 놓여 있지만 실제로는 사회 전반을 경직시키는 문
제의식에 다름 아니다. '해직'을 눈앞에 두고 "창밖만 바라보고 있"는 이
른바 "목이 없는 사람들"(「봄눈」)로 상징되는 직장인의 모습과, "요즘 아
빠 모르게 아르바이트하는/우리 집 두 아이", "자녀 학자금 대출받은 것
을/갚느라 매달 오십만 원씩 팔십 개월을/갚아야"(「당현천을 걸으며」)하는
"부장님 댁"의 현실적 상황은 삶의 뒤 안을 들여다 볼 수 있는 구체적 사
례가 된다. "머리칼을 자르려온 것 뿐인데,/모가지가 서늘해짐을 느낀
다"(「이발」)의 배경 또한 여기에 닿아있다. 직장을 놓칠까봐 "삭발"도 마

음대로 못하는 직장인들의 애환 또한 우리 모두가 직면하고 있는 위기이고 풀어가야 할 문제의식에 다름 아니다.

이러한 문제의식들은 자본주의적 구조에서 발현되는 모순성의 한 척도이면서 사회 일반적인 삶의 현장에서 목도하게 되는 어두운 기류에 다름 아니다. 시인의 탐색의 시선이 일상적이면서도 일상적이지 않은, 지극히 개별적이면서도 사회성을 동반하는 이유가 여기에 있다. 평범한 일상적 모습들을 통해 촉발해내는 이야기의 근저는 대부분 주변적 삶의 절실함과 사회적 배경에 닿아 있다. 이러한 배경들은 단절과 억압과 강요를 내장하는 특성을 지닌다. 위 세편의 시들은 보편적 삶의 형식 속에서 체득되는 사회/현실적 문제와 그 속성을 비판적 시각으로 읽어내고 있다. 밖으로 향해 있는 시인의 시선이 내면으로 침투하면서 자아와 만나게 되는 지점이 바로 여기이다. 자아는 사회의 여러 장애요소들로부터 직·간접적으로 지배를 받게 된다. 따라서 세계의 형상과 모순이 거대하면 할수록 자아는 더욱 위축되고 왜소해질 수밖에 없다. 시인의 탐색의 시선이 비극적인 색채를 띨 수밖에 없는 이유가 바로 여기에 있다.

강상윤 시인의 '사라지는 것'에 대한 연민과 비판의 척도는 개인적 경험구도와 역사적 인식체계를 두루 아우른다. 이는 과거를 일깨워 오늘을 반성하는 잣대이면서, "석모도 가는 길,/뱃전에 앉아/옛날을 잊는다"(「석모도」)에서처럼 망각하고 흘려보내고 싶은 대상이기도 하다. 시인의 경험적 시간이 대체로 상처에 닿아있고 상처에 대한 극복을 매개로 하고 있기 때문이다. "내려가는 길의 안부를 묻"(「안부」)는 심연 또한 자기극복의 구도에 닿아있다. 노자/장자에 대한 비유적 표현이나 불교적 공간 이미지와 그러한 심상을 형상화하는 것도 이와 무관하지 않다. 시인은 "햇빛 두어 마지기 밭이면 족할 나의 삶이거니"(「봄신」)라고 스스로의 가치추구의 지평을 열어둔다. 이는 상승의 허상을 좇기보다 "내려가는 길"의 의미를 구축하고, "목탁 소리"를 통해 "고요의 진가眞價를 새롭게(「고요한 소리」)" 발견하고자 하는 것이다. 그리하여 "정화된 나의 불"(「적설積雪」)의 세계로 나아갈 수 있게 된다.

안과 밖의 경계 혹은 풍경의 진실

— 고영민의 신작시론

안과 밖은 언제나 존재하고 있다. 각각의 색채와 방향성은 다르지만 하나의 몸체처럼 밀착되어 늘 우리의 주변에 가로놓여 있다. 때로, 그 경계가 모호하여 별 다른 인식 없이 스쳐지나가거나 망각되기도 한다. 특히, 안의 유무에 대해서는 특별한 관심을 가지지 않거나 모르는 척 덮어두고 비켜가기 일쑤이다. 이는 가려져 있는 이면의 파장들을 주의 깊게 들여다보고 사유하기보다 밖의 풍경에 더 크게 반응하고, 길들여지고, 구속되고 있기 때문이다. 이것이 곧 내가 풀어가야 할 가장 절실하고 직접적인 현실이라고 생각한다. 따라서 안의 은밀한 발자취와 침잠해 있는 뿌리의 잔상들을 체감하기는 그리 쉽지 않다. 자칫, 본질을 망각하고 표피적인 형식에 천착하게 되는 것도 여기에서 비롯된다. 안의 진실이 보다 견고하게 은폐되고 소외당하게 되는 배경도 여기에 있다.

고영민 시인이 그려내는 시적 풍경은 고요하다. 한순간 사물의 움직임이 정지된 듯 정적이 물들어있다. 하지만 정적 너머로 혹은 내면으로 존재의 흔적이 강렬하게 생동하고 있음을 부인할 수 없다. 고요한 풍경은 과연 고요한 것일까, 라는 물음이 제기되는 것도 이 지점이다. 시인은 사물의 흐름을 눈으로 읽어내듯 묘사한다. 이는 밖의 풍경에 압도당해 있는 시선들을 비껴 안의 숨소리에 보다 집중하고 귀 기울이고자 하는 일련의 과정이 될 것이다. 정적 속에 잠들어 있는 풍경을 내밀하게 포착하고 사유하고자 하는 작업이 바로 그것이다.

시인이 읽고 있는 안의 세계는 대부분 은폐되어 있는 진실의 한 측면이거나 존재의 집요한 흔적들이다. 암울한 사회현실의 일면을 심어두거나 존재에 대한 탐색, 나와 세계와의 거리를 체감하는 상상력의 저변이 바로 그것이다. 이러한 과정들은 특별한 시적 장치를 두거나 동적인 행위영역으로 확장되지는 않는다. 안과 밖, 나와 세계의 구도를 풍경의 한 축으로 그려내고 있다는 점에서 남다르다. 따라서 출발지점에서부터 무언가 있음직한 배경을 암시하고 시선을 집중시키는 효과를 얻고 있다. 이러한 접근방식은 나와 현실을 명징하게 읽고 있다는 뜻이 될 것이고, 나아가 보이지 않는 또 다른 세계에 대한 탐색의 시선이라고 할 수 있다. 이는 모르는 척 스쳐 지나가거나 은폐되어 있는 사물에 의미를 부여한다는 점에서 발견의 한 지점이 되기도 한다.

고영민의 신작시 「물빛」, 「무화과」, 「산채비빔밥」 등의 작품들은 제목이면서 또한 시적 의미를 구성하는 상징 이미지가 된다. 이는 시인이 표상하고자 하는 세계가 제목 속에 함축되어 있음을 의미한다. 시인은 안과 밖의 경계에 서있다. 이는 안을 들여다볼 수 있는 자리이기도 하고, 밖을 향해 있는 자리이기도 하다. 따라서 두 공간을 동시에 관찰하거나 탐색하는 여건이 주어지기도 한다. 하지만 두 공간에서 모두 소외되어 스스로의 존재성이 부재하는 위치가 되기도 한다. 시인이 탐색하고자하는 안과 밖은 사람 사는 세상과 그 뒷모습들이다. 이는 현대를 살아가는 우리의 발자취이면서 모순적 구조에 대한 비판과 반성의 척도가 된다.

둑방에서 노는 개들이
신발을 물고 놀았다
흰 블라우스가 수면 위를 둥둥 떠다니기도 했다
한밤중 차를 몰아 저수지로 향하던
모녀의 눈빛

엄마 어디가?
좋은데
좋은데 어디?

물빛을 떠받쳐주는
물빛
감기는 물빛을 끌어안은 채
물빛은 깊고 푸르다
어디까지가 물빛일까
제자리를 돌며
자꾸만 더 깊은 곳을 들여다보는

굽어진 둑방 아래
물에 비친
산 그림자 둘

- 「물빛」 전문

'물빛'은 투명하다. 그래서 그 안에 잠들어 있는 크고 작은 이야기들을 어렵지 않게 건져 올릴 수 있을 것 같다. 또한 물풀의 미세한 흔들림까지 명징하게 들여다볼 수 있을 것 같다. '물'과 '빛'의 효과가 거울 이미지의 효용성으로 떠오르는 대목이다. 하지만 위 시편의 내용은 이러한 일반적인 사유의 범주를 벗어나 있다. '물빛'은 사물의 형상을 투명하게 비춰주는 역할이 아니라 오히려 모순을 야기 시키는 '어둠'의 형식으로 나타난다. 이른바 진실을 왜곡하는 하나의 장막으로 상징화되고 있는 것이다. 이러한 '물빛'의 양면성은 1연과 2연에 등장하는 '모녀'의 이야기를 통해 그 배경이 구체화된다. 1연은 "한밤중 차를 몰아 저수지로 향하"고 있는 '모녀'의 모습을 보여준다. 2연에는 "엄마 어디가?/좋은데/좋은데 어디?"라는 '모녀'의 대화가 포착된다. 담담하게 펼쳐지는 '모녀'의 대화는 일상적인 모습을 취하고 있다. 하지만 작품의 전체적 흐름을 볼 때 "한밤중 차를 몰아 저수지로 향하"는 '모녀'의 걸음은 긍정적인 나들이의 형식이 아님이 분명하다. '한밤중'이라는 시간적 배경도, '저수지'라는 공간 이미지도 '좋은데'를 충족하기에는 거리가 있기 때문이다.

이러한 이야기적 배경은 "둑방에서 노는 개들이/신발을 물고 놀았다/흰 블라우스가 수면 위를 둥둥 떠다니기도 했다"에서 그 구체적 정황을 드러낸다. '모녀'의 '한밤중'의 '저수지' 행은 결국 '죽음'으로 암시된다. '개들이' 물고 노는 '신발'과 "수면 위를 둥둥 떠다니"는 '흰 블라우스'는 '모녀'의 '죽음'을 확인시켜주는 매개물들이다. 이러한 이야기의 전말은 3연에 등장하는 화자(시인)의 시선을 통해 전달된다. 화자는 '신발'과 '흰 블라우스'를 매개로 '모녀'의 '죽음'을 환기시키고 '물빛' 속에 감춰진 사건의 진실을 각인시키고자 한다. '물빛'은 이러한 진실을 풀어낼 수 있는 혹은 풀어내야 할 직접적인 상관물이면서 구조이다. 하지만 '물빛'은 아무 것도 제시해주지 않는다. '물빛'은 '모녀'를 잠식하고도 아무 일 없었다는 듯 고요하다. '물빛' 속에 '물빛'을 포개고 앉아 더 많은 투명을 가장하고 완벽한 은폐의 기능을 숙지한다. 따라서 화자는 "어디까지가 물빛일까"라는 물음을 던지면서 "제자리를 돌며/자꾸만 더 깊은 곳을 들여다" 볼 수밖에 없다.

'물빛'은 '둑방'을 기점으로 하여 물 안과 물 밖의 세계를 나타낸다. '모녀의 죽음', '물빛'의 완고한 침묵, 화자의 시선 등이 안과 밖의 풍경을 구조화하는 상관물들이다. 이 세 상관물들은 위 시편의 사건 속에 긴밀하게 포섭되어 있다. 하지만 자세히 보면 '모녀'와 '물빛'과 '화자'는 각각의 세계 속에 완고하게 고립되어 있다. '모녀'를 '죽음'으로 몰고 간 개인적/사회적 배경, 이를 은폐하거나 왜곡하는 '물빛'의 이중성, 제3의 입장에서 체감하게 되는 진실에 대한 의문과 자기 소외의 정서 등이 여기에 포섭된다. 이러한 정서는 열려있는 것 같지만 결국 완벽하게 단절되어 있는 현실적 모순성과 닮아있다. '모녀'의 죽음은 우리 사회의 어두운 일면을 상징화하고 있다. 현실적·사회적 모순, 이를 스쳐가는 무관심과 단절의 속성 등이 그 속에 담겨 있다. 위 시편이 한 컷의 사진처럼 정지된 고요와 정적을 표방하고 있는 것도 이와 무관하지 않을 것이다.

　　　　무화과 입구로 들어간다

　　　　한번 들어가면
　　　　영영 나올 수 없는

　　　　말벌은 죽고
　　　　꽃가루를 묻힌 어린 새끼들이
　　　　무화과 밖으로 기어나온다

뒤집힌 꽃의,

꽃의 입장이라면
둥근 열매 안이
꽃의 바깥일 터
그곳에 하늘과 여우비와 죽은 말벌이 있다

나와 늙은 개와 낮잠
잉잉거리는 어린 말벌의 새끼들은
꽃 속에 있다

- 「무화과」 전문

　'무화과(無花果)'는 말 그대로 '꽃이 없는 열매'라는 뜻이다. 이러한 특징은 일반적인 자연의 생성 질서와는 사뭇 다른 모습을 보여준다. 하지만 잘 알려져 있듯이 '무화과'는 보통의 식물들과 마찬가지로 꽃을 피우고 열매를 맺는 생장과정을 고수하고 있다. 다만, 바깥이 아니라 꼬투리 안에서 꽃을 피우고 생명활동을 하는 특수한 형태를 띠고 있을 뿐이다. 이는 우리의 시선에서 보면 안과 밖이 "뒤집힌 꽃"의 형태가 된다. 즉, "꽃의 입장이라면/둥근 열매 안이/꽃의 바깥"이 되는 셈이다. 따라서 우리가 바라보고 있는 단단한 껍질부분은 안이 되고, 은밀하게 감춰져 있는 과육 안이 곧 생활을 영위해가는 바깥세상이 되는 것이다. 이곳이 바로 종족보존을 위해 수정을 하고 치열한 삶의 발자취를 남기는 공간이 된다. '말벌'의 죽음과 '어린 새끼들'의 탄생도 이러한 존재방식에서 오는 결과물이다.

　그러면 시인은 '무화과'의 이러한 특수한 생장구조와 존재방식을 통해 무엇을 읽고자 하는 것인가. 1연과 2연에 제시되어 있는 내용에 집중해보면 그 의미적 배경을 짚어볼 수 있다. "무화과 입구로 들어간다//한번 들어가면/영영 나올 수 없는"이라는 부분이 바로 그러한 배경을 뒷받침한다. "무화과 입구로 들어"가는 행위와 "한번 들어가면/영영 나올 수 없는" 공간적 특성이 곧 시인이 사유하고자 하는 중심내용이 된다. 먼저, "무화과 입구로 들어간다"에는 이미 들어갈 수밖에 없는 상황적 배경이 암시되어 있다. 이와 연결해보면, "한번 들어가면/영영 나올 수 없는" 공간은 많은 함축적 의미를 담고 있다. 여기에는 수용할 수밖에 없는 억압적 현실과 영영 빠져나올 수 없는 공간적 한계가 동시에 맞물리고 있기 때문이다.

이러한 현실적·공간적 한계의 중심에 '말벌'이 있다. '말벌'은 종족보존을 위해 수정을 하고 '어린 새끼들'을 분신처럼 남겨두고 죽음을 맞이한다. "말벌은 죽고/꽃가루를 묻힌 어린 새끼들이/무화과 밖으로 기어나온다"에서 '말벌'의 운명과 '무화과'의 특별한 생장과정이 드러난다. 여기에는 '말벌'의 죽음, '어린 새끼'의 탄생, '어린 새끼'의 성장, 죽음, 또 다시 탄생이라는 삶의 연결고리가 암시되어 있다. '말벌'의 삶과 죽음은 제 생태의 질서를 충실하게 따르고 있는 것이지만, "한번 들어가면/영영 나올 수 없는" 종속과 연속의 숙명적 구조가 제시되고 있다는 점에서 비극적이다. 따라서 존재의 숭고나 순환적 질서의 아름다움을 찾기에는 그 갈등상황이 보다 집요하다.

'무화과'는 인간 삶의 여러 질곡과 모순을 상징화하는 매개물이다. 시인은 이러한 삶의 구조를 읽고, 사유하고, 상상력을 확장하고자 한다. 하지만 적극적 행위자로서의 역할을 수행하지는 않는다. 겉으로 보이는 풍경 또한 담담하고 단조롭다. 시인은 사유의 주체이면서 한편으로 "나와 늙은 개와 낮잠"에서 보여 지듯 스스로 하나의 풍경이 되고 있다. 이는 풍경 속에 뛰어들어 행위 하는 행위자가 아니라 관찰자 혹은 방관자의 모습으로 나타나기 때문이다. 즉, 물음을 던지고 해답을 제시하기보다 일정 거리를 두고 바라보는 형식이 되는 것이다.

따라서 앞서 살펴본 '물빛' 이미지에서와 마찬가지로 단절의 속성이 개입하게 된다. 이는 얼핏 눈에 띄지 않지만 내적으로는 상당한 기류를 형성하고 있다. 이러한 단절은 '무화과'로 상징화되는 종속적 삶에서 파생되는 것이기도 하고, 한 발 물러서서 풍경을 그리고 있는 행위방식에서 오는 단절이기도 하다. 후자의 경우, 시인 스스로 나와 세계와의 거리를 만들고 경계를 지음으로써 실제적/심리적 단절을 유도하게 된다. 따라서 관찰자 혹은 방관자는 초월적·관조적 색채를 띠기보다 현실적 자기소외의 형식으로 나아가게 된다. 외부적 풍경들이 때로 객관적 사유의 대상물로, 때로 대립적 구조로 떠오르는 것은 바로 이 때문이다. 결국, 위 시편은 '무화과'를 통해 나와 세계를 포괄하는 현대인의 종속적 삶의 굴레를 표상하고 있다. 단절과 소외의식은 그 내면을 흐르는 정서의 한 축이 될 것이다.

> 식당 좁은 방에서
> 밥을 먹는데
> 뒤쪽에 돌아앉아 있는 여자 손님의 등이
> 자꾸만 내 등에 닿는다
>
> 따듯하다, 후끈하다
> 등을 조금 더
> 그녀에게 갖다 대본다

움찔 당겨 앉을 법도 한데
여자는 피하지 않는다
모른 척 대준다

등과 등이 서로에게
숨을 느낀다

산채비빔밥 한 그릇을 다 비울 때까지
나와 여자의 등은 닿아 있다

얼굴도 없이

- 「산채비빔밥」 전문

　고영민의 신작시에 침잠해 있는 고요, 정적의 풍경은 시인의 시적 색채를 구성하는 중요한 배경이 되고 있다. 이는 동적인 행위를 자제하면서 시선의 흐름대로 풍경을 구조화하려는 의도에서 오는 결과이다. 관찰자 혹은 방관자의 입장을 취하는 태도 또한 이러한 정서를 유도하는 원천이 된다. 시의 의미적 구도, 시인의 사유의 저변과 지향적 가치관도 여기에 포섭되어 있다. 이러한 시적 특징들은 시인이 '시작메모'에 제시하고 있는 "쓸데없는 참견을 하면 안 된다. 글에 끼어들지 않아야 한다"와 어느 정도 맞물리기도 할 것이다. 이를 염두에 두고 보면, 위 시편 「산채비빔밥」은 앞의 두 편의 시편과는 차이를 보이고 있다. 특별한 기교와 장치 없이 담담하게 펼쳐지는 문장구조나 전체적 정서의 흐름은 비슷하지만 시인이 직접적인 행위자로 등장한다. 즉, "제자리를 돌며/자꾸만 더 깊은 곳을 들여다보는"(「물빛」), "나와 늙은 개와 낮잠"(「무화과」)에서 보여

지던 제삼자적 입장에서 '나와 여자'라는 보다 구체적인 행위 위치로 바뀌고 있는 것이다.

시적 풍경 또한 외부공간에서 내부공간으로 압축되고 있다. 이른바 '식당 좁은 방'이 그것이다. 이 공간은 "뒤쪽에 돌아앉아 있는 여자 손님의 등이/자꾸만 내 등에 닿"을 만큼 좁다. 여기서 '좁은 방'으로 상징화되는 공간은 시인의 사유를 응집하는 통로가 된다. 이는 나와 세계의 거리를 좁힐 수 있는 매개물이면서 또한 가까워지고자 하는 심리적 요구가 반영된 공간개념이기 때문이다. "따뜻하다, 후끈하다"라는 표현도 이러한 내적 심리를 함축한다. "등을 조금 더/그녀에게 갖다 대본다"라는 적극적 몸짓도 긍정적인 변화의 기류를 담고 있다. 따라서 방관자의 모습으로 스스로 거리를 만들어가던 풍경과는 상당부분 달라져 있다. "등과 등이 서로에게/숨을 느낀다//산채비빔밥 한 그릇을 다 비울 때까지/나와 여자의 등은 닿아 있다"에서 상호소통의 가능성과 행위의지의 지속성이 암시된다.

하지만 위 시는 또 다른 반전을 숨겨두고 있다. 마지막 연에 제시된 "얼굴도 없이"가 그 핵심을 담고 있다. "얼굴도 없이"는 '나와 여자'와의 거리 좁힘, '등'을 통한 따뜻한 관계열기와 그 희망적 행위를 일시에 전복시켜버린다. 따라서 지금까지의 행위의 저변이 허상으로 남게 한다. '등'을 통해 소통을 의도하는 것 자체가 이미 부재의 요소를 함축하고 있다. '등'은 '나와 여자'를 밀착시키는 일시적 소통의 매개가 되지만 결국 하나의 경계이고 장벽이 될 수밖에 없다. 여기서 고영민의 자아와 세계인식의 색채를 읽을 수 있다. 세계는 열려있지만 그 원천은 철저하게 차단되어 있다. 따라서 진정한 의미에서의 소통은 부재하고 안의 진실은 은폐되고 소외된다. 곧 익명의 얼굴로 살아가는 현대인의 존재방식과 관계형성의 모순적 일면이 드러난다. 시인이 일정 거리를 두고 스스로를 하나의 풍경으로 세워두는 것은 역설적으로 이러한 소외에서 벗어나기 위한 하나의 방편이 될 것이다. 안과 밖의 경계를 직시하고 그 진실에 접근하고자 하는 것은 나와 세계를 탐구하고 이를 보다 견고하게 내면화하려는 시적 열망과 맞닿아 있다.

단절의 세계와 '공복'의 충만

— 고영 시집 『딸꾹질의 사이학』

고영 시인의 시집 『딸꾹질의 사이학』(실천문학사, 2015)에서 발견되는 슬픔의 정서는 "나와 당신 사이"에 놓여 있는 좁힐 수 없는 간격과 그로 인한 단절의식 속에서 생성된다. 시인이 체감하는 단절의식은 개인적 관계구성 속에서 생성되기도 하고, 자본주의적 속성과 연계해서 나타나기도 한다. 시인이 바라보는 세계는 열려있는 것 같지만 닫혀있는 즉, 실제로는 철저하게 차단되고 외면되고 망각된 공간 이미지를 표상한다. 이는 무관심과 소외와 외로움의 정서와 직·간접적으로 연결된다. "세상 모든 문들이 모두 두 개였으면 좋겠다./서둘러 문을 닫는 사람은 문을 외롭게 하는 사람이다."(「서둘러 문을 닫는 사람은 문을 외롭게 하는 사람이다」)에서도 시인의 이러한 단절의식의 배경이 함축되어 있다. 나와 세계는 공존의 관계에 있으면서도 진정한 의미에서의 소통은 부재한다. "딸꾹질의 폭력 앞에서 나만 점점 왜소해"(「딸꾹질의 사이학」)지는 상황 또한 시인이 체감하는 단절의 모순적 일면이 되고 있다.

"세상 모든 문들"과 "딸꾹질의 폭력"은 시인의 정신적/현실적 삶의 영역을 경직시키고 왜소하게 만드는 요인으로 작용한다. 세계와 나 사이에는 언제나 '사이'가 놓여있고 '사이'는 곧 슬픔을 불러들이는 근원이 된다. "房門을 연다고 해서 다 訪問이 되는 것은 아니었다"(「달걀」)라는 인식 속에도 단절의 상실감이 암시되어 있다. 고영 시인의 경우, 슬픔은 '상처'의 형식으로 기억되고, '기억'은 후회와 반성을 불러들이는 자의식의 한 측면으로 부각된다. 따라서 단절에 대한 자각과 이를 직시하고 비판하고 확장해가는 과정은 고통을 수반하는 침잠의 시간이 된다. 하지만 이러한 시간이 또한 시적탐구와 그 실현의 여정과 맞물려 있음을 간과할 수 없다.

> 눈물에 기대 잠드는 날들이 많아졌다
> 지구의 중심을 짊어지고도
> 마음대로 할 수 있는 일이 없다는 것이
> 슬펐다. 낙엽 더미 속에 깃들면
> 잠시나마 따뜻해질까.
>
> 도마뱀이 되고 싶었지만
> 나를 위해 기꺼이 희생해줄 꼬리가 없었고,
> 내 몸은 너무 무거웠다.
> 등에 맺힌 땀방울을 닦아내는 일조차
> 내겐 고역이었다.
>
> 거추장스러운 껍질을 벗어버리기 위해
> 몸속에 불씨를 품고 살아야했다.
> 그 불씨가 꺼지면,
> 뼈 한 점 남기지 않고
> 완전한 연소체가 되고 싶었다.

형체로부터 멀어지기 위해
그림자를 지우며 살아야했다, 그것이
슬펐다.

　　　　　　　　　　　　-「달팽이의 슬픔」 전문

"눈물에 기대 잠드는 날들이 많아졌다"에는 시인의 내면의식의 섬세한 파장과 세계를 바라보는 시선이 감지되어 있다. 여기에는 '눈물'로 대변할 수밖에 없는 부정적이고 암울한 현실적 상황들이 숨어있다. 독백의 형식으로 진행되고 있지만 그 이면에 이미 주체를 무력화시키고 왜소하게 만드는 모순적인 상황들이 제시되고 있는 것이다. "지구의 중심을 짊어지고도/마음대로 할 수 있는 일이 없"는 상황은 주체가 당면해 있는 현실적 각박함과 한계를 보여준다. "나"는 세계의 중심 속에 포섭될 수 없는 조건을 가지고 있고 이로 인해 위기와 갈등을 겪고 있다. "도마뱀이 되고 싶었지만/나를 위해 기꺼이 희생해줄 꼬리가 없었고"에서 이러한 현실적 한계와 모순성이 보다 명징하게 드러난다. 시적 주체가 처해 있는 이러한 비극적인 상황은 일차적으로 내적 요인으로 수렴되겠지만, 더 크게는 외부적인 영향관계에서 찾을 수 있다. "눈물"로 표상되는 시적 배경 속에 비판적 사유를 집약하고 눈여겨보는 이유가 여기에 있다.

시인이 "형체로부터 멀어지"고자 하고, '형체'를 따라다니는 '그림자' 마저 지우며 살고자 하는 의지도 이러한 배경과 연결되어 있다. 여기서 '형체'는 세상살이 속에 고착화되어 있는 '관계', '이름', '권력', '명예', '부' 등의 상징에 다름 아닐 것이다. 따라서 '형체'를 버리고자 하는 행위는 부정적인 한계적 상황을 벗어나기 위한 일종의 탈출구로서의 역설적 방편이 된다. 진정한 "형체"를 회복하기 위해 자신을 둘러싸고 있는 억압적

'형체'를 버리고자 하는 행위가 바로 그것이다. "거추장스러운 껍질"은 숙명처럼 지고 다녀야할 열악한 자기존재의 조건이다. 이러한 조건을 뛰어넘기 위해 시인은 "몸속에 불씨를 품고 살아야"하는 고독한 자기갱신의 시간을 감내하기도 한다. '달팽이'는 그 자체로 이미 가장 낮은 자세로 습지를 유영하는 이른바 눈물 이미지를 담고 있다. 1연과 마지막 연에서 반복적으로 등장하는 "슬펐다"는 세계를 체감하는 자의식의 배후가 될 것이다.

태어나면서부터 온몸이 맨발인 몸이었네
꿈조차 가질 수 없는 생
앞날을 예견할 겨를도 없이
보호색을 찾아야 했네

다리가 너무 많아서 바쁜 나날들의 연속이었네
여러 번의 변신이 필요했지만
짐짝에 불과한 몸뚱어리를 끌고
허리를 펼 수는 없었네
아무도 봐주지 않는 바닥을 뒤집어쓴 채
죽은 듯이 읊조리는 일들이 많아졌네
그런 날은 어쩔 수 없이 눈물과 타협해야만 했네

다리가 너무 많아서 바쁜,
누구도 대신할 수 없는 방황이었네
길고 긴 연체의 항해는
오직 맨발만으로
한 생애를 기록해야 끝날 일이었네

어느 벌거숭이 현자(賢者)의 슬픈 비망록처럼

　　　　　　　　　　- 「민달팽이」 전문

　위 시 「민달팽이」는 앞서 살펴본 「달팽이의 슬픔」과 동일한 정서적 구도를 보여준다. 두 편의 시 모두 '달팽이'가 시적 소재가 되고 있고 '눈물'을 매개로 의미를 확장해가고 있다. 그럼에도 위 시편을 다른 측면에서 살펴보는 것은, 시인의 시선이 개인적 사유의 측면에서 주변적 상황으로의 이동과 확장을 보여주기 때문이다. 이런 점에서 "태어나면서부터 온몸이 맨발인 몸이었네"는 소시민적 존재성을 드러낸다고 할 수 있다. "꿈조차 가질 수 없는 생/앞날을 예견할 겨를도 없이/보호색을 찾아야 했네"에서 이러한 존재성의 의미는 보다 극명하게 나타나고, 여기에는 이들이 처해 있는 삶의 저변과 행동양식까지 함축되어 있다. 이러한 소시민적 존재양식에는 처음부터 "꿈조차 가질 수 없"는, 이른바 접근을 허용하지 않는 거대한 현실적 장벽이 놓여있다. 따라서 자아는 상대적으로 왜소해질 수밖에 없고 외부적 상황에 따라 끊임없이 "보호색"을 만들어야 하는 비극성을 지니게 되는 것이다.

　"어쩔 수 없이 눈물과 타협해야만했네"에서의 '눈물'과 '타협'은 "아무도 봐주지 않는 바닥"을 살아가는 사람들이 직면해야하는 현실이다. "신용불량자"가 되어 노숙인의 삶을 살아가는 "너무 멀리 와버"(「밑줄 긋는 사내」)린 사내에 대한 인식이나, "쟁기를 끄는 노파와 뒤에서 쟁기를 미는 노인"(「죽도록 아름다운 풍경」)의 슬프고도 고단한 '생활'을 묘사하는 것도 이러한 맥락에 닿아있다. 시인은 "내겐 불러야 할 간절한 이름들이/너무 많다"(「후회라는 그 길고 슬픈 말」)라고 말한다. 그가 "불러야 할 간절한 이름들"은 좁게는 개인적 관계 속에서, 크게는 사회적 배경 속에서 생성된다. 그리고 이는 가장 낮은 곳에 있는 자아 혹은 대상들에 대한 슬픔과 연민의 정서에 닿아있다. 슬픔 혹은 눈물은 고영 시인의 대부분의 시편에 등장하고 있지만, 위 두 편의 시는 시인의 사유의 저변을 살펴볼 수 있는 가장 깊은 울림을 담고 있다고 할 수 있다. 소리를 높이지 않고 잔잔한 시선으로 '이름들'을 불러내는 방식은 시인만의 시적 특징이라면 특징이 될 것이다.

　　혼자 사는 집의 공기가 왜 이리 虛한가.

　　밥을 먹어도 공복
　　책을 읽어도 공복
　　그리운 사람도 공복

　　누가 있거나 말거나
　　오직 적막을 즐기고 가꾸는 먼지만이
　　공복의 꽃을 피우고 있다.

　　아무거나 닥치는 대로 물어뜯어보는 혼자 사는 집에서의 저녁은
　　아직 오지 않은 슬픔에 닿아있다.

　　내가 들어가 살고 있지만
　　언제나 비어있는 집

　　마중물 붓듯 소리 내어 시집을 읽다가
　　후두둑 빗소리에 놀라 창밖을 쳐다보다가
　　펭귄처럼 우두커니 서서 공복의 머리를 긁적이다가

애꿎은 내 그림자나 붙잡고
씨름이나 한판 하는
공복의 빈집

                     - 「저녁의 공복」 부분

　고영 시인의 슬픔은 "어릴 적/부모님을 닮은 구석이 없다고 형제들에게 놀림을 받을 때마다/내가 뭐 다리 밑이 낳은 자식인가"(「다리 밑에 대한 명상」)에서부터 시작된다. "다리 밑에 대한 서글픈 그리움"은 자기존재에 대한 최초의 순수 외로움의 발로가 되기 때문이다. 이것이 비록 '상처'의 형식으로 기억되지 않는다 해도 이는 이미 시인의 자의식의 깊은 흔적으로 남아있다. 세계와 나 사이에 놓여있는 알 수 없는 거리감, 단절감 등은 유년에 겪은 "닮은 구석이 없"는 생경한 소외로부터 출발하는 것이다. 따라서 이번 시집에서 보여 지는 시인의 시적 사유의 거리는 「다리 밑에 대한 명상」에서부터 「딸국질의 사이학」까지가 될 것이다. 이는 의식/무의식을 넘나드는 유년의 시간과 각박한 현실을 살아가는 현실적 주체로서의 시간을 두루 아우른다.

　고영 시인이 펼쳐내는 시적풍경과 그 정서적 흐름은 대체로 결핍과 소외의 형식으로 나타난다. 결핍은 대상과 나 사이에 채울 수 없는 간격을 만들고, 간격은 소통부재의 단절을 불러오고, 단절은 다시 슬픔으로 이어지는 과정이 된다. 이러한 과정은 "혼자 사는 집", "언제나 비어있는 집" 등에서 알 수 있듯이 허물 수 없는 세상과의 거리를 던져준다. "혼자 사는 집의 공기가 왜 이리 虛한가"에서 '虛'함은 심리적 '공복'을 불러들이는 시적매개가 된다. '혼자', '빈집'을 포섭하는 '저녁'과 '공복'의 시간적/상황적 배경은 시인의 자아인식의 한 척도가 된다. '혼자', '적막', '저녁', '슬픔' 등은 시적 골격을 구성하는 내적정서이면서 '공복'의 결핍을 극대화하는 역할을 한다. 여기서 주목해야할 부분은, "저녁의 공복"이 배고픔의 표현이 아니라 정신적 허기 즉, 치열한 자기탐구의 고통과 연결되고 있다는 것이다. 단절과 슬픔을 가로지르는 내적 외로움의 정서 또한 결국 시작(詩作)의 일환으로 결집되고 있기 때문이다.

따라서 "애꿎은 내 그림자나 붙잡고/씨름이나 한판 하는/공복의 빈집"은 허황한 메아리의 울림이 아니라 자신과의 한판 사투의 현장이라고 할 수 있다. 이는 극단의 외로움의 표현이기도하고 자기승화를 열어가는 시적통로이기도 하다. 시인이 비만하고 팽창한 세계가 아니라 '공복'을 통해 자신을 들여다본다는 점에서 그의 고뇌의 시간을 신뢰하게 된다. '공복'은 "혼자 있는 밤이 길게 느껴지는 건/내 生의 문장이 너무 진부한 탓이리라"(「원고지의 밤」)와 직접적으로 연결되면서 그의 시적 공간을 역설적으로 충만하게 만든다. "공복의 빈집"은 시인이 세상의 온갖 단절과 '형체'의 모순들을 지나서 맞닥뜨리게 되는 또 다른 허기의 낯설고도 친숙한 집 한 채가 될 것이다. '공복'이 자아내는 투명한 기류와 잔잔하고 강렬한 슬픔의 심연이 아름답게 상징화되는 것은 바로 이 때문이다.

도시적 일상과 '닫힘'의 세계

— 김선호 시집『햇살 마름질』

현대는 다양한 형태로 다양한 메시지로 우리를 구속한다. 일상의 소소한 것에서부터 경쟁력을 부추기는 것까지 우리의 정신적·현실적 속박을 유도하지 않는 것은 거의 없다. 크든 작든 우리에게 주어진 관계구도 자체가 하나의 커다란 감옥으로 다가오기 때문이다. 김선호 시인의 두 번째 시집『햇살 마름질』(서정시학, 2011)에는 도시적 일상이 중심 화두로 등장한다. 도시 공간은 다른 공간들에 비해 인간의 욕망이 보다 집중적으로 응결되어 있는 공간이다. 따라서 소외와 고독, 상실, 부조리 등 부정적인 요소들이 팽배해 있다. 이러한 부정적인 요소들은 우리의 삶 속에 깊이 침투해 정신을 경직시키고 삶의 보폭을 한정시킨다.

김선호 시인이 바라보는 도시적 일상은 대개 문명의 뒤 안이 그렇듯 어두운 색채로 그려진다. 화려함 뒤에 은폐되어 있는 어둠의 그늘은 날마다 족쇄가 되어 우리의 발목을 잡는다. 인간의 욕망 추구는 행복해지기 위한 하나의 방편으로 제시된다. 하지만 그 욕망 때문에 우리는 끊임없이 상처받고 구속당하며 자아상실을 경험한다. 이러한 도시적 공간이 주는 속성을 김선호 시인은 '닫힘' 혹은 '갇힘'의 형태로 읽어낸다. '닫힘'

의 세계는 단절되고 통제되고 구속되는 이른바 결핍을 동반하는 세계이다. 이러한 '닫힘'의 세계는 "길을 따라 왔는데/문은 닫혀있다/채송화 옆에 앉아 문이 열리기를 기다린다"(<시인의 말>)에서도 암시되고 있다. 도시적 일상을 깊은 시선으로 읽어내고, 자아의 위치를 확인해가는 것이 이번 시집의 핵심 탐구과정이다.

> 강남 한복판에 물 먹는 하마가 산다
> 스스로 열렸다 닫히는 자동문처럼
> 입을 뻐금거리며 물을 삼킨다
> 그는 원산지를 가리지 않는다
> 프로필도 중요하지 않다
> 무이자 카드 할부라는 팻말은 입가에 붙여 놨다
> 오수와 폐수가 그 주변을 기웃대다가
> 찰랑이는 샹들리에 조명 물결에 절망하고 돌아섰다
> 소양강에서 흘러온 물이
> 멋모르고 그에게 빨려 들어가서
> 명품 육각수 물로 포장되어 나왔다
> 그 후 하마 뱃속엔 물 좋기로 소문이 나
> 땅 짚고 헤엄치며 산다
> 미끈한 1급수 물들이 들어올 때는
> 하품하듯 입을 크게 벌리고 반긴다
> 알래스카 빙하 덩어리가 세관을 통과했다는 소식을
> 전단지를 통해 배부했다
> 몸은 이미 뚱뚱해져
> 숲으로 돌아갈 수가 없다
> ─「나이트클럽마케팅 비법」 전문

김선호 시인의 시적 특징은 사물을 마치 이야기를 하듯 혹은 그림을 그리듯 가만가만 묘사해 내는 데 있다. 사물의 객관적 묘사는 도시적 일상을 그려내는 데 한층 효과를 준다. 위 시는 도시 공간과 그 공간을 살아가는 현대인들의 모습을 명징하게 묘사하고 있다. "강남 한복판"은 부의 상징이자 온갖 향락의 중심이 되는 공간이다. 이 공간에는 온갖 변질된 욕망의 찌꺼기들이 한 데 엉켜 제 나름의 배를 채워간다. 이곳에는 어떤 것이든 집어삼키고 또 그것을 최고의 상품가치로 둔갑시키는 "물 먹는 하마"가 있다. "물 먹는 하마"는 도시적 병폐와 자본주의적 속성을 상징적으로 보여준다. "무이자 카드 할부", "오수와 폐수", "찰랑이는 샹들리에 조명" 등도 이를 뒷받침하는 상징물들이다. 개인은 욕망을 좇아 "강남 한복판"으로 몰려들고 그 개인의 욕망을 이용하는 상업적 욕망이 '나이트클럽'이라는 공간을 통해 형상화된다.

　　위 시에서 우리가 감지할 수 있는 것은 욕망의 과도한 분출과 그로 인한 자아상실이다. 물질만능의 세계는 현대인들을 물질의 노예로 전락시킨다. 물질적·향락적 세계에 물든 우리들은 이제 본래적 모습을 찾을 수가 없다. 본래 제 자리로 돌아가는 것조차 쉽지 않다. "몸은 이미 뚱뚱해져/숲으로 돌아갈 수가 없"기 때문이다. 여기서 '숲'이란 인간 본연의 모습 혹은 그러한 인간의 삶의 터전을 의미할 것이다. 시인의 절망은 바로 탈출구가 없을 것 같은 이러한 욕망의 굴레와 위기감으로부터 시작한다.

　　　정전된 건물 안
　　　산 속 암자처럼 조용하다
　　　쉴 틈 없이 돌려대던 환풍기 멎으니
　　　천장의 굵은 파이프 속으로
　　　계곡 물 흐르는 소리 들리는 듯하다

빼곡히 앉아 있는 나한상들처럼

몸 맞대고 있던 바코드들만 분주히 움직인다

대량의 소비를 촉진하던 욕망들에게

창틈으로 빛이 안쓰럽게 비칠수록

이들의 욕망은 배로 번식한다

-「대형 할인마트에 갇히다」부분

문명은 인간에게 편리함을 주었다. 이러한 편리함은 우리에게 보다 안락한 생활과 정신적 여유를 안겨 주는 듯했다. 그러나 실제로는 그 편리함으로 인해 우리는 더 큰 속박 속에 빠져들게 되었다. '대형 할인마트'는 수많은 상품과 그 상품을 구매하려는 사람들로 발길이 끊이지 않는 공간이다. 이른바 우리의 일상생활과 경제활동의 흐름을 주도하는 공간이 된다. 이는 활기 넘치는 소통의 공간이면서, 물질적 위력이 실제적으로 감지되는 공간이기도 하다. 그러나 돈만 있으면 무엇이든 다 해결될 것 같던 그리고 가장 화려한 별천지를 자랑하던 이러한 공간이 '정전'이 되자 일순간에 암흑천지가 되어버린다. 문명의 양면적 속성이 주는 아이러니가 아닐 수 없다. 현대인이라면 누구나 한번쯤은 생활공간 혹은 공공장소에서 이러한 상황을 경험해봤을 것이다.

김선호 시인의 '닫힘'의 세계는 위 시 「대형 할인마트에 갇히다」에서처럼 관념적인 것이 아니라, 대체로 일상의 경험을 중심으로 펼쳐진다. 일상의 경험은 그 중요함의 유무를 떠나 대부분 일상의 사물들처럼 가볍게 스쳐 지나치기 마련이다. 하지만 김선호 시인은 일상의 사소한 일들을 무심하게 흘려버리지 않고 거기에서 어떤 문제의식을 포착해낸다. 예컨대 인간을 위해 마련된 구조물들은 언제든 인간을 구속하고 소외시키는 장애요소로 돌변할 수 있다는 것이 그것이다. 삶이 편리하면 할수록 보이지 않는 욕망은 날로 그 부피를 더해간다. 팽창한 욕망은 부조리한 현실을 만들고 급기야 치유될 수 없는 결핍을 맛보게 한다. 우리의 삶을 구성하는 인간관계조차도 결국은 속박의 한 테두리에 다름 아니다. 어느 하나 온전히 우리에게 자유를 안겨주는 구조물은 없다. '대형 할인마트'의 '정전'을 경험하면서 시인은 우리가 살아가는 도시적 공간이 주는 단절의 속성을 '갇히다'로 읽어낸다.

시인의 '닫힘' 혹은 '갇힘'에 대한 사유는 즐겁게 여행을 떠나는 여행객들의 차량을 통해서도 포착된다. 여행이란 일상을 떠나 정신적·육체적 자유를 얻는 데 그 목적이 있다. 그러나 시인이 바라보는 여행객들의 모습은 "지상의 슬픈 족속들이 철창에 갇혀/소풍나오"(「즐거운 소풍」)는 형국에 다름 아니다. 사람들을 실은 버스는 일상의 속박과 마찬가지로 '여행객'들을 구속하는 또 하나의 '철창'에 불과하다. 시인이 일상을 통해 체득하는 세계는 이처럼 겉으로 화려하고 자유로운 모습을 하고 있지만 결국 '나'를 구속하고 단절시키는 모순적 대상일 뿐이다.

①
퇴근하다가 회전문 안에 갇혔다
불심검문에 걸린 듯 주춤하는 사이
타이밍을 번번이 놓치고 있다
소리를 공중에 맴돌게 하는
종의 추처럼
차디찬 원 안에 갇혔다
누군가의 생에 묶여 다니는 몸
잠시 괄호 안에 들어와 있다

       -「괄호 안에 갇히다」 부분

②
엘리베이터 3호선 세모버튼을 누르고
아우라지강을 오가는 줄 배처럼
쇠줄에 묶여 오르내리길 반복하는
배를 부른다
정박해 있던 물살 잦아든 흐린 섬에서
바람의 무늬를 기억하며 내려온다

- 「허공으로 가는 배」 부분

　　모든 일상적 사물들은 그 나름의 속성대로 '나'를 구속하는 대상이다. 일상으로 이용하고 있는 '회전문'이나 '엘리베이터'도 편리한 만큼 더 완고하게 '나'를 구속하는 장치가 된다. 시인은 매순간 부딪치는 일상의 구조물들을 자신의 삶 속으로 끌어들인다. 그리고 문득 대도시의 일상을 살아가는 자기 자신을 돌아보게 된다. 자아는 어느 때부턴가 스스로의 색채를 잃어버리고 "누군가의 생에 묶여 다니"(①)거나, "쇠줄에 묶여 오르내리길 반복하는"(②) 모습으로 변해 있다. 이는 "불심검문에 걸린 듯", 시도 때도 없이 제어당하며 '타이밍'을 놓치거나, "아우라지강을 오가는 줄 배처럼" '줄'에 매달려 기계적으로 살아가는 '타인'의 모습에 다름 아니다. 자아실현으로 가는 적극적 삶 즉, 적극적 자아는 사라지고 끊임없이 구속되고 지배당하는 왜소한 자아만이 반복적 일상을 살아간다.

　　김선호 시인은 「괄호 안에 갇히다」, 「허공으로 가는 배」라는 제목에서 이미 왜소한 자아와 '닫힘'의 세계를 제시하고 있다. 이러한 현실적 한계는 비단 '회전문', '엘리베이터' 등 기계적인 것에 국한되는 것이 아니라, 사람과의 관계에 있어서도 화해할 수 없는 구도를 만들게 된다. "우리는 처음부터 조각난 사이였다"(「퍼즐 맞추기」), "한 몸이 되지 못한 나무의 상처는/자랄수록 깊어갈 것이다"(「부부」) 등이 이를 반영한다. 도시적 삶 속에서의 인간관계는 '퍼즐 맞추기'처럼 "끊어진 듯 이어지"고 이어질듯 끊어진다. 그러다 퍼즐의 조각처럼 일순간 와르르 무너져 버리는 불완전한 관계이다. 이러한 조각조각의 만남은 만남 그 자체가 이미 하나의 상처로 다가온다. 이는 오랜 시간 함께 살아온 부부관계에 있어서도 마찬가지이다. 시인의 사물에 대한 인식이나 관계구도가 대개 불구의 형태로 나타나는 것은 바로 이 때문이다. "사진액자가 기울어져 있다"(「불편한 중력」), "팔랑거리는 나비의 한쪽 날개가 다쳐있다"(「틈」) 등의 표현이 바로 시인의 이러한 사유를 반영한다.

두 손으로 파헤친 봉긋한 가슴 속
비어 있는 젖샘
출렁거리며 흐를 땐
주는 것만으로도 충만했던 멍울 대신
저마다 이름 붙이고 박혀 있는 돌들.

마음 살을 조금씩 떼 보낸 자리에서
종유석들이 자라고
뜨겁게 솟던 사랑은 조용히 말라가고 있다
두고 간 마음끼리
서로 위안이 되며,

함께 있어도 섞일 수 없는 낯선 맛을 잘라내니
하늘빛만 받아주며 살아가야 하는
빈 우물이 되었다

의사는 실리콘 한 덩어리를 상징으로 넣어준다
젖,
무덤이 되었다

-「마른 샘-종합진단 9」전문

도시적 일상이 안고 있는 여러 부정적인 요소들은 인간의 정신과 육체를 병들게 하는 요인이 된다. 우리가 감지하고 있거나 혹은 문득 발견하게 되는 여러 병증들은 그러한 모순들이 만들어낸 하나의 결과물인 셈이다. 김선호 시인의「종합진단」연작시는 바로 그 결과물로서의 상징성을 지닌다. 시인의 시선은 외부적 상황에서 점차 내부로 이동한다. 다시 말해 도시적 일상을 하나하나 짚어가다가 그 시선을 삶의 주체인 자아에게로 옮겨온다. 그리고 자신도 모르는 사이 자신 안에서 자라고 있는 깊은 병증을 발견한다. "주는 것만으로도 충만했던" 사랑의 샘 즉, '젖샘'이 '빈 우물'이 되는 과정을 아프게 겪는다. "뜨겁게 솟던 사랑" 대신에 그 안에는 응어리진 상처들이 '종류석'처럼 자라고 있다. '돌', '종류석', '빈 우물', '무덤' 등은 이러한 병증을 표상하는 이미지들이다. 시인은 '종합진단'을 통해 진정한 의미에서의 자아성찰의 시간을 갖는다. "그대에게 발목 잡힌 나는/평생을 그대 속에 갇혀 있다"(「눈길」)라는 고백은 자아의 위치를 파악하는 하나의 단서가 된다. 여기서부터 잃어버린 자아를 찾고자 열망하는 이른바 자아인식의 세계로 접어들게 된다. 자아실현은 언제나 반성과 비판이 그 중심이 된다. 자기극복은 결국 견고하게 닫혀있는 자신을 열어야 혹은 자신을 속박하고 있는 대상들을 제거해야 확보할 수 있는 기제이기 때문이다.

조팝꽃 필 무렵

모내기를 한다

이앙기 대신 손으로 심는다

누렁소가 써레질하며 지나간 휑한 못자리에

햇빛이 내려와 반질반질하다

지게로 날라 온 모판에

빼곡하게 자라준 여린 모

머리에 이식할 모근들을 한 올씩 갈라놓듯

모들을 한 움큼씩 떼어 놓는다

-중략-

바람이 불고

구름이 지나간다

모심기가 끝나자 논은

마취에서 풀리는 뻐근함을 느낀다

조팝나무 잎에 단풍이 들 때쯤이면

이식한 모발도 풍성해지리라

                      - 「모발이식毛髮移植」 부분

김선호 시인의 자기극복은 결국 외부적/내부적 '닫힘'의 세계를 깊이 성찰하고 이를 적극적으로 개선하고 나서야 가능해진다. 그러나 시인의 자기극복 의지는 대단히 조심스럽고 소극적 형태로 나타난다. 이는 너무나 오랫동안 '닫힘'의 세계 속에 뿌리를 내리고 있었기 때문에 이를 벗어나기가 쉽지 않기 때문이다. 따라서 스스로 체념하고 순응하면서 그 테두리 속에서 망설이기도 한다. 그러나 "들킬까 싶으면 구멍으로 숨던 습관이/슬픔의 근원이었다"(「햇빛 칼날」)라는 자기인식과 더불어 조금씩 변화의 조짐을 보이기 시작한다. 그리고 "여기까지 왔다/제자리로 돌아가

야 하는 게/매 사냥의 문제다"(「동거」), "그 후 가시가 목 주위에서 자란
다/맨 살을 찌르며 나오는 소리 가시부터 자르고서야/밖을 나서는 습관
을 배웠다"(「소리가시」)라는 단계로 접어든다.

위 시 「모발이식毛髮移植」은 시인의 전체 시의 흐름으로 보면 가장 적
극적인 자기극복 의지를 보여주는 작품이다. 탈모가 된 머리에 모내기를
하듯 정성스럽게 모발이식을 하는 작업은 새로운 세계에 대한 열망과 가
능성을 암시한다. '써레질'을 한 휑한 논에 하나하나 모를 심어가는 것은
'한 올씩' 꿈을 열어가는 것이다. 이는 진정한 자아 즉, 거대한 도시 공간
과 인간관계 속에서 왜소한 모습으로 변형된 자신을 버리고 잃어버린 자
아 혹은 이상적 자아를 찾아가는 하나의 과정이라 할 수 있다. 또한 시적
으로 보면, 새로운 언어탐구의 길을 모색하는 작업이 될 것이다. '모내기'
를 하는 과정이 보다 치밀하고 섬세하게 묘사되는 것은 바로 이 때문이
다. 모발이식이란 결국 정신적·현실적 측면에서의 새로운 것의 교체 혹
은 그러한 희망을 암시하는 장치에 다름 아니다. 따라서 "조팝나무 잎에
단풍이 들 때쯤이면 이식한 모발도 풍성해지리라"라는 예견은 시인의 간
절한 열망의 결과물이면서 그 극복세계를 보여준다.

'닫힘'의 세계에서 '열림'의 세계로 나아가는 것은 용기와 적극성이 필
요하다. 이는 많은 현실적 갈등요소와 대립의 장막을 지나야 하기 때문
이다. 김선호 시인은 이러한 과정을 대체로 담담하게 풀어나간다. 일상
의 모습들을 세세하게 관찰하고 작은 움직임마저 포착해내면서도 이를
소리를 높여 성토하거나 비판하지 않는다. 다만 이야기를 하듯, 그림을
그리듯 가만가만 짚어낸다. 그러나 조용한 시선 속에 도시적 일상이 주
는 부조리한 속성과 그로인해 왜소해진 자아에 대한 정직한 자각과 이를
개선하려는 의지를 깊이 감춰두고 있다. 시인의 이러한 자각과 개선의지
는 곧 시적자각과 탐구의지를 암시하는 한 척도가 될 것이다.

자아를 직조하는 또 하나의 자아
— 박수중의 신작시론

시인이 시를 통해 열어보이고자 하는 세계는 거대담론의 현장이거나 각박한 자본주의적 원리에만 닿아 있는 것이 아니다. 오히려 그 반대의 입장에서 소외되어 있는 작은 존재에 대해 숙고하거나 어두운 삶의 저변을 고뇌하고 의미화 하는 작업에 열중하는 경우가 많다. 이를 통해 보면, 시의 길은 어쩌면 빠르게 변화하고 그 색채를 달리하는 현대사회의 생리와는 일정 거리를 두고 있음이 분명하다. 실제 시가 밥이 되거나 명예가 되는 것도 아니니 이러한 생각이 드는 것도 무리는 아닐 것이다. 이런 점에서 시는 그 하나로 독립된 길을 열어가야 할 숙명을 안고 있는 것 같다. '생활'과 합치되지 않는 사유의 근간도 그렇고 그 사유를 펼쳐갈 상상력의 구도 또한 일반적인 잣대와는 거리가 멀기 때문이다.

시는 무엇을 요구하거나 가르치려고도 하지 않는다. 다만 '나'를 통해 세계를 인식하고 세계를 통해 나를 확인해갈 뿐이다. 압축된 행간 속에 나와 세계, 세계와 나의 관계를 설정하고, 그 속에 존재에 대한 의미와 가치를 생성하고 또 실천해가고자 한다. 시인은 현실과 거리를 두고 있으면서도 가장 절실하게 현실을 읽고 또 그 의미적 범주를 탐구/확장해가는 존재이다. 시 속에 표상되어 있는 고통과 연민, 허무와 결핍, 반성과 극복 등은 시인이 체득하고 있는 현실인식의 파장이면서 자기탐구의 심리적 반응에 다름 아니다. 여기서 가장 먼저 직면하게 되는 것이 '나(자아)'이다. '나'는 세계를 구성하고 추동해가는 이른바 삶을 주도하고 대응하고 실천해가는 주체가 된다.

박수중 시인의 신작시에 나타난 시적정서도 이러한 구도와 맞물려 있다. 나를 인식하고 확인해가는 과정으로서의 성찰적 사유가 시작詩作의 내·외적 원리로 제시되고 있다. 이는 겉으로 감지되는 일상적인 자아에서부터 그 이면에 감춰져 있는 또 하나의 자아에 이르기까지의 과정을 수반한다. 시인이 자아를 포착하고, 이끌어내고, 의미화 하는 과정에는 '시간'이라는 매개물이 전제된다. 시인의 '시간'은 대부분 '기억'을 통해 확인되는 것으로, 과거의 어느 한 시절과 그 시절이 함축하고 있는 추억에 집중되어 있다. 따라서 시인의 신작시에 나타난 시적 갈등구조는 현재적 시간과 과거의 시간이라는 두 개의 축으로 이루어져 있다고 할 수 있다. 이 두 개의 축이 곧 현재적 나와 과거의 나를 인식하고 사유해가는 상상력의 근간이 된다. 시에 등장하는 특정 대상이나 그 대상이 함유하고 있는 이야기적 요소들도 결국 시인이 '시간'을 통해 자아를 확인해가는 과정으로서의 시적장치에 해당한다.

태아의 초음파 사진으로
3D프린팅을 하면
태어날 얼굴이 튕겨 나온다고 한다
3D프로그램에

흘러간 추억을 입력하여
그대를 디자인하면
프린터는 시간을 시대별로
얇게 저며 나누고
그때 그 시절의 떨림과 한숨을
차곡차곡 쌓아올려
그대의 형상形象을 만들어 낼 것이다
이윽고 덜컹
시차時差의 족쇄가 풀리고
예상할 수 없는 모습으로
그대가 걸어 나온다 해도
나의 기억은
여전히 잿빛 평면
생각의 홀로그램으로 흘러간다
결코 붙잡을 수는 없다

-「기억도 입체화 될까」 전문

시인은 "태아의 초음파 사진으로/3D프린팅을 하면/태어날 얼굴이 퉁겨 나온다"는 사실에 새삼 주목해본다. 아직 태어나지도 않은 태아의 시간이 구체적인 형상으로 우리의 눈앞에 펼쳐지게 된다는 것이다. 시인이 이러한 사실에 대해 사유하게 되는 것은 그의 내면의식 속에 이와 유사한 결과를 수렴하고자 하는 열망이 있기 때문이다. 다시 말해 "흘러간 추억"을 "3D프로그램"에 입력하여 그 추억 속에 잠들어 있는 "그대"를 불러내고 싶어 하는 것이다. "흘러간 추억"은 시인의 젊은 날의 꿈과 사랑이 담겨 있는 기억 저장고이다. 따라서 오랜 시간이 흘러가도 잊혀 지지 않는 의식/무의식적 반응으로 작용한다. "그대"는 "그때 그 시절의 떨림과 한숨"을 상기시키는 추억의 대상이면서 한편으로 시인이 복원하고 싶어 하는 '시간'에 대한 상징을 담고 있다. 따라서 "그대"와 "나"는 시간의 이쪽과 저쪽을 구분하는 경계에 서 있지만, 상호 분리되어 있는 것이 아니라 끈질긴 연속성을 가지게 된다.

"그대"는 흘러간 '시간'에 대한 그리움이기도 하고, 그 시간 속에 잠들어 있던 "나"를 일깨우는 암시적 자아이기도 한다. 시인에게 있어 "흘러간 추억"은 그 시간적 거리만큼이나 간절한 메시지와 회한을 담고 있다. 하지만 "흘러간 추억" 속의 "그대의 형상"은 이제 "나의 기억"을 통해서만 접속이 가능하다. "나의 기억"은 단지 기억 매개일 뿐 구체적인 실체를 부각시키기에는 한계가 있다. 시간이 흐름에 따라 '나의 기억'은 점점 흐릿해져 "잿빛 평면"으로 침잠하거나 "생각의 홀로그램으로 흘러"가고 있기 때문이다. 따라서 시인이 열망하는 '기억'의 입체화 혹은 "그대의 형상"의 복원은 시 제목 '기억도 입체화 될까'에서도 암시되고 있듯이, 손에 닿지 않는 물음표 속에서만 존재 가능해진다.

시인은 이러한 사실을 스스로 명징하게 인식하면서 짐짓 시적 공간의 중심으로 끌어들이고 있다. 그리고 이러한 사유에서 오는 고통과 외로움의 심연을 고스란히 자신의 것으로 받아들이고 있다. 이는 "흘러간 추억"과 "나의 기억"이 내장하고 있는 '시간'의 의미가 그만큼 강렬하게 시인의 의식을 지배하고 있기 때문이다. 시인이 이처럼 불가능의 영역을 가능의 영역으로 복원하고자 하는 것은, 현재적 시간과 자아를 보다 선명하게 자각하기 위해서이다. 다시 말해 지금 이 순간의 나와 추억 속에 묻혀있는 젊은 날의 나를 돌아보면서, 시간의 유한성과 그에 따른 허무적 심연을 스스로 초월하고 승화시키고자하는 것이다. 마지막 행에서 시인이 "결코 붙잡을 수는 없다"라고 단호하게 정리하고 넘어가는 것도 이러한 배경과 무관하지 않을 것이다.

당신의 목소리를 영화 'her'에서 들었어요
당신은 불과 서너 가지의 신상정보만으로도
외로운 남자의 대화상대가 되어 주더군요
나는 당신에게
내 생애의 사각시점死角時點에 갇혀 있는
그 사람에 관한 모든 정보를 입력하겠어요

그렇게 시작하여 그간 단절된 오랜 시간의
벽을 허물어 보는 거예요
아마도 빈 시간은 고도의 연상聯想추리로
있을 법하게 메꾸어 지겠지요
그것이 실제와 괴리乖離가 있을지
나로서는 알 수 없고 알 필요도 없답니다
그렇게 시간의 공백을 메꾸고 나서
이 시점에서 대화를 해보는 거예요
그대가 어떻게 살아 왔는지의 민감한 사실은
건드리고 싶지 않아요
이제는 어차피 상관 없으니까요
나를 얼마나 생각해 왔는지도 묻지 않을 거예요
감정은 연산演算처리 확률과는 다르잖아요
그저 요즘 일어나는 이 시대의 모순들에 대하여
아름답게 나이를 먹는 방법에 관하여
생각을 물어볼 거예요
그리고는 결국 마지막으로 딱 하나만을

떨리는 목소리로 확인하겠지요
그대 아직도 틀림없이 살아 있지요?

-「사만다에게」전문

　박수중 시인은 과거의 시간 혹은 과거의 특정대상을 접속하기 위해
제삼의 매개물을 등장시킨다. 앞의 시「기억도 입체화 될까」에서는 "3D
프로그램"이라는 기능을 등장시키고, 위 시에서는 영화 'her'에서의 인
공지능매체를 그 중심 매개로 활용한다. 이러한 매개물을 등장시키는 것
은 시인이 접속하고자 하는 세계가 비현실적인 영역에 놓여 있음을 의미
한다. "내 생애의 사각시점死角時點에 갇혀 있는/그 사람에 관한 모든 정
보를 입력하겠어요"라는 표현에서 이러한 사실이 확연히 드러난다. 이
러한 기능의 활용은 대부분 "그대"라는 대상을 만나기 위해 도입되는 시
적장치이다. 위 시에서의 "그대"는 "단절된 오랜 시간의/벽을 허물" 수
있는 존재이면서 "시간의 공백을 메꾸고" "이 시점에서 대화를 해보"고
싶은 대상으로 나타난다. 여기서 "대화"는 대단히 중요한 메시지를 응집
하고 있다. 시인의 모든 과거로의 여행이 소통을 열어가고자 하는 의지
즉, "그대"를 만나고자 하는 강렬한 열망으로 이어지고 있기 때문이다.
　"그대"는 실제 존재했던 인물일 수도 있고, 가상의 존재일 수도 있다.
또한 시인 자신일 수도 있다. 중요한 것은, 시인이 누군가와 간절히 이야
기를 나누고 싶어 한다는 것이다. 그리고 그 누군가가 대부분 과거 속의
인물이라는 특징을 지니기도 한다. 이러한 시인의 과거 지향적 사유는
현실 속에서 충족되지 못한 마음의 반영이면서, 현실적 외로움의 표상
이라고 할 수 있다. "사각시점", "단절", "공백"이라는 용어가 말해 주듯이
시인이 내포하고 있는 '시간'은 어둠과 부재의 형식을 취하고 있다. 시의

전반적인 색채가 적막하게 흘러가는 것도, 독백에 가까운 화법을 고수하는 것도 이러한 정서와 무관하지 않을 것이다. 이러한 내용들은 "그대가 어떻게 살아 왔는지", "나를 얼마나 생각해 왔는지"와 직접적으로 연결되고 있다. 그리고 "그저 요즘 일어나는 이 시대의 모순들에 대하여/아름답게 나이를 먹는 방법에 관하여"라는 배경과 그 의미적 맥락을 같이 하고 있다.

박수중 시인이 영화 'her'를 통해 확보하고자 하는 것은 갇혀있고, 단절되고, 공백으로 일관되어 오던 '시간'을 회복하고 스스로 그러한 단절의식에서 벗어나고자 하는 데 있다. 하지만 시인이 의도하는 대화의 상대인 "그대"가 흘러간 기억 속의 인물이거나 부재의 형식으로 나타남으로써, 시인의 단절의식은 지속적으로 시의 흐름을 주도해갈 수밖에 없다. 시의 마지막 행 "그대 아직도 틀림없이 살아 있지요?"에서 시인의 '시간'에 대한 안타까운 심연과 부재의식, 기대, 열망 등의 심리를 읽을 수 있다. 이러한 시적 사유는 시 「엘리펀트 맨」에서도 그대로 적용된다. 이 시편에 표상되고 있는 "시간의 틈새", "시간의 링" 등의 표현들은 시인의 시간에 대한 각별한 관심과 남다른 정서적 배경을 엿볼 수 있게 한다. 시에 등장하는 서러움, 조롱, 슬픔, 절망, 울음 등의 이미지들도 특정 대상의 소외된 삶의 발자취와 이를 구성하는 이야기적 요소를 함축적으로 펼쳐내고 있다.

> 낙화落花가 그려진
> 전철역 스크린 도어 너머
> 바랜 기억속의
> 날日들이 보인다

후미진 산동네 울타리에
걸린 가오리연과
니시카사이西葛城 풀숲에
쏟아지는 장대비

세월에 가위눌려
외칠 수도 없는데
엇갈리는 전동차는
찰나에
수십 년을 치받고 떠나간다
타야할 오늘을 놓치고
사라지는 차미車尾에는
끌려가는 시간의
잔상만이 어른거린다

-「시간의 잔상殘像」 전문

　　"전철역 스크린 도어 너머/바랜 기억속의/날日들이 보인다"에 집중
해 보면, 시인의 시선이 어디를 향해있는지 알 수 있다. 시인의 시선은
"바랜 기억 속" 즉, 과거의 시간에 깊이 닿아있고, "날日들"은 그 기억 속
을 채우는 시간의 잔상들이다. 시인은 전철역 스크린 도어 앞에서 빠르
게 스쳐지나가는 "전동차"를 바라보면서 '시간'에 대한 한 생각을 각인시
킨다. "엇갈리는 전동차는/찰나에/수십 년을 치받고 떠나간다"는 인식
이 바로 그것이다. 여기서 "전동차"는 시인으로 하여금 흘러가는 시간을
실제적으로 확인하고 체감하게 하는 구체적 대상물이 된다. 다시 말해
"전동차"는 일정 거리를 두고 바라보는 위치에 있다는 점에서 관찰대상
으로서의 역할을 하고 있는 것이다. 따라서 "전동차"를 통해 '시간'을 객

관적으로 성찰할 수 있는 계기를 마련하게 되는 것이다.

시간을 객관적으로 성찰한다는 것은 시간의 본질을 사유한다는 것이다. 시간의 본질은 흐르는 것을 그 속성으로 하고 있는 만큼, 자연의 순환적 질서와 밀접한 연계성을 가진다. 위 시에서 "세월에 가위 눌"리고, "끌려가는 시간의 잔상" 등의 표현이 바로 이러한 속성을 뒷받침한다. 이러한 시간은 스스로 통제 가능한 능동적 실천의 시간이 아니라, 수동적 수용의 시간이라는 특징을 지닌다. 또 다른 시편「생각의 행로行路」에 나타나는 "노을", "사라지는 빛", "쓸쓸한 해체解體" 등도 이러한 시간적 조건을 반영하고 있다. 시인의 신작 시편들은 대부분 현재보다 과거에 초점을 두고 있다. 따라서 흘러간 시간에 대한 그리움의 정서가 중심 구도를 이루고 있다. 일생의 걸음을 대변할 수 있는 시간의 무게와 격정의 순간들이 한 컷의 사진처럼 선명하게 혹은 절실하게 시의 골격을 구축하고 있는 것이다. 시인의 시편들이 전체적으로 적막한 분위기와 허무적 색채로 그려지고 있는 것도 이러한 시간적 배경에서 오는 시적·심리적 파장일 것이다.

박수중 시인의 신작시에는 자아를 직조해가는 과정으로서의 '시간'이 응집되어 있다. 이러한 '시간'은 나와 세계, 세계와 나의 관계를 돌아보고 확인하는 일련의 과정을 담보한다. 현재적 자아와 과거의 자아가 서로 조우할 수 있는 혹은 조우하고자 하는 강렬한 의지도 여기에서 출발한다. 현재적 나와 과거의 나는 동일 대상이면서도 실제로는 전혀 다른 존재성을 드러내고 있다. 이는 두 자아 사이에 합치될 수 없는 '시간'이 가로놓여 있기 때문이다. 따라서 두 자아는 상호 거리를 두고 서로를 탐색하고, 그리워하고 끊임없이 존재유무를 확인하고 있다.

시인의 "그대"를 찾아가는 과정은 기억속의 자아를 확인하고 체감하려는 고통스러운 자기암시에 다름 아니다. "그대"는 시간 그 너머에 있는 특정 대상이기도 하고, 한편으로 시인 자신이기도하다. "그대"와의 조우는 곧 과거의 나를 대면할 수 있는 유일한 통로가 되고 있기 때문이다. 박수중 시인은 나와 세계를 아우르는 세상의 모든 "그대"와 작고 평범한 일상적 이야기를 나누고, 또 아름답고 따뜻한 공감대를 형성해갈 수 있는 정신적 기반을 마련하고자 한다. 이것이 곧 시인이 '시간'을 성찰하고 직조하는 가장 절실한 자아인식의 근간이면서 시적성장을 이끌어가는 탐구주제가 된다.

불화不和의 세계와 자기변혁의 언어

— 심언주 시집『비는 염소를 몰고 올 수 있을까』

　시인은 언제나 자기 안의 내밀한 목소리에 섬세하게 반응한다. 그 목소리에 귀 기울이고 사유하고 반응하면서 상상력의 진폭을 만들어간다. 그의 시선이 어느 먼 곳을 향하고 있든, 세상의 온갖 풍물에 젖어 떠돌고 있든, 종국에는 자기안의 울림 속으로 되돌아오게 된다. 사물의 들고남을 직시하고, 통제하고 수용하고 극복해가는 과정 또한 이러한 울림 속에 터를 두고 있다. 여기에는 당면한 현실적 고뇌와 크고 작은 관계구조, 질서와 모순을 넘나드는 상황들이 결집되어 있다. 내 안의 소리와 내 밖의 소리가 강렬하게 충돌하면 할수록 사유의 진폭은 확장된다. 이러한 시적요소들은 한 시인의 시적 색채를 물들이고 구성한다는 점에서 중요하다. 이런 점에서, 시인의 내적 목소리를 찾아가는 과정은 흥미롭다. 이는 시인의 의식/무의식의 흘림 즉, 그가 열어 보이는 친숙한 혹은 낯선 세계의 떨림을 마주하게 되는 순간이기 때문이다.

　심언주 시인의 시집『비는 염소를 몰고 올 수 있을까』(민음사, 2015)에 그려지고 있는 시적 구도는 대체로 불균형과 부조화의 형식에 닿아있다.

시인의 내면의식을 물들이는 이러한 불균형과 부조화의 배경들은 처음부터 그 자리에 존재했던 어떤 상황이라기보다 시인의 시선을 통해 새롭게 구성되는 시적 파장이라고 할 수 있다. 다시 말해 시인이 그것을 발견하고 느끼고 생성시키는 지점에서부터 그 색채의 비중을 드러낸다. 하지만 한편으로 생각해보면, 이는 또한 표피에 가려 보이지 않았을 뿐 오래 전부터 그 내부에 뿌리내리고 있었던 어떤 소요이기도 할 것이다.

심언주 시인은 은폐되어 있던 모종의 숨결 혹은 우리 주변에 만연해 있었지만 눈여겨보지 않았던 움직임들을 면밀하게 포착한다. 시인의 시선에 포착된 세계는 대체로 부정적인 모습으로 그 형체를 드러낸다. 다시 말해 본질을 왜곡하고 변형시키는 모순성을 동반하고 있는 것이다. 이러한 조건들은 진정한 의미에서의 관계성을 단절시킬 뿐 아니라, 그 공백 사이로 불화不和의 심연을 불러들이게 된다. 시인의 불화의 심연은 우리가 믿어왔고, 믿고 걸어가야 할 존재일반의 가치들이 제 자리를 이탈했거나 변질되고 있음을 자각하는 데서부터 시작된다. 즉, 본래적 가치성이 상실되고 우리의 가치판단의 지점이 균열되고 있다는 것이다. 여기서부터 자아와 세계와의 관계가 어긋나기 시작한다. 따라서 낯섦, 어색함, 소통부재, 정신적 표류 등의 상황들이 돌출하게 된다. 시인의 시의식을 집요하게 파고드는 '물음'의 배경도 이러한 상황 속에서 생성된다고 할 수 있다.

날개와 날개 사이에 새가 끼어 있다

새는 날개와 날개 사이를 빠져나오지 못한다

날개는 새에게 너무 큰 매듭이다

날아오를 때 날개는 새를 부풀린다

날개는 새를 마음대로 여닫는다

날아가는 것도 부딪치는 것도 날개가 선택한다

날개가 팽팽히 새를 당겨

새는 곧 양분될 듯하다

하늘과 땅 한가운데 끼어

새들이 펄럭인다

하늘로 가라앉으며 구명 신호를 보낸다.

　　　　　　　　　　－「나무가 새를 놓을 때」 전문

　'날개'는 새의 일부분이고 새의 추동에 따라 그 크기와 모양, 가고자 하는 방향과 활용범위가 구분되어진다. 따라서 '날개'는 엄밀히 새에 종속되어 있는 것으로 그 하나로 독립적인 존재성을 확보하기 어렵다. 날개의 주체는 새이고, 이 주체에 의해 스스로의 지향성을 응집하고 비상의 에너지를 갖게 되는 것이다. 하지만 위 시편에 묘사되고 있는 '새'는 오히려 그 반대적 입장에서 "날개와 날개 사이"에 끼어 있고, "날개와 날개 사이를 빠져나오지 못"하는 이른바 '날개'의 무게에 종속되는 형식으로 나타난다. "날개는 새에게 너무 큰 매듭"이면서 "새를 마음대로 여닫"기도 하는 억압적 대상으로 제시된다. 비정상적이라고 할 수밖에 없는 이러한 상황은 날개가 새에 비해 지나치게 몸집이 커져버렸기 때문이다. 다시 말해 날개가 새의 몸피를 잠식하면서 본질을 왜곡하는 불균형의 형태로 변형되어버린 것이다.

'날개'는 새의 비상을 빛나게 열어줄 꿈 혹은 이상적 세계의 상징에 다름 아니다. 따라서 상승지향의 탄력과 긍정적 의미에서의 긴장감을 내포하게 된다. 하지만 짚어보았듯이 위 시에서의 '날개'는 이러한 제 위치와 역할을 이탈해 오히려 새의 발목을 잡는 장애요소가 되고 있다. 이는 불균형의 상황을 암시하는 관계구도임에 틀림없다. 그러면 이러한 불균형의 상황은 어디로부터 촉발되고 있는가. 이는 일차적으로 꿈을 빙자한 '날개'의 팽창 즉, 욕망의 팽창에서 그 원인을 찾아볼 수 있을 것이다. 사람들은 암울한 현실을 벗어나기 위해 혹은 더 큰 욕망을 충족하기 위해 날개의 부피를 부풀리는 일에 열중한다. 즉, "새는 배경이 원하는지 물어보지도 않고/배경을 상처 내면서/무늬가 된다"("문신」)의 상황으로 돌입하게 되는 것이다. 따라서 날개의 본래적 용도인 꿈의 실천이나 긍정적 활용의 범주가 아니라, 기형적으로 확장되면서 결국 환상과 허상의 형식으로 전락하고 있는 것이다.

여기서 우리가 중요하게 읽어야 할 대목은 왜소해진 자아(새)에 대한 인식이다. 시인은 두 개의 구도 즉, 팽창해버린 날개와 상대적으로 왜소해진 새(자아)에 대해 숙고한다. 새와 날개는 상호 협조적 혹은 상호 발전적 관계이다. 이를 위해서는 상호 질서를 지키고 제 본분의 영역을 벗어나지 말아야한다. 하지만 세계는 이미 이러한 질서를 파괴하고 있고 그 정도가 위험 수위에 다다르고 있다. 따라서 급기야 "구멍 신호를 보"

내야할 만큼의 위기상황으로 몰리게 된다. 새는 날개를 펼쳐갈 중심을 상실했고 날개(욕망)는 스스로 통제되지 않는 펄럭임을 지속한다. 우리 앞에 가로놓인 혹은 우리가 조장한 수많은 구성물들이 역설적으로 우리를 훼손시키는 존재로 떠오르고 있는 것이다. 따라서 조화를 이뤄가야 할 미적 체계는 무너지고 불안정한 구조물들만 상처의 형식으로 다가온다. 위 시는 시인의 불화의 배경과 그 모순성이 상징적으로 그려지고 있다는 점에서 중요한 단서가 되는 작품이다.

①
벌레를 물고 날아든 어미 새 부리가 새끼 새 부리 사이에 끼어 있다. 부리와 부리 사이에 시옷이 있다. 등굣길, 하굣길이 있다.

사이시옷은 발음할 때마다 윗니와 아랫니 사이에 끼어 빠지지 않는다. 이삿짐처럼 이사하는 짐 사이에 끼어

머뭇거린다. 샛길, 샛강. 길과 길 사이에서, 강과 강 사이에서 비와 비를 묶으려다가 머리와 머리를 묶으려다가 기어코 깨져 버린다.

헛걸음, 헛손질. 사이시옷은 논리도 체면도 없다. 허점투성이다. 실수가 잦아 여전히 나는 면접에서 허탕을 친다.
                                                    -「소통의 안과 밖 1」 전문

②
사이시옷은 예의 바르다. 윗사람, 아랫사람 서로 대접하고 치켜 세운다. 수탉이나 수캐는 번식을 위해 성기를 숨기지만 사이시옷은 드러내놓고 윗사람의 젯날을 챙긴다. 아랫사람 뒷바라지에 여념이

없다.

··········중략··········

　사이시옷은 윗동네, 아랫동네, 뱃속, 뼛속까지 북적인다. 훗날, 뒷일을 헤아리며 곳곳에서 테러를 음모 중인지 모른다. 나는 다음 면접에서 "뼈를 묻겠습니다"라고 말할지도 모른다.

-「소통의 안과 밖 2」 부분

　사이시옷은 묘하다. 어휘적으로 살펴보면 제 위치를 단단히 지키고 있으면서도 그 역할에 걸맞은 확연한 존재감이 드러나지 않는다. 없어서는 안 되지만 또한 반드시 있어야할 당위성도 미약하다. 따라서 왠지 외곽에 서 있는 듯한 생경함, 스스로 소외되는 정서로 흘러가기 마련이다. 이러한 아이러니적 상황은 사이시옷이 "이삿집처럼 이사하는 짐 사이에 끼어" 있는 존재이기 때문이다. '사이에 끼어' 있다는 것은 분명 중심에 서 있지 않다는 것이다. 중심이 아닐 뿐 아니라 양쪽의 힘에 눌리는 위치에 있다. "머뭇거림", "헛걸음", "헛손질" 등의 배경도 사이시옷의 조건에 부합하고 있다. 이러한 의미적 배경은 "허점투성이다"의 상황과 직접적으로 연결되면서 전체 내용을 이끌어간다.

　이 대목에서 우리는 시인의 자아인식의 세계를 확연히 감지할 수 있다. 자아의 위치 뿐 아니라 자아를 둘러싼 억압적이고도 위선적인 외부적 정황들까지 긴밀히 읽게 된다. 앞서 살펴본 시 「나무가 새를 놓을 때」에서의 "날개와 날개 사이에 끼어" 있는 '새'의 존재와 사이시옷의 조건은 닮은꼴을 보인다. '끼어있는' 상황의 자아는 강한 존재감을 드러내지 못함으로써 대립적 대상에 비해 상대적으로 왜소해질 수밖에 없다. "실수가 잦아 여전히 나는 면접에서 허탕을 친다", "나는 다음 면접에서 "뼈를 묻겠습니다"라고 말할지도 모른다" 등의 표현들도 이러한 상황 속에서의 자아의 모습을 반영한다. 이는 사이시옷의 특성이라고 할 수 있는 '끼어있음'의 비애와 함께 우리 시대 아웃사이더들의 애환을 표상하는 한 지점이 된다.

"소통의 안과 밖"은 자아와 세계가 조우하는 접점이다. 창가에 앉아 밖을 내다보면 세상의 풍물은 손에 잡힐 듯 가깝다. 하지만 나와 세계 사이에는 '유리벽'이 가로놓여 있어 쉽게 그 실체에 다가갈 수 없다. '유리벽'은 투명해서 안과 밖을 동시에 들여다볼 수 있는 특성을 지니고 있지만, 실제로는 뛰어넘을 수 없는 완고한 단절을 내포하고 있다. 우리의 삶의 저변에도 눈에 띄게 혹은 은밀하게 '유리벽'의 단절이 고착화되어 있다. 따라서 사적인 대화에 있어서도 "네 말은 내 컵 속으로/내 말은 네 컵 속으로//서로를/추어올려 주는 척//컵의 귀를 움켜쥐고//슬그머니/서로의 말을 먹이고 있다"(「대화」)의 상황으로 흘러가게 된다. 여기에는 대상과 대상, 자아와 세계와의 대화단절 즉, 진정한 의미에서의 소통부재의 현실이 가로놓여 있다. 따라서 "나와 손의 불화는 계속"(「잃어버린 손」)될 수밖에 없고 부조화의 시간은 지속될 수밖에 없다. 사이시옷의 특성을 통해 자아와 세계와의 불화, 소외의 정서를 표상해내는 것은 각별한 의미를 던져준다.

36.5도는 지루하다.

36.5도는 걸핏하면 악수를 청하는데
손가락이 더는 줄어들지 않는다.

36.5도를 먼지라고 부르면 안 되나.

먼지는 똑같은 동작을 되풀이하고
먼지는 아득하고

먼지와
나란히 눈을 뜨고
마주 앉아 구운 빵을 나누어 먹는다.

먼지는 가벼운 콧김에도 쉽게 넘어진다.

넘어진 먼지와 털갈이를 하고
봄이 되면 어디로
이사를 가야 하나.

먼지가 앉던 의자를 버리고
먼지가 눕던 선반을 떼어내고
낡은 지도를 쓰레기봉투에 묶어 놓고는

텅 빈 거실에서
식구를 불린 먼지와
짜장면을 기다린다.
트럭을 기다린다.

36.5도를 트럭이라고 우기면 안 되나.

-「나는 먼지와」 전문

세계는 고요를 가장하고 있지만 늘 흔들리고 있고 그 흔들림 속에 알 수 없는 또 다른 파장들을 감춰두고 있다. 그래서 불안하고 위태롭다. 세계는 지나치게 축소되어 있거나 과장되어 부풀려져 있다. 따라서 본질을 유지하면서 긍정적 사유로 발전해가기는 쉽지 않다. "사과는 사과를 유지하려 애쓴다/둥근 사과는 이미 잘린 사과일지 모른다/사과 노릇을 하려는 사과일지 모른다"(「사과에 도착한 후」)라는 의문과 회의도 생긴다. "완성되기도 전에/나는 모자이크 처리"(「노출」)되고 마는 '노출'의 위기도 감지한다. 따라서 시인은 결국 "36.5도는 지루하다"라는 결론을 내리기에 이른다. "36.5도"는 인간의 정상체온을 지시하고 있는 만큼 인간존재의 상징이 될 것이다. "36.5도는 지루하다"에는 우리의 지난한 삶의 발자취와 그 속에서 생성되는 다양한 소음과 행동양식들이 표상되어 있다.

　　"걸핏하면 악수를 청하"는 사람들, "나란히 눈을 뜨고/마주 앉아 구운 빵을 나누어 먹는" 행위, "봄이 되면 어디로/이사를 가야 하나"로 시작되는 소시민적 고뇌, "짜장면을 기다"리고 "트럭을 기다"리는 풍경의 실체도 여기에 포섭된다. 이러한 풍경 속에는 "똑같은 동작을 되풀이"하면서 살아가는 사람들의 모습과 일상적 권태가 담겨있다. "36.5도를 먼지라고 부르면 안 되나", "36.5도를 트럭이라고 우기면 안 되나"라는 자기 회의적 물음도 여기에서 출발한다. 이러한 물음은 표제시인 「비는 염소를 몰고 올 수 있을까」를 비롯해 시인의 많은 시편들에서 발견되는 특징이다. 시인의 물음은 모순성을 동반한 불화의 현실 속에서 오는 절망과 막막함, 자기냉소의 심리를 반영한다. 인간존재 혹은 인간적 삶의 저변을 '먼지'와 같이 하찮고 가벼운 것으로 명시해두고자 하는 이유도 여기에 있다. 이는 단순한 물음으로 출발하고 있지만 그 이면에는 이러한 현실을 도피하고 싶은 도피적 심연이 개입해 있다. 이것이 또한 스스로를 견디는 소극적이면서 적극적인 방편이 되기도 하기 때문이다.

심언주 시인의 물음은 세계를 향한 물음이기도 하고 자기 자신에게 던지는 물음이기도 하다. 따라서 비판과 반성적 성찰을 주도하면서도 자기 회의적 색채 속으로 침잠하기도 한다. 그녀의 물음이 강렬하게 혹은 큰 소리로 외치는 것이 아니라, 중얼거리듯, 독백하듯 낮은 목소리로 시의 행간을 채우는 것도 이와 무관하지는 않을 것이다. 물음을 던진다는 것은 어떤 형식으로든 해답을 찾고자 하는 것이다. 하지만 불확실한 세계에서 확실한 해답을 찾는 일이란 그리 쉽지 않다. 그럼에도 시인은 스스로 그 해답을 찾아가야한다는 책임과 열망을 시적 에너지 속에 장치해 두고 있다. 그 물음들이 결국 온전히 자기 자신에게로 돌아와 크고 작은 구름층을 형성한다는 것을 잘 알고 있기 때문이다. 이것이 곧 스스로 불화不和의 현실을 극복하고 자기변혁을 주도해가야 할 이유이면서, 시적 탐구과제로서의 투명한 무게가 되리라 본다.

자기발견의 시선과 '깊음'의 미학

— 이채민 시집 『동백을 뒤적이다』

1. 현실과 자아, 깨달음의 시간

우리는 바쁜 일상을 살아가며 가끔, 자신이 어디에 있는지 혹은 어떤 길을 걷고 있는지 망각할 때가 있다. 모든 시선이 온통 밖으로만 향해 있어 좀처럼 자신을 돌아볼 기회를 갖지 못하기 때문이다. 따라서 어떤 계기를 통해 문득 자신과 조우할 때면 스스로 당황하기도 하고 충격을 받기도 한다. 언제부턴가 우리는 본래의 나와는 다른 혹은 애초의 꿈과는 상반되는 낯선 누군가를 살아가고 있다. 더구나 스스로를 돌아보고 성찰의 순간을 맞이할 때는 대개 화려한 도약의 순간보다 어려운 상황에 놓여 있을 때가 많다. 따라서 후회와 반성, 깨달음의 깊이도 보다 절실해지기 마련이다.

진정한 자기발견은 진정한 자아성찰의 토대 위에서 이루어진다. 따라서 그것이 기쁨의 순간이든 깊은 상처의 기억이든 우리는 자신과의 조우를 피할 수는 없다. 스스로를 상실하지 않기 위해 혹은 상실한 자아를 찾기 위해 노력하는 일만이 온당한 자기존재를 구축할 수 있는 지름길이 될 것이다. 이러한 과정이야말로 자기치유는 물론 자기계발의 창조적 세계를 열어가는 한 방법이 되기 때문이다.

이채민 시인의 두 번째 시집 『동백을 뒤적이다』(한국문연, 2012)는 자기발견의 지난한 시선과 그것을 받아들이기까지의 고독한 시간, 그로인해 깊어진 사유의 과정이 담겨 있다. 이러한 과정은 시인의 경험을 바탕으로 전개되는 특징을 지닌다. 시인의 실제 경험이 시적 소재가 될 경우, 자기발견의 시선은 보다 깊고 진솔한 색채를 띠게 된다. 이는 자신의 경험구도 속에서 체득한 자신만의 목소리와 이야기를 담고 있기 때문이다. 이채민 시인의 이번 시집에는 그녀의 삶과 시의 여정을 물들이는 아픔과 슬픔 그리고 자각의 바탕위에서 생성되는 거듭나기의 열망이 담겨 있다. 이러한 배경이 곧 이 시집의 전체구도를 하나의 스토리로 엮어보는 이유이다.

> 56층에서 살고 있다
> 가끔 지나가던 새털구름이 창틀에서 쉬어 가고
> 관악산 연주대에 걸쳐 있던
> 삿갓구름이 주인 없는 거실에서
> 슬머시 앉았다 가기도 한다
> 사람들은 시인의 집이라고 하지만
> 구름 위에서 시 쓰는 일도
> 땅에서 헤엄치는 것만큼 어렵다
> 땅에서도 하늘에서도
> 시는 이래저래 되긴 글렀다
> 구름 위의 집에서도 밥은
> 언제나 내가 한다
> 시를 팔아야 하는데

먹장구름이 안방에서 거실로
부엌으로 따라 다닌다

－「구름 속의 집」전문

　시는 짧지만 그 한 편에 많은 의미를 함축한다. 한 권의 시집에는 이
러한 한편 한편의 시적 사유가 모여 시인의 특정 시기의 시정신의 일단
을 결집한다. 이채민 시인의 이번 시집 또한 그녀의 시적 사유를 내장하
는 하나의 단초가 되고 있다. 위 시는 시인의 일상적·시적 모습을 대비
적 차원에서 돌아보게 한다. "시 쓰는 일"과 '밥' 하는 일은 정신적 영역과
현실적 영역으로 나누어 생각해 볼 수 있다. 이러한 대비적 구분은 "시
인의 집"이라고 특별한 의미를 부여하는 '사람들'의 시선을 통해 드러난
다. 시인의 시선으로 보면 "시 쓰는 일"은 평범한 일상으로서의 '밥'하는
일과 별반 다르지 않다. 이는 시인이 정신적 존재로서의 시 쓰는 일에 뿌
리를 두고 있지만, 여전히 '밥'하는 일상적 굴레에서 벗어나지 못하고 있
기 때문이다. 더구나 정신적 자존과 충족감을 안겨주어야 할 '시'는 '팔아
야' 할 대상으로 설정되어 있다. '판다는' 것은 소비를 전제하는 이른바 상
업적 논리에 근거해 있다. 이 상업적 논리는 시(정신)와 대비되는 현실적
삶과 밀접한 연계성을 가진다.

　물론 여기서 시를 파는 일은 "시를 쓰는 일" 즉, 그 작업의 무게와 연
계되어 있다. 시 쓰기의 어려움이 바로 그것이다. 그러나 한편으로 현실
에서의 시의 위상과 위치를 파악하는 하나의 단서가 되기도 할 것이다.
그런 점에서 제목 "구름 속의 집"은 의미하는 바가 크다. '구름'과 '땅'은
'정신'과 '현실'을 상징하는 구조물이다. '구름'이란 환상이다. 하늘 위에
높이 떠있다가도 언제 흩어지고 사라져 버릴지 모른다. 시인의 갈등은

이러한 인식 즉, 시와 현실의 경계의 모호함과 자기존재의 불분명한 위치를 확인하는 데서부터 출발한다. '56층'의 집 또한 이러한 인식을 반영하는 하나의 상징물이 될 것이다. '56층'은 생활을 하는 현실적 공간이지만 구름 속에 떠 있음으로 해서 손에 잡히지 않는 대상이 된다. "구름 위에서 시 쓰는 일도/땅에서 헤엄치는 것만큼 어렵다"라는 결론은 이러한 인식의 바탕위에서 생성된다.

> 에스프레소, 그것은 악마의 눈빛이다
> 말에 베인 상처가 욱신거리는 밤
> 악마의 붉은 눈알과 마주앉아
> 젖은 슬픔을 말린 적 있다
> 슈만과 클라라의 사랑만큼 진한 향기는
> 젖은 것들의 행간을 말려 주면서
> 베인 상처보다
> 찌르고 되돌아온 상처가
> 더 깊다는 것을 알려 주었다
>
> 악마의 진득한 늪에서
> 고독과 슬픔에 길들여지는 사이
> 아무도 눈치 채지 못하게
> 뼈와 살에 구멍이 숭숭 뚫렸다
> 그리고 나는 알싸한 슬픔에 중독되었다
>
> ─「중독」 전문

이채민 시인의 현실과 자아에 대한 깨달음의 시선은 자기발견의 중요한 통로가 된다. 이러한 깨달음의 근저에서 체득되는 현실과 자기존재는 대체로 부정적인 형태로 드러난다. 현대인들은 끊임없이 물질을 추구하고 그 물질에 의해 길들여져 간다. 반복적 일상 속에서 사람들은 애초의 색채를 상실하고 물질의 굴레 속으로 침잠하게 된다. 시인은 이를 '중독'이라는 언어로 풀어낸다. '중독'은 스스로는 감지하지 못하거나 또 인정하지 않으려는 속성을 지닌다. 따라서 자신도 모르게 깊이 빠져들어 종국에는 헤어날 수 없는 병증을 떠안게 된다.

커피 '에스프레소'는 '슈만과 클라라의 사랑만큼 진한 향기'로 우리를 중독 시킨다. '에스프레소'는 우리의 삶 속에 깊이 침투해 있는 아름답고 편리하고 자극적인 여러 요소들 중의 하나이다. 우리는 날마다 달콤하고 자극적인 그 '향기'에 현혹되어 현실 속을 질주한다. 그러나 종국에는 "뼈와 살에 구멍이 숭숭 뚫"리는 충격적인 결과를 맞게 된다. 그럼에도 우리는 달콤한 "악마의 눈빛"에서 벗어날 수가 없다. 향기로 무장한 "악마의 눈빛"은 악의적 열정과 아름다움으로 우리를 중독시키고 있기 때문이다. 스스로 이러한 중독의 상태를 감지하기까지는 오랜 시간이 소요된다. 따라서 그 깊이만큼 자각과 치유의 고통도 힘겹게 치러낼 수밖에 없다.

시인은 어느 날 문득 이러한 '중독'의 상태에 함몰되어 있는 자신을 발견한다. 그리고 자신이 걸어온 '중독'의 여정이 "슈만과 클라라의 사랑만큼 진한 향기"를 던져주었지만 결국 "고독과 슬픔에 길들여지는" '슬픔'의 여정이었음을 깨닫는다. 이러한 깨달음은 언제나 자기반성의 목소리와 비판의 시선을 담보한다. 사물에 대한 반성과 비판은 나와 세계를 변화시키는 지침이 된다. 우리는 자칫 불편하고 아픈 것일수록 피하려고하는 속성이 있다. 그러나 상처를 대면하지 않으면 상처를 치유할 수 없는 것 또한 자명한 일이다. 이채민 시인이 짚어내는 '중독'은 이런저런 일에 중독되어 살아가는 현대적 삶의 풍경을 체득하는 것이며, 극복해야할 하나의 과제를 제시한다. 시「구름 속의 집」과「중독」은 현실과 자아에 대한 정직한 시선과 반성적 성찰이 함축되어 있다는 점에서 의미를 지닌다. 이러한 과정이 곧 시인으로 하여금 보다 깊은 세계를 발견하는 계기를 만들어 주게 된다.

2. 생명을 열어가는 키워드로서의 '죽음'

현실과 자아는 분리될 수 없는 영향 관계에 놓여 있음을 시인은 이미 감지한 바이다. 이채민 시인의 경우 현실에 대한 탐색은 보다 내밀하게 자기 안으로 접근하기 위한 전초 단계로서의 의미를 지닌다. 이는 그동안 밖으로 향해 있던 시선을 자기 안으로 집중시켜 스스로의 경험적 시간에 보다 비중을 두고자 함이다. 다시 말해 이제까지는 현실 속의 여러 부조리한 파장에 귀 기울이고 있었다면 지금부터는 온전히 자기 안의 목소리에 시선을 두는 것이다. 전자의 것이 시인을 비롯해 대다수 현대인들의 문제의식과 연계되어 있다면 후자는 보다 면밀한 자기 응시이고 탐구이다. 이 단계의 시편들이 보다 절박한 울림을 드러내는 것은 죽음의식과 연계한 시인의 체험이 녹아 있기 때문이다.

가죽나무 갈참나무 가문비나무 오리나무

쥐똥나무 가리지 않고

억만 톤의 그리움이 둥지를 틀고 있다

한겨울 빗장만큼 완강했던 그 시절

죽은 나무들이

서로의 풍경이 되어주는

캄캄한 절벽에 서 보았다
                        - 「죽은 나무들의 풍경」 전문

　사물에 대한 인식이나 존재에 대한 사유는 외형보다 그 이면의 세계에 의미를 두는 것이 대부분이다. 표피적인 세계는 우리가 이미 체득하고 있거니와 그 구도는 비슷한 형식으로 표출된다. 그러나 이면의 세계를 사유할 때는 각각의 시선에 따라 그 의미가 달리 표현된다. 위 시는 '나무'가 그 중심 이미지로 등장한다. 특징적인 것은 이 나무들이 '죽은 나무들'로 표상된다는 것이다. "가죽나무, 갈참나무, 가문비나무, 오리나무, 쥐똥나무"는 시인이 바라보는 모든 사물이고 우주이다. 나무는 생명과 상승의 의미를 내포한다. 그러나 위 시의 나무들은 죽음 이미지를 담고 있고 따라서 생명과 상승의 기운이 차단되어 있다. 시인의 경험적 시간과 그 시간을 통해 수렴되는 정서가 '죽음'을 담고 있기 때문이다. 이는 "한겨울 빗장만큼 완강했던 그 시절"의 이야기와 연결된다. "캄캄한 절벽에 서 보았다"라는 고백은 이러한 경험을 함축하는 메시지가 된다.
　"캄캄한 절벽"은 삶과 죽음의 경계를 가로지르는 이른바 어떤 종류의 꿈과 희망도 담보하지 않는 극단의 절망을 표방한다. 이러한 절망의 정조는 시인의 암울한 내면의식을 반영하는 것으로 '죽음'과 직접적인 연계성을 가진다. 여기서 주목해야 할 것은, '그 시절' 혹은 "캄캄한 절벽에 서 보았다" 등 과거 회상의 형식에 있다. 과거회상은 시인이 소위 '죽음'으로 암시되는 혹독한 시간을 지나고 있음을 의미한다. 여기서 '죽음'을 건너

올 수 있게 한 매개물로써 '그리움'을 생각해 볼 수 있다. '그리움'은 삶에 대한 애착과 열망, 자기연민 등 많은 의미를 담고 있다. 따라서 "억만 톤의 그리움이 둥지를 틀고 있다"라는 표현은 대단히 중요한 의미를 던진다. 시인이 품고 있는 "억만 톤의 그리움"이 곧 '죽은 나무'들을 생명으로 이끌어 자기극복으로 접어들게 하기 때문이다.

> 붉은피톨 먹고 자란 티끌 하나가
> 방사선실 초음파실 조직검사실
> 불길한 밀실 속으로 나를 밀어 넣는다
> 그것도 모자라 발가벗긴 가슴에 총을 겨눈다
> 나는 사살되지 않았다
>
> —「내 봄은 내부수리 중」부분

위 시의 전체적 정조도 '죽음'에 닿아 있다. 이러한 죽음의식은 앞의 시와 마찬가지로 관념적인 것이 아니라, 체험을 바탕으로 형상화된다. "방사선실 초음파실 조직검사실" 등의 시어들이 이러한 분석을 가능하게 한다. 이채민 시편들에서 상당수 감지되는 '티끌', '상처', '고비', '슬픔', '티눈', '절벽', '벼랑' 등의 시어들도 경험적 시간과 연계해 그 의미적 진폭을 넓혀 간다. 이는 "아슬한 목숨 하나//몇 번의 삭풍을 견뎌냈을까"(「금강제비꽃」)라는 물음 또한 이러한 시간을 암시하는 메시지가 될 것이다.

앞서 '그리움'이 하나의 매개가 되듯 이채민 시편들에서 발견되는 '죽음'은 언제나 대립적 개념으로서의 '생명'이 전제된다. 위 시에서 "나는 사살되지 않았다"라는 단호한 목소리가 바로 이를 대변한다. 이러한 결연한 목소리는 시인의 생명에 대한 강렬한 의지와 자기극복의 몸짓을 보여준다. 제목「내 봄은 내부수리 중」또한 이러한 시인의 염원을 잘 담아낸다. 이채민 시인의 자기대면은 처절하다. 자신을 절벽에 세우는가 하면 슬픔과 고독, 죽음과 대결구도를 만들기도 한다. 이는 자기실현을 위한 눈물겨운 몸짓이고 생명에 대한 진정성이라고 할 수 있다. 정직한 자기대면이야말로 새로운 삶의 영역을 구축할 수 있는 지름길이 될 것이다.

수천 겹 울음의 지층에서 피워 올린

흙내 나는 부스럼꽃을 위해

오래 걸어 당도한 키 큰 나무가

무릎 꿇고 기도한다

저승을 왕래하다 두꺼워진 슬픔은

강물에 씻긴 듯 행적 없이 사라져가고

오래 걸어 당도한

한 사람의 뜨거운 눈물이 노을로 스며들 때

흙내 나는 부스럼도

향기나는 꽃으로 핀다

　　　　　　　　　　　　　　　-「부스럼꽃」전문

이채민 시인은 "오래 아플 것 같다"(「장마」)라는 스스로의 예견처럼 오랜 아픔의 시간을 지나왔다. 이 시간들은 "칡뿌리같이 저 홀로 깊어가던 고독"의 시간이었고, "수상한 안개에 갇혀버"(「수상한 안개」)리는 암울하고 속수무책인 그런 시간들이다. 남다른 경험은 남다른 깨달음을 부여한다. "수천 겹 울음의 지층에서 피워 올린//흙내 나는 부스럼꽃", "저승을 왕래하다 두꺼워진 슬픔" 또한 이러한 경험구도 속에서 추출되는 내용들이다. 그러나 이러한 경험은 주관적인 감정의 구도를 넘어 객관적으로 형상화되고 있다는 점에서 의미를 지닌다. 이는 암울한 시간들을 지나 자기승화의 단계로 들러서고 있다는 증거이다. '울음의 지층', '두꺼워진 슬픔'을 지나 '기도'와 '눈물'로 당도한 곳, "흙내 나는 부스럼도" "향기 나는 꽃으로" 피워 올릴 수 있는 단계가 바로 그것이다.

이는 "억만 톤의 그리움"으로 '죽은 나무'를 소생시키고, "나는 사살되지 않았다"라는 결연한 의지가 만들어낸 결과라고 할 수 있다. 이를 통해 보면, 이채민 시편에 드러나는 '죽음'은 '생명'을 열어가는 하나의 키워드가 되고 있음을 알 수 있다. 시인은 '죽음' 이미지를 통해 자기존재의 위치를 확보하고, 이를 통해 경험구도의 모든 상처와 아픔을 극복한다. 이러한 역설적 극복방식이 곧 이채민 시인의 사유의 진폭을 넓혀가는 이른바 詩作의 변화를 유도하는 하나의 방법론이 될 것이다.

3. 시선의 확장 그리고 '깊음'의 미학

자아에 대한 깊은 사유의 시선은 또 다른 자기발견의 계기가 된다. 이채민 시인의 경우, 현실에 대한 반성과 비판의 시선에서 자기 안으로의 침잠 그리고 마지막으로 다시 바깥으로 시선을 돌리고 있다. 이는 초기 현실인식에서 오는 깨달음의 시선과 자기발견의 시선을 넘어 체득하게 되는 보다 확장된 개념의 시선이다. 이 단계의 시편들에는 우리 삶의 크고 작은 주변적 이야기와 사회적 모순 등이 하나의 시적 주제로 등장한다. 이는 개인적 상처를 넘어 또 다른 세계에 귀 기울이는 단계로 접어들고 있다는 것이다. 이른바 '깊음'의 미학을 유도하는 보다 확장된 시선을 감지할 수 있는 과정이 된다.

비가 오면 뻘건 녹물이 흘러내리는
골목 끝 양철 대문 집에서는
한쪽 다리가 짧은 남자의 퀭한 눈알과
덜거덩 거리는 노모의 낡은 기침소리가 굴러다녔다
늙은 어미가 숨을 거두던 날
마른 울음소리는 골목을 바쁘게 돌아다녔고
꽃상여에 실려 가는 논구老軀를 따라
찔레 덤불이 줄장미의 목을 잡고
긴 골목을 빠져 나갔다
물기 없는 남자의 울음이 그칠 무렵
빨간 구두를 신던 남자의 여자가
녹이 슨 대문 걸어차고 사라졌다
골목은 사라진 여자의 소문을 물고 다니다
아무 곳에나 퉤퉤 뱉어 버리고
소문의 씨앗은 펄렁이는 치마 속을 들랑거리다
만삭이 되었다
남자의 신음이 만월처럼 차올랐다
우우우 장마 몰고 오는 바람이 다녀가고

사흘 밤낮 슬레이트 지붕을 두들기던 장마비를 타고
남자의 꿈이 골목을 빠져 나갔다
빈 마당에는
엎드린 질경이풀이 뿌득뿌득 번져나갔다
                                                        -「골목 깊은 집」 전문

　스스로 상처를 체험해 본 사람만이 다른 사람의 상처의 현장을 쉽게 발견할 수 있다. 이는 또한 자신의 상처를 극복한 사람만이 할 수 있는 영역이기도 하다. 위 시편에 묘사되고 있는 풍경은 얼핏 지나치는 이야깃거리로 혹은 '소문'으로 흘려버릴 수 있는 내용이다. 그러나 시인은 이를 놓치지 않고 내밀한 시선으로 문제의식을 유도하고 있다. '노모', "한쪽 다리가 짧은 남자", "빨간 구두를 신던 남자의 여자"가 등장하는 이 시편은 한 가정의 가족사적인 이야기를 담고 있다. 하지만 단순히 한 개인의 문제로 치부해 버리기 어려운 메시지를 던진다. "비가 오면 뻘건 녹물이 흘러내리는/골목 끝 양철 대문 집"은 가난과 결부된 소시민의 삶의 한 양식을 보여준다. "골목 끝 양철 대문 집"은 오래전부터 몰락의 통로를 지나고 있었을 것이다. 이는 경제를 책임져야 할 주체로서의 '남자'가 장애인이라는 점에서 그 핵심을 찾아낼 수 있다. "한쪽 다리가 짧은" 장애인인 남자는 현실적 삶을 꾸려가기에 여러 면에서 취약할 수밖에 없다. 사회적 소외와 한계가 늘 '남자'를 경직시키고 가난의 굴레를 덧씌우기 때문이다.
　이처럼 위 시에는 한 가정이 해체될 수밖에 없는 상황이 예고되어 있다. '노모'의 죽음과 동시에 "빨간 구두를 신던 남자의 여자가/녹이 슨 대문 걷어차고 사라졌다"라는 대목에서 보다 극대화된다. 남자의 여자가 "녹이 슨 대문 걷어차고 사라"진 것은 여자 개인의 내적요소도 제기될 수 있겠지만 더 크게 물질적 빈곤이 원천적 동기가 될 것이다. 한 가정의 해체, 사회적 무관심 등은 우리 사회의 어두운 일면을 조명하는 하나의 예가 될 것이다. "남자의 꿈이 골목을 빠져 나"가버리는 이른바 죽음으로 암시되는 극단적 방법이 동원되는 것도 이러한 일면을 부각시킨다. 이는 인간보다 물질적 욕망이 중심이 되는 자본주의적 원리가 생성시키는 문제의식임에 틀림없다.

이러한 문제의식들은 「행복한 백화점」, 「도가니」 등의 시편에서도 발견된다. 이채민 시인은 사회적 모순 속에서 감지되는 변질된 욕망과 그로 인한 해체된 인간관계를 섬세하게 짚어낸다. 이는 시인의 시선이 자기 안의 범주에서 주변적 인물과 사물들로 확장되고 있음을 보여준다. 여기에는 비판과 반성은 물론 따뜻한 연민의 정서가 함께 내포되어 있다.

> 비 내리는 오후
> 창경궁 명정전 꽃살무늬 창 앞에서
> 비를 피해 들어온 참새와 마주쳤다
> 녀석은 비에 젖은 내 모습을 경중거리며 살핀다
> 모든 시작이 그렇듯이
> 키를 낮추고 눈을 맞추고
> 서로 죽지를 부비는 사이
> 늑골 밑에서 맑은 샘물 소리가 났다
> 제 족속이 아닌 나를 받아준 녀석이 고마웠다
>
> 잠시, 풍경이 흔들리고
> 흔들리는 얼굴과 그 이름이 포개지고
> 그가 키운 깊고 포근했던 목화가

망국의 아픔을 기억하는
궁궐 뜨락에 하르르 떨어진다

인적 없는 명정전 긴 회랑을 돌아 나왔을 때
녀석은 가고 없었다
회랑을 감아 도는 빗줄기가 몸을 죄어온다
날개도 우신도 없는 허탈한 슬픔이
목이 매개 깊다는 것을
날아가는 그를 비워내며 알아가는 중이다

-「깊은 것은 슬프다」 전문

시인은 어느 날 "창경궁 명정전 꽃살무늬 창 앞에서/비를 피해 들어온 참새와 마주"친다. 둘 다 비에 젖어 있다. 모든 포장된 외형이 사라진 자리에 초라한 본연의 모습이 드러난다. 이제까지 외형을 형성해온 이런저런 포장들이 일시에 무너진다. 위 시에서 이러한 외형적 위선과 허위를 씻어주는 매개물로 '비'가 등장한다. '비'는 사물의 묵은 먼지를 씻어내리는 이른바 정화 이미지를 내포한다. 시인이 "키를 낮추고 눈을 맞추고/서로 죽지를 부비"며 참새와 교감을 나누고자 하는 것도 정화된 겸허한 마음을 통해 가능해진다. 이러한 일련의 행위는 시적사유를 열어가는 기본바탕이 되면서 앞으로 나아가야 할 시적 방향성을 암시한다. "늑골 밑에서 맑은 샘물 소리"가 나는 것은 이러한 자각의 시간과 자기 정화를 통해 획득할 수 있는 결과물이다.

시인이 고궁을 나오면서 깨달은 것은 "비워내며 알아가는" 것의 무게와 "비워내며 알아가는" 것의 슬픔이다. 나를 둘러싼 단단한 껍질을 깨고 나오는 것은 이를 인정하고 비워내는 것만큼 어렵다. 이채민 시인은 어쩌면 사소하다고 할 수 있는 참새와의 만남을 통해서도 새로운 깨달음을 감지한다. 이러한 세계는 의도한다고 해서 쉽게 가져지는 것이 아니라, 시인의 사유가 이미 이러한 깨달음의 세계로 들어설 만큼 깊어져 있음을 의미한다.

　위 시의 제목 「깊은 것은 슬프다」에서 읽을 수 있듯이 이채민 시인에게 '깊음'과 '슬픔'은 동일한 무게로 다가온다. 이러한 시적배경은 그녀의 깨달음의 근저가 가볍지 않다는 것을 보여준다. 현실과 자아에 대한 비판적 인식, 자기발견의 지난한 시선, 주변적 이야기와 사회적 모순을 감지하는 시간을 지나 비로소 당도하게 된 세계가 바로 여기이다. 하나의 발견 뒤에야 비로소 한 세계를 뛰어넘는 또 다른 사유가 잉태된다. 이런 점에서, 이채민 시인의 시집 「동백을 뒤적이다」에서 보여주는 '깊음'의 미학은 새로운 詩作의 단계로 접어드는 또 다른 출발의 의미를 담고 있다고 해도 무방할 것이다.

언어적 길 찾기와 길 밖의 여행
— 이희원 시집 『코끼리 무덤』

1.

이희원 시인의 첫 시집 『코끼리 무덤』(작가세계, 2015)은 2007년 등단 시점에서부터 출간까지의 시간적 거리를 보더라도 꽤 긴 기간 동안의 시적 발자취를 담고 있다. 여기에는 등단 이전의 치열한 시작수업 과정의 작품들도 상당수 포함되어 있으리라 생각된다. 시인의 경우, 등단 절차를 거치기 전에 이미 활발하게 시작활동을 하고 있었고, 『오거리』라는 공동시집도 출간한 바 있기 때문이다. 이런 점에 비춰보면, 이번 첫 시집에 수록된 작품들이 그 양적인 면에서 오히려 간소한 것이 아닌가 생각된다. 이는 시인이 평소 다작을 하는 편이 아니라는 것을 짐작케 해주는 부분이 될 것이다. 또 한편으로는 보다 엄선된 작품만을 묶으려는 나름의 고심이 반영된 결과라고도 할 수 있을 것이다. 두 경우 모두 시인의 시적 지향성을 엿볼 수 있게 하는 대목이 된다. 시인의 첫 시집이 단단하게 제 중심을 감당하고 있는 것도 이와 무관하지는 않을 것이다.

시인이 이번 시집에서 특히 무게를 두고 탐구해가고자 하는 주제는 말(言)이다. 제1부에 실려 있는 상당량의 작품들이 이러한 사실을 뒷받침하고 있다. 새로운 주제로 전환되어가고는 있지만, 2부와 3부의 작품들도 엄밀히 이와 연장선상에 있다고 해야 할 것이다. 시인의 대부분의 작품들이 언어에 대한 자각과 선택, 활용이라는 명제에 기반 해 있고, 이로 인한 고뇌와 좌절, 허무적 심연에 침잠해 있기 때문이다. 언어에 대한 관심과 접근은 시를 쓰는 데 있어서 가장 핵심적이고도 절실한 과제이다. 그래서 언어와 조우하고 이별하는 일련의 과정들은 시인의 시편에 자주 등장하고 있듯이 '죽음'과도 같은 고통을 수반한다. 이러한 과정은 하나의 언어가 시 속에서 어떻게 활용되고 또 어떤 의미로 확장되어갈 것인가에 대한 고민이 될 것이다. 이때의 언어는 시 속에 용해되어 한 편의 시로써 그 구체적 색채를 체감하게 한다.

　이희원 시인의 경우는 이와는 조금 다른 측면에서 살펴봐야할 필요가 있다. 시인은 '말(言)' 그 자체를 직접적인 시적 소재 혹은 주제의식으로 끌어들이고 있기 때문이다. 다시 말해 '말'이라는 용어를 빈번하게 시속에 등장시키면서 이를 지속적인 시적화두로 제시하고 있는 것이다. 이는 시작(詩作)의 지난한 여정과 이에 대한 반응을 '언어'를 통해 풀어나가고자 하는 것이다. 여기에는 언어의 본질을 사유하려는 일련의 목적과 함께 그것이 가지는 모순과 한계, 그 허상까지 성찰하려는 의도가 담겨있다. 따라서 말을 주시하고 탐구하고 해체해가려는 시인의 시적/심리적 구도에 초점을 두고 그의 시를 파악하고자하는 것은 나름의 의미가 있으리라 생각된다. 이러한 갈등양상들이 곧 언어적 혹은 길 밖(현실적)의 풍경들을 형상화해내는 시적 파장이면서 긴장을 이끌어가는 요소가 되고 있기 때문이다.

　말속으로 들어가기 위해 말을 건다

하나는 책을 뜯어 말 조각들을 끄집어내거나
하나는 만나는 것들을 먹어치우는 일이다

커피를 만나면 커피를 먹고, 샌드위치를 만나면 샌드위치를 먹고
그녀를 만나면 그녀를 먹고 그녀의 혀 속에 길을 내보는 것이다

말과 말이 부딪쳐 넘어지면 글이 된다
책 속엔 언제나 그들이 흘린 피비린내 가득하다

혀가 찢어지는 아픔 없이
누가 사랑을 이야기하는가
그러나 폭식은 그대의 수명을 단축시킬 수 있다

말과 말이 부딪쳐 떨어지는지 오늘은 첫눈이 온다
눈은 아마도 말들의 주검인지 모른다

그대에게 가기 위해 나는 오늘도
말의 주검을 밟으며
커피를 먹고, 샌드위치를 먹고 그녀를 향해 돌격 중이다
                              -「어떤 작위作爲」전문

　시인에게 "말"은 "글", "책"이라는 대상물로 표상되고 있는 시 혹은 시
작(詩作)과 맞물린다. 그리고 "말과 말이 부딪쳐 넘어지면 글이 된다"에
서 알 수 있듯이 그 과정은 치열한 고통을 담보한다. 여기서 "말과 말"은
서로 상충하는 관계이면서 한편으로 하나의 목적을 향해 나아가는 관계
이다. 즉, "말"은 새로운 의미를 생성하기 위해 끊임없이 갈등상황에 부

딪치게 되고 그 결과 "글"이라는 또 다른 결과물을 생산하게 되는 것이다. "책 속엔 언제나 그들이 흘린 피비린내 가득하다", "혀가 찢어지는 아픔", "눈은 아마도 말들의 주검인지 모른다" 등의 표현 속에는 시인의 "말"에 대한 독특한 사유의 흔적이 묻어있다. "피비린내", "아픔", "주검" 등에서 그 확연한 파장을 짐작할 수 있다. 이는 "말"이 글이나 책이 되기까지의 과정을 묘사하고 있는 것으로, "말"의 선택과 그것의 온전한 쓰임에 대한 고충을 극단적인 용어들로 풀어가고 있는 것이다.

이러한 과정을 일별해 보면, 시인이 말을 통해 체감하는 세계는 밝고 긍정적인 측면보다 무겁고 어두운 구도에 닿아 있음을 알 수 있다. "말들의 주검"에서 이미 드러나고 있듯이 생성보다 소멸의 속성에 더 큰 무게를 두고 있다. 이러한 사실들은 말을 의미화 하는 과정으로서의 고통을 상징적으로 그려내고 있는 것이겠지만, 더 내밀하게는 시인의 내면풍경을 암시하고 있는 것이다. 시인의 시선은 구체적인 완성의 세계보다 그 과정에서 체득되는 불완전하고 소모적인 상황에 더 깊이 침잠해 있다. "지금은 오타를 부풀려 찐 신문이 배달된 굶주린 아침"(「오기誤記」), "세상의 모든 혀들이 몰려오고 있었지/작란雀卵을 감추기 위해 작란作亂을 준비했어"(「말작란作亂」)에서도 말의 모순에 대한 부정적 인식이 드러난다. 정확성을 기본으로 해야 하는 신문의 '오타'나 놀이의 형식으로 전락하고 있는 '말작란作亂'의 논리에서 시인의 말에 대한 불신과 한계가 감지된다.

위 시의 제목 「어떤 작위作爲」에서의 '작위' 또한 이러한 맥락 속에 포섭된다. '작위'는 인위적인 행위와 의도된 결과물을 전제로 한다. 시인이 설정해 놓은 시적공간은 이처럼 언어적 고통의 흔적과 이를 부정하는 회의적인 색채가 공존한다. 언어에 대한 절실한 심연과 함께 그 반대편에서의 자기부정의 하향 이미지가 동시에 등장하고 있는 것이다. 이는 하나의 지향점을 향해 나아가고자 하는 긍정적인 자아와 그 자아를 부정하는 냉소적 자아가 상호 대립하고 있음을 의미한다. 따라서 자연스러운 언어 행위와 그 결과물로서의 충만이 배제될 수밖에 없다. 시인의 시편에 내재해 있는 시적갈등은 대부분 이러한 구조 속에서 생성되고 또 확장되어 간다. 이는 말 자체를 즐기고자 하는 '작란(作亂)'의 배경과 '작위(作爲)'의 행위 등을 통해 확연하게 드러난다. 그럼에도 "커피를 먹고, 샌드위치를 먹"는 일상처럼 말에 뛰어들고 말을 생성하고 말을 소멸시키는 일련의 과정을 반복한다. 이러한 아이러니적 구도가 바로 이희원 시의 골격을 이루는 긴장의 축이 된다.

> 참 말 꼬랑지를 한 백년 묻어 놓으면
> 말이 될까?
> 참 당신들 건방지게 내 꼬리 건들지 마!
> 나는 늘 입 밖에 살아
>
> 　　　　　　　　　　　　- 「말꼬리찜」부분

> 이걸 먹고도 못 일어나면
> 내 레시피 따윈 미련 없이 찢어버리겠어
> 너는 시인도 아냐
>
> 　　　　　　　　　　　　- 「말밥 레시피」부분

> 나는 입술을 기억하지 못하는
> 핏빛 말들을 칼질 한다
>
> 이젠 누가 그어 놓은
> 밑줄에 앉아야 하나

어떤 페이지는 마침내
아무 것도 쓰이지 않는다

-「후 토크」부분

'말'의 순례는 말의 긍정적인 효용성을 지향하면서도 모순과 불확실성의 이면을 확인해가는 과정으로서의 의미를 가진다. 따라서 이로 인한 갈등요소나 비판, 좌절의 정황을 맞닥뜨리는 것은 당연한 과정으로 보여진다. "참 말 꼬랑지를 한 백년 묻어 놓으면?/말이 될까?"(「말꼬리찜」), "이걸 먹고도 못 일어나면/...../너는 시인도 아냐"(「말밥 레시피」), "어떤 페이지는 마침내/아무 것도 쓰이지 않는다"(「후 토크」) 등의 시적 사유 속에는 "말"에 대한 냉소와 자기비판, 회의적 심연이 암시되어 있다. 이는 언어에 대한 본질적 질문과 이를 사유하고 성찰하는 과정으로서의 반성적 메시지를 담고 있다. 앞서도 짚어보았듯이 말의 순례에서 체득되는 시인의 정서는 충족보다 자기회의에 닿아있다. 이는 끊임없이 언어에 몰입하면서도 좌절을 경험할 수밖에 없는 상황적 모순이 등장하기 때문이다. 언어적 한계와 언어를 추구하는 자아에 대한 한계가 동시에 드러나는 순간이 된다. 따라서 매순간 절박한 자괴감의 심리를 시의 행간에 심어둘 수밖에 없다.

언어를 추구하는 것은 언어의 속성을 객관적으로 들여다보겠다는 의지의 표명이기도 하고, 그 쓰임을 극대화하겠다는 내적 열망이기도 하다. 따라서 다양한 위치에서의 언어적 탐색은 시적 충만을 확보해가려는 일차적 화두가 될 것이다. 또한 자아인식의 파장을 보다 섬세하게 감지해가려는 미적 근간이 되기도 한다. 이는 시의 개별적 특성은 물론 이를 실천하거나 혹은 좌절하는 자아의 위치를 규정하는 지점이 된다. 언어

탐색은 자아탐색이다. 이런 점에서 언어부정은 곧 자아부정이 된다. 시인의 긍정과 부정의 심리적 기저에는 언어의 불확실성만큼이나 자기존재의 불확실성이라는 메시지가 전제되어 있다. 이것이 시인으로 하여금 끊임없이 갈등하게 하고 반복적 흐름을 이끌어가게 가게 하는 이유가 된다. 언어에 대한 환상과 이러한 환상을 깨고자 하는 열망이 시의식의 깊은 곳에 자리하고 있는 것이다,

2.

이희원 시인의 사유의 저변에는 공백이 있다. 공백의 정서는 그가 흩려놓은 언어의 촘촘한 그물망의 견고함에도 불구하고 은밀하게 그 진폭을 드러낸다. 시인의 공백은 흔히 공백의 특징으로 거론되는 생략이나 말 줄임 등의 구도와는 다른 측면이다. 오히려 시의 행간에서 포착되는 이미지의 울림이나 정서적 정황이 그 주된 배경이 된다. 즉, 언어와 현실을 사유하고 실천해가는 주체의 내면의식의 섬세한 파장에 핵심이 놓인다. 나와 세계 사이에는 좁혀지지 않는 어느 만큼의 거리가 존재한다. 따라서 시적 주체는 언제나 일정 거리 밖에서 세계를 바라보고 관여하고 또 나름의 존재방식을 모색하게 된다. 나와 세계의 위치를 구분 짓고 규정해가는 이 '거리'가 바로 이희원 시의 공백을 주도해가는 정서적 흐름이다. 여기서의 '거리'는 여유와 관조의 형식에 근거한 '비어있음' 혹은 '비워둠'과는 구분된다. 주목해보면, "이방인의 언어로 엽서를 남길지 몰라"(「불쌍한 마더리즈」)에서 감지할 수 있듯이 일종의 이방인 의식과 연계된다고 할 수 있을 것이다.

이방인 의식으로 명명할 수 있는 정서적 흐름은 그 형체를 분명하게 드러내지는 않지만 이희원 시의 곳곳에 뿌리를 내리고 있다. 정신적 방황의 형식으로 결집되는 이러한 정서는 시의 내·외적 색채를 물들이는 중요한 근거가 된다. 시인은 자신이 만들어 놓은 혹은 사회적 구조가 불러들인 완고한 틀 속에 정착해 있는 것 같지만 사실은 늘 어딘가로 떠돌고 있다. 언어 순례 또한 크게 이러한 떠돎의 형식 속에 포섭될 것이다. 여기에는 나와 세계 그리고 긍정과 부정을 경계 짓는 강렬한 자의식의 세계가 개입해있다. 이러한 자의식의 심연이 곧 이방인의 정서를 추동하는 자괴감과 소외의식의 심리적 기저가 되고 있다.

공백의 사유는 시인이 의도적으로 표상해내는 시적장치일 수도 있고 무의식의 작동으로 볼 수도 있다. 대개의 경우 언어에 천착하는 시인의 의도적 갈등의 형식으로 집약되고 있지만, 오래 체감해온 경험적 시간들이 무의식의 형태로 반영되기도 한다. 시인의 시편에 '시간'에 대한 반응이 상당부분 사유의 무게를 지배하고 있기 때문이다. 이처럼 공백의 정서를 아우르는 '거리'와 자괴와 소외, 이방인의식 등이 곧 이번 시집의 중심 배경이 된다. 언어적 그리고 언어 밖(현실적)의 풍경들도 대부분 이러한 기반 위에서 생성되고 의미화 되고 있다. 아래에 인용하는 시 「기쁜 시정마」는 이희원 시의 출발과 질곡을 암시하는 중요한 단서가 된다. 이 시편은 '시정마'라는 특정 존재를 통해 시의 여정은 물론 자아의 심리적 반응까지 내밀하게 그려내고 있기 때문이다.

사랑에 빠지려면, 한여름 찌는 뙤약볕과 살을 에는 바람과 함께 해야 한다. 홍어처럼, 식당 한구석에서 구정물을 뒤집어쓰고 푹푹 썩어갈 때 사랑은 발효한다. 모두들 지쳐 돌아갈 때 내 사랑은 빛난다.

허울 좋은 참사랑 따위에 빠져 갈급해져선 안 된다. 이만한 사랑도 내겐 너무 과분하다. 종마가 올 때까지가 나의 임무다. 미친 듯이 사력을 다해 절규해도 소용없다. 사랑은 원래부터 프로그래밍 속에 없다. 그녀의 행복을 빌며 발걸음을 돌려야겠다. 히이힝

― 「기쁜 시정마」 부분

'시정마'는 잘 알고 있듯이 종마와 암말이 순조롭게 짝짓기를 할 수 있도록 암말을 흥분시키고 분위기를 조성하는 역할을 한다. 또한 종마가 나타나면 그 즉시 퇴장해야 하는 것까지가 그의 임무다. 최선을 다해 제 역할을 수행했음에도 불구하고 그에 상응하는 보상은커녕 강제적으로 쫓겨나는 비애감을 안게 된다. '시정마'의 역할과 존재의 상징성은 비단 말(馬)에 국한 되는 것이 아니라 인간 삶의 여러 측면에 적용되고 또 해석이 가능해진다. 가장 손쉽게 자본과 소시민의 위치, 사회/현실적 측면에서의 갑을 관계의 모순성 등을 짚을 수 있을 것이다. 눈에 띄는 혹은 띄지 않는 범주에서의 크고 작은 차별성과 편견, 부조리의 배경들이 곧 '시정마'를 통해 상징화된다고 볼 수 있다. 따라서 이러한 상징의 근저에는 처음부터 비판과 반성을 요구하는 문제의식들이 주어질 수밖에 없다.

하지만 여기서 우리는 이러한 일반적인 잣대를 벗어나 시인이 표상하고 있는 '시정마'의 특성에 집중해볼 필요가 있다. 위 시의 '시정마'는 여느 시정마와는 달리 자신의 소신을 그 역할 속에 충분히 극대화하고 있는 존재이다. 다시 말해 스스로의 위치와 역할, 그 한계를 정확하게 인식하고 수용하고 체념 혹은 절제할 줄 안다. 따라서 약자로서의 모습이나 비굴한 구걸의 흔적은 보이지 않는다. 오히려 암말의 '절규'까지 무시하고 발길을 돌리는 단호함과 주도적인 자기관리의 철저함이 부각된다. 자신의 역할을 거리낌 없이 받아들이고 또 이를 자신의 논리로 정당화하

는 에너지까지 보여준다. 그럼에도 불구하고 우리는 또한 시의 전면에 깔리는 극단적인 비애감의 무게를 포착하지 않을 수 없다. 이는 '시정마'가 결코 '종마'가 될 수 없다는 엄연한 현실에 있을 것이다. 따라서 '시정마'의 계산된 사랑의 형식이 강렬하면 할수록 역설적으로 비극성은 보다 극명해진다.

무엇보다 위 시의 비극성은 이러한 현실을 '시정마'가 명징하게 자각하고 있다는 것이다. '시정마'는 적극적인 행위를 통해 이를 뛰어넘고 자신만의 존재방식을 확보하고자 한다. 하지만 이러한 적극적 행동양식도 결국 적극적 자기방어에 다름 아닐 것이다. 시편에 흐르는 냉소적 어투와 작위적인 행위, 그 위를 교차하는 슬픔은 '시정마'의 위치를 보다 명징하게 일깨워준다. 여기서 우리는 늘 선 밖에 서있는 듯한 혹은 언저리를 맴돌고 있는 듯한 시인의 사유의 근원을 확인할 수 있게 된다. 긍정과 부정을 넘나드는 이른바 긴장의 끈을 조이다가도 어느 순간 스스로 풀어버리는 회의와 갈등의 실체도 감지할 수 있다. 위 시편은 제2부 〈여자라는 종에 관한 보고〉에 실려 있는 작품인 만큼 에로스와 연계해서 읽을 수도 있다. 이 시편에는 남자와 여자라는 독특한 관계설정이 분명히 존재하기 때문이다. 하지만 "기쁜 시정마"의 '기쁜'에서 짐작할 수 있듯이 이 시편은 이러한 관계보다 훨씬 큰 시적 진폭을 내장하고 있다. 모순성을 동반하는 언어적 공간과 이 속에서 살아남아야 하는 독특한 존재방식이 '시정마'라는 키워드로 상징화되고 있기 때문이다.

> 저기 하늘을 놓친 깃털이 있다
> 족쇄 채워진 새의 일부가 있다
> 내가 지상으로 내려온 지는 수억 년이 넘었다

내가 이렇게 묶인 지도 1만 년은 되었다

나는 처음부터 말의 노예가 아니었다
내가 보고 온 하늘과 태양을 노래하고 싶었다

나를 먹물 속에 담그거나
언제부터인가 내 몸에 먹물을 집어넣고는
내 몸에서 말즙을 짜내기 시작했다

어떤 기록은 왜곡의 산실産室이다
내 깃가지를 비틀어도
나는 그런 말을 토해낸 적이 없다

내 거처는 저 텅 빈 하늘이다
애초부터 나는 정착을 모른다
결국 나는 처음부터 새다

- 「깃털」 부분

　　시인의 언어에 대한 절망은 상처의 형식으로 봐도 무방할 만큼 깊고
집요하다. "족쇄", "노예", "말즙", "산실(産室)" 등에서 보여 지듯이 여기에
는 혹독한 자기 버림의 고통이 제시되어 있다. "하늘을 놓친 깃털", "족쇄
채워진 새의 일부" 등도 이러한 처절한 상황을 확인시켜준다. 언어의 효
용을 극대화해야할 시의 길에서 "말"을 놓친다는 것은 대단히 모순적인
상황이 아닐 수 없다. 이런 점에서 "나는 처음부터 말의 노예가 아니었
다"라는 고백은 대단히 의미 있게 다가온다. "처음부터"는 말의 노예가
되기 이전과 이후의 시간을 상정해두고 있기 때문이다. 시인은 언제부터

언어를 갈구하고, 언어에 종속되고, 언어에 절망하게 되었을까. 이는 당연히 시작(詩作)과 관련해서 그 해답을 찾아야 할 것이다.

　위 시는 "말"의 의미를 새삼 일깨우고 성찰해가는 과정으로서의 무게를 담고 있다. 특히 말(言)과 자아와의 관계 즉, 시와 현실을 대비적 갈등의 차원에서 상기시키고 있다. "깃털"과 "새"는 본래적 자아를 의미한다. 이는 언어에 종속되기 이전의 현실적 자아 혹은 스스로 설정해 놓은 이상적 자아의 상징일 수도 있다. 따라서 종국에는 찾아가야할 진정한 의미에서의 상승지향점이 된다. "말"의 세계가 "족쇄", "노예", "말즙", "산실(産室)" 등의 억압적 이미지를 담고 있다면, "깃털", "새"의 세계는 자유를 표방한다. 이러한 이미지들은 "처음부터 말의 노예"가 아닌 시간들을 함축하고 있다. 따라서 말의 억압에서 벗어나고자 하는 열망이 응집되어 있다고 할 수 있다. 하지만 이는 또한 "애초부터 나는 정착을 모른다"에서 암시되고 있듯이 방황의 정서와 맞물리고 있다. "새"는 정신적 자유와 승화를 표방하고 있지만 그 속에 떠돎의 속성 또한 뿌리내리고 있는 것이다. 이러한 두 개의 정서적 흐름이 곧 이희원 시인의 시적구도이고 언어적 탐구를 실현해가고자 하는 자아의 모습이 될 것이다.

　언젠가부터 당신과 나 사이의 언어가 불통되기 시작했다. 닫힌 귀에 부딪친 내 말들은 튀거나 부서져 전달은 되었으나 늘 차단되고 있었다.

　늘 안개가 피어 있었다. 아마도 벽 밖에서 내 얼굴을 보았다면 회춘했다며 놀렸을 것이다.

　가끔은 벽의 안과 밖이 바뀌는 날이 있다. 그날은 당신이 벽을 떠나 끝없는 드라이브를 떠나는 날이다.

　벽이 보이지 않는다고 느끼는 순간, 불안과 초조가 달려들 것이
다. 방음벽은 어디에나 있다. 아니 어디에도 없다.

　방음벽은 안과 밖이 따로 없다

- 「방음벽」 부분

　살펴보았듯이, 시인의 언어에 대한 천착은 언어를 전면에 두고 지속
적인 화두로 이끌어가고자 하는 욕구와 이를 부정하고 회의하는 구도로
구성되어 있다. 이는 긍정적 측면에서의 언어지향의 몸짓과 언어적 한
계와 모순성을 감지하는 또 다른 시선을 동시에 등장시키고 있기 때문이
다. 시적인 측면에서 보면, 긍정적인 결과를 도출하기 위한 혹은 시에 도
달하기 위한 지난한 과정으로서의 발자취가 될 것이다. 이러한 시적 구
도는 어느 한 시점에서 새로운 전환의 계기를 마련하게 된다. 위 시 「방
음벽」이 바로 이러한 반응과 변화를 감지하게 하는 경계에 있는 것 같다.
'방음벽'은 외부와 내부의 소리를 동시에 차단하는 특성을 안고 있다. 따
라서 보다 완고한 형태의 단절을 그 안에 내장하고 있다. 이는 시인의 언
어추구의 여정에 비춰보면 생경하고 극단적인 반응이 아닐 수 없다. 지
금까지 시인이 펼쳐내고 있던 갈등구조와는 확연히 차별화되는 내적 경
험이라고 할 수 있다.
　위 시는 앞의 시 「깃털」에서 보여준 언어와 자아와의 대비적 갈등의
단계에서 한 걸음 더 나아가 '언어불통'이라는 보다 확연한 심리적 변화
를 체감하게 한다. 언어는 소통을 그 목적으로 한다. 이런 측면에서 "언
젠가부터 당신과 나 사이의 언어가 불통되기 시작했다"라는 반응은 대단

히 큰 의미를 부여한다. '언어불통'은 언어적 기능상실 뿐 아니라 관계성의 단절을 암시하고 있기 때문이다. 이러한 사실은 '방음벽'이라는 구조물과 연계되면서 보다 구체적이고 실제적인 울림으로 다가온다. "당신과 나"는 "벽의 안과 밖"에 서 있다. 그리고 이러한 단절을 야기 시키는 "방음벽은 어디에나 있"고, 또 "어디에도 없다." 눈에 보이는 혹은 보이지 않는 '방음벽'의 폭력은 우리의 삶의 곳곳에 파고들어 정신을 경직시킨다. "불통", "차단", "안개", "벽" 등의 이미지들은 삶의 보폭을 축소시키는 소통부재의 상황을 상징화한다.

시 「방음벽」은 「기쁜 시정마」와 마찬가지로 사회구조적 측면에서 의미를 부여할 수 있는 여지를 안고 있다. 하지만 여기서는 언어와 관련해서 시인의 내면의식의 반응과 단계적 변화의 조짐을 짚어봐야 할 것이다. 언어추구를 지속해오던 시인이 "언어가 불통되기 시작했다"를 경험하게 되는 과정은 또 다른 충격과 상처를 맞닥뜨리게 되는 시간이다. 시인의 이번 시집은, 말(言)의 지향과 절망 이로 인한 회의와 갈등, 심적 공백, 이를 무산시키려는 역설적인 냉소, 정신적 방황 등으로 정리해 볼 수 있다.

「방음벽」의 세계는 이와 연장선상에서 체득하게 되는 또 다른 단계로서의 의미를 지닌다. '언어불통'의 단절을 깨고 진정한 의미에서의 소통을 모색해가야 하는 지점이 바로 그것이다. 즉, 새로운 시적화두를 열어가야 할 필요성이 감지되는 순간이라는 것이다. 이는 또한 역설적이게도 언어를 놓아야 언어가 보인다는 단순한 진리와 맥이 닿아있다. 따라서 "나는 고작, 한 여자에게서 꺼내온 울음 하나를 쌀쌀한 봄날, 이 도시에서 영구 추방한다"(「에코가 사육되다」)라는 목소리도 설득력을 갖는다. 시인은 이제 언어에 천착하기보다 절실하게 시를 열어가야 할 때라는 것을 시 「방음벽」을 통해 보여주고 있다. 따라서 우리는 긍정적인 의미에서의 그의 시적방황을 더 끈질기게 지켜봐야하고, 새로운 집을 짓게 될 두 번째 행보를 뜨겁게 기다려야할 이유를 갖게 되는 것이다.

'관계'의 부재와 상승지향의 '문장'

— 전형철 시집『고요가 아니다』

세계에의 탐색은 곧 자아탐색이면서 자기응시라고 할 수 있다. 밖으로 향해 있는 시선은 자기 안을 들여다보기 위한 일종의 거울이 되기 때문이다. 하지만 자아와 직면하는 것은 고통스럽다. 광대한 세계 속에 투명한 한 알 기류로 떠다니는 자아를 만난다는 것은 더욱 큰 아픔이다. 그럼에도 우리는 내면 깊숙이 감춰져 있는 자아를 일깨우고 생성시켜 세상 밖으로 걸어 나오게 해야 할 필요성이 있다. 거기에 과거와 현재의 경험적 시·공간과 나아가 미래의 발자취가 암시되어 있기 때문이다. 시인은 상실한 혹은 잠들어 있는 자아를 일깨우고 회복하기 위해 사유를 응집하고 언어를 조율한다. 전형철 시인의『고요가 아니다』(천년의시작, 2014)에는 이러한 탐색의 시선이 다양한 이미지의 변주를 통해 표상되어 있다. 이는 내면의식의 울림을 섬세하게 감지하고 그 색채를 언어적 마력으로 풀어가는 일련의 과정이라고 할 수 있다.

전형철 시인이 감지해내는 세계는 '관계'의 불균형이 존재하는 공간이다. 나와 대상과의 간격 즉, 좁힐 수 없는 실제적/심리적 '거리'가 개입해있다. 관계의 어긋남은 비단 인간관계 뿐 아니라 사회의 여러 구조와의 조화에 있어서도 불균형이 나타난다. 시인은 늘 얼마간의 거리를 두고 그가 걸어온 경험적 시간과 이를 구성하는 관계의 여러 측면들을 관찰하고 되새기고 풀어낸다. 자신만의 독자적인 공간을 만들어 가치를 부여하고 의미를 생성하고 상상력을 확장해간다. 이러한 사유는 '관계'의 부재에서 오는 소외의식과 상실감이 빚어낸 결과물이라고 할 수 있다. 시인은 부재의 상황을 정면으로 주시하면서 이를 시적 공간으로 끌어들여 의미화하고 있다. 곧 '관계'를 떠난 관계구성이라는 시작논리가 성립한다. 시인의 세계인식의 색채가 낯설면서도 또 다른 질서를 유지해가는 이유가 바로 여기에 있다.

시인은 모든 '관계'에서 오는 상처의 흔적과 소외의 정서를 밖으로 표출하고 비판하기보다 오히려 자기 안으로 받아들여 이를 하나의 메시지로 응집시킨다. 이는 밖으로 시선을 두고 있지만 결국 자아의 반응에 더 깊이 몰입하고 있다는 뜻이다. 자아를 투명하게 직시하고 그 소리에 귀 기울임으로써 세계의 소리를 확인하고자 하는 것이다. 다시 말해 외부 공간의 탐색을 통해 자아를 응시하고 이를 다시 밖으로 이동시켜 세계를 읽고자 하는 것이다. 이러한 시선의 구도는 '관계'를 보다 객관적으로 성찰할 수 있는 계기를 마련해준다. 이러한 과정이 곧 내적 균열을 극복하고 자기치유의 '문장'의 세계로 들어설 수 있는 시작방식이 된다.

자주 밤을 복기한다
눈을 오래 뜨면 혀가 굳고
날숨과 들숨에 수갑이 채워진다
내가 아는 식구는 다섯인데

우리는 다섯 곳에 산다

한숨을 쉴 때마다 징검다리같이 눈이 하나씩 생긴다

빈 들이라고 생각한 거개
보이는데 만져지지 않는 뿌리가 자란다
낯선 곳이 낯설지 않고
바람의 발음과 나무의 억양을
받아 적지 않는다

딱정이가 앉고
핏자국이 말라 간다
땅속 물길들이 흘러가는 그곳으로
오래전에
충이(充耳)를 막았어야 했다

-「나쁜 피」전문

　세계는 크게 나와 너의 구도로 나누어진다. 나와 너 즉, 나와 세계는
하나의 움직임 속에 포섭되면서도 때로 극명한 대립을 보이기도 한다.
갈등과 회의, 소외와 결핍의 구도가 생성되는 것도 여기에 기인한다. '나'
는 하나의 존재로 독립되어 있으면서도 모든 존재와 관계를 맺고 있다.
관계를 벗어난다는 것은 생명운동의 질서와 소통의 근간에서 소외된다
는 뜻이다. 따라서 자연만물은 '관계'를 유지하기 위해 제 나름의 생장운
동을 지속한다. 그럼에도 '관계'에는 늘 한계가 있기 마련이고 그 한계가
불러들이는 부조화의 대립이 팽배하게 된다.
　위 시의 "한숨", "빈 들", "딱정이", "핏자국" 등은 시인의 내면의식을

반영하는 시어들이면서 관계의 부조화에서 오는 상처의 흔적을 의미한다. "눈을 오래 뜨면 혀가 굳고/날숨과 들숨에 수갑이 채워진다"라는 표현은 시인의 현실인식의 저변을 보여준다. 시인의 시선으로 보면 세계는 부정적인 형상들로 가득 차 있다. 따라서 "눈을 오래 뜨"고 세상을 바라보는 일은 "혀가 굳고" 호흡이 어려워질 만큼의 고통을 수반하게 된다. "수갑"은 침묵의 상징이면서 세계와의 단절을 의미한다. 시인의 이러한 단절의식은 "내가 아는 식구는 다섯인데/우리는 다섯 곳에 산다"에서 그 본질적 의미가 드러난다.

'다섯 식구'가 "다섯 곳에 산다"는 것은 '관계'의 단절, '관계'의 부재를 의미한다. 이는 공간적 단절과 심리적 고립을 동시에 상기시킨다. "다섯 식구"와 "다섯 곳에 산다"는 것은 정상적인 존재방식과 관계구도에서 벗어나 있다. 시인의 '관계'에 대한 회의, 체념, 자기 안으로의 침잠, 자아에 대한 비극적 사유 등은 바로 이러한 배경 속에서 생성된다. 그리고 자신만의 공간을 만들어 그 안에 고립되어 상상력의 진폭을 만들어가게 된다. "보이는데 만져지지 않는 뿌리"는 관계회복의 불가능성을 암시한다. "낯선 곳이 낯설지 않"다는 것은 '익숙한 곳이 익숙하지 않다'는 뜻과 맥락지어진다. 시인은 익숙한 현실을 살아가면서 늘 생소하고 생경한 세계와 맞닥뜨린다. 이러한 시인의 인식은「나쁜 피」라는 제목에서도 감지되듯이 근원적인 색채를 띠고 있다. '피'의 흐름은 개선하거나 극복할 수 있는 성질의 것이 아니다. 시인은 자신의 '관계'의 부재와 고독의 뿌리를 "피"의 근원성에서 찾고 있다. 이러한 숙명적 고립의 상태가 곧 시인의 시작(詩作)을 이끌어가는 한 척도가 되고 있다.

①
모든 구멍은 구멍이 아닌 것으로 채워져 갔다

속 빈 나무에서는 어떤 벌레도 울지 않았지만

곁이 없는 날이면

내내 쉰 바람이 흘러나왔다

팽팽하게 활줄을 당기는 활줄이었다

심은 지 서른 해가 지나자

괄호처럼 비어 갔다

우리는

- 「내력」 부분

②
지금 내가 사는 곳은
새들의 놀란 눈과 자주 마주치는 높이

발바닥이 커지지 않은 이후로
논거미처럼 혼자였으나
원래 곁은 처음부터 누락된 페이지

- 「밤의 가스파르」 부분

③
내가 지나간 곳에 언제나 너는 별들의 이교(異敎)이고
항하사(恒河沙)를 건너는 개구리의 눈동자이다

혀와 가슴과 손끝을 징검다리 건너듯
곁이 빈 것을 섬이라한다

- 「여시아문」 부분

앞에서도 이미 살펴본 바와 같이 전형철 시인의 시편에서는 '관계'의 흔적이 거의 보이지 않는다. 대부분 "혼자" 혹은 "홀로" 세계를 바라보고 생각하고 행위의 일체를 구성해낸다. 가족사적인 이야기나 관계했던 사람들과의 추억도 대부분 부재의 형태로 드러난다. 이러한 결핍의 형식은 "곁이 없는" 것으로 상징화된다. "곁"은 부정적/긍정적 의미의 모든 층위의 '관계'를 포괄한다. 전형철 시인의 "곁"은 따뜻한 손길을 그리워하는 정서가 매개되어 있다. 하지만 관계의 대상이 부재함으로써 부정적인 정조로 흘러가게 된다. "곁이 없는 날", "원래 곁은 처음부터 누락된 페이지", "곁이 빈 것을 섬이라한다" 등이 이러한 정서를 대변한다. '관계'의 부재는 소통의 부재라는 또 다른 의미를 생성시킨다. "괄호처럼 비어"가는 공백의 심연과 "눈거미처럼 혼자"가 되어가는 과정이 바로 그것이다. "섬" 이미지는 시인의 '관계'의 부재와 고립의 정서를 가장 극단적으로 보여주는 예가 될 것이다. "섬"은 세계와 자아와의 관계를 경계 짓고 단절을 유도하는 가장 큰 매개가 되고 있기 때문이다.

시인이 맞닥뜨리고 있는 세계는 "맞지 않는 신을 신고 걷는 것처럼"(「둔갑술」) 낯설고 고통스럽다. 그리고 "등 뒤에서 날아오는 돌멩이"(「매복의 거처」)의 운명적 복병에 노출되어 있기도 하다. 그럼에도 시인은 "고통을 외면할 때 빛은 자신을 살라먹을 것이다"(「직립」)라고 서슴없이 말한다. 고통을 외면하면 "빛"의 세계에도 다가갈 수 없다는 것이 지배적 생각이다. "상처의 가장 더운 곳에 손가락을 대보면/지문같은 신호가 송신되고 있다/조용히 바깥으로 승천하는 이름/곁을 두드리는/혜성의 참 맑은 소리"(「독주(獨奏)」)가 들려온다. "곁을 두드리는/혜성의 참 맑은 소리"는 이제까지의 상황과는 전혀 다른 색채의 메시지이다. 이는 암울하던 세계에 어떤 희망적 "신호"가 "송신"되고 있음을 암시한다. 그리고 부재하던 관계에 회복 가능성의 여지를 열어두고 있는 것이다. 비어 있던 "곁"을 누군가 두드리고 관심을 갖는다는 것은 소통을 제시하는 것이다. 이는 시인의 사유에 새로운 변화의 바람이 불고 이를 실천해가려는 시적 열망이 피어나고 있음을 보여주는 것이다.

전형철 시인의 자기치유의 몸짓은 긴 시간에 걸쳐 행해지는 자기변신의 과정이면서 상상력의 확장이다. 이는 "나쁜 피"로 표상되는 "피"의 근원성에서 "곁이 없음"과 "섬"의 상징 단계를 거쳐 비로소 당도하게 되는 공간이다. 시인이 "혜성"이라는 상승 이미지를 통해 "신호"를 보내는 것은 중요한 의미를 지닌다. 전형철 시인의 경우 "별"은 세계와 자아와의 '거리'를 느끼게 하던 공간적 대상물이면서 '꿈'의 상징적 표상이 된다. "이 별에 태어난 죄 톡톡히 치르겠네"(「저녁 훈련소」)에서 보여 지는 부정적인 공간 이미지와 "혜성"의 상승지향 이미지가 바로 그것이다.

시인의 상상력은 천상과 '바닥'(「독」)이라는 극단을 넘나든다. 이를 긍정적인 공간 이미지로 포섭해내는 것은 "별"의 지향 즉, 시작(詩作)에 있다. 시인의 "별"의 추구는 곧 "문장"으로 표상되는 시쓰기에 놓여있기 때문이다. 시인의 다수의 시편에 등장하는 "문장"이라는 어휘들이 시인의 이러한 열정을 대변할 것이다. 세계와 자아에 대한 명정한 탐색의 시선은 "문장(시쓰기)"을 수련해가는 한 과정으로서의 자기실천이 되고 있다. 이러한 의미배경이 곧 전형철 시인의 첫 시집에 깃든 사유의 색채이면서 시적 방향성을 감지할 수 있는 상상력의 한 기류가 될 것이다.

불의 상상력과 자기정화의 미학

― 정연희 시집 『불의 정원』

시인의 근황은 단순한 일상적 소요의 측면이 아니라, 시작詩作과 연계해서 생각되어지는 것이 대부분의 경우가 될 것이다. 그런 점에서 정연희 시인의 시집 『불의 정원』(천년의 시작, 2015)은 첫 시집을 내고 난 이후부터 최근까지 시인의 시적추구 방향을 짚어볼 수 있는 단서가 된다고 할 수 있다. 시인의 이번 시집에 실린 시편들은 대체로 불교적 사유와 연계해서 내적갈등을 풀어내고, 성찰하고, 정화해가는 특징을 보인다. 불교적 사유는 시적 소재로서의 측면 뿐 아니라 주제의식을 펼쳐가는 데 있어서도 긴밀한 내·외적 연결고리를 가진다. 시인의 공간과 시간 인식의 범주도 이러한 사유에 기반 해서 다양하게 수용되고 활용되고 있다. 공간의 경우, 대개 시인의 경험적 발자취가 묻어있는 사찰이나, 유적지 등이 그 주된 무대로 등장한다. 이러한 공간적 특성들은 시인의 시적 상상력을 촉발시키고 심화시키는 일종의 매개물이면서 출발지점이 되고 있다.

시간의 측면에서 보면, "누군가 내 전생의 떨잠 팔각지붕 앞머리에 꽂아 두었을까요"(「떨잠」)에서 보여 지듯이 전생의 어느 순간부터 과거와 현재의 시간을 두루 넘나드는 거리를 가진다. 이러한 시간적 배경은 대체로 상처의 형식으로 채색되면서 의식과 무의식의 파장을 만들어간다. 따라서 시인이 그려내는 풍경 하나하나에는 존재의 발자취에서 오는 크고 작은 굴곡과 사연이 촘촘히 각인되어 있다. 시편들마다 이야기적 요소가 가미되어 있고 그 위에 연연한 그리움과 회한, 염원이 담겨 있다. 이처럼 이야기적 요소를 통해 시적 메시지를 응집해가는 방식은 불교적 배경과 더불어 시인의 시적 특징이라면 특징 될 것이다.

공간과 시간이 함축하고 있는 이러한 시적 배경은 시인의 경험적 사유와 연계되면서 보다 실제적이고 구체적인 정황으로 부각된다. 상처를 일깨우고, 반성하고, 치유하고, 정화해가는 과정 또한 이러한 흐름에 닿아 있다. 종교적 원리, 경험적 시간들은 시인의 시적 상상력을 불러일으키는 순수 열망의 원천이 된다. "향천사 계곡에 꽃무릇"(「불의 정원」)을 보면서 '불길'의 에너지를 발견하고, "작은 기침 소리에도 불꽃 숨 살아나는" 이치를 깨닫고 그곳에 머물고자 하는 이유도 여기에 있다. '불'은 상승지향 이미지로 시인의 시편 속에 빈번하게 등장하는 '새' 이미지와 동일한 맥락을 지닌다. 이러한 이미지들은 삶을 직시하고 위무하고 극복해가는 과정으로서의 상징성을 담고 있다.

전체가 둥근 문으로 된 삼백오십 년 된 새 둥지라 했다

첫서리 내리면 문이 열리고 새들은 별에게 길을 물어 어딘가로 떠난다 했다 출렁이는 수평선이 줄지어 가는 새들이라 했다

너무 늦게 도착했나보다 새들은 이미 떠났고 그들이 물어온 세월

의 비늘 조각들 얼개를 이루었다 칠 벗겨진 새 둥지 바다 쪽으로 기
울어져 있었다 한 세대가 바람 등에 날개 들어 올릴 때 그들은 떠났
고 돌아오지 않았다

　바닷길 절뚝거리며 왔다 오래된 근심을 뻐꾸기처럼 둥지에 밀어
넣고 수레국화 빛 노을 등지고 걸어 나왔다

　스 스 스 목쉰 바람 소리에 돌아보니 새 둥지 간 곳 없고 앙상한
물푸레나무 한 그루 알몸으로 울고 있었다 나를 그곳에 두고 왔다
- 「물푸레나무 새 둥지」 전문

　위 시를 이야기적 요소에 중심을 두고 정리해보면, "삼백오십 년 된
새 둥지", 첫서리 내리면 "별에게 길을 물어 어딘가로 떠"나는 '새들', "너
무 늦게 도착한" '나', "바다 쪽으로" 이미 떠나버린 새들, "바닷길 절뚝거
리며" 오는 상처의 시간, 간 곳 없는 '새 둥지' 등으로 나누어진다. 여기서
관심 있게 짚어봐야 할 대목은 아마도 '새 둥지'와 '새'에 관련한 내용이
될 것이다. '새 둥지'는 일반적으로 삶의 안식처로서의 공간이면서 정신
적 안착을 유도하는 보금자리의 의미를 지닌다. 따라서 생명성의 안위는
물론 자기존재의 흔적을 생성하고 확인할 수 있게 하는 공간이 된다. 이
런 점에 비춰보면, 위 시의 1연에서의 '새 둥지'의 등장과 마지막 연에서
의 '새 둥지'의 간 곳 없음은 그 하나로 이야기적 요소를 충분히 내장하고
있다고 할 수 있다. 여기에는 곧 생성과 소멸이라는 삶과 죽음의 구도가
암시되어 있기 때문이다. 이러한 구도에서 우리는 시인이 풀어가고자 하
는 주제의식의 근간을 짐작할 수 있게 된다.
　'새'는 '새 둥지'를 존재하게 하는 주체로써 이상적 세계 혹은 상승지

향의 상징으로 생각해 볼 수 있다. 일반적인 잣대로 이는 자기성취의 표현 혹은 꿈의 상징의 일환으로 읽을 수 있기 때문이다. 하지만 위 시의 '새들'은 전체 문맥으로 보아 조금 다른 측면에서 살펴볼 필요가 있다. 이는 "새들은 이미 떠났고", "한 세대가 바람 등에 날개 들어 올릴 때 그들은 떠났고 돌아오지 않았다"에서 보여 지듯이 '죽음'이라는 키워드가 매개되어있기 때문이다. 삶과 죽음을 한 생의 완성으로 본다면, '새 둥지'의 생성과 소멸, '새들'의 떠남과 돌아오지 않음은 자연적 질서를 충실하게 뒷받침하고 있는 셈이다. '새들'은 일정한 '새 둥지'에 터를 잡고 살다가 때가 되면 "별에게 길을 물어" 바다 저쪽으로 날아가 버린다. 이와 연계해보면, "너무 늦게 도착했나보다"라는 표현은 살아있는 자의 후회의 심연을 담고 있을 것이다. "나를 그곳에 두고 왔다"라는 배경 또한 인연에 대한 미련과 그러한 사연의 연결고리를 일깨우는 내적 반응의 근원이 될 것이다.

정연희 시인의 심리를 지배하는 정서는 살펴보았듯이 단순히 현실적 소요에 머무는 것이 아니라, 삶과 죽음이라는 구도가 그려져 있다. 이러한 구도에는 "그들이 물어온 세월의 비늘 조각들"에서 알 수 있듯이 시간이 직접적으로 개입하게 된다. '세월'은 곧 '새들'의 떠남, '새 둥지 간 것 없고'를 뒷받침하는 시간적 배경이 된다. 시인은 현재적 시점에서 과거를 회상하고 과거를 통해 현재를 인식하는 과정을 지나온다. 이러한 시간적 거리는 스스로 수용하고 감당해야 할 시적거리가 넓다는 것을 의미한다. 시의 행간에 놓여있는 상실감과 허무적 심연이 보다 큰 울림으로 채색되는 것도 이와 무관하지 않을 것이다.

①
목리 가는 길, 암자 뒤뜰에 핀 늙은 오동꽃 공중에 쌓아올린 보라

보라 탑들 떠난 이들을 부르는 종소리 흘러나오고

흰옷 여미고 강 건너간 당신 긴 해 그림자 눕도록 돌아오지 않네 내 발길은 진흙길에 빠져 있고

오동 층층의 꽃차례에 묘비명 새겨 놓았을까 구름으로 떠돌다 오동나무 그늘 아래 움켜진 그 이름 천천히 풀어주었네 당신이 마지막 포개 놓은 말의 탑

-「탑, 오동꽃」 전문

②
수덕사 대웅전의 풍경 소리는 망자를 기리는 독경소리다 철따라 꽃살문의 연꽃이며 구름 당초무늬마다 소리 스며들어 빛깔 더욱 선명한 걸까

…… 중략………

당신의 사십구재 날 비바람 몰아치고 나무들 바닥을 쳤다 떨리는 입으로 불경을 따라갔지만 두 눈은 아득히 먼 곳을 더듬다 돌아오고 우리는 모처럼 모였다 줄 끊어진 구슬처럼 알알이 흩어졌다

-「풍경소리」 부분

③
당신이 걸어온 시간에게 말을 걸어 봅니다 몸싸움의 흉터와 혀의 거친 자취 당신이 걸어간 외나무다리와 가시덤불의 흔적이 말을 걸어요

-「당신의 심장」 부분

위 시에 나타난 '암자', '탑들', '종소리'(①), '수덕사 대웅전', '독경소리',

'연꽃', '불경' 등(②)의 이미지들은 불교적 공간 배경을 잘 설명해주고 있다. 시인의 시편에 표상되고 있는 이러한 공간 이미지는 대체로 마음의 무게를 덜어내는 반성의 차원, 그리고 깨달음으로 가는 정서적 지표가 되고 있다. '망자'를 기리고 떠나보내는 이른바 또 다른 형식의 이별 장면도 여기에 닿아있다. "떠난 이들을 부르는 종소리", "흰옷 여미고 강 건너 간 당신", "당신의 사십구재" 등에서 이러한 정황이 드러난다. 망자가 누구인지는 구체적으로 나타나지는 않지만, 시인에게 깊은 그리움과 절절한 사연을 남겨준 대상임에 분명하다. "스님이 대웅전 꽃살문을 활짝 열자 허공을 헤매는 고독한 영혼들과 새들은 머리 숙였다"(「하늘의 운판」)에서도 이러한 정서가 드러난다. 시인에게 있어 떠난 이들에 대한 간절한 심연은 마음속에 응결되어 있던 상처의 흔적을 씻어내는 일련의 과정이면서 그 위에 또 다른 상상력을 열어가고자 하는 순수 열망이 된다.

"당신이 걸어온 시간에게 말을 걸어 봅니다"(③)에서 우리는 시인의 '시간'에 귀 기울이게 된다. 여기에는 "몸싸움의 흉터와 혀의 거친 자취", "외나무다리와 가시덤불의 흔적" 등에서 감지되듯이 상처의 '시간'이 제시되어 있다. 여기서 '당신'은 주변의 제삼자이기도 하고 시인 자신의 상징이기도 하다. 따라서 '당신이 걸어온 시간'은 그만큼 큰 파장으로 시세계를 물들이게 된다. 삶과 죽음을 넘나드는 시인의 사유는 인간존재에 대한 근원적인 성찰과 자기치유의 몸짓을 동시에 드러낸다. 이런 점에서 '죽음'은 망자를 위한 염원의 몸짓이기도 하고, 한편으로 시인 자신의 정신적 억압을 해방하는 일이기도 하다. 하향 이미지인 '죽음'을 불교적 성찰을 통해 상승의 기류로 전환시키고자 하는 것도 이러한 사유에 닿아있다.

나무는 제 무덤을 만들지 않는다 그 자리에 길게 누울 뿐 구덩이

를 파거나 흙을 이불 삼지 않는다 누군가 쓰러진 나무들 쌓아 놓고
봉분을 세웠다 자궁이며 벌레의 집

　　모닥불을 피우는 저녁 나무의 수화에 귀 기울인다 불길에 빗방울
소리와 흙탕물 쓸려가는 비명 소리 고독한 이의 간절한 눈빛 끊어진
능선에서 머뭇거리는 작은 그림자의 어지러운 춤

　　흙으로 돌아가는 나무의 생 흙 속에 벌레가 새들은 벌레를 쫓고
사람은 새를 엿보다 흙으로 돌아간다 다시 흙에서 나무가⋯⋯⋯
　　　　　　　　　　　　　　　　　　- 「무한궤도」 전문

　깨달음은 또 다른 깨달음으로 확장되어간다. 이것이 시작詩作과 연
계되는 일이면 시적 상상력의 확장과 단계적 변화의 움직임을 반영할 것
이다. 정연희 시인의 이번 시집에서의 시적반응도 이러한 배경에 근거해
있다. 각 시편들은 한 시집에 묶여 있지만 그 내용과 성격은 조금씩 달리
표상되고 있다. 지나간 시간과 그 시간을 물들이는 대상, 그리고 그 대상
을 통해 생성되는 현재적 자아의 갈등과 고통, 이를 극복하기 위해 불교
적 사유 속으로 침잠하는 치열한 자기성찰의 세계, 이후 스스로 해답을
열어가고자 하는 자기정화의 단계가 있다. 이러한 과정은 "소나무는 상
처가 깊었다"(「타투, 소나무」)에서부터 "빈손을 모으는 저녁 새들의 목탁
소리에 떨리는 가슴 두려움이 메아리 칠 때가 많았다"(「만종」), 그리고 "내
가슴에도 가시가 있다 화려한 장미꽃을 버리자 시든 꽃 위에 검붉은 꼭
지 열매 한 쌍 얻었다"(「가시의 가계도」)까지의 거리가 될 것이다.
　"나무는 제 무덤을 만들지 않는다"라는 표현 속에는 긴 시간을 지나
오면서 얻은 깨달음이 담겨있다. 여기에는 자연의 순연한 질서와 순환원

리가 내재해 있다. 나와 세계가 혹은 나와 자연이 분리되지 않고 하나의 리듬 속으로 포섭된다. '나무는' "구덩이를 파거나 흙을 이불 삼지 않"으면서 오히려 생명의 원천인 "자궁이며 벌레의 집"이 되고 있다. 이는 생명을 누리다가 그 생명을 또한 자연 속에 용해시키는 과정에 다름 아니다. 벌레, 새, 사람 모두 "흙으로 돌아가는 나무의 생"과 동일한 생성과 소멸의 법칙에 닿아있다. "다시 흙에서 나무가"라는 생명성의 순환에 대한 인식도 이러한 암시를 담고 있다. 이러한 이치는 이미 잘 알고 있는 단순한 원리이지만 시인의 입장에서 보면 새로운 충만함으로 다가가는 원천이 된다.

정연희 시인의 시편들은 대체로 지나온 시간들이 던져주는 상처와 회한의 정서 위에서 자신을 돌아보고 이에 대한 실현으로서의 자기정화의 세계에 도달하고자 한다. 이를 위해 시인은 다양한 사물과 대상, 시간과 공간의 흔적을 직시하고 순화시키면서 시적 공간으로 이끌어낸다. 불 이미지로 포섭되는 새, 나비, 피리소리 등이 함축하고 있는 상승과 초월의 배경도 여기에 기인한다. 위 시편은 이러한 시인의 시적 의지를 뒷받침하고 그 전환점이 되는 메시지를 심어두고 있다. 이는 고통과 번뇌의 순간에서 벗어나는 것에 한정되지 않고 또 다른 생명을 암시하고 있다는 점에서 의미가 있다. 곧 새로운 지향점으로서의 단계적 변화를 추구해갈 가능성을 열어두고 있는 것이다.

시적 매개로서의 '잠'과 죽음의식의 미적탐구

— 지하선 시집『잠을 굽다』

1.

우리는 날마다 잠을 잔다. 잠은 밤과 낮의 리듬처럼 자연스러운 우주의 한 호흡으로 다가온다. 지하선 시인의 시집『잠을 굽다』(지성의상상 미네르바, 2018)에는 여러 유형의 잠이 각각의 이름을 달고 표상되어 있다. 이러한 잠의 유형은 그동안 우리가 어떤 식으로든 경험했거나 혹은 그러한 경험의 범주에 있었을 것이 분명하다. 그럼에도 참으로 생소하다 우리가 미처 인식하지 못하는 그 이면에 이렇게 다양한 이름의 잠이 존재하고 있었나 놀랍기도 하다. 흔히 잠이라고 하면 '잠을 잔다'고 할 때의 행위만을 생각하게 되는 것이 대부분이다. 잠을 자고 깨어나는 일상적이고도 반복적인 행위영역이 바로 그것이다. 따라서 다양한 형태의 잠을 상기하거나 거기에 의미를 부여하는 일은 드물다.

이런 점에서 지하선 시인이 짚어내고 있는 '잠'의 세계는 특별하다고 할 수 있다. '잠'을 매개로 시적 상상력을 불러일으키고 그 속에서 삶의 발자취를 일깨우고 있기 때문이다. 새로운 것을 발견한다고 할 때의 '발견'의 범주는 멀리 있는 것이 아니라 우리와 근접해 있음을 잘 안다. 우리 가까이에 있지만 미처 생각하지 못했거나 혹은 아예 망각하고 있던 어떤 것에 대한 관심과 일깨움이 바로 그것이다. 이는 주변에 대한 섬세한 관찰과 애정, 열정 등이 뒷받침되어야만 가능하다. 지하선 시인의 '발견'은 우선 여러 종류의 '잠'을 찾아내는 것부터 시작된다. 그리고 그 하나하나의 이름에 이야기를 담고 의미를 생성한다. 나와 내 주변을 돌아보고 생의 발자취를 시상의 중심으로 끌어들이고자 한다.

시집 『잠을 굽다』는 제1부 「얕은잠」, 제2부 「단잠」, 제3부 「토막잠」, 제4부 「잠의 뒤꼍」 등 전체 제4부로 구성되어 있다. 각 부의 큰 타이틀 아래 '풋잠', '선잠', '수잠', '귀잠', '발편잠', '고주박잠', '새우잠' 등 다양한 이름의 '잠'이 각인되어 있다. 특징적인 것은 이러한 '잠'의 형식에 죽음의식이 깊이 관여하고 있다는 것이다. 지하선 시세계에 표상되고 있는 죽음의식은 "누군가 잠은 '죽는 연습'이라고 했다"(「시인의 말」)라는 언급에서부터 이미 암시되고 있다. '잠'과 '죽는 연습'을 동일선상에 올려놓고 보면 우리는 날마다 죽음과 맞닥뜨리고 있는 셈이다. '잠'은 죽음과 연계되어 있고, 그러한 죽음을 표상하는 잠은 곧 생명의 원천이면서 삶의 척도가 된다는 논리가 주어진다.

지하선 시인은 삶과 죽음의 경계를 허물고 통합적 사유를 우리의 일상적 질서 속으로 선뜻 들여놓고 있다. 짐짓 멀리 두고 싶었던 '죽음'이라는 화두를 자연스럽게 삶의 형식 속에 용해시키고 있는 것이다. "매일 죽었다 살아나는 삶에 대해 궁금해지기 시작했다", "매일 나는 잠속으로 들어가 그 속에서 지금까지 살아온 나를 찾아보기로 했다"(「시인의 말」)라는 배경이 여기에 놓인다. 따라서 지하선 시인의 생(生)에 대한 성찰은 다름 아닌 죽음의식을 통해 생성되고, 정립되고, 승화의 과정으로 나아간다고 해야 할 것이다. 여기서 시인이 탐구하고자 하는 시적 주제와 그 화두의 구체적 방향성이 드러난다.

2.

　지하선 시인은 다양한 이름의 '잠'을 통해 삶의 순간, 순간을 포착하기도 하고 그 너머 전생을 찾아가는 배경을 마련하기도 한다. 또한 잊고 있었던 혹은 오래 전에 이별한 사람들을 만날 수 있는 내밀한 통로를 일깨우기도 한다. 따라서 유년의 시간이 현재화되어 나타나기도 하고, 이승과 저승을 넘나드는 회상의 행간이 주어지기도 한다. 시간적 거리로 보면 현재와 과거, 전생이 하나의 탐구영역 속에 상호소통하면서 직조되어 있다. '잠'은 기억의 통로이면서 내 삶을 성찰하고 주변을 돌아보는 연결고리가 된다. 나와 세계를 사유하고 공유하면서 연민과 아픔의 정서를 응집하고 확장하는 상상력의 토대가 된다. 그리고 이는 '시인의 말' 말미에 "나의 시 어디까지 왔을까"라는 물음에서 짐작해볼 수 있듯이 시작(詩作)의 여정과 긴밀하게 맞물리고 있다.

> 아버지 잠의 귀 언제나 내 방 앞을 서성이며
> 작은 신음에도 당나귀 귀처럼 커지곤 한다
>
> 가위눌리는 악몽, 시키면 통증이 덮치는
> 미로 속에서도 내게로만 굴절되는 아버지의 큰 귀
>
> 졸음도 깊은 잠도 모로 세워놓고
> 꿈의 무늬 감겨있는 내일의 머리맡에서

밤과 나 사이를 오가며 점점 넓어진다

몸속 좁은 골마다 벌겋게 열꽃이 부르트고
깜박거리는 심장, 발소리까지 멎은 자리에
새벽 한 시의 손이
사방을 닫고 무덤을 끌고 올 때도
불의 눈빛으로 또 다른 출구를 열어 준다

막다른 골목에서 막막한 나의 계절 굽이굽이
밝은 빛 켜 들고 앞장서곤 한다

　　　　　　　　　　　　　　　　-「선잠」 전문

　　시집 『잠을 굽다』에는 유년의 기억이 상당한 무게로 형상화되어 있
다. 유년의 기억은 '잠'이라는 통로를 거쳐 시인의 현재적 시간 속에 생생
하게 되살아난다. 유년의 기억은 '작은 신음', '가위 눌리는 악몽, 시커먼
통증' 등에서 보여 지듯이 아픔과 상처의 형식으로 각인된다. 그리고 '아
버지'와 '어머니', '할머니' 등 가족사적인 배경이 큰 줄기로 매개되어 있
다. 가족사적인 배경은 비단 유년의 발자취에서 뿐 아니라 거슬러 삶의
전체적 풍경 속에 크나큰 의미배경으로 물들어 있다. 시인이 회상하는
관계구도 속에서의 그분들은 이미 고인이 되었다. 그럼에도 시인의 의
식·무의식 속에 지속적으로 살아남아 시적 상상력을 일깨우는 원천이
되고 있다. 그 중심에 '아버지'가 있다. '아버지'는 많은 시편에 등장하면
서 절실하고도 각별한 색채로 이미지화되어 있다.
　　유년의 기억 속의 '아버지'는 병약한 '나'를 노심초사 간호하고 걱정하
는 모습으로 그려진다. "언제나 내 방 앞을 서성이며/작은 신음에도 당

나귀 귀처럼 커지곤 한다"에서 '아버지'의 모습을 떠올릴 수 있다. 이러한 유년의 '아버지'는 지금까지도 '나'의 고단한 삶을 위로하고 지켜주는 존재로 나타난다. "새벽 한 시의 손이/사방을 닫고 무덤을 끌고 올 때"의 극단의 절망 속에서도 "불의 눈빛으로 또 다른 출구를 열어"주기도, "막다른 골목에서 막막한 나의 계절 굽이굽이/밝은 빛 켜 들고 앞장서곤"하는 존재로 조명된다. 시인은 지속적으로 '아버지'를 불러내고 기억을 상기시키면서 아버지와의 관계구도를 설정하고 있다. 따라서 '아버지'는 이승과 저승을 넘나들면서 '나'의 삶 속에 깊이 뿌리내리고 있다.

> 누군가 두 발 편히 눕도록 제 몸을 엮어 쉼이 되어주는 거기
> 울퉁불퉁 비탈길에서 비틀거리는 나의 지지대가 되어 주시던
> 아버지, 계시다
> 가끔 꿈길에서 만나면 나는 다섯 살로 돌아가
> 아버지 넓은 등에서 잠들곤 한다
> 이승과 저승의 다리는 진한 핏물인 듯
> 아직도 살아 숨쉬는 맥박이
> 내 심장에서 뛰고 있다
> $\qquad$ -「발편잠 2」부분

> 우주의 중심축 저승 쪽으로 돌려놓고
> 이승을 뒤집어도
> 깜깜하기만 한 세상을 더듬거립니다
> 뭉클, 넓고 푸근한 아버지의 가슴입니다
> 파르르 떨리는 살과 살의 침묵
> 심장이 붉어집니다
> $\qquad$ -「꿀잠」부분

초저녁, 약주 한 잔 걸치다 말고 저승에서 달려온

아버지의 체취 환생했는지

후끈하게 심장 깊이 파고든다

길게 짧게, 한 숨 두 숨 그리움 마실수록

-「한잠」부분

　지하선 시인에게 이승과 저승은 하나의 끈으로 연결되어 있다. "이승과 저승의 다리는 진한 핏물인 듯/아직도 살아 숨쉬는 맥박이/내 심장에서 뛰고 있"기 때문이다. "잠잠한 이승과 저승 사이 영원의 길목에 내가 서 있다(「귀잠」)"라는 배경도 여기에 닿아있다. '이승'과 '저승'은 삶과 죽음이 하나의 틀에 놓이듯 경계를 뛰어넘어 통합된 의미영역으로 포섭된다. '진한 핏물'은 이러한 의미영역을 이어주고 교감하게 하는 관계구도이면서 정서적 토대이다. 특히, '아버지'는 '진한 핏물'의 뿌리의식을 각인시켜주는 중심 매개가 된다.

　따라서 아직도 "다섯 살로 돌아가/아버지 넓은 등에서 잠들"기도 하고, "뭉클, 넓고 푸근한 아버지의 가슴"에 "심장이 붉어"지기도, "초저녁, 약주 한 잔 걸치다 말고 저승에서 달려온/아버지의 체취 환생했는지" "후끈하게 심장 깊이 파고"드는 경험을 하기도 한다. 아버지는 "울퉁불퉁 비탈길에서 비틀거리는 나의 지지대가 되어 주"는 등불이면서 '진한 핏물'의 연결성을 환기시키는 주체가 되고 있다. 유년의 기억과 '아버지'에 대한 환기는 이미 걸어왔고, 현재 걸어가고 있는 삶에 대한 명징한 반성적 통로이면서 적극적인 대응의식의 출발시점이 된다. 따라서 앞으로 걸어가야 할 여정도 이러한 정서적 기반 위에서 정신적 승화를 의도해갈 것이다.

어머니의 밤을 평생 갈아대던 나의 태몽
모란꽃 두 송이 받아들었다는데
꽃송이 슬쩍 부딪치는 순간
소리의 절정에서 백학이 날아오르며
순식간에 모란꽃 한 송이 낚아채 갔다네

하얗게 자지러지는 꽃 울음에 허공이 깨어지며
네 살배기 여동생에게 죽음의 날개 덮쳤다네
어머니 기억의 서랍에서 시든 꽃 물고 있는
학 모가지 끌어내어 시들시들 앓다가 흐느끼다가
어머니도 구만리장천 북망까지 날아갔다네

생시인 듯 아닌 듯 투명한 꿈이 무덤을 파헤치던
피멍든 밤, 가슴 찢는 세월 모두 벗어 접어놓고
여동생 품에 안고 이제야 평안히 깊은 잠 드셨나네
                                                     -「헛잠」 전문

　이승과 저승에 대한 경계의 허묾은 시인의 죽음에 대한 사유와 연계
되어 있다. 죽음은 곧 삶과의 연장선상에서 생성되는 질서로 인식되고
있기 때문이다. 이러한 지하선 시인의 죽음의식은 병약했던 유년시절의
경험에서부터 이미 그 터를 마련하고 있다. 죽음의 문턱까지 넘나드는
고통의 순간들은 시인의 의식/무의식을 자극하는 정서적 배경이 된다.
성인이 되면서부터 이러한 정서적 배경은 보다 명료하게 각인되면서 죽
음의식을 일깨우는 구체적인 통로가 되고 있다. 유년의 아픈 기억은 현
재적 삶과 연계되면서 '죽음'이라는 코드와 자연스럽게 접목된다. 따라
서 시인에게 죽음의식은 늘 생활처럼 따라다니던 일종의 화두가 되었을

것이다. 어느 날 갑자기 다가온 것이 아니라 자라면서 늘 겪어왔고 또한 현재까지 이어지고 있는 상처의 한 형식이 된다. 그 배경에는 할머니와 아버지, 어머니, 동생 등 가족사적인 배경이 자리하고 있다. 가족들의 '죽음'은 구체적 경험구도로서의 배경이 된다.

위 시편에 표상되고 있는 '죽음'은 이러한 배경과 직접적으로 맞물린다. 여기서 시인은 두 개의 죽음과 맞닥뜨린다. 하나는 '네 살배기 여동생'의 죽음이고 다른 하나는 '어머니'의 죽음이다. 시적 의미전개는 '어머니'가 꾼 '나의 태몽'에서부터 비롯된다. '어머니'는 꿈속에서 "모란꽃 두 송이 받아들었"지만 '백학'이 "모란꽃 한 송이 낚아채" 가버리는 상황을 맞게 된다. 이후 "네 살배기 여동생에게 죽음의 날개 덮"치게 되었고, 어머니는 동생의 죽음으로 인해 평생 죄의식을 안고 고통스럽게 살다가 돌아가신다는 것이 이야기의 요지이다. 어머니의 죄의식은 시인에게 그대로 전가되면서 오랜 지병처럼 마음의 한 편에 남아있다.

가까운 사람들의 죽음은 가장 깊은 상실감을 안겨준다. 이는 관념적인 차원이 아니라 실제적인 '죽음'으로서의 구체적 현실로 다가오기 때문이다. 가족들의 죽음에서 오는 강렬한 기억은 "이승과 저승의 다리"(「밤편잠 2」)를 연결시키고자 하는 염원으로 이어진다. 주변의 많은 사물들 속에서도 '죽음'을 인식하고 이를 삶의 질서 속에 두고자하는 것도 여기에 있다. 병약한 유년시절, 동생과 어머니의 죽음에 이르기까지의 긴 시간적 거리는 죽음을 체감할 수 있는 충분한 경험구도가 된다. '잠'은 그 통로이면서 상상력을 이끌어내는 절실하고도 아름다운 상징 이미지가 된다.

3.

시집 『잠을 굽다』에 표상되어 있는 시적 정서는 밝고 즐거운 것보다 아픔과 슬픔을 그 위에 둔다. 외적 풍경보다 그 내면에 응어리져 있는 상황에 시선을 두면서 이야기를 생성하고 의미를 확장하고자 한다. 시인의 '잠'에 대한 사유와 죽음의식의 이면에 연민의 정서가 깊이 개입해 있는 것도 이러한 배경과 무관하지 않다. 연민의 정서는 가족에 대한 연민에서부터 자기 자신에 대한 연민, 나아가 주변적 인물들에 대한 연민 등으로 확장되어 간다. 이는 개인적 정서의 울타리에서 차츰 밖으로의 이동을 보여주는 과정이라고 할 수 있다. 주변에 대한 따뜻한 관심과 연민의 정서는 나와 대상을 뛰어넘어 하나의 공감구도를 형성하고자 하는 의도가 된다. '나'를 통해 주변을 돌아보고 주변을 통해 '나'를 들여다보는 사유방식이 그것이다. 따라서 인간존재에 대한 보다 폭넓은 이해와 자아를 성찰하는 중요한 징검다리가 되고 있다.

공원 한쪽 낡은 의자에 푹 잠겨 있는 그 남자
허름한 오후가 매달려 있는 등 위로
햇살은 허리 잔뜩 구푸리고 그의 잠을 굽고 있어요
여러 색깔로 구워지고 있는
그의 꿈이 헤벌쭉이 벌린 입에서 설겅거려요

보름달 부풀듯 탱탱했던 한때가 그에게도 있었다는데
그 누런 세월 한 점씩 떼어 먹을수록
허공의 길 위에서 달빛을 뒤척이며 여위어 갔죠
옆구리 터진 낮달처럼 널브러진

불안한 시간, 뒤집었다가 뒤집혔다가 부수수
아직 덜 구워진 잠이 지친 어깨를
꾸욱 꾹 눌러요
얼핏 스친 꿈속에서 하다 만 말 한마디
빠르게 오후 4시의 행간을 빠져나가요

누군가 그를 부르는 '옛시인의 노래'가
그의 손끝에서부터 살얼음처럼 아슬한 내일의 무릎 아래로
길게 누워요

-「여윈잠」전문

    "공원 한쪽 낡은 의자에 푹 잠겨"서 "잠을 굽고 있"는 한 '남자'가 있다. '허름한 오후', '허리 잔뜩 구푸리고'에서 짐작할 수 있듯이 '남자'의 '잠'은 밝고 긍정적인 풍경과는 거리가 멀다. 초라하고 궁핍하다. '허공', '옆구리 터진 낮달', '불안한 시간' 등에서 암울하고 균열된 삶의 풍경이 감지된다. 여기에 "보름달 부풀듯 탱탱했던 한때가 그에게도 있었다는 데"라는 대목이 등장하면서 보다 치명적인 비극성이 돌출된다. "허름한 오후가 매달려 있는 등"과 "보름달 부풀듯 탱탱했던 한때"는 극명한 상황적 대비를 보여주고 있기 때문이다. 이러한 대비구도 속에는 '시간'이 암시된다. 이른바 뜨겁게 향유했거나 혹은 자신도 모르게 흘러가버린 '시간'이 두 구도의 극명함 속에 침잠해 있다. 따라서 "보름달 부풀듯 탱탱했던 한때"와 "공원 한쪽 낡은 의자에 푹 잠겨 있는 그 남자" 사이에는 이미 회복할 수 없는 시간적 공백이 가로놓여 있다.
    "얼핏 스친 꿈속에서 하다 만 말 한마디"는 무엇이었을까. 시인이 포착하고 있는 어느 '허름한 오후'의 풍경이 쓸쓸하다. '그 남자'의 모습은

우리에게 그리 생소한 풍경은 아닐 것이다. 이러한 모습은 도시 공간의 곳곳에서 흔히 맞닥뜨릴 수 있는 풍경임에 틀림없다. "누군가 그를 부르는 '옛시인의 노래'에서 '남자'의 특정 배경이 제시되기도 하지만, 일상적인 존재일반의 모습으로 각인된다. 따라서 별다른 생각 없이 스쳐지나가기 일쑤이다. 지하선 시인은 무관심의 영역에 방치되어 있는 풍경 하나를 의미의 영역으로 건져 올린다. "살얼음처럼 아슬한 내일의 무릎"에서 암시되듯이 '그 남자'의 '오후 4시'는 더 이상 비상을 허용하지 않는 '내일'을 안고 있다. '허름한 오후'의 풍경 속에 연민의식과 허무적 심연이 동시에 채색되어 있는 작품이다.

사춘기 아찔한 사고의 순간
꼽추라는 유랑의 세월로 미끄러진 진외가 당숙
잠까지 먹어치우는 끈질긴 통증보다
세상의 외면을 등에 져야 하는 슬픔이 더 아팠지요
웅그린 비밀 속에서 죽을 이유 수도 없이 만들었다 지웠다 했지요
자신의 무덤을 지고 오일장을 따라 떠돌며
둥근 달과 한 몸으로 버텼지요

새벽하늘 서리 맞는 어느 고갯길
별빛에 뒤치락대는 밤이면
달은 구겨지고 꿈은 멀리 달아났지요

절룩거리던 장돌뱅이 십수 년
장날을 잡고 뱅글뱅글 돌수록
더욱더 구부러지는 등짐의 무게

뒷산처럼 튀어나왔던 그의 등 굽은 삶도
사그라지는 오일장과 함께 폭삭 내려앉았지요

- 「고주박잠」 전문

위 시편 「고주박잠」은 "꼽추라는 유랑의 세월로 미끄러진 진외가 당숙"의 비극적인 일생을 담고 있다. '진외가 당숙'은 사춘기 때 사고로 꼽추가 되었고 이후 '오일장'을 떠도는 굴곡진 삶을 펼쳐가는 인물이다. "세상의 외면을 등에 져야 하는 슬픔", "절룩거리던 장돌뱅이 십수 년" 등에서 그의 참담한 삶의 여정을 엿볼 수 있다. '오일장'은 생활을 위해 떠돌아야하는 유일한 공간이지만 한편으로 "자신의 무덤을 지고" 다니는 듯한 처절한 현실과의 대면 공간이기도 하다. 아무리 몸부림쳐도 극복할 수 없는 모순성이 담보되어 있다. "달은 구겨지고 꿈은 멀리 달아났"고, "더욱더 구부러지는 등짐의 무게"만 가중될 뿐이다. 종국에는 "그의 등 굽은 삶도/사그라지는 오일장과 함께 폭삭 내려앉았지요"의 비극성으로 치닫고 만다. '세상의 외면'과 편견을 등에 지고 고난의 삶을 엮어간 '진외가 당숙'의 일생이 한편의 이야기처럼 갈무리되어 있다. 그의 굴곡진 삶의 여정이 낯설지 않게 다가오는 것은 풀리지 않는 숙제처럼 소시민적 삶의 풍경이 집약되어 있기 때문이다.

20년 넘게 부리고 있는 지게를 공사장 한구석에
내려놓는 사내, 후줄근하군요

수북이 쌓인 독촉 고지서들, 밀린 집세가 토막 낸 간밤이
두리번두리번 그의 팔꿈치를 잡아당겨요

- 「토막잠」 부분

'사내'는 "20년 넘게" 공사장에서 '지게'를 지면서 하루하루를 살아가는 노동자이다. 긴 시간의 노동에도 불구하고 그는 지극히 평범한 소시민의 삶의 문턱에도 들어서지 못하고 있다. "수북이 쌓인 독촉 고지서들, 밀린 집세가 토막 낸 간밤" 등이 '사내'의 생활을 고스란히 비추고 있다. "20년 넘게"라는 시간과 노동의 현실이 자본주의적 병폐마냥 도사리고 있다. 문명은 화려한 외형을 던져주고 있지만 그 이면에 소외와 빈곤을 생성하고 있다. 따라서 이러한 소외집단과 주변적 문제의식들은 한 개인의 문제이기보다 사회구조적 문제와 연결되는 경우가 많다. 그럼에도 결국 그 고통은 고스란히 개인의 몫으로 돌아간다. 이들은 도시 노동자로 살아가고 있지만 도시공간에 포섭되지 못한 채 극단의 상황으로 내몰린다. 빈곤, 사회적 냉대, 소외, 더 이상 나아갈 곳이 없는 절망적 상황 등이 이들에게 주어진 현실이다.

　앞서 살펴본 시편 「여원잠」과 「고주박잠」의 상황도 이와 맥락을 같이한다고 할 수 있다. '그 남자', '진외가 당숙', '사내'는 자본주의적 삶의 형식에서 소외된 존재들이라는 공통점을 지니고 있다. 시인은 이들이 처해있는 현실을 구체적인 풍경으로 제시함으로써 보다 선명하게 문제의식에 다가설 수 있도록 한다. 객관화된 대상을 통해 생에 대한 총체적인 인식과 통찰을 유도하고 인간적인 연민을 공유하려는 시적의도가 응집되어 있다. 일정 거리를 두고 나와 너, 우리를 관찰할 수 있는 계기를 마련한다. 대다수 소시민들의 애환과 삶의 질박한 울음과 슬픔이 여기에 놓인다. 아프고 절망적인 우리들의 초상이 여과 없이 포착된다. 이들은 객관화된 나이고 너이고 우리이다. 지하선 시인의 주변적 인물들에 대한 탐색과 연민의식은 또 다른 측면에서의 시의식의 발현이라고 할 수 있다.

4.

잠은 인간 삶을 영위하는 기본적인 흐름이다. 잠을 떠나서는 인간 생명을 유지할 수 없다는 것도 여기에 기반하고 있다. 잠을 죽음과 동일선상에 두고 탐구하는 것은 또 다른 영역의 주제의식이 될 것이다. "잠과 죽음은 동의어"(「둥근 기억의 마디-항아리손님」), "죽음은 삶과 동의어"(「꽃잠 1」)라는 시인의 견해에 기대보면 여기에는 상당한 의미배경이 암시된다. 잠, 죽음, 삶이라는 구도가 만만치 않은 무게를 던져주고 있기 때문이다. 삶은 죽음과 맞물려 있고, '나'를 찾아가는 여정 또한 죽음과의 직면이고 그 과정에 다름 아니다.

지하선 시인은 '잠'을 통해 '죽음'을 환기하고, '죽음'을 통해 삶을 돌아보는 척도를 마련하고 있다. 시집의 전체 구성 속에 표상되어 있는 삶의 발자취와 그러한 발자취가 내장하는 슬픔과 고통의 편린들이 이러한 배경을 뒷받침하고 있다. 이러한 생(生)의 이야기들은 시인의 개인적 경험 구도를 반영하는 것이기도 하고, 한편으로 우리 모두에게 적용되는 이야기적 배경을 함축하기도 한다.

앞서 제2장에서 살펴보았듯이 지하선 시인의 죽음의식은 유년의 기억에서부터 지속적으로 따라다니던 화두이다. 또한 가족사를 통해 그 죽음의 실체를 구체적으로 파악할 수 있는 계기를 마련하고 있음도 이미 살펴본 바이다. 이 장에서는 이러한 죽음의식이 시인의 현재적 시간과 맞물리고 있는 시편들을 살펴본다. 이는 먼 기억이나 회상, 대상들의 '죽음'이 아니라 지금 현재 시인 자신의 삶 속에서 뜨겁게 맞닥뜨리게 되는 갈등과 절망의 표상들이다. 따라서 보다 강렬한 색채를 띠고 시적 정서를 구성해간다. 이른바 죽음(삶)을 어떻게 인식하고 또 어떻게 승화해가는 지에 대한 스스로의 물음과 깨달음이 담겨 있다.

잠과 잠 사이에 신비한 생명을 감춘 미궁이 있다기에
나는 그곳에 가려고 평생을 더듬거리고 있다

문고리 없는 문은 어느 길로 가든 열려 있다고 하기에
무작정 가다가
문득, 뒤돌아보니 모두 닫혀있었다

크고 작은 벽에 부딪치면서
찾고 찾다가 꿈길마저 끊어진
문이 없는 문 사이에 목숨 한 끝이
끼어 있음을 보았다

낮에서 밤으로 들어가는 입구에는
또 다른 나
지치고 초췌한 내 앞에
죽음이 납작 엎드려 있었다

- 「잠의 문 1」 전문

"잠과 잠 사이에 신비한 생명을 감춘 미궁이 있다기에/나는 그곳에
가려고 평생을 더듬거리고 있다"에는 우리를 다시금 뒤돌아보게 하는 목
소리가 함축되어 있다. 우리는 "문고리 없는 문은 어느 길로 가든 열려
있다고 하기에"라는 희망적인 기대와 염원을 품고 있었다. 하지만 곧 "무
작정 가다가/문득, 뒤돌아보니 모두 닫혀있었다"의 상황에 봉착하게 된
다. '문'은 언제나 열려있어서 열정적으로 삶을 추구하다보면 그 어느 '문'
에서든 꿈을 성취할 수 있을 것이라는 희망은 절망으로 대체된다. 희망
과 희망부재의 상황이 명징하게 대비되는 시점이다.

요컨대 시인이 인식하는 현실은 "크고 작은 벽에 부딪치면서/찾고 찾다가 꿈길마저 끊어진" 상태다. 나아가 "문이 없는 문 사이에 목숨 한 끝이/끼어 있"는 비극적인 상황으로까지 이어진다. 우리 앞에 놓인 현실적 모순과 한계에 대한 처절한 자각이면서 비판적 인식에 다름 아니다. 문제는 이러한 상황이 쉽게 극복되거나 긍정적인 상황으로 나아갈 수 있는 길이 없다는 것이다. 따라서 결국 '죽음'이라는 극단적인 상황과 맥락지어지고 만다. '낮과 밤'의 시간적 지표 속에는 분리된 두 개의 자아가 존재한다. 이른바 희망과 꿈을 추구하고자 했던 자아와, 삶 속에서 시달리고, 지치고, 초췌해진 자아가 그것이다. '생명'을 찾아가려고 "평생을 더듬거리고" 있던 자아는 현실적 모순에 훼손되고 상처를 입는다. 남은 것은 "문이 없는 문 사이에 목숨 한 끝이/끼어 있"는 절망적인 자아뿐이다. 따라서 '닫혀있음', '부딪침', '끊어짐', '끼어있음'의 상황 즉, "죽음이 납작 엎드려 있었다"의 극단으로 치닫고 만다. 여기에 '평생'이라는 시간이 담보되어 있다.

> 똑똑, 한 방울 두 방울 밤이 샌다
> 한 生을 받치고 있던 하늘 기울어진다 그럴 때
> 나는 잠의 깊이를 잰다
> 슬픈 날의 시간으로
> 그리운 이의 이름으로
> 재고 또 재어도 발가락 사이로
> 이명처럼 울음만 달싹이고
> 충혈된 눈빛에 꿈길이 발개진다
>
> ―「얕은잠」 부분

지하선 시인의 시편에는 슬픔이 있다. 슬픔의 정서는 나와 내 삶을 체감하는 가장 투명한 인식지점이 된다. 그리고 이는 대체로 육체적 고통과 연계성을 가지고 상징화된다. 병약했던 유년의 기억에서부터 현재적 아픔의 현장들이 바로 그것이다. "최초의 내 몸에 날카로운 메스가 지나간 그 길로 아버지 가끔 오셔서 여기저기 널린 울음의 웅덩이 지워주곤 한다"(「둥근 기억의 마디-항아리손님」)에서 이러한 정황이 구체적으로 포착된다. 이를 염두에 두고 보면, 위 시편의 "똑똑, 한 방울 두 방울 밤이 샌다"는 링거를 맞고 있는 상황으로 유추해 볼 수 있다. 시인의 시의식을 가로지르는 죽음의식은 현대적 삶의 모순과 연계해서 나타나기도 하지만, 대부분의 경우, 병고와의 연관성 속에서 생성되고 있다. 이는 "한 生을 받치고 있던 하늘 기울어진다"라는 대목에서 보여 지듯이 극단화된 슬픔을 응집하고 있다. 삶과 죽음을 하나의 영역으로 포섭하고 농축시키는 것도 이러한 배경 속에서 상징화된다.

①
한 장 넘기면 치열한 삶이, 그 뒷면엔 죽음이 보이듯
죽음과 탄생이 공존하는 검정과 하양, 검정 위에 하양을 펼쳐놓고
둥글둥글 말아놓는다
　　　　　　　　　　　　　　　　　　　－「김밥천국」부분

②
꿈벅, 순간 페이지를 넘기니 그는 어느새 멀리 백발에 가 있고
몇 백 년 쪼아대던 시어들이
내 몸 구석구석 붉게 물들인다
　　　　　　　　　　　　　　　　　　　－「쪽잠」부분

③

내가 베고 자던 베개는 바람이었고

내 몸에서는 내가 빠져나가고 있다

-「그 잠의 통증」 부분

잠은 꿈을 생성하는 환상적, 상상적 세계이지만 지하선 시인의 '잠'은 죽음의식에 터를 두고 있다. 또한 "죽음은 삶과 동의어"(「꽃잠 1」)라는 논리를 두고 있기 때문에 이는 엄밀히 삶에 대한 인식이고 그 사유의 저변이 된다. "한 장 넘기면 치열한 삶이, 그 뒷면엔 죽음이 보이듯"(③)에서 이러한 관계구도가 선명하게 감지된다. 따라서 죽음의식은 "죽음과 탄생이 공존하는" 자연스러운 순환과정으로서의 질서와 깨달음을 함축하고 있다. 이러한 질서 속에는 '시간'이 큰 무게로 자리하고 있다. "꿈벅, 순간 페이지를 넘기니 그는 어느새 멀리 백발에 가 있고"(②)의 배경이 바로 그것이다. '꿈벅'하는 사이에 '백발'이 되어버린 '그'는 시간의 무상함을 온몸으로 증명한다. "내가 베고 자던 베개는 바람이었고/내 몸에서는 내가 빠져나가고 있다"(③)의 정서도 여기에 터를 두고 있다. "내가 베고 자던 베개"는 내 삶의 전반을, '바람'은 그러한 삶을 관통하는 '시간'을 상징화한다.

여기서 우리가 필연적으로 접하게 되는 것은 시간의 유한성이다. 잠과 죽음, 삶이라는 구도 속에는 이미 '시간'이 중요한 의미구도로 내장되어 있다. 시인은 이 세 구도를 긴밀하게 체득하고 성찰하면서 깨달음의 한 축을 생성하고자 한다. 그러한 관계성을 자연스러운 일상의 걸음으로 수용하고자 한다. 따라서 여기에는 지난 시간과 현재적 시간, 앞으로의 시간까지 응집되어 있다. 삶과 죽음을 나란히 둠으로써 '시간'에 포섭되어 있는 인간존재의 유한함을 환기시키고 있다. '시간'이 매개되는 만큼 여기에는 어쩔 수 없이 허무적 심연이 끼어들 수밖에 없다. 하지만 허무적 심연에 치우치기보다 성찰적 사유를 보다 강렬하게 환기시키면서 시적 진폭을 확장시키고자 한다. 내게 다가온 '시간'을 명징하게 인식하고 받아들이면서 극복과 승화의 길을 모색하고자 한다.

시집 『잠을 굽다』에는 이처럼 결코 가볍지 않은 탐구주제가 담겨 있다. 잠과 죽음, 삶의 구도를 중심에 두고 인간존재에 대한 일정 메시지를 생성시키고 있다. 생(生)을 돌아보고, 일깨우고, 탐구하면서 그 안에 담겨 있는 '시간'에 대한 의미를 읽어내고자 한다. 유년의 기억을 통해 각인되는 가족사적인 배경, 나와 내 이웃을 돌아보는 연민의 정서, 병고와 관련한 슬픔과 불면의 밤들, '죽음'을 성찰하여 자기승화를 이끌고자 하는 과정 등이 여기에 놓인다. 삶과 죽음의 필연적 관계성은 우리의 이성적 사유 속에 이미 각인되어 있다. 그럼에도 이를 한 틀에 두는 것은 어쩐지 거북하다. '잠'을 '죽는 연습'이라고 했지만, 아무리 연습을 해도 죽음은 친숙해지지 않는다. 오히려 되도록 멀리 두고 그러한 관계성을 거부하고 싶어지는 것이 사실이다. 지하선 시인은 이러한 주제를 성실하게 직시하고, 어루만지고, 탐구한다. "나의 시 어디까지 왔을까"(「시인의 말」)라는 물음은 이러한 배경 속에서 어느 정도 그 해답을 찾아갈 수 있을 것 같다.

반성적 자아인식과 순수 자아로의 회귀
— 최윤희의 신작시론

우리는 소위 문명의 시대에 살고 있다. 문명이 던져주는 거대하고 화려한 외형과 편리함, 안락함으로 포장된 내적 조건에 기대어 살아간다. 언뜻 보기에 문명은 언제나 활기차고 부산하고 아름답다. 그래서 그 거대한 힘에 기대어 우리는 무엇이든지 거침없이 할 수 있을 것 같다. 현실적 충족이든 정신적 위상이든 소망하는 지극한 꿈의 한 자락도 성취할 것 같다. 또한 어느 길로 가든 문은 열려있고 수많은 관계망 속에서 소통의 끈도 이어갈 수 있을 것 같다. 하지만 돌아보면 문은 언제나 닫혀있고 현실은 각박하고 꿈은 말살되어간다. 어느 순간 크고 작은 '벽'에 부딪치고 단절과 부재의 상황에 봉착하게 된다. 정보와 매체의 홍수는 저 홀로 어디론가 달려갈 뿐 나와 세계의 간극은 날로 심화된다. 충만한 에너지로 실현할 수 있을 것 같던 꿈의 세계도 요원하다. 우리는 행복하지 않다. 지치고, 외롭고, 절망스럽다.

최윤희 시인의 신작 시편에는 문명사회의 폐해가 직접적으로 돌출되고 있지는 않지만 내적으로 그러한 속성이 생성하는 여러 갈래의 상황들이 매개되어 있다. 현실은 곧 문명의 산물이고 시인의 현실인식은 이러한 맥락 속에서 그 의미적 색채를 직조해가고 있기 때문이다. 현대사회가 내장하고 있는 문명의 양면적 얼굴을 깨닫는 것은 그리 어렵지 않다. 우리 또한 양면적 얼굴로 문명의 미로 속을 한없이 유영하고 또 표류해가고 있다. 하지만 누군가는 알면서도 모르는 척 비켜가고, 누군가는 그 속성 속에 더 철저하게 침잠하고, 누군가는 마주서서 대립하고, 고뇌하고, 상처받는다. 문득 자신이 걸어온 발자취와 현재적 위치 등을 관찰하고 사유하는 행위가 동반되는 것도 여기에 있다. 이른바 자아에 대한 면밀한 관찰과 깨달음, 비판과 반성의 과정 등이 주어지는 것이다. 시작詩作에서 이러한 전개가 농후해질 때, 이는 내적 움직임이 시의 중심 탐구 대상으로 포섭되고 있음을 말해준다. 이른바 외적 상황보다 내적 자아에 깊이 시선을 두면서 현재적 시간과 그 나아갈 방향성을 숙고하고자 한다는 의미가 된다.

최윤희 시인의 시적 상상력은 이처럼 자신의 내부에 초점을 두고 그 본질을 일깨우고자하는 움직임을 보인다. 자기 자신에게 더 섬세하게 다가가 문제성의 발현과 자기대응의 기틀을 마련하고자 한다. 따라서 다분히 반성적 색채를 띠면서 걸어온 길과, 지금 이 순간의 자아를 직시하게 된다. 여기에는 현실에 대한 적극적인 관찰과 해답을 찾아가고자하는 열망이 수반되어 있다. 현실과 자아는 상호 영향관계에 놓여있고, 이것이 또한 현재적 시간을 명시하는 통로가 되고 있기 때문이다. 여기서 현실이란 넓은 의미에서 시인의 경험적 발자취를 두루 포괄한다. 시인이 체감하고 있는 시간과 공간 즉, 특정 사건의 촉발, 이에 따른 심리적 반응, 현실대응을 포함한 지향적 가치관의 생성이 여기에 있다. 자아인식의 색채가 각기 달리 표상되는 것은 경험적 구도와 이에 반응하는 내적 울림이 다르기 때문이다. 최윤희 시인의 신작시 5편을 의미구성해보면, 시편 「벽」에서의 현실인식, 현실인식을 바탕으로 한 「길 꽃」의 자아인식, 「손톱」과 「기도」에서의 자기반성과 정화의 세계, 「나의 나는」에서의 본래적 자아에 대한 인식과 회귀의식 등으로 구조화된다.

> 면벽수련 반백 년
> 일생을 벽만 보고 살았다
> 벽은 신성불가침의 경계
> 그 담을 넘는 순간
> 목을 걸어야 한다
> 하여 벽은 보여도 보이지 아니하고
> 보이지 않는 벽도 봐야 한다
> 낯선 길을 가다가
> 막다른 골목과 마주칠 때
> 아직도 벽이 보인다
> 돌아설 건가
> 타고 넘을 것인가
> 어딜 가도 벽은 높다
>
> - 「벽」 전문

위 시편 「벽」은 현대사회의 속성과 상황적 배경이 제시되어 있다. "면벽수련 반백 년/일생을 벽만 보고 살았다"에는 자기추구의 구도와 함께 삶의 지난한 여정이 암시되어 있다. '반백 년', '일생'이라는 시간개념이 등장하면서 그러한 행위지형이 오래 지속되고 있음을 나타낸다. 여기서 '면벽수련'은 삶과 정신을 가로지르는 핵심적 행위기준이 된다. 따라서 이에 상응하는 정신적/현실적 고통이 담보되어 있다. 최윤희 시인은 현실을 하나의 거대한 '벽'으로 인식한다. 이러한 '벽'은 반드시 넘어야하는 것이기도 하고, 넘어서는 안 될 경계이기도 하고, 넘을 수 없는 한계가 되기도 한다. 이는 '벽'이 내장하고 있는 여러 각도의 모순들을 상징하는 한 측면이 될 것이다. 따라서 '면벽수련'을 해야 할 만큼의 험난한 고지와, '목을 걸어야'할 만큼의 위험요소와, "어딜 가도 벽은 높다"의 절망적 상황이 동시에 함축되어 있다.

불교적으로 접근해보면, '면벽수련'은 고행을 수반하는 행위영역이고 이러한 고행 끝에 '담'을 넘으면 곧 깨달음의 세계가 된다. 하지만 여기서의 '벽' 혹은 '담'은 넘어서는 안 될 "신성불가침의 경계"이기도 하고 어딜 가도 마주치는 단절의 세계를 표상하기도 한다. '벽'은 뛰어넘어야할 목표 지향적 특성을 지니지만 여기에는 이미 뛰어넘을 수 없는 혹은 뛰어넘어서는 안 될 많은 장애요소와 현실적 제약을 안고 있다. 따라서 "벽은 보여도 보이지 아니하고/보이지 않는 벽도 봐야 한다"라는 역설적 상황을 내포하게 된다. 보이는 '벽'과 보이지 않는 '벽'은 둘 다 긍정적 요소보다 부정적인 요소에 닿아있다. "그 담을 넘는 순간/목을 걸어야 한다"는 위기의식과, "아직도 벽이 보인다", "어딜 가도 벽은 높다"에서의 절망적 단절의식이 '벽'의 상징체계 속에 포섭되어 있기 때문이다. 따라서 어떤 것을 선택해도 '벽'이 가지는 부조리한 속성과 그러한 속성이 만들어내는 한계성, 폭력성을 비켜갈 수가 없다. 시「벽」은 최윤희 시인이 직시하고, 체감하고 사유해가는 현실과 그 현실에 대응하는 자아의 모습이 투영되어 있다. 여기에는 삶을 주도적으로 영위하려는 자아와 '벽'으로 인해 단절될 수밖에 없는 현실적 소외와 자괴감이 응집되어 있다. "돌아설 건가/타고 넘을 것인가" 스스로 반문하고 망설이는 일련의 과정도 여기에 기반하고 있다. '벽'은 현대적 삶의 방식이 만들어낸 단절적 장애요소이고, 자아는 이와 대립하는 위치에서 끊임없이 자기추구를 시도하지만 '벽'의 한계와 모순에 맞닥뜨린다. '벽'에 대한 사유는 극단의 경쟁과 이기를 불러들이는 문명사회를 표방하면서, 내적으로는 이러한 문명사회를 살아가는 왜소한 자아의 모습을 상징화한다.

> 길에서 눈이 맞아
> 무심히 바라보네
> 이름 없는 꽃도 아닌데
> 이름조차 알지 못해
> 너는 길 꽃
> 어쩌면 나도 길 꽃
>
> ─「길 꽃」부분

길가에 피어 있는 '길 꽃'은 이름이 있음에도 아무도 그 이름을 기억하거나 불러주지 않는다. "이름 없는 꽃도 아닌데/이름조차 알지 못해"에서 '길 꽃'의 현실적 위치와 존재감이 감지된다. 따라서 "너는 길 꽃/어쩌면 나도 길 꽃"이라는 설정은 우리에게 많은 울림을 던져준다. 이는 '길 꽃'의 현실적 소외가 고스란히 '너'와 '나'의 위치로 이동하고 있기 때문이다. 둘러보면, 이러한 인식의 근저는 우리의 현실과 밀접하게 맞닿아 있다. 아무리 성실하게 살아가도 나를 알아주는 사람은 드물고 목소리 큰 사람이 주목받고 주인공이 된다. 따라서 진실은 왜곡되고 '벽'의 상징성처럼 진정성과 모순성의 경계도 모호해진다. 앞서 살펴본 '벽'의 현실적 장벽과 '길 꽃'의 자아인식은 동일한 정서적 배경을 안고 있다. "어딜 가도 벽은 높다"의 단절적 상황과 "이름조차 알"아주지 못하는 '길 꽃'

의 고립감이 하나의 인식구도에 닿아있기 때문이다. 이는 '벽'의 현실인 식에서 '길 꽃'의 자아인식으로 전환되는 시점이다. '길 꽃'의 소외와 더불어 그 상반되는 위치에서의 화려한 허상의 '꽃들'을 상기시키는 효과도 던져준다.

> 하루 한 번 머리 감고
> 아침저녁으로 낯을 닦고
> 끼니마다 이를 문질러도
> 돌아서면 때가 낀다
>
> 미사 때 자수하여
> 불지 않은 것까지 죄다 용서받아도
> 성당 문을 나서는 순간
> 죄를 짓는다
>
> 오늘도 어김없이
> 눈으로 보고
> 귀로 들었으며
> 입으로 말하였구나
>
> 담장 뒤에 숨어도
> 새까만 손톱이 자란다
>
> ─「손톱」 전문

흔히, 자기 자신에 대한 고집과 질서가 확고한 사람일수록 내적 욕망과 자기실현의 목표가 크다. 이럴 경우 대체로 이에 걸맞은 반성적 기반도 튼튼하게 수반된다. 반성은 그 자체로 머무는 것이 아니라 새로운 일을 추진할 수 있는 원동력이 된다는 점에서 의미가 크다. 이른바 자기개선과 실천적 행위지표로서의 의미를 지니게 된다. 위 인용시편 「손톱」은 현실인식과 자아인식의 경계를 넘나들면서 또 다른 시적영역을 제시한다. 이른바 현실과 자아를 탐색하고 나서 비로소 당도하게 되는 지점 즉, 반성적 자아인식의 단계로 접어들고 있다. 따라서 의미전개에 있어서는 앞의 두 편의 시편과 긴밀한 연계성을 가진다고 할 수 있다. 특징적인 것은, '손톱'이라는 매개물을 통해 자기반성의 확고한 토대를 마련하고 있다는 것이다.

'손톱'은 우리의 신체 중 가장 때가 잘 끼고 또 손쉽게 눈으로 확인할 수 있는 부분이다. 따라서 '손톱'이라는 시적매개와 '때가 낀다'의 의미구조는 설득력 있게 부합한다. 시인은 "하루 한 번 머리 감고/아침저녁으로 낯을 닦고/끼니마다 이를 문질러도/돌아서면 때가 낀다"고 털어놓는다. 이는 아무리 청결하게 관리를 해도 '때'가 낄 수밖에 없는 정황을 나타낸다. 이러한 정황은 곧 '손톱'에 끼는 때에 국한되는 것이 아니라 우리의 마음속에 쌓이는 '때'까지 포괄한다. 따라서 '머리', '낯', '이'라는 신체의 외적부분보다 불신과 위선이 점철되어 있는 내적 심연에 더 크게 뿌리를 두고 있다.

이러한 의미전개는 연이어 제기되는 "죄를 짓는다"에서 그 배경이 확연히 드러난다. '때'의 세계가 '죄'의 단계로까지 확장되고 있는 것이다. '때'와 '죄'의 세계는 "담장 뒤에 숨어도" 감출 수가 없다. 또한 "오늘도 어김없이"에서 알 수 있듯이 이는 어제와 오늘 그리고 내일까지 연속되고 있다. 이는 '때'와 '죄'를 생성하고 있는 세계가 그만큼 포괄적이고 집요한 형태로 결집되고 있음을 의미한다. 최윤희 시인이 짚어내고 있는 '손톱'의 상징적 세계는 자신의 일상 속에서 체득되는 지극히 개인적인 반성적 토대이면서, 한편으로 모든 사람에게 적용되는 보다 넓은 범주에서의 반성적 지표가 된다.

> 첫새벽
> 닭이 울지 않아도
> 잠 덜 깬 몸을 달래어
> 어둠의 심지에 불을 놓는다
> 대야 가득히 정화수 받아 놓고
> 두 눈 질끈 감은 채
> 머리를 조아리며
> 숨을 참아가며
> 손이 닳도록 빌고 비나니
> 눈물 자국을 지우고 나서야
> 겨우 고개 들면
> 보인다 보여
> 거울 속 내 얼굴
>
> —「기도」 전문

나에 대한 물음은 곧 세계에 대한 물음이다. 따라서 나의 반성적 기반은 대개 세계와 연계해서 나타난다. 최윤희 시인의 경우 앞서 살펴보았듯이, 포괄적인 범주에서의 '때'와 '죄'의 세계와 연계되어 있다. 그리고 이러한 반성적 상징체계는 자연스러운 사고의 흐름에 따라 자기정화라는 단계로 전환을 의도한다. 위 인용시편 「기도」는 이러한 의지를 반영하면서 새로운 자아구현을 위한 '기도'의 세계로 접어든다. "잠 덜 깬 몸을 달래어/어둠의 심지에 불을 놓는다"에서 '어둠의 심지'와 '불'은 기도의 전초단계에 해당지만, 더 내밀하게는 어두운 내면을 밝히는 빛의 세계를 암시한다. 이는 자신을 일깨우는 반성의 투명한 결과물로서의 순수 행위영역이 된다. 따라서 '첫 새벽 닭'이 채 울기도 전에 "대야 가득히 정화수 받아 놓고" 행하는 '기도'는 그만큼 숭고한 의식이 된다.

'첫 새벽'과 '정화수'는 깨끗하고 맑은 순수매개물이다. 이른바 자신을 성찰할 수 있는 거울 이미지로서의 효과를 충실히 심어두고 있다. 따라서 "손이 닳도록 빌고 비나니"에서 "눈물 자국을 지우고 나서야"의 단계에 이르면 드디어 자신을 회복할 수 있는 자기정화의 세계에 닿게 된다. '눈물'은 하강 이미지에 닿아있지만 내적 갈등을 씻어 내림으로써 정화를 유도하고 결국 상승 이미지로 전환된다. 시 「기도」는 '첫새벽'⇒'정화수'⇒'기도'⇒'눈물'⇒'거울 속 내 얼굴'의 단계를 거치면서 비로소 진정한 의미에서의 자아를 확립하게 된다. "거울 속 내 얼굴"은 '벽'과 '길 꽃'의 현실인식과 자아인식, '손톱'의 반성적 사유 등의 지난한 여정을 지나서 만나게 되는 자아이면서 그 탐색의 결과물이 된다. 따라서 마지막 행 "거울 속 내 얼굴"이 함축하고 있는 내적 암시는 시인의 지향점과 맞닿아 있다고 할 수 있다.

> 나는 무적 고구려 전사
> 한때 돌도끼 빛나는 신석기 주민
> 가끔 해당화로 피어 봄 한 철 빈집을 지켰지만
> 오늘 내 모습은 낯설다
> 돌아가리라 첫사랑을 꿈꾸던 가난한 얼굴로
> 더 사랑하지 못해 저문 날을 위로하며
> 돌아가리라 술잔에 달이 기울어도

먼바다로 떠난 배들이 길 잃기 전에

무명의 백댄서처럼 터벅터벅 걸어서

검은모루 캄캄한 동굴을 지나

미루나무 끄트리에 바람을 타고

늠름한 태백산맥 능선으로 쏟아지는 별처럼

어둠에도 물들지 않는 부엉이 눈을 뜨고

까칠한 얼굴로 악수하는 사내들과 나는

익어 터질 듯한 아까시 꽃내의 여인들과 나는

청춘을 탕진하고 전생의 밑천으로 살림 차린 나는

꺾이면 꺾일수록 고개 쳐드는

나의 나는

-「나의 나는」전문

위 시편 「나의 나는」은 신작시의 원고 순서대로 보면 맨 앞에 놓여있는 작품이다. 이는 시인이 이 작품에 특히 무게를 두고 있음을 알 수 있게 한다. 이 작품을 맨 뒤로 옮겨 놓는 것은 이러한 시인의 의도를 반영하면서 또한 전체 의미적 연결성을 염두에 두기 때문이다. 「나의 나는」은 몇 가지 단계를 지난 뒤 어떤 결과론적인 의미를 집중시키는 지점이다. 이른바 현실인식과 자아인식, 반성적 성찰, 자기정화를 통한 '거울 속 내 얼굴'을 설정한 뒤, 현실 속의 나를 다시 한 번 돌아보면서 또 다른 반전을 모색하는 과정이다. 시인의 현재적 시간은 "까칠한 얼굴로 악수하는 사내들과 나는/익어 터질 듯한 아까시 꽃내의 여인들과 나는/청춘을 탕진하고 전생의 밑천으로 살림 차린 나는"으로 표상된다. 이는 실제 자신의 삶을 들여다보는 행위이면서 이에 따른 구체적 자기반성의 측면이된다. 그리고 이는 곧 "오늘 내 모습은 낯설다"로 연결된다. 여기서 '낯설다'는 자신의 삶에 대한 혹은 그 발자취에 대한 강한 부정을 담고 있다. 이른바 자신이 원하던 삶의 방식 혹은 그 모습에서 괴리되어 있음을 의미한다.

'돌아가리라'라는 강렬한 열망도 이러한 배경 속에서 생성된다. '돌아감'은 과거 지향적 색채를 띠고 있다. 이른바 오늘 혹은 미래가 아닌 과거의 어느 지점에 토대를 두고 자아정착을 의도하는 것이다. 이는 현실에 대한 회의, 절망, 자괴감의 우회적 표현이라고 할 수 있다. 과거의 시간은 "나는 무적 고구려 전사/한때 돌도끼 빛나는 신석기 주민" 등으로 형상화된다. '고구려 전사', '신석기 주민' 등은 활달한 기상과 진실한 삶에 대한 염원을 담고 있다. 따라서 현실에서 이루고 싶었던 혹은 지향하고자했던 삶의 한 유형이 될 것이다. "오늘 내 모습은 낯설다"는 문명의 여러 질곡 속에서 변질되고 왜곡된 자화상에 다름 아니다. 과거의 시간은 현대적 관점과는 상반되는 순수자연의 시대이고 내가 '나'로 살아갈 수 있는 긍정적 꿈의 세계이다. 따라서 '돌아가리라'에는 순수 자아로의 회귀를 의도하는 강렬한 메시지가 담겨있다.

최윤희 시인의 시편들은 우선 별 기교 없이 단순 담백하다는 특징을 가진다. 무엇보다 시인이 화두를 두고 있는 것이 외부상황이 아니라 자아탐색에 열정을 쏟고 있다는 데 주목할 필요가 있다. 이는 우선적으로 자신의 목소리에 귀 기울이면서 물음을 던지고 또 스스로의 해답을 찾아가고자하는 상상력의 한 측면이 된다. 따라서 현실을 읽고 자아를 성찰하는 과정이 보다 정직하고 성실하게 진행되고 있다. 최윤희 시인에게 순수 자아로의 회귀는 상처받고 왜소해진 현실적 자아를 회복하는 일이고, 결국 자기극복의 토대를 마련하는 과정이 된다. 그리고 이러한 극복과정은 시적탐구와 그 지난한 열매를 생산하는 과정과 긴밀히 맞물려

있음 또한 간과할 수 없다. 따라서 일반적 삶의 형식보다 시인으로서의
삶과 그 나아갈 방향성에 대한 고뇌가 더 크게 투영되어 있다고 할 수 있
다.

김성조

한양대학교 국어국문학과에서 석사 및 박사학위를 받았다. 계간 『자유문학』(1993)으로 시 등단, 『미네르바』(2013)로 평론 등단을 했다. 시집으로는 『그늘이 깊어야 향기도 그윽하다』, 『새들은 길을 버리고』, 『영웅을 기다리며』 등이 있고, 시선집 『흔적』을 출간했다.

주요 논문으로는, 「현대 장시(長詩)에 나타난 서술적 주체의 욕망과 시대담론 형성의 배경」, 「1950년대 모더니즘 시의 지형과 전후 극복의식」, 「한국 현대시의 난해성과 도피적 상상력-1950년대 김수영·김춘수·김종삼의 시를 중심으로」, 「김종삼 시의 '공백/생략'에 나타난 의미적 불확실성과 도피성」, 「전봉건 시에 나타난 존재인식과 초월 연구」, 「한국 탄광시에 나타난 공간적 특성과 '죽음'의 표상」 등 다수가 있다.

학술저서로는, 『전봉건』(공저), 『부재와 존재의 시학』, 『한국 근현대 장시사(長詩史)의 변전과 위상』(2019년 대한민국학술원 우수학술도서 선정) 등이 있다.

역락비평신서 32
詩의 시간 시작의 논리

초판 1쇄 인쇄 2023년 2월 2일
초판 1쇄 발행 2023년 2월 16일

지 은 이	김성조
펴 낸 이	이대현

책임편집	이태곤
편 집	권분옥 임애정 강윤경
디 자 인	안혜진 최선주 이경진
기획/마케팅	박태훈

펴 낸 곳	도서출판 역락
주 소	서울시 서초구 동광로46길 6-6 문창빌딩 2층 (우06589)
전 화	02-3409-2055(대표), 2058(영업), 2060(편집) FAX 02-3409-2059
이 메 일	youkrack@hanmail.net
홈페이지	www.youkrackbooks.com
등 록	1999년 4월 19일 제303-2002-000014호

ISBN 979-11-6742-415-0(04800)
ISBN 978-89-5556-679-6(세트)